AF303026

Nele Hansen ist das Pseudonym des am 10.07.1980 in Reinbek geboren Hörspielautors Thomas Tippner, der für mehrere Hörspiellabels aktiv ist. Unteranderem schrieb er die bei Maritim erscheinenden Sci-Fi Serie *Captain Future*. Für ZYX schrieb er Literaturklassiker wie Falladas *Jeder stirbt für sich allein*. Im Martin Kelter Verlag erschienen die Romane *Du hast mich nie gewollt* und *Urlaubsküsse, immer wieder Mallorca*. Für den Blitz-Verlag schrieb er die Reihen *Sherlock Holmes, Amerikas Wilder Westen* oder *Edgar Wallace*.

NELE HANSEN

Seeluft flüstern

Liebe im Strandcafé

Erstausgabe August 2021

Copyright © 2023 dp Verlag, ein Imprint der
dp DIGITAL PUBLISHERS GmbH
Made in Stuttgart with ♥
Alle Rechte vorbehalten

Seeluftflüstern

ISBN 978-3-96817-952-0
E-Book-ISBN 978-3-96817-947-6

Covergestaltung: ARTC.ore Design
Umschlaggestaltung: ARTC.ore Design
Unter Verwendung von Abbildungen von
shutterstock.com: © Oliver Hoffmann, © Yinkor, © kovop,
© Resul Muslu, © stock_studio, © Dmytro Falkowskyi
Lektorat: Stephanie Schilling
Satz: dp DIGITAL PUBLISHERS GmbH
Druck und Bindung: Books on Demand GmbH, Norderstedt

Prolog

Einmal Leben bitte

Michelle liebte diese Tage.

Nicht nur, dass die Sonne hoch am Himmel stand und der angenehme Geruch vom Meer in der Luft lag, salzig wie verführerisch. Auch hatten sich mehr als ein Dutzend Menschen auf den Weg gemacht, um hierher, in das „HerzCafé" zu kommen, ein Stück Kuchen zu genießen und einen Kaffee oder eine kühlende Cola zu trinken.

In *ihr* Café.

Dorthin, wo Michelle all ihr Herzblut, all ihre Hingabe, all ihre noch so kleinen Ersparnisse gesteckt hatte.

An einen Ort, den sie so sehr liebte, dass sie die Probleme, die ein Café mit sich brachte, gerne einmal vergaß. Sie wollte nicht an unbezahlte Rechnungen, an Termine beim Steuerberater oder mit der Bank denken. Sie wollte nur hier hinter ihrem Tresen stehen und, wie heute Morgen, einer der älteren, freundlich lächelnden Damen ins Gesicht schauen und ihnen auf die Frage, ob der Kuchen denn selbst gemacht war, antworten: „Wir backen hier alles frisch. Keine vorgebackenen Rohlinge, keine von der Industrie hergestellten Produkte.

Die Torte da unter der Kuchenglocke hat unsere Ive heute Morgen fertig zubereitet.

Möchten Sie einmal probieren? Die in die Sahnefüllung eingelassenen Kirschen sind vom Hof Hansen, während die zarten Schokolade selbst angerührt und geraspelt sind. Der Boden ist feinster Biskuit und die drei unterschiedlichen Sahneschichten haben den Geschmack Vanille, Schokolade, und einen Hauch, das liebe ich am meisten, Erdbeere. Sie werden es lieben ..."

Ein Lächeln ist das schönste Geschenk, sagte ihr Vater einmal und der Gedanke daran ließ Michelles Herz auch jetzt noch höherschlagen. Sie sah, dass die Dame bei der Aufzählung der einzelnen Zutaten Appetit auf ein Tortenstück bekam. Und sie wusste, als diese nickte, dass ihre Entscheidung gefallen war.

„Dazu hätte ich gerne auch einen frischen Kaffee", meinte die Dame, die in ihrem sommerlichen Outfit jugendlich frisch aussah.

Nicht so wie die gerade an einem der hinteren Tische des Cafés stehende Ingrid. Ingrid war wild blondiert, trug eine enge, kurze Hose und fragte ein junges Pärchen, das unentschlossen an einem der Tische nahe der Terrasse saßen, was sie denn für sie tun könne.

Michelle, die sah, wie Ingrid einige kleine Notizen auf ihren Bestellzettel schrieb, musste schmunzeln, als sich ihre dienstälteste Angestellte zu ihr herumdrehte.

Ebenso wie die Dame, die vor Michelle stand und ihr dabei zusah, wie sie die Kuchenglocke öffnete und das schon angeschnittene Stück aus der Torte hob, lächelte auch Ingrid. Nur mit dem Unterschied, dass es etwas Frivoles, etwas Unanständiges in sich trug. So, als habe sie eine anzügliche Entdeckung gemacht, die ihr vor

Leidenschaft immer laut schlagendes Herz mit noch mehr Freude erfüllte.

„Da hinten", meinte Ingrid, als sie zurückkam, ihren Bestellzettel auf die Theke legte und ignorierte, dass Michelle, nachdem die Torte auf dem weiß schimmernden Teller platziert worden war, sich zu der Kaffeemaschine herumdrehte, um der Dame einzugießen. „Neben dem Pärchen, das ich grade bedient habe, da sitzen zwei junge Herren, die dir gefallen sollten."

„Ingrid", mahnte Michelle und versuchte den erneuten Versuch ihrer Freundin abzuwehren, sie auf irgendeine Art und Weise zu verkuppeln.

„Diesmal habe ich recht, mit dem, was ich sage."

„Ich schicke Jana zu den beiden Herren", mahnte Michelle ihre Freundin mit der Kuppelei aufzuhören. Mindestens einmal am Tag versuchte Ingrid, sie mit ihren Gästen zu verkuppeln.

„Was haben Sie denn gegen die beiden Herren?", wollte die ältere Dame an der Theke wissen. „Die haben bestimmt nichts dagegen, von einer so hübschen Frau, wie Sie eine sind, angesprochen zu werden."

„Hör dir das an", lächelte Ingrid, die eine Cola Light aus dem Kühlschrank nahm und nach einer braunen Flasche Holsten griff, um diese dann mit einer routinierten Handbewegung zu öffnen. „Das sag ich auch immer. Dass sie hübsch ist. Intelligent. Nett. Freundlich. Lustig. Nur die Männer ..."

„Ihr klingt wie eine dieser Datingseiten", schüttelte Michelle den Kopf, winkte dann ab und fragte die ältere Dame. „Darf es noch etwas sein?"

„Nur die Rechnung!"

„Sie bezahlen, wenn Sie gehen! Ingrid bringt Ihnen gleich Ihren Kaffee und den Kuchen", strahlte Michelle.

Nachdem die Dame sich einen Platz auf der vor dem Café liegenden Terrasse gesucht und sich hingesetzt hatte, schloss sie kurz die Augen und genoss sichtlich das auf sie wirkende Ambiente. Nicht nur, dass das von Michelle geführte Café an einer Steilküste, die den Namen nicht wirklich verdient hatte, lag, es gewährte auch einen Blick hinaus, auf die oft unruhig an ihnen vorbeiziehende Ostsee.

Hoch stand die Sonne an einem wolkenlosen Himmel. In der Ferne sah man die Surfer, die Schwimmer, einige auf dem Wasser dümpelnde Schiffe. Alles war in eine friedliche, ruhige Atmosphäre gebettet, sodass man für einen kurzen Augenblick ernsthaft annehmen konnte, dass es keinerlei Probleme auf diesem Fleckchen Erde gab.

***

Ein Café lebte. Es atmete. Es strömte etwas aus, das Michelle liebte. Einen Hauch des Lebens, der Geschichten zu erzählen verstand. Geschichten, die sie auszumalen versuchte, während sie aus ihrem kleinen Büro hinaus aufs offene Meer schaute. Geschichten von Hoffnungen, von Anfängen, von einer ersten, einer sie immer zum Lächeln bringenden Liebe.

Michelle war immer die erste, die kam und die letzte, die ging. Nicht, weil sie ihren Angestellten misstraute. Ganz und gar nicht. Sie genoss morgens die sie durchströmende, die sie entspannende Ruhe eines beginnenden Tages. Jeden Morgen freute sie sich, wenn sie sah, wie ihre Mitarbeiterinnen ausgelassen und fröhlich ins

Café schlenderten. Sie war die Erste, weil sie nichts schöner fand, als zu hören, wie Jana und Ive ein „Morgen", oder ein fröhliches „Hey" von sich gaben, wenn sie eintraten. Oder eine der studentischen Aushilfen, die hinter der kleinen Bar standen, Eis aus der Kühlung nahmen oder an lauschig lauen Abenden Cocktails mischten und sie zu den Kunden brachten, die draußen auf der Terrasse saßen und den Anblick genossen, der sich ihnen bot, während die Sonne rötlich schimmernd in der rauen, weiten Ostsee versank.

Gerade jetzt, wo sie auf dem durchgesessenen Stuhl in ihrem Büro saß, welches langsam aus dem dämmrigen Licht des noch im Dunkel liegenden Morgens gerissen wurde, ließ ihr einen angenehmen Schauer der Begeisterung über den Rücken rieseln. Sie sah, wie die kleine Sitzgarnitur, vor der sie einen Tisch gestellt hatte, auf dem eine Vase mit Blumen stand, ins Sonnenlicht getaucht wurde. Ebenso wanderten die Strahlen zu ihrem unordentlichen, unorganisierten und doch so heiß und innig geliebten Schreibtisch. Auf dem eingeschalteten Monitor blinkten die eingehenden E-Mails der Händler und Kunden auf. Selbst die nach einem Update schreiende Homepage machte sie ebenso wenig nervös wie die Tatsache, dass ihr Bankberater ihr geschrieben hatte und um einen Termin bat, um eine mögliche Konsolidierung ihres Kontos vorzunehmen. Nein, all das ignorierte sie und genoss einfach das Hier und Jetzt, den Moment, ihr Café.

Sie konnte das Weiß des Bodens sehen und die von ihrem Bruder Benny und ihr bemalten, in einem leichten Rosa gehaltenen Wände, auf denen die schattenhaften Konturen fröhlicher, am Meer entlang spazierender Menschen abgebildet waren.

Kreisrunde, weiße Tische, auf denen Blumengestecke standen, zierten ebenso das Innere ihres Ladens wie die mit hohen Rückenlehnen versehenen, schwungvoll gravierten Stühle.

Es kam ihr so vor, als könnte sie dem Herzschlag ihres Cafés lauschen. Erst ganz leise und zögerlich, so, als traue sich der beginnende Tag nicht, sich ganz zu zeigen, um dann mit voller Wucht über sie hereinzubrechen, sodass sie gar nicht merkte, wie die Minuten zu Stunden wurden und die Stunden schließlich den Abend einläuteten ...

... den sie ebenfalls niemals verpassen wollte ...

Wenn alles wieder ruhig wurde, das Café sich langsam leerte und der Himmel in ein besinnliches Rot getaucht wurde, konnte sie vom Trubel und der Hektik des Tagesgeschäfts ablassen.

Sie war dann ganz still und ließ ihre Blicke über die leeren Teller schweifen und betrachtete die fast aufgegessenen Kuchen und Tortenstückchen in der Verkaufsvitrine. Alles in allem waren es schöne Tage und Michelle genoss jeden einzelnen davon.

***

Michelle, die immer noch an ihrem Schreibtisch saß, sah, wie Ive und Jana hinter der Theke standen, jeder damit beschäftigt, etwas abzuwaschen oder zu wischen, in ein freundschaftliches Gespräch vertieft.

Während Michelle das Gespräch mit ihrem Bankberater hatte verschieben können und ihr der Blick aufs

Konto anfänglich den Spaß am Arbeiten verhagelt hatte, besserte sich ihre Stimmung im Laufe des Tages.

Sie hatte heute einen Auftrag zur Ausrichtung einer Goldenen Hochzeit einstreichen können, ihr war es nach einem längeren Gespräch gelungen, einen Deal abzuschließen, der viel Arbeit, aber auch hoffentlich die langersehnte Entspannung auf ihrem Konto versprach.

Ein Deal, den sie – nicht ganz ohne Stolz –, niemals im Leben für möglich gehalten hatte, als sie vor vier Jahren das „HerzCafé" eröffnete.

Eine Hochzeit würde gefeiert werden. In ihrem Café. Hier, an diesen Platz. Eine Hochzeit, begleitet von der Zeitung und Internetauftritten.

Sie lächelte zufrieden und schüttelte erheitert den Kopf, als sie sah, wie Jana laut lachend, ganz wie es ihre Art war, auf der Stelle hüpfte und Ive dabei umarmte.

Ive, die immer ein wenig steifer und zurückhaltender war, ließ den Freudenausbruch ihrer Kollegin über sich ergehen.

Bisher war ihr kleines Café am Rande der Steilküste bei Staberhuk auf Fehmarn, ihr Ein und Alles gewesen.

In den letzten Jahren hatte sie all ihre Energie in das Café gesteckt. Sie fühlte sich wohl, wenn die selbstgebackenen Torten in die Verkaufsvitrine gestellt wurden und die ersten gefüllten Eisbecher ein genießerisches Zungenschnalzen ihrer Kunden hervorrief. Als sie ihr Café damals eröffnete, war es für sie wie das Erwachen aus einem langen Schlaf gewesen, sie fühlte sich endlich lebendig.

Doch manchmal wünschte sie sich, zu ihren Angestellten zu gehören, ohne die ganzen Sorgen, die die

Selbstständigkeit und das Führen eines Cafés mit sich brachten. Sie wollte nach Feierabend – den sie als Inhaberin aber nie hatte – mit ihnen zusammen hinaus in den wärmenden Sonnenuntergang treten und das Rauschen des am Strand auslaufenden Meeres hören und genießerisch den Geruch nach Salz und Tang einatmen. Sie wollte sich davontragen lassen von der Melodie des an ihr vorbeiströmenden Wassers und hinauf in den blauen, beinahe wolkenlosen Himmel schauen und den Möwen dabei zusehen, wie sie kreisend ihre Bahnen zogen.

Michelle blinzelte verwundert, als sie sich mit dem Zeigefingernagel gegen die Schneidezähne klopfte und feststellte, dass sie Jana und Ive immer noch beobachtete. Plötzlich sah sie Jana *lebendig*.

Sie wusste nicht, wie sie ihre Empfindung beschreiben sollte. Aber in dem Augenblick, als sie sah, wie Jana vor Freude auf der Stelle sprang, kam es ihr vor, als würde die kleine, leicht untersetzte Frau sich wie ein Blütenkelch öffnen. Sie, die immer so zurückhaltend in den Besprechungen war. Die ihre Anmerkungen nur zögerlich hervorbrachte und immer einen liebevollen Schubs brauchte, damit sie den Kollegen ihre Ideen einer besseren Tagesorganisation oder einer schöner gestalteten Speisekarte vortragen konnte.

Aber jetzt, als sie vor Ive auf und ab hüpfte, offenbarte sie das erste Mal ihr echtes, ihr lebendiges, ihr vor Freude überschäumendes Gesicht.

Michelle lächelte. Sie hatte sich immer gewünscht, dass Jana sich so zeigte; dass sie einmal fröhlich war und ohne Hemmungen ihr Leben anging.

Ganz im Gegensatz zu Ive.

Die sonst so kecke, kleine, hübsche Frau, deren Klappe ebenso groß war wie ihr Talent, Kunden zufrieden zu machen, trat jetzt von einem Bein aufs andere und löste hastig die Umarmung.

Ive, die immer etwas Rigoroses an sich hatte, zog sich plötzlich zurück. Sie berührte Jana an der Schulter, sagte etwas zu ihr, von dem sich ihre Kollegin nicht beeindrucken ließ. Sie sprang weiterhin auf der Stelle und warf ihren Kopf von der linken auf die rechte Seite, sodass ihre blonden Locken nur so flogen.

Ive, wie immer in einer engen, ihre schlanke Figur betonenden, dunklen Hose und braunen Bluse gekleidet, machte einen Schritt zurück und richtete dabei ihre Haare.

Sie lächelte noch immer, wirkte aber verkrampft, so, als wüsste sie nicht, wie sie sich verhalten sollte.

Michelle, die solche Wesenszüge bei ihrer besten Konditorin nicht kannte, erhob sich von ihrem Platz, winkte Ive freundschaftlich zu und forderte sie auf, zu ihr zu kommen. Währenddessen schob sich eine andere ihr ebenso ans Herz gewachsene, aber auch an ihren Nerven zerrende Gestalt in ihr Blickfeld.

Ingrid Kohl!

Das Faktotum des Cafés.

Der gute, grell geschminkte, mit rauchiger Stimme sprechende Geist des „HerzCafés“.

Ingrid war eine kleine, rundliche, von einem Wust an Gesichtsfalten befallene Frau, die Michelle unentwegt *Kindchen*, *Liebling* und *mein Schatz* nannte. Die mit ihrer ansteckenden, guten Laune dazu beitrug, dass die Stimmung im Café nicht kippte und die es wie keine andere verstand, Michelle aufzubauen, wenn diese dachte, am Boden zu sein und nicht mehr aufstehen zu können.

Jetzt, wo Michelle Ive eine Freundin sein wollte, betrat Ingrid das Büro und rief, mit ihrer typischen krächzenden Stimme: „Kindchen, das ist gerade mit einem Eilkurier gekommen" und warf Michelle einen mütterlichen Blick, über den Rand ihrer schweren Brille, zu.

„Was ist das?"

Sie schaute auf den gelben Umschlag in Ingrids Hand.

„Keine Ahnung", meinte Ingrid, deren geblümte Bluse ihre enorme Oberweite ebenso wenig kaschieren konnte wie die grellrote Haarfärbung das eigentliche Grau ihrer Haare. „Klingt aber nicht gut. Stammt vom Finanzamt."

„Oh nein", rief Michelle, nahm den ihr entgegengehaltenen Brief mit zitternden Händen entgegen, und hatte plötzlich das Gefühl, als läge ein Stein in ihrem Magen.

„Das bedeutet Ärger, oder?", platzte es aus Ingrid heraus, deren schwerer Parfümgeruch Michelle in die Nase stieg. „Habe ich mir schon gedacht. Sind immer die blödesten Briefe, die man per Kurier zugestellt bekommt."

„Ich ... ich ... ich habe die Steuern doch bezahlt", murmelte Michelle mehr zu sich als zu Ingrid. „Alles andere auch. Ich habe die Abrechnungen doch gemacht. Wir haben keine Gläubiger." Ingrid verließ das Büro und Michelle öffnete den Brief. „Steuerliche Nachforderungen", murmelte sie und fühlte sich plötzlich verloren.

„Ich muss mal kurz stören", sagte Ive und riss Michelle aus ihrer Schockstarre.

„Wie?"

„Komme ich ungelegen?"

Michelle, der es unangenehm war, wenn einer ihrer Mitarbeiter bemerkte, wie es innerlich in ihr aussah, strich sich eine schwarze, ins Gesicht gefallene Haarlocke hinters Ohr, räusperte sich und versuchte teilnahmslos zu klingen, als sie sagte: „Du kommst nie ungelegen. Was ist denn los?"

Ive lächelte verkrampft. Michelle sah, dass Ive innerlich mit sich kämpfte. Dass sie ernsthaft versuchte, die richtigen Worte zu finden, um ihr Anliegen so taktvoll wie möglich vorzubringen.

„Es geht um die Goldene Hochzeit in zwei Wochen. Um die bestellten Torten und so", sagte sie plötzlich. „Ich ... ich kann sie nicht backen. Ich ... ich ..."

„*Was?*" Michelle starrte ihre beste Mitarbeiterin entsetzt an.

„Ich kündige!"

***

„Wie bitte?"

„So ... es ist raus", sagte sie steif, die Finger gespreizt, die Knie durchgedrückt. Sie blickte die mit offenem Mund dastehende Michelle an, und machte dann einen hicksenden Laut. Als sie sich auf die Zehenspitzen stellte, um ihre Spannung loszuwerden, plapperte sie aufgeregt los, ohne Michelle die Möglichkeit zu geben, etwas zu erwidern. „Ich kündige und mache von meinem Recht Gebrauch, zum Ende des Monats das Café bei einem passenden Angebot verlassen zu dürfen. Paragraf 11 unseres Arbeitsvertrages, Absatz 3."

„Du kannst nicht kündigen. Du bist meine beste Konditorin!"

Michelle, die ihre in Unordnung geratenden Gedanken wieder in Reih und Glied bringen wollte, fragte: „Willst du dich nicht doch setzen?"

„Nein."

„Auch gut", seufzte Michelle. „Wie … also … nun … ja, warum willst du kündigen?"

„Ich habe ein besseres Angebot bekommen."

„Von wem?"

Ive senkte den Blick, als wäre es etwas Verwerfliches und gestand Michelle leise: „Lord-Konditoreien und Hotelmanagement."

„Lord-Konditoreien und Hotelmanagement!"

Michelles Augen weiteten sich vor Schreck und Ekel. Als sie hörte, dass die Lord- Konditoreien und Hotelmanagement eine ihrer Angestellten angesprochen und abgeworben hatte, hatte sie das Gefühl, als würde sich der Boden unter ihr öffnen und sie unendlich tief in einen Abgrund stürzen, auf dessen Boden ein See aus reinem Hass auf sie wartete.

„Ich will mir die Chance nicht entgehen lassen", gestand ihr Ive und riss Michelle aus ihren Gedanken. „Ich weiß, was du alles für mich getan hast."

Michelle winkte frustriert ab.

Was war es jetzt noch von Bedeutung, dass sie einer abgebrannten und händeringend nach Arbeit suchenden, jungen Studentin die Chance geboten hatte, erste Erfahrungen als Konditorin zu sammeln?

Ive war unsicher gewesen. Hatte nicht gewusst, wie sie das Leben angehen sollte. Ihr war alles schwergefallen. Erst hier im Café, bei der Zusammenarbeit mit den anderen Kollegen, war sie zu der Konditorin geworden, die sie heute war.

Sie hatte ihr eine Chance gegeben, nur um jetzt zu erfahren, sie an Frank Lord zu verlieren. Das glich einem gezielten Schlag in den Magen.

Michelle rang sich zu einem Lächeln durch, obwohl ihr bewusst war, dass sie aussah, als wolle sie zubeißen.

Als sie sich sagen hörte: „Ich kann dich nicht gehen lassen", wusste sie, dass sie es nicht tat, weil sie es konnte, sondern weil sie es musste.

„Es steht so in meinem Vertrag", hielt Ive ihr entgegen.

„Ich weiß."

„Es tut mir so leid", gestand sie und schüttelte ihr braunes Haar. „Aber das ist eine Gelegenheit, die ich mir nicht entgehen lassen kann. Versteh mich bitte. Es gibt bei Lord unendlich viele Aufstiegschancen. Wettbewerbe. Eine eigene Kreation. Hier hingegen …", sie schaute schuldbewusst zu Michelle, „… habe ich nur noch dich vor mir."

„Ich verstehe …"

„Bitte sei mir nicht böse", bat Ive.

„Bin ich nicht."

„Ganz ehrlich?"

Michelle nickte, und versuchte ihren Blick wieder auf das zu richten, was nun vor ihr lag. Auch wenn ihre Gedanken innerlich rasten und ihr die letzte Antwort nur schwer über die Lippen gekommen war, suchte sie händeringend nach einem Ausweg aus dem Dilemma. Vertraglich, das wusste sie, konnte sie Ive nicht halten.

Deshalb fragte sie, mit der Hoffnung an Ives Ehrgefühl appellieren zu können: „Was ist mit der Hochzeit? Mit Annabell und Hauke?"

Ein kurzes Gefühl einer in ihr aufsteigenden Ohnmacht schien nach ihr zu greifen. Sie spürte, wie ihr die Knie weich wurden, wie sich im Magen ein dumpfer Druck ausbreitete, der bis hinauf in den Kopf wanderte und sie glauben ließ, ihr ganzer Körper würde taub werden.

„Die, die ... Torten für das Event ... die Hochzeit ... also für Annabell und Hauke", sie stotterte, blinzelte, wusste nicht, wie sie ihre ins Chaos gestürzten Gedanken beruhigen sollte. Nach einem kurzen Augenblick räusperte sie sich und fragte: „Die ... die backst du doch noch zu Ende, oder?"

Sie hörte ihre Stimme, die plötzlich so leise und zögerlich klang, dass sie sich an jene Zeiten zurückerinnerte, als sie noch in der Lehre war. Als sie nicht wusste, wer sie einmal sein würde und vor allem, wer sie einmal sein *wollte*.

Was du auch heute noch nicht weißt, dachte sie und fand, dass ihre Stimme nach der ihres Vaters klang. So bezeichnend ehrlich, so geradeheraus, dass es ihr unangenehm war, auch nur einen Augenblick daran zu denken, ihr alter Herr könnte ihr sagen, wer sie NICHT war.

Sie schaute fassungslos zu Ive, die auf der Unterlippe kaute, mit ihren manikürten Fingern spielte und der man, ohne dass sie etwas sagte, ansehen konnte, dass sie ihre Arbeit nicht beenden würde. Dass sie etwas Besseres, etwas Wichtigeres zu erledigen hatte.

„Ich werde mit den beiden sprechen. Versprochen", schob sie nach, den Blick gesenkt, nicht dazu in der Lage, ihrer Chefin in die Augen zu schauen.

„Heißt das ...?"

„Ich werde die geplanten Festlichkeiten nicht so beenden, wie wir es besprochen haben", murmelte Ive.
„Ich ... ich ... werde gehen."

„Wie kann das sein? Wir haben doch erst vorletzte
Woche die Abläufe geplant, warum hast du mir nicht
da schon etwas gesagt, dann hätte ich mir einen Plan B
überlegen können.", Michelle spürte, dass sie sauer
wurde. „Als wir uns abgesprochen haben, wusste ich ja
noch nicht, was noch alles kommen würde", gab Ive
kleinlaut zu.

„Du wusstest es nicht?"

Ive schüttelte den Kopf.

„Ich habe das Angebot erst vorgestern bekommen",
gestand sie.

„Vorgestern?" Michelle riss die Augen auf. Sie konnte
nicht glauben, was sie da hörte.

Ive nickte. „Sie haben mich nach Feierabend im *Wicken* angesprochen."

„Sie?"

„Zwei Herren, ja", bestätigte Ive. „Sie waren so zwanglos und nett", schob sie hinterher, als würde die Erklärung alles besser machen. Als ob das irgendetwas wieder ins Lot rücken würde.

„Und du hast einfach ‚ja' gesagt?"

„Nachdem ich gestern Vormittag bei ihnen in der
Zentrale war und sie mir Küche, Personal und Perspektiven aufgezeigt haben und ich dort mit einem super-
netten Chefkonditor und dem Geschäftsleiter gesprochen habe –"

„Gestern Vormittag? Als du die Einkäufe machen
wolltest?"

„Die ich erledigt habe!"

„Das hättest du mir sagen müssen“, quietschte Michelle und merkte, dass sie immer hilfloser und ungehaltener wurde.

„Das Angebot ist zu gut, um groß darüber nachzudenken“, gestand Ive und quälte sich zusehends, das Gespräch mit Michelle weiterzuführen.

Diese seufzte leise, während sie sich überlegte, wie es mit Ive weitergehen sollte.

Sollte sie sie hier weiterarbeiten lassen oder sie sofort freistellen?

„Weiterarbeiten lassen“, murmelte Michelle und schaute auf, als sie hörte, wie Ive fragte, was sie eben gesagt hatte. „Äh“, machte Michelle, strich sich eine Haarsträhne aus der Stirn. „Ich würde es gerne sehen, wenn du weiter arbeiten würdest ...“

Ive nickte: „Keinen Streit.“

Michelle schüttelte den Kopf. „Keinen Streit.“

***

„Kann ich dir was bringen, Kind? Was zu trinken oder ein Taschentuch?“

„Eine Pistole“, murmelte Michelle, während sie versuchte, den in Beamtendeutsch verfassten Brief noch einmal zu lesen, ohne dass ihr die Buchstaben vor den Augen verschwammen. Sie hatte gewusst, in dem Moment, als Ingrid ihr den Brief brachte, dass er nichts Gutes bedeutete.

Dass er sie aber so hart treffen würde, hätte sie niemals für möglich gehalten.

„So schlimm?“, wollte Ingrid wissen.

„Die meinen, wir haben unsere Unterlagen nicht fristgerecht eingereicht und falsche Abrechnungen gemacht“, murmelte sie. „Ich soll die letzten vier Jahre offenlegen. Hier steht eine Strafsumme, die ich bezahlen muss, wenn ich die Unterlagen nicht fristgerecht einreiche und die mich fertig macht. Die kann ich nicht bezahlen. Niemals.“

„Kann dir nicht jemand helfen? Jemand, der sich professionell mit so etwas auskennt?“

Michelle lächelte, als Ingrid ihr eine Tasse Tee hinüberschob, dessen Duft ihr verriet, dass es sich um Erdbeere, gesüßt mit einem Klecks Honig handelte. So wie sie ihn am liebsten trank.

„Liebling“, sagte Ingrid. „Es gibt für alle Probleme eine Lösung. Schlaf eine Nacht drüber und dann werden wir morgen gemeinsam überlegen, wie wir das in Schieflage geratene Schiff wieder aufrichten, was meinst du? Dein Steuerberater wird dir sicher helfen.“

Michelle erwiderte nichts.

Sie versuchte noch immer zu verstehen, was der Text genau bedeutete und was sie falsch gemacht hatte.

Ihr erster Impuls war gewesen, nach dem Telefon zu greifen, die auf dem Briefkopf angegebene Nummer zu wählen und den ersten Menschen, der ranging, anzubrüllen. Doch als der Schock sich legte, merkte sie, dass es ihr gar nichts bringen würde, irgendjemanden anzuschreien. Das wäre fast so, als würde man in der Wüste von Nevada die Hitze dafür bestrafen, dass man einen Sonnenbrand erlitten hatte.

Was sie in den Händen hielt, hatte sie selbst verschuldet.

Sie hatte auf ein oder zwei Schreiben nicht reagiert. Hatte andere Dinge priorisiert und die Aufforderungen der Behörde dann schlicht und einfach vergessen.

„Kindchen?", holte Ingrid sie aus ihren Gedanken zurück. „Du musst mal nach Hause gehen. Einmal den Kopf ausschalten, und nicht immer nur grübeln. Hab einmal Spaß. It is a Problem. Not more."

Michelle schaute Ingrid irritiert an. Diese winkte ab: „Nicht so wichtig. Nur ein Sprichwort, das ich mal von jemandem gelernt habe. Natürlich weiß ich, dass es ungeschickt aussieht, wenn man feiern geht, während man Probleme lösen muss. Andererseits kann es helfen, mal auf andere Gedanken zu kommen und um neue Perspektiven einzunehmen."

„Du meinst nach einer durchzechten Nacht eine Kloschüssel aus der Nähe zu betrachten?"

„Oder ein Stuhlbein zu umklammern und den Boden aus nächster Nähe zu inspizieren. Genau das meine ich, meine Maus." Sie strich Michelle liebevoll über die Wange.

„Und wovon soll ich mir Spaß leisten?", fragte diese bitter.

„Hast du dir wieder kein Gehalt gezahlt?"

„Benny", flüsterte sie.

„Du hast die Heimkosten für ihn bezahlt?"

Michelle nickte. „Ja, das habe ich. Das muss ich. Das bin ich ihm schuldig!"

Michelle seufzte, winkte ab und wünschte sich, ganz weit weg zu sein.

So wie damals, als wir am Meer waren, dachte sie und erinnerte sich nur zu gerne daran, wie sie damals mit ihrer Mutter, ihrem Vater und ihrem Bruder hinaus gefahren waren. Wie sie sich auf Amrum für zwei Wochen ein Ferienhaus gemietet und nichts anderes getan hatten, als die Seele baumeln zu lassen.

Sie wollte nichts mehr hören und sehen. Sie wollte nur noch in Erinnerungen schwelgen und sich vorstellen, wie sie damals mit Benny zusammen am Strand entlanggeschlendert war. Er, unbeholfen wie er war, hatte sich an ihre Hand geklammert und unentwegt auf die auf den Strand zulaufenden Wellen gezeigt: „Wasser, Michelle. Wasser!"

„Ja, Benny, Wasser", hatte sie entnervt geantwortet und ihre Eltern dafür verflucht, dass sie den „Babysitter" spielen musste.

Obwohl, wenn sie ehrlich war, musste sie zugeben, dass sie gern Bennys Babysitter gewesen war. Sie hatte es gemocht, die Welt durch seine besonderen Augen zu sehen und zu begreifen, wie leicht alles sein konnte, wenn man nur die richtige Perspektive eingenommen hatte.

„Geht es ihm denn gut?"

„Wem?"

Michelle hob den Kopf und begriff erst jetzt, dass Ingrid noch immer vor ihr stand, sie mit ihrem mütterlichen, ihren alles durchdringenden Blick betrachtete und ganz genau wusste, was in ihrem Kopf vor sich ging.

„Benny!"

„Oh", schmunzelte Michelle. „Ja, es geht ihm gut. Es gibt einen neuen Pfleger, weißt du ..."

„Ist er nett?"

Michelle verdrehte die Augen. „Ingrid."

„Sieht er gut aus?“
Michelle schmunzelte und sagte: „Ja, er sieht gut aus.“
„Hat er einen Namen?“
„Hat er!“
„Kennst du ihn?“
„Natürlich kenne ich ihn.“
„Habt ihr denn schon mehr gesprochen als über Piratenschätze und mit Dämonen bedruckte T-Shirts?“
„Ingrid, für so etwas habe ich keine Zeit. Das weißt du.“

„Ich frag ja nur“, wehrte Ingrid ab, während sie um den Tisch herumkam und Michelle eine Haarlocke hinters Ohr strich. „Wer weiß, vielleicht ist er ja der eine, der …“
„Nicht schon wieder.“
„Kindchen, du bist einsam.“
„Bin ich nicht“, wehrte Michelle schwach ab, in ihren Schreibtischstuhl zurückgesunken, den Blick in die weite Leere gerichtet. Sie fühle eine plötzliche Sehnsucht nach ihrem kleinen Café in sich aufsteigen. Eine Sehnsucht, die sie fortbrachte von Zahlen, von Abrechnungen, von E-Mails und lästigen Briefen der Behörden. Sie wollte hinausgehen, in ihren kleinen Verkaufsladen, mit den Kunden klönen, ihre Schnacks hören und daran teilhaben, wie sie sich eine Gabel mit Kuchen, Torte oder eine Rumkugel in den Mund schoben und genießerisch seufzend ausstießen: „Ist das lecker.“

„Wann bist du das letzte Mal ausgegangen, Kind?“, wollte Ingrid wissen, die Michelle mütterlich anlächelte, und sie betrachtete, als sehe sie sie zum allerersten Mal.

„Ach, Ingrid!" Michelle war nicht nur genervt, weil ihr die Frage unangenehm war, sondern auch deshalb, weil sie die Blicke nicht ertragen konnte, die ihr die alte Freundin zuwarf.

„Du weichst mir aus, Süße", meinte Ingrid. „Du läufst vor dir selbst weg. Geh aus dir heraus. Nur ein einziges Mal. Das hier, so schön es auch ist, ist nicht alles im Leben."

Michelle lächelte.

„Bitte keine Geschichten von früher. Ich kenne sie alle", lachte sie und versuchte dabei so wertefrei wie möglich zu klingen.

„Diese Geschichte kennst du aber noch nicht", meinte Ingrid und hob mahnend den Zeigefinger, als Michelle ansetzen wollte zu sagen, dass sie gar keine Geschichten hören wollte. „Die dreht sich um Danny und mich."

„Um Danny?"

„Er war ein wunderbarer Mann. Konnte Cha-Cha-Cha tanzen, Kindchen, da fliegen dir die Stützstrümpfe weg. Oh, er war so elegant, so freundlich, so gutaussehend. Mit ihm wüsste ich heute noch ganz genau das anzufangen, was ich damals mit ihm angefangen habe."

„Ingrid!"

„Hör mir zu, hör mir zu", verlangte Ingrid, die die Hand gehoben hatte und Michelle einen tadelnden Blick zuwarf. „Es geht hier nicht nur um Leidenschaft. Nicht um wilde Küsse und ein kleines Tête-à-Tête am Badestrand, wo wir fast von den Ordnungshütern entdeckt worden wären. Nein, hier geht es um das, was du mal erleben sollst."

„Mich Hals über Kopf verlieben?"

„Wer spricht denn von Verlieben, Kindchen?", wollte Ingrid kopfschüttelnd wissen. „Davon habe ich nichts gesagt."

„Wilde Küsse... Leidenschaft", erinnerte Michelle die alte Freundin.

„Was hat denn das eine mit dem anderen zu tun? Kindchen, sei doch nicht so naiv. Danny war nie der Mann fürs Leben. Nicht der Kerl, an den man sich binden wollte. Was weiß ich, was für Flausen der im Kopf hatte, als er mich kennengelernt hat. Der war nicht zu halten. Nein, das, was er mir gegeben hat, war das Gefühl, lebendig zu sein.

Einmal auf Wolken schweben, weißt du? Am Abend dasitzen und sich danach sehnen, wie seine Hände an den Innenseiten deiner Oberschenkel entlanggleiten. Das Kribbeln im Bauch spüren und das Wissen, dass es nur ein, zwei, vielleicht drei Wochen andauern wird. Dass man danach wieder frei ist.

Verführt werden. Selbst verführen. Leben, mein Kind, einfach nur leben!"

Kapitel 1

Das Unglück nimmt seinen Lauf

„Ive hat sich krankgemeldet", hörte Michelle Ingrid aus der Ferne rufen, während sie den Telefonhörer ans Ohr presste und versuchte, Annabell zu beruhigen. Die wollte wissen, wann sie die Dekoration der Terrasse aussuchen und die Sitzordnung für ihre Hochzeit im „HerzCafé" bestimmen konnte. „Außerdem steht Richard auf dem Parkplatz und wartet darauf, dass du seine Lieferung entgegennimmst."

„Ich habe auch nur zwei Arme", stöhnte Michelle, die sich ganz, ganz weit wegwünschte.

„Was haben denn Arme mit der ganzen Sache zu tun?", wollte Annabell zähneknirschend wissen.

„Das war nicht an dich gerichtet."

„Redest du etwa mit jemand anderem?"

„Soll ich die E-Mails beantworten, die gerade hereingekommen sind, oder willst du das machen?", fragte Ingrid weiter, die mittlerweile im Türrahmen des Büros stand und Michelle auffordernd anschaute.

Die hob den Finger und bat ihre Freundin, kurz zu warten.

„Annabell, ich verspreche es dir", sagte Michelle beschwichtigend. „Alles wird zu deiner Zufriedenheit verlaufen. Im Moment ist es etwas schwer für mich, alles unter einen Hut zu bekommen! Es ist so viel los"

„Wir haben das Preisausschreiben gewonnen", hielt Annabell ihr entgegen und ließ Michelle die Luft gepresst ausstoßen.

Natürlich! Das Preisausschreiben. Eine Idee, die Ive gehabt hatte, nachdem sie einen Artikel im *Fehmarnsches Tagesblatt* gelesen hatte, der dazu aufrief, sich als Café oder kleine Lokalität darum zu bewerben, eine maßgenschneiderte Traumhochzeit auszurichten.

„Das ist die Chance, besser auf uns aufmerksam zu machen", hatte Ive gemeint und Jana gleich auf ihrer Seite gehabt.

„Das stimmt. So kommen wir in die Presse und können uns vermarkten. Große Bekanntheit, mehr Kundschaft", waren Janas Worte gewesen, die mit ihren Worten den Stein in Michelle ins Rollen gebracht hatte.

Einen Stein, der unaufhaltsam Richtung Tal der Zeitung gekullert war und schließlich dazu geführt hatte, dass die zuständige Redakteurin nach ihrem Besuch, dem Interview und einem auf Michelles organisierten Schlemmen mit Eis, Torte, Kuchen und belegten Broten entschied, dass das „HerzCafé" an dem Ausschreiben zur Ausrichtung der Hochzeit teilnehmen durfte.

„Eure Gäste werden hier mit einem Sektempfang, Torten, Kuchen, belegten Schnittchen und Eis verwöhnt. Die Hauptgänge –", sie hielt den Hörer vom Ohr, als sie Annabell schluchzen hörte. „Musst du mit dem

Küchenchef des Restaurants absprechen, das ebenfalls an dem Ausschreiben teilgenommen hat. Darauf habe ich keinen Einfluss. Ich stelle nur die Lokalität und die Süßspeisen." Michelle machte eine Pause, hörte das Klagen Annabells und nickte, als sie antwortet: „Das verspreche ich dir. Alles wird super laufen. Gib mir bitte noch zwei Tage, bis ich das Chaos hier beseitigt habe."

„Die Hochzeit ist in zehn Wochen!"

„Ich weiß. Bis dahin haben wir auch alles geregelt und eine Essensabfolge sowie die zu verzehrenden Kuchen erarbeitet", versprach Michelle. „In meinem Terminkalender steht, dass du dich am Mittwoch, den 16. mit Ive treffen und erste Geschmacksproben abgleichen wolltest."

„Heute ist der 16.!"

Verdammter Mist, schoss es ihr durch den Kopf.

„Ich schicke sofort jemanden los", versprach Michelle, winkte Ingrid zu sich und klemmte sich den Telefonhörer zwischen Schulter und Ohr.

„Was gibt es?"

„Jana", formte sie lautlos und zeigte auf das Telefon, „soll den Termin wahrnehmen."

„Sie soll *was?*", fragte Ingrid, die die vor ihrer Brust hängende Brille auf die Nase setzte und ihre Chefin verständnislos anschaute.

„Zu dem Termin gehen!"

„Wie soll das gehen?", fragte Ingrid. „Sie und ich sind allein im Café"

„Sie muss", zischte Michelle.

„Wir haben Gäste …"

„Bitte. Schick sie!"

„Ich rufe eine der Aushilfen an, ob sie kurz einspringen können", meinte Ingrid, zog die Tür wieder zu und rief einem, vor dem Tresen wartenden Kunden zu. „Ich bin sofort bei Ihnen, Herzchen, und nehme Ihre Bestellung auf. Wollen Sie einen Cookie essen, während Sie warten? Geht aufs Haus!"

„Ich weiß gar nicht, warum ich mich auf die Sache eingelassen habe", jammerte Annabell auf der anderen Seite des Telefons, während Michelle tief ausatmete, froh darüber, dass Ingrid sich von nichts und niemanden aus der Ruhe bringe ließ. „Hätte ich das alles gewusst, hätte ich die Hochzeit ganz allein geplant und alles ohne euch in die Wege geleitet."

„Ich verspreche dir", sagte Michelle, während sie tief Luft holte, „Alles wird so, wie es im Preisausschreiben angekündigt worden ist."

Im Stillen dachte sie: *Wenn die Sache hier in die Hose geht, bin ich geliefert. An diese PR-Aktion habe ich alles gehängt. Jede gottverdammte Minute, die ich für diese Hochzeit geopfert habe, darf nicht umsonst gewesen sein. Wird das ein Reinfall, kann ich das Licht hier für immer ausmachen. Dann bleibt mir nichts mehr, außer der Angst.*

„Was gibt es noch?", wollte Michelle von Ingrid wissen, die mit Michelles Handy in der Hand wieder ins Büro kam.

„Benny ist dran. Er möchte mit dir reden." Sie reichte ihr das Handy und eilte zurück zu den Kunden.

„Kein Problem. Auch das mache ich gerne", erwiderte Michelle seufzend und schloss die Augen. *Alles wird gut. Alles wird prima. Alles ist genau so, wie du es immer haben wolltest ...*

***

„Benny", begrüßte sie ihren Bruder lachend durchs Telefon, sichtlich darum bemüht, die innere Unruhe, die sich in ihr ausgebreitet hatte, niederzukämpfen. Sie lächelte, obwohl sie wusste, dass ihr Bruder es nicht sehen konnte. Michelle atmete geräuschvoll ein, als sie die Stimme ihres Bruders hörte und sich vorstellte, dass allein durch den Klang ihrer Stimme das auf ihren Lippen liegende Lächeln transportiert wurde.

Benny mag es, wenn ich lächele, dachte sie. *Er sagt immer, ich bin die schönste Frau, die er kennt.*

„Ich musste lange warten", beschwerte Benny sich, und sie konnte ihn regelrecht am Stationstelefon stehen sehen, die linke Hand am Ohrläppchen, dieses massierend.

„Es ist leider gerade viel zu tun, Baby. Was hast du denn auf dem Herzen?"

„Ich wollte deine Stimme hören", sagte er ihr und schien sich zu schämen. „Ich mag deine Stimme so gern."

„Ich mag deine Stimme auch sehr gern", gab sie zurück und kämpfte mit dem schlechten Gewissen, als ihr einfiel, dass sie die letzten vier Tage nicht bei Benny im Heim gewesen war.

„Hast du mich noch lieb?"

„Von hier bis zum Mond!"

„Ich liebe dich bis zur Sonne", rief Benny daraufhin und fügte – wie immer – hinzu: „Wie ein Sonnenstrahl so heiß."

„Oha", machte sie. „Dann kann ich dich ja nie mehr lieben als du mich."

„Nein, das kannst du nicht", freute er sich und lachte glucksend. „Duuuuhuuu?"

„Ja, Benny?"

„Ich vermisse dich."

„Ich dich auch", lächelte sie. „Ganz doll sogar. Noch doller als du mich!"

„Das geht gar nicht", freute er sich. „Ich vermisse dich wie ich Mama und Papa vermisse. Wann besuchen sie mich wieder?"

Michelle seufzte, als sie die naive Frage ihres Bruders hörte.

Sie hatte sich solange den Kopf darüber zerbrochen, dass sie sich nicht mehr anders zu helfen wusste, als den Pfleger Rafael anzusprechen, der seit gut acht Wochen für Bennys Gruppe zuständig war. Der hatte ihr einen Rat gegeben, auf seine charmante, seine ehrliche und offene Art und Weise: „Konfrontiere ihn. Anders geht es nicht. Irgendwann wird er es akzeptieren!"

So einleuchtend ihr die Worte auch vorgekommen waren, so schwer war es, sie in die Tat umzusetzen. Bisher hatte sie immer versucht, alles von Benny fernzuhalten. Egal ob es damals in der Schule gewesen war, wenn er sie abgeholt, und unweigerlich den Spott der *gesunden* Kinder auf sich zog, oder wie jetzt, wenn sie krampfhaft darum bemüht war, ihn nicht traurig zu machen.

Und auch jetzt, wo seine Stimme noch immer in ihrem Kopf widerhallte, fragte sie sich, wie sie am besten reagieren konnte, um Bennys dunklen Vorahnungen mit ein wenig Licht entgegenzutreten.

Dass etwas nicht stimmte, wusste er.

Was es genau war, war Benny nicht möglich, zu erkunden.

Etwas in ihr scheute sich davor, Benny zu erzählen, was vor drei Jahren wirklich geschehen war. Es tat ihr in der Seele weh, auch nur darüber nachzudenken, ihrem Bruder die grausame Wahrheit zu sagen. Eine Wahrheit, die den sowieso schon labilen Zustand Bennys nur noch mehr verschlechtern würde.

Ihn so traurig zu sehen, konnte sie nicht ertragen.

Benny musste glücklich sein.

Er hatte immer in allem etwas Gutes gesehen. Natürlich wusste sie, wie albern ihre Angst war, ihrem Bruder zu sagen, dass ihre Eltern gestorben waren. Aber etwas ganz tief in ihr drin, wollte nicht, dass er seine Fröhlichkeit verlor. Denn auch ihr war bei dieser Nachricht damals ein Stück Fröhlichkeit für immer abhandengekommen. Das wollte sie nicht auch Benny zumuten. Er sollte sich freuen, wenn er malen durfte. Er sollte glücklich sein, wenn einer der Pfleger mit ihm und seinen heiß geliebten Autos spielte und er dabei seine mit Dämonen bedruckten T-Shirts trug. Er sollte über das ganze Gesicht strahlen, wenn Michelle durch die Tür des Pflegeheims getreten kam, einen Luftballon in der Hand, in der anderen Kuchen und Gebäck, das sie zusammen essen würden.

All das, da war sie sich sicher, würde ihm abhandenkommen, wenn sie ihm sagte, dass ihre Eltern nicht mehr lebten.

Was, wenn es nicht so ist?, fragte sie sich dann, nur um sich die Frage kurz darauf selbst zu beantworten. *Ich erinnere mich an Weinachten. Erinnere mich da-*

ran, wie misstrauisch er Mama und Papa gegenüber gewesen ist, als sie hereingekommen sind und ihm gesagt haben, dass der Besuch am Nordpol wunderschön gewesen war.

Wie verstohlen er versucht hat, herauszufinden, ob unsere Eltern die Geschenke gekauft oder vom Weihnachtsmann bekommen haben!

Selbst dem Weihnachtsmann am Heiligen Abend hat er nicht über den Weg getraut. Er hat das Geschenk in die Hand genommen, hat es inspiziert und gefragt, ob es teuer gewesen war.

Eine enorme Leistung für jemanden, dessen IQ nur bei 68 liegen soll.

Michelle schluckte, während ihr die Gedanken durch den Kopf hämmerten, wie Faustschläge, die sie wieder und wieder mitten ins Gesicht trafen.

„Sie kommen bald", sagte sie schließlich. „Sie vergessen uns nicht. Das haben sie nie."

„Ich weiß", antwortete Benny und schwieg dann. Nur sein Atem war zu hören. Schwer und seufzend, so, als müsse er sich konzentrieren, überhaupt zu atmen.

„Hast du heute noch was Tolles vor?"

„Nein."

„Gar nichts?", fragte sie, während sie einen Schmollmund machte und hoffte, dass er ihre Fröhlichkeit, die sie ihm vorzuspielen versuchte, aus ihren Worten heraushören konnte. „Das kann ich mir gar nicht vorstellen. Ich meine, hey, du bist doch der größte Abenteurer auf der ganzen Welt. Der beste Pirat der sieben Weltmeere."

Benny kicherte. „Das bin ich!"

„Und als der hast du nichts vor? Gar nichts? Gibt es denn keinen Schatz, den du heben musst? Kein Schiff, das erobert werden will? Hallo?! Ich meine, wenigstens eine kleine Jungfrau in Nöten muss doch wohl gerettet werden."

„Du hast Jungfrau gesagt", kicherte er und machte einen brummenden Laut.

„War das etwa unanständig von mir?"

„Das klingt fast wie … na … du weißt schon", sagte er peinlich berührt und ließ Michelle die Sonne in ihrem Herzen aufgehen. Sie fühlte sich erleichtert und es kam ihr so vor, als fiele eine unendliche Last von ihren Schultern, die ihr bis eben noch so unendlich schwer erschienen waren.

Jetzt aber, wo sie mit ihrem Bruder telefonierte und das Gefühl hatte, als wären sie beide wieder Kinder und nichts anderes zählte, als Abenteuer zu erleben, fühlte sie sich frei.

„Das habe ich aber nicht gesagt."

„Manchmal sagen Menschen Sachen, die sie gar nicht so meinen."

Michelle lachte.

„Auslachen zählt nicht. Auslachen ist gemein. Mama sagt immer, man darf nicht über mich lachen. Keiner!"

„Ich würde niemals über dich lachen! Das weißt du doch."

„Tanzen meine Schatten noch?", Michelle lachte und war froh darüber, dass Benny sprunghaft, wie er nun einmal war, das Thema wechselte: „Natürlich."

„Miteinander?"

„Ich würde die beiden niemals trennen“, sagte sie mit einer, ihm alles hoch und heilig versprechenden Stimme. „Die haben sich doch lieb.“

„So wie ich dich.“

„Und ich dich.“

„Dann können wir ja die Schatten sein“, kicherte Benny und Michelle konnte es sich vorstellen, wie er dastand, die Hand vor den Mund gehoben, die Schultern nach vorne gebeugt, die Augen zusammengekniffen, um die Mundwinkel herum, den Schalk eines kleinen Jungen. „Ich bin der große Schatten.“

„Und ich der kleine Dicke?“, wollte sie spaßeshalber wissen.

„Nur dein Popo!“

„Du, noch so ein Spruch und ich muss dich ganz doll durchkitzeln!“

Sie lächelte, während sie einen Blick hinaus aus dem Fenster warf, hin zur Steilküste, und sie an der einen, nur wenige Meter ins Meer ragenden Landzunge, das auf ihr in der Ferne stehende Haus erblickte. Heute, wo die Sicht klar war, die Sonne hoch am Himmel stand und sich, schillernd und glitzernd, auf den die Gischt vor sich hertragenden Wellen brach, konnte sie sogar den, das Haus umschließenden Zaun erkennen.

Es war ihr, während sie Benny kichern hörte und sie die Ferne des Meeres erahnen konnte, als würden all ihre eben noch durch den Kopf kreisenden Ängste und Befürchtungen für einen kurzen Augenblick ihre Kraft und ihren Schrecken verlieren. Als würde es eine Minute der inneren Ruhe geben, die sie sich so sehr wünschte und hoffte, sie irgendwann einmal selbst erleben zu dürfen.

Dazu kamen ihr die Erinnerungen, wie sie Benny das Café das erste Mal zeigte. Ein kleines, immer renovierungsbedürftiges Haus, das sie von dem Erbe ihrer Eltern hatte bezahlen können.

Das einzige hier, das komplett mir gehört. Die einzige Sicherheit, die ich habe.

Michelle sah, wie Benny damals dastand, wie er, mit halb offen stehendem Mund, sein Staunen nicht verbergen könnend, hineingetreten war, in den rund angelegten Servierraum. Mit zitternd erhobenem Finger hatte er die noch frisch weiß gestrichenen Wände angestarrt und gemeint: „Da musst du drauf malen."

„Draufmalen? Was meinst du damit?", hatte sie gefragt.

„Menschen, die sich lieb haben", hatte er erwidert und sie gedrückt.

Und dadurch war die Idee entstanden, die Wände mit liebevoll gestalteten, schattenhaft umrissenen Menschen zu verzieren, die aussahen, als würden sie hier lesen, reden, essen, trinken und, so wie Benny es wollte, miteinander tanzen.

Was zu einer neuen Idee bei Michelle geführt hatte.

Sie erinnerte sich noch daran, wie sie mit Jana und Ingrid zusammen die Schablonen angefertigt hatte, um die Schattenmenschen an die Wand malen zu können. Wie Benny sie besucht hatte, mit den Pinseln spielte und es nicht abwarten konnte, *seine* Kunstwerke auf die Wand bringen zu können.

„Und das da ist dein Popo", hatte er damals lachend gesagt, als er die Tänzer akribisch, einem wahren Künstler gleich, ausgemalt und fertigstellt hatte.

„Du bist ein Schlingel", war ihre Erwiderung gewesen, während sie Benny mit ihrem Pinsel einen Strich durchs Gesicht zog, was er mit einem erschrockenen Quicken honorierte und dann, als er sich mit dem Handrücken über die Nase fuhr, lapidar meinte, er wollte gerne einen Schluck Cola trinken.

Die Idee, die ihr gekommen war, ließ sie nicht mehr los.

Tanzen, waberte es ihr unentwegt durch den Kopf, dicht gefolgt von, *Lachen. Lauschige Musik, die bei einem lauen, vom Meer herüberkommenden Lüftchen in der Luft lag. Lampions, die sich im Wind wiegten. Menschen, die den Abend genossen.*

Und so war ihr Einfall zu einem Plan geworden, den sie in die Tat umsetzen wollte.

Ihre Terrasse so umgestalten, dass man dort jederzeit kleine Festlichkeiten, Feiern und Geburtstage feiern konnte.

„Wann besuchst du mich denn?", fragte Benny unverhofft und riss sie damit aus ihren Gedanken und ließ das eben entstandene Gefühl der Leichtigkeit wieder verschwinden.

„Bald", erwiderte sie und bekam ein schlechtes Gewissen, woraufhin sie schnell hinzufügte: „Spätestens Übermorgen."

„Ist das lange?"

„Noch zwei Mal schlafen."

„Ich will nicht noch zwei Mal schlafen", lallte Benny. „Kommst du jetzt gleich?"

„Jetzt habe ich leider keine Zeit."

„Nur ganz kurz. Fünf Minuten? Ich will mit dir kuscheln."

„Das will ich doch auch mit dir", sagte sie mit einem selten schweren Herz in der Brust, das drohte, ihr in die Hose zu rutschen.

„Dann kommst du gleich?"

Sie seufzte. „Benny. Ich habe wirklich zu tun."

„Bringst du dann auch etwas zu Naschen mit? Mir wurden meine Naschis weggenommen."

„Hat da jemand wieder heimlich Bonbons stibitzt?", wollte sie spielerisch zornig wissen und wusste, dass Benny auf ihre „Jetzt werde ich aber gleich böse"-Stimme immer gleich reagierte. Er kicherte. Und so wie er es tat, konnte sie ihn da wieder am Telefon stehen sehen. Die linke Hand an die Wange gelegt, den Kopf verschämt auf der Schulter liegen, während er nervös einen Fuß vor den anderen setzte.

„Ja", gestand er ihr.

„Sollst du das?"

„Nein", sagte er schuldbewusst und fragte dann gleich wieder. „Mama und Papa sagst du das aber nicht?"

„Niemals. Bleibt unser Geheimnis. Großes Indianerehrenwort!"

„Dann sehen wir uns gleich", sagte Benny und machte einen glucksenden Laut, um dann das Telefon aufzulegen, ohne sich zu verabschieden.

Michelle schüttelte den Kopf.

Könnte sie Benny jemals böse sein?

Kapitel 2

Bewerbungsmail

„Sie sind mit der Mailbox von –", ein schlechter Einspieler ertönte. „Ive Helliger", um dann wieder zur mechanischen Tonbandstimme zurückzukehren, „verbunden. Bitte hinterlassen Sie eine Nachricht nach dem Signalton!"

„Ich bin es. Michelle. Schon wieder", sprach sie genervt auf die Mailbox ihrer ehemaligen Mitarbeiterin, und wünschte sich nur einmal in ihrem Leben explodieren zu können. Nur einmal impulsiv und ihren tief in ihr schlummernden Gefühlen nachgeben zu können, um Ive auf die Mailbox zu brüllen. Nur einmal schreien, dass Ive sich melden und wenn sie sie schon im Stich ließ, wenigstens nicht auch noch ihr zukünftiges Geschäft versauen sollte. Sie wollte nur einmal sagen, was ihr auf der Zunge lag.

Dann aber, als sie sich nichts sehnlicher wünschte, als einmal nicht Michelle Franke zu sein, hörte sie sich sagen: „Du, es wäre toll, wenn du dich noch einmal bei mir melden könntest. Du hast deine Idee zur Menüabfolge und die dazu gehörigen Notizen für die Hochzeit von Annabell und Hauke nicht ins Kästchen gelegt. Ich würde mich gerne an deiner Abfolge orientieren, um mir ein wenig Arbeit zu sparen, nachdem du den Abend nicht mehr ausrichten wirst. Wäre lieb, wenn du dich noch einmal bei mir melden könntest. Liebe Grüße. Hoffe, du wirst schnell wieder gesund!"

In dem Moment, wo sie ihr letztes Wort gesprochen hatte, hörte sie das erneute „Ist es denn wahr?" einer Kundin durch ihre leicht angelehnte Bürotür.

Seit gut zwei Tagen redeten sich die Kunden, die hierherkamen, die Köpfe heiß. Immer wieder beugten sie sich verschwörerisch vor, fragten mit leiser Stimme, ob Ive denn noch wiederkommen würde, oder ob sie ernsthaft in Erwägung zog, Richtung Kiel aufzubrechen.

Jana, Ingrid und sie selbst, immer freundlich lächelnd darum bemüht, das Gesicht zu wahren, meinten dann: „Ive sucht gerade neue Perspektiven."

„Und ihre Torten?", wollten die Kunden dann wissen.

„Die backen wir weiter."

„Werden sie denn auch genauso gut schmecken?"

„Noch besser", meinte Ingrid dann immer, der man anhören konnte, dass sie noch immer enttäuscht darüber war, dass Ive dem Café einfach den Rücken gekehrt hatte. „Sie werden keinen Unterschied schmecken."

„Na, ich weiß ja nicht", hatte eine Kundin zweifelnd gesagt und Michelle rutschte das Herz in die Hose. „Ive hatte eine ganz besondere Art, uns kulinarisch zu verwöhnen."

„Wir verstehen ja alle unser Handwerk", war Michelles hastig klingende Antwort gewesen. „Und einen Gaumenschmaus backen, das haben wir alle im Blut!"

Ihr war nur zu bewusst, dass das alles hier, was sie tat, auf äußerst schmalen Brettern gebaut worden war. Eine blöde Geschmackszusammenstellung bei den Cookies oder Torten, die den Kunden nicht schmeckten und sie konnte ihr Café schließen und zu Grabe tragen.

Natürlich wusste sie, dass Jana ebenso gut backen und dekorieren konnte; sie selbst war auch nicht schlecht.

Ive aber war …

… etwas Besonders gewesen.

Allein die Tatsache, dass so viel an einer Mitarbeiterin hing, ließ sie Magenschmerzen bekommen. Aus dem Grund hatte sie einen versöhnlichen Ton angeschlagen und versichert, dass nach Ives Ausscheiden eine Option gegeben war, die Hochzeit zu retten und die Kunden zu beruhigen, dass alles genauso weiterlaufen würde wie bisher.

Wie immer die Option auch aussehen würde.

Michelle hatte sich in den letzten beiden Tagen unentwegt mit Dingen beschäftigt, die sich um nichts anderes drehten als den Herzschlag – das heißt, das Konto – der das Café am Laufen hielt. Sie musste nur an das bescheuerte Gespräch mit dem Liefergehilfen denken, der heute Morgen dagewesen war, als sie mit Annabell gesprochen hatte.

„Sie haben die letzten beiden Getränkelieferungen noch nicht bezahlt", hatte der schlanke, immer schüchtern wirkende Mann gesagt, dessen Gesicht von einem dunklen Bart eingerahmt gewesen war. „Sollten sie nicht bezahlen, war das vorläufig die letzte Lieferung! Soll ich so ausrichten", schob er hinterher, die Hand hinter dem Kopf, während er die Lippen schief aufeinanderpresste, um dann die Hand zu heben, an Michelle vorbei zu schauen und an Jana gewendet zu sagen: „Hi!“

„Hallo“, sagte Jana, den Kopf gesenkt, ein verspieltes, beschämtes Lächeln auf den Lippen.

„Dir geht es hoffentlich gut?“

„Sehr.“

„Schön.“

„Dir auch?“

Er nickte und sagte schnell, während seine Stimme sich beinahe überschlug: „Ich habe gestern deine Idee umgesetzt, mein Toast in der Pfanne anzubraten, es mit Salz und Pfeffer zu bestreuen und in einer leichten Panade aus Chili, Petersilie und Rosmarin zu wenden.“

Jana hob den Kopf. Ihre Augen leuchteten: „Und?“

„Es war voll lecker. Der Emmentaler hat die Sache abgerundet.“

„Das freut mich zu hören. Das nächste Mal kannst du auch frische Radieschen drauflegen oder wenn du es saftiger magst, eine Gurke. Und wenn du es deftig magst, dann Büffelmozzarella. Das schmeckt richtig gut.“

„Klingt lecker.“

„Finde ich auch.“

Das hastig geführte Gespräch schlief wieder ein. Michelle stand da, einen verwirrten Blick zwischen den beiden hin und her werfend und fragte sich, von was sie hier gerade Zeuge gerade geworden war.

Erst als der Lieferant ein „Äh“ von sich gab und seinen Blick wieder auf Michelle richtete, schien es, als würde die Realität zurückkehren.

„Möchtest du was trinken ...?"

„Richard!"

„Richard", lächelte Michelle. „Ne Cola oder so?"

„Nein, nein, nichts. Ich muss weiter. Mein Terminplan ist randvoll", sagte er, streckte die Brust raus und hatte die letzten Worte so laut gesprochen, dass Jana sie auf jeden Fall hören musste. „Und überweisen Sie bitte. Mein Chef ... Nun ja, der ist etwas fuchsig, wenn es ums Geld geht."

„Ich weiß", hatte sie kleinlaut gesagt, während sie den Empfang der Getränkelieferung quittierte. „Ich versuche, bis zum Ende der Woche zu überweisen."

„Sag ich ihm", nickte Richard, nahm seine Schirmmütze vom Kopf, wippte von den Zehenspitzen auf die Fersen und klang ganz belegt, als er sagte. „Wir ... wir äh", um dann abzubrechen. Er setzte die Mütze wieder auf, winkte Michelle hastig zu und war aus dem Café verschwunden.

Michelle drehte sich langsam zu Jana herum.

Sie lächelte.

Janas Ohren glühten.

„Was war das denn?", wollte sie wissen. „Kleine Tipps, um ein überbackenes Toast schmackhafter zu machen?"

„Wir kamen neulich so ins Gespräch", sagte Jana schnell, rührte hastig in der Schüssel und tat alles dafür, um Michelle nicht ins Gesicht gucken zu müssen.

„Was für ein Gespräch?", ließ Michelle nicht locker.

„Über dies und das eben."

Michelle setzte an, eine weitere Frage zu stellen und freute sich darüber, die Schamesröte in Janas Gesicht aufsteigen zu sehen. Nicht, weil sie sie verspotten und aufziehen wollte, sondern, weil sie sich für Jana freute, jemanden gefunden zu haben, der ihr das Gefühl von Verliebtheit gab, mit allem was dazugehörte: Rotwerden, peinliches Stammeln, verlegene Blicke. „Ich muss jetzt echt schnell Cookies nachbacken. Ingrid verschenkt zu viele!", erwiderte Jana hastig.

„Schon gut, Süße", lächelte Michelle und flüsterte ihr im Vorbeigehen zu: „Genieße es, so lange du nur kannst."

***

Liebe Frau Café-Besitzerin,

las Michelle verwirrt die gerade auf ihrem Handy eingegangene E-Mail, während sie parallel dazu versuchte, beim Finanzamt jemanden zu erreichen.

Ich habe heute via Mundpropaganda zu hören bekommen, dass Ive Helliger bei Ihnen aufhört und sich neuen Tätigkeiten in der großen, weiten Welt der Konditoren zuwenden will.
So traurig das auch ist, weil ich ihre Backwaren immer gerne gegessen habe, so kann dies auch eine neue Chance sein.
In einem alten, chinesischen Sprichwort heißt es: „Wenn der Wind der Veränderung weht, bauen die einen Mauern und die anderen Windmühlen."
Seien Sie doch die Windmühle und machen das, was Sie am besten können – Menschen mit ihrer Freundlichkeit, ihrer Zielstrebigkeit und guten, leckeren Torten, Kuchen und Kaffees verwöhnen.

Ich freue mich auf jeden Fall wieder auf einen Kaffee bei Ihnen. Und wer weiß, vielleicht kann ich ja auch der Wind sein, der alles verändert. Erfahrungen beim Servieren und beim Backen habe ich schon gesammelt. Ich würde mich freuen, wenn Sie sich nur kurz einmal bei mir melden könnten. Auch wenn es nichts mit einer Anstellung werden sollte – Sie kennenzulernen, würde mir auch sehr gefallen.

Ihr
Philipp.

Verwirrt über diese Art von Bewerbungsschreiben, hatte Michelle für einen kurzen Augenblick alles um sich herum vergessen. Die elektronische Ansage, die ihr mitteilte, dass aufgrund eines hohen Krankenstandes zurzeit niemand zu erreichen war, entging ihr ebenso, wie die Ankunft einer kleinen Rentnergruppe, die freundlich fragte, ob sie Kaffee und Kuchen auf der Terrasse zu sich nehmen konnten.

Sie tippte mit dem Daumen auf den Button „Antworten" und verfasste die erste E-Mail seit mehreren Tagen, die auf eine gute Nachricht antwortete,

Lieber Philipp,

vielen Dank für Ihre Bewerbung. Gerne können wir uns treffen, um zu schauen, ob eine Einstellung in Frage käme. Ich kann Ihnen aber leider nichts versprechen, da es mehrere Bewerber auf die offene Stelle gibt.

Herzliche Grüße

Michelle

Es gibt mehrere Bewerber auf die offene Stelle, dachte sie schmunzelnd und fügte in Gedanken hinzu. *Genau eine weitere.*

Obwohl sie nicht wusste, warum sie Philipp gegenüber so ehrlich und offen war, spürte sie, dass es ihr guttat, die E-Mail zu schreiben. Noch besser ging es ihr, als sie den gerade verfassten Text noch einmal Korrektur las. Sie löschte einige Schreib- und Tippfehler und schob noch einen erklärenden Satz hinterher, dass sie sich auch freuen würde, wenn sie Philipp kennenlernen dürfte. Als sie ihren Entwurf nochmal durchlas, musste sie das erste Mal offen und herzhaft lächeln.

Sie schickte die E-Mail fort und lauschte in sich herein.

Es fühlte sich gut an, die eigenen Gedanken einmal nicht um Probleme kreisen zu lassen.

Seine Idee, Neues zu entdecken und Möglichkeiten in dem Umbruch, den Ives Kündigung mit sich brachte, zu sehen, gefielen ihr.

Sie nickte sich zu, hob den Kopf und wunderte sich über den von den Rentnern verursachten Tumult da draußen.

Ingrid lachte und sagte zu einem adrett aussehenden, grauhaarigen Mann: „Sie könnten Nummer zwei werden", und ließ mit dieser Bemerkung Michelle die Haare zu Berge stehen.

Sie legte das Telefon auf die Gabel, ließ ihr Handy in die Hosentasche gleiten und rief: „Ingrid, ich glaube die Herrschaften möchten bestellen", und sah, dass Jana über eine Schüssel gebeugt stand, und mit der Hand

Sahne steift schlug, noch immer verschmitzt lächelte, während sie meinte: „Vor Ingrid müssen Sie sich in Acht nehmen. Die frisst sie mit Haut und Haar."

„Jetzt wird es interessant", sagte der Mann und meinte dann, als Ingrid sich herumdrehte, „Sowas mochte ich schon immer."

„Wenn Sie jetzt auch noch tanzen können, würde ich Ihnen meine Nummer geben", entgegnete Ingrid.

„Dafür nehme ich noch einmal Tanzstunden", lächelte er und Michelle stand mit offenem Mund da.

Flirtete man so?

Ging es so einfach?

Das „Pling" in ihrer Hose ließ ihr Erstaunen in den Hintergrund treten. Sie griff in die Tasche und fragte, bevor sie sah, dass sie eine E-Mail bekommen hatte: „Soll ich ...?"

„Wir machen das schon", lächelte Jana. „Kümmere du dich mal um die Organisation der Hochzeit und deine E-Mails."

„Okay."

Ingrid, lässig Kaugummi kauend, schaute zu der kleinen, untersetzten Frau, die plötzlich zu dem hochgewachsenen, weißbärtigen Mann getreten war, der eben noch meinte: „Hier bekommt man mehr, als einen gut schmeckenden Kaffee."

„Walter", schlug die rundliche Frau ihm spaßeshalber gegen den Oberarm. „Du sollst nicht immer so ein loses Mundwerk haben. Wenn deine Ida das noch hören würde, wie du hier redest."

„Dann würde sie mir recht geben und mich für meinen guten Geschmack loben, den ich noch immer habe."

Michelle nahm die Hand vors Gesicht, lachte leise und sah, dass Philipp kurz und knapp geantwortet hatte.

Wann soll ich denn zum Vorstellungsgespräch kommen? Wenn das überhaupt nötig ist, da es bestimmt keinen Besseren als mich geben wird.

Seine lapidar formulierte Frage und die freche Art ließen Michelle schmunzeln.

Die Tatsache, dass sie vor ihrem Handy saß und sich krampfhaft eine flapsige und ebenso dahingerotzte Antwort ausdenken wollte, ließ sie kichern.

Sie bekommen das Vorstellungsgespräch nur, wenn es einen selbstgebackenen Kuchen und einen selbst gebrühten Kaffee Ihrerseits als Bestechung gibt.

Sie sandte die Nachricht ab und konnte kaum glauben, was sie da eben gerade getan hatte.

Es war gar nicht ihre Art, solch unprofessionelle Antworten zu versenden, schließlich ging es hier ums Geschäft. Aber irgendetwas an dieser Konversation gab ihr ein Gefühl der Freiheit und der Spontaneität. Ein Gefühl, das sie schon lange nicht mehr hatte.

Nur um kurz darauf wieder in die Wirklichkeit zurückgerissen zu werden.

Brutal und unnachgiebig.

Sie schluckte, als sie ihr Handy hob und die im Display aufleuchtende Nummer erkannte.

Ive Helliger rief zurück …

***

Ich frage mich ehrlich, kam ihr der Gedanke, nachdem das Gespräch beendet worden war, *wie ich auch nur einen Augenblick daran hatte denken können, einen Abend mit Ive und Jana ins Wicken zu gehen.*

Wie dumm muss ich gewesen sein?

Wie verblendet?

Michelle hatte es noch nie sonderlich gemocht, wenn man Dinge, die man gesagt, getan oder gedacht hatte, später revidierte und sich deshalb selbst einen Narren nannte. Sie war immer der festen Überzeugung gewesen, dass man aus Dingen, an die man eben dachte, die man sagte oder fühlte, lernen konnte und sich dadurch besser kennenlernte.

Jetzt aber, nachdem sie wutschnaubend aufgelegt hatte, war das Gefühl so wirklich, so echt, dass sie am liebsten geschrien hätte.

„Jetzt nicht", meinte sie, als Ingrid die Tür zu ihrem Büro öffnete und schob hinterher. „Bitte."

„Da ist ein ...", ließ Ingrid sich nicht abwimmeln.

„Später. Nicht jetzt", schnaubte Michelle und stieß sich von ihrem Schreibtisch ab. Sie ballte die Faust und schimpfte: „Blöde Ive. Bescheuerte Ive."

„Alles gut bei dir, mein Kind?", wollte Ingrid wissen.

„Nichts ist gut", rief Michelle und zeigte anklagend auf das vor ihr auf dem Schreibtisch liegende Handy. „Ive hat mir gerade gesagt, dass sie keinen Fuß mehr ins Café setzten wird."

„Oh ..."

„Ja! Oh", rief Michelle und riss die Arme in die Höhe. „Außerdem gibt sie uns den geplanten Ablauf für die Hochzeit nicht. Ebenso wenig die Menüabfolge. Damit möchte sie ihren neuen Chef beeindrucken", spie Michelle aus und drückte sich wieder die Handballen gegen die Augen. „Geistiges Eigentum, hat sie gesagt. Etwas, was sie noch fertig machen will – aber bei einer größeren, einer besseren Feier. Einer Plattform, die ihre Arbeit mehr zu würdigen weiß, als das „HerzCafé"!"

Ingrid sagte nichts.

Kurz flutete Stille Michelles Büro.

„Was soll ich tun?", fragte sie härter als sie wollte und war froh darüber, dass Ingrid solche Stürme schon dutzende Male erlebt und überstanden hatte.

„Du solltest einen Tag ausspannen, ein Stück Kuchen essen und einen Kaffee trinken."

Michelle lachte: „Wenn ich das nur könnte."

„Ich kann dich auch bestechen, wenn du möchtest", meinte Ingrid schulterzuckend und schenkte Michelle einen vielsagenden Blick.

„Bestechen?"

Ingrid nickte. „Hab da gerade einen netten Anruf von einem Philipp Mayer bekommen. Er wollte morgen vorbeikommen und die Bestechung abgeben."

Ingrid schmunzelte.

„Hat der es eilig", keuchte Michelle, der das ganze Hochgefühl, das sie empfunden hatte, nachdem sie die E-Mail geschrieben und abgeschickt hatte, abhandengekommen war. Jetzt, wo ihr bewusst wurde, was sie da überhaupt geschrieben hatte, kam sie sich noch bescheuerter und noch alberner vor, als sie es sowieso schon tat.

„Diese Woche wird es nichts mehr", sagte Ingrid. „Das habe ich schon gecheckt. Aber nächste Woche hätte ich nichts gegen eine Bestechung und einen netten Plausch mit einem hübschen, jungen Mann.“

„Ich habe da jetzt echt keinen Kopf für“, seufzte Michelle und winkte ab, als sie merkte, dass Ingrid sich von der einmal eingeschlagenen Route nicht mehr abbringen ließ.

„Kindchen, du darfst nicht immer verzweifeln. Ja, es ist blöd, was Ive macht. Vergiss aber auch nicht, dass es nicht Ive selbst ist, die da spricht. Irgendwelche schlauen, habgierigen Menschen werden ihr den Kopf verdreht haben. In zwei oder drei Monaten wird es dann eine E-Mail oder einen Anruf geben, in dem sie sich bei dir für ihr dummes Verhalten entschuldigt. Mäuschen, guck mich nicht so an. Du darfst dich ärgern. Natürlich. Aber du musst auch nach vorne schauen. Es ist nicht mehr zu ändern. Konzentrier dich lieber darauf, was du heute Großartiges gemacht hast.“

„Ich habe etwas Großartiges gemacht?“

„Du hast zwei Menschen glücklich gemacht“, erwiderte Ingrid. „Und das ist mehr wert, als du dir vorstellen kannst. Sehr viel mehr als der Verlust einer Mitarbeiterin, die gut backen kann!“

„Ich habe doch gar nichts gemacht.“

„Jana und Richard“, konstatierte Ingrid und streichelte Michelle liebevoll durchs Gesicht. „Du hättest ihn doch auch wegschicken können, nachdem er dir so blöde Nachrichten gebracht hat.“

„Man bestraft den Boten nicht.“

„Du nicht. Dir liegen die Menschen am Herzen. Und das macht dich so liebenswert, mein Engel.“

Sie lachte innerlich, als sie begriff, was Ingrid ihr mit ihren Worten hatte sagen wollen. Sie verlor immer wieder den Blick auf die kleinen, die alltäglichen Dinge des Lebens, weil sie nur die Probleme am Horizont sah.

Sie seufzte: „Du hast recht, Ingrid. Ich sollte den Kopf frei bekommen."

„Und vorsichtshalber einen Anwalt kontaktieren. Der hier ist gut", meinte sie und hielt ihr eine kleine Visitenkarte entgegen. „Ein alter Bekannter von mir."

„Warst du mit ihm auch …?"

„… im Bett?", nahm Ingrid Michelle die Worte aus dem Mund, klang dabei aber nicht vorwurfsvoll, sondern wie in Erinnerungen schwelgend. „Darauf kannst du Gift nehmen, mein Kind. Darauf kannst du Gift nehmen!"

„Und dann meinst du …?"

„Ja, das meine ich. Dave ist ein guter Kerl, ein liebenswerter Mensch und einer der besten Liebhaber, die ich kenne. Man, mit ihm bin ich von einem Orga …"

„Ich will es gar nicht hören", lachte Michelle und stieß sich von der Fensterbank ab, um die ihr gereichte Karte auf den kleinen Notizblock zu werfen, der vor dem noch immer schwarzen Monitor lag.

„Solltest du aber. Bringt dich vielleicht auch mal auf andere Gedanken. Aber Dave versteht was von Kündigungsrecht und dergleichen. Er macht dir bestimmt einen fairen Preis …"

Michelle lächelte: „Das ist das nächste Problem. Ich bin so gut wie pleite."

„Auch das bekommen wir hin. Die Rechnungen für den Getränkelieferanten hast du wo liegen?"

„Hier."

„Die nehme ich an mich und suche eine Lösung für unsere Probleme", lächelte Ingrid, schnappte sich die Rechnung und wackelte, die Hüften schwingend, hinaus ins Café, um einer Kundin entgegenzuflöten: „Bin gleich bei dir, Darling!"

Michelle schmunzelte und sie nahm sich vor Ingrids Bekanntschaft, Dave, anzurufen ...

Vorher aber würde sie zu Benny fahren. Sie vermisste ihren Bruder und sie genoss es, sich mit ihm gemeinsam abzulenken.

***

„Rafael mag dich", sagte Benny nicht zum ersten Mal, während er den Kopf zwischen die Schultern nahm und verstohlen grinste.

„Meinst du, ja?", fragte Michelle lachend, während sie sich neben Benny auf die Parkbank setzte, die Beine übereinanderschlug und für einen kurzen Augenblick die Augen schloss. Die angenehme, die ihr ins Gemüt vordringende Stille des Parks war mit nichts zu vergleichen, was sie sich den Tag über im Café gewünscht hatte.

Die Stille hier war absolut und wurde nur von dem Rauschen der Blätter und dem leisen Klopfen eines Spechtes begleitet, der in die Rinde einer Birke hackte. Dazu der wohlige Geruch von gerade sich öffnenden Blumen, die hinter ihr in dem säuberlich angelegten Beet zu blühen begangen.

Michelle hatte das erste Mal das Gefühl, als würde sie innerlich zur Ruhe kommen.

Allein die Tatsache, dass Benny neben ihr saß, und sie angrinste, entschädigte sie für so vieles.

So wie die Fahrt über die Fehmarn-Sundbrücke, dachte sie. *So sehr ich meine Insel auch liebe und es genieße, auf ihr zu leben. Runter zu fahren, hinauf aufs Festland, die sich vor mir ausbreitende Ostsee zu überblicken, die Landzungen zu sehen, das Gefühl, ins pulsierende Leben einzutauchen, entschädigt für so viel.*

Dazu der Blick auf die Kieler-Förde, wenn ich von der Hauptstraße abgebogen bin.

Ihr Leben war zurzeit ...

... das reinste Chaos.

Aber nicht, wenn sie das Meer und die auf ihm dümpelnden Schiffe sah.

Nicht dann, wenn die Sonne hoch am Himmel stand und sie beobachten konnte, wie die Menschen sich an den Stränden und auf den Dünen vergnügen konnten.

Sie seufzte leise, als ihr bewusst wurde, dass ihr schwer von Gedanken gewordener Kopf sich schon wieder mit Problemen beschäftigte. Dass sie wieder an das Telefonat denken wollte, das sie mit Ive geführt hatte. Andererseits, hätte sie das aufwühlende Gespräch mit Ive nicht gehabt, so hätte sie niemals Dave, den Anwaltsfreund von Ingrid kontaktiert. Der freundliche, zuvorkommende und vor allem witzige Anwalt hatte ihr nicht viel Mut machen können, was das geistige Eigentum Ives betraf, sie aber insofern aufgemuntert, dass Ive ihre für Michelle entworfene Menüabfolge auch nicht einfach so mit zur Konkurrenz nehmen durfte. Das heißt, es bestand Hoffnung, dass sie sich zumindest dahingehend ein wenig Arbeit und Zeit bei den Vorbereitungen der Hochzeit sparen konnte.

Der Anblick der sich auf der Ostsee spiegelnden Sonne und bei Benny zu sein, das kann mir keiner nehmen, dachte sie und öffnete die Augen wieder. „Was hast du?", fragte sie, als sie bemerkte, dass ihr Bruder sie noch immer anschaute.

„Er mag dich."

„Tut er nicht", seufzte Michelle. „Er kennt mich nicht einmal."

„Er weiß, dass du einen Zweitnamen hast."

„Woher?", wollte Michelle wissen.

In ihren Augen blitzte es zornig auf.

„Ich habe es ihm gesagt", klatschte Benny in die Hände. „Er wollte wissen, wie du heißt."

„Du kannst doch nicht einfach meinen Zweitnamen ausplappern", protestierte Michelle und schüttelte den Kopf. „Ach Benny, was soll das denn?"

Sie lächelte mild, als sie nach Bennys Hand griff und ihn fragte: „Kann man ihm denn vertrauen?"

„Pirat", antwortete Benny ihr lachend.

„Ja, ja, du bist mir schon so ein Gauner. Aber echt jetzt. Meinen zweiten Vornamen?"

Benny nickte und grinste.

„Ist er denn nett?", wollte sie schließlich wissen, als sie die Beine übereinanderschlug, sich zurücklehnte und die wärmende Sonne auf der Haut genoss.

Sie wusste, dass sie Benny alles fragen konnte. Besonders dann, wenn es darum ging, Menschen richtig einschätzen zu können.

Ihr Bruder hatte etwas, dass Michelle bis heute nicht richtig begriffen hatte.

So hilflos er in vielen Momenten wirkte und so naiv und kindlich er sich gab, so war da etwas in ihm, das ihn Menschen verstehen ließ. Dann schaute er sie immer an, spielte sich am Ohr und meinte dann: „Ich mag ihn nicht", oder aber „Der ist lieb."

Obwohl Michelle es nicht mochte, Benny vor ihren Karren zu spannen, tat sie es in diesem Fall doch.

Michelle lächelte knapp, streichelte Bennys Hand und sah, wie sich eine steile Falte auf seiner Stirn bildete. In seine Augen trat ein kurzer, dumpfer Ausdruck, dann zuckte er, die Lippen zusammengepresst mit den Schultern.

„Du weißt es nicht?"

„Er ist nett."

„Mehr nicht?"

„Nicht immer", murmelte Benny und lächelte dann. „Er weiß, dass du Irmgard heißt."

Benny kicherte und hob die Hand zum Mund.

Michelle boxte ihm liebevoll gegen die Schulter und sagte: „Du sollst meinen Zweitnamen niemandem verraten!"

„Es tut mir leid", hörte sie hinter sich die warme, weiche Stimme Rafaels. „Wenn ich in die Sache hineinplatze, Frau Franke. Aber ich glaube, das alles hier ist auf meinen Mist gewachsen!"

Michelle drehte sich auf der Bank herum. Die Beine hatte sie noch immer übereinandergeschlagen, und hoffte, dass sie dadurch abweisend wirkte. Benny, der neben ihr kicherte, klatschte noch einmal vor Freude in die Hände und erhob sich von seinem Platz.

Er gab ihr einen Kuss und lief dann zur Rutsche, um zu schreien: „Seht mal, was ich kann."

Michelles Unbehagen wuchs.

Bennys Aussage war, gelinde gesagt, zu schwammig gewesen. Aus seinen Worten konnte sie alles lesen, wenn sie wollte. Hin zu der einen, oder hin zu der anderen Seite.

„Herr …", begann sie, weil sie nicht wusste, wie Rafael mit Nachnamen hieß. Auf dem, unter seiner linken Brust angebrachten Namensschild stand nur dessen Vorname.

„Gordon", half er ihr aus.

„Herr Gordon, was auch immer sie getan haben, um Benny dafür zu nutzen, mit mir in Kontakt zu kommen. Ich finde das alles andere als niedlich. Mein Bruder ist keine Marionette, an deren Fäden man ziehen kann. Ich verbiete mir, dass sie seine Naivität …"

„Er ist nicht naiv", fiel Rafael ihr ins Wort, und sie sah im untergehenden Licht der Sonne den hellen schimmernden Glanz seiner kaum beschreibbaren, tief wirkenden Augen. Michelle wusste es nicht besser zu beschreiben. Aber in dem Moment, wo die Sonnenstrahlen auf ihn fielen, war da etwas, was sie erkunden wollte. Etwas, das sie nicht gleich erkannte.

Es kann gut und es kann schlecht sein, dachte sie, *Ein Schatten, der etwas verdeckt.* Sie lenkte sich von ihren Gedanken ab und inspizierte die einfache Pflegekleidung, die etwas Schlichtes hatte und Rafaels Körper in ihrem schlichten Schnitt dennoch nachzeichnete. Er hatte eine breite Brust und muskulöse Arme, wodurch der vorgewölbte Bauch gar nicht störte. Sie mochte ohnehin keine Männer mit Waschbrettbauch.

Sie sah da einen attraktiven Mann vor sich stehen, dessen Konturen sie in weiterer Entfernung an Bret The Hitman Hart erinnerten. So albern es auch klang, aber damals, als sie ein Kind gewesen war, hatte sie nichts mehr geliebt, als mit ihrem Vater samstagabends auf der Couch zu sitzen, Chips zu essen und die neusten Folgen der WWF zu schauen.

„Ich glaube nicht, dass ich Sie davon abbringen kann, Benny und mich in Ruhe zu lassen.“

„Auf jeden Fall wäre es mit einer längeren Diskussion verbunden“, gab er zu. „Wissen Sie, ich lasse mir ungerne eine Gelegenheit entgehen. Und Sie sind, wenn ich das so sagen darf, eine ausgesprochen interessante Gelegenheit.“

„Ich mag es nicht, wenn Benny für eigene Zwecke eingespannt wird“, erinnerte sie ihn abweisend. Michelle merkte, dass sie Rafael viel zu lange schon anstarrte. Dass ihre Blicke jede einzelne Kontur seines Kinns nachzeichneten und sie mit einem lauten Klopfen ihres Herzens bemerkte, dass seine Lippen etwas ausgesprochen Verführerisches besaßen. Sie wollte gar nicht in die blöden, albernen Verhaltensmuster eines jungen, naiven und viel zu schnell zu beeindruckenden Mädchens zurückverfallen. Aber während sie dasaß, die Sonne hinter ihnen unterging und sie noch die wärmenden Strahlen auf der Haut spürte, war es ihr, als wäre sie wieder fünfzehn und das erste Mal in ihrem Leben so wirklich verknallt. Sie spürte das laute Klopfen ihres Herzens. Sie konnte fühlen, wie die Knie ihr weich wurden – obwohl sie saß.

Es hatte so viel Schönes an sich gehabt, damals, als sie zu glauben schien, verliebt zu sein.

Eddy!

Sie seufzte innerlich, als ihr bewusst wurde, dass sie wieder an den ihr Herz brechenden Arsch dachte, der ihnen das verlängerte Wochenende auf Amrum versaut hatte. Was sie wiederum dazu brachte ihre kindlichen Schwärmereien für Rafael einzustellen, und ihn nun mit den Augen einer erwachsenen, in finanziellen Schwierigkeiten steckenden Frau zu betrachten.

Sie sah, dass er sich unter ihren Worten unangenehm zu fühlen begann. Sein eben noch sicheres, auf Erfolg programmiertes Lächeln hatte sich verloren und war einem Grinsen gewichen, das noch nicht wusste, ob es auf die Seite der Sieger oder auf die Seite der Verlierer wechseln sollte.

„Ich habe ihn nicht bequatscht.“

„Aber die Naschis verboten“, hielt Michelle ihm entgegen. „Deshalb hat er mich angerufen. Und ich bin auch noch so töricht und komme hierher, um die Sache klären zu wollen.“

Rafael lachte: „Erwischt.“

„Das kann ich Ihnen ohne weiteres als Ausnutzung eines Schutzbefohlenen auslegen.“

„Deshalb entschuldige ich mich ja bei Ihnen“, sagte Rafael feierlich. „Wirklich und aufrichtig. Ich wollte einfach die Möglichkeit haben, Sie persönlich zu fragen, ob Sie sich vorstellen könnten, einen Abend mit mir ins Kino zu gehen?“

„Dafür locken Sie mich hierher?“

Er nickte: „Ja.“

„Ein Anruf hätte nicht gereicht?“

„Damit eine Ihrer Mitarbeiterinnen am Telefon rangeht und mir sagt, dass Sie wieder zu beschäftigt sind, um mit mir telefonieren zu können?“

Michelle schüttelte den Kopf. „Sobald Sie den Namen meines Bruders erwähnen, würde Ingrid mir gleich das

Telefon reichen. Sie sehen, alle Mühen, die Sie sich gemacht haben, waren so gut wie umsonst."

„Nicht alle", schmunzelte Rafael.

„Wie meinen Sie das?"

„Wären Sie über mich verärgert, würden Sie nicht hier und jetzt sagen: Alle Mühen, die Sie sich gemacht haben, waren so gut wie umsonst. Wissen Sie, in meinem Job muss man auf die Feinheiten achten, die einem der Gesprächspartner vermittelt!"

Michelle verdrehte die Augen, als es in ihrer Jackentasche zu vibrieren begann.

„Moment", sagte sie, hob den Finger und griff mit der anderen Hand in die Jackentasche.

Sie sah eine ihr unbekannte Nummer im Display aufblinken und bekam Magenschmerzen. Sie schluckte, erhob sich von der Bank und wischte den Anrufbutton nach rechts, um den Anruf entgegenzunehmen.

„Franke", meldete sie sich und hörte das unangenehme Rauschen eines Handys, das über eine Gegensprechanlage eingerichtet war.

„Sparkasse Fehmarn, Reister hier", meldete sich eine männliche Stimme. „Spreche ich mit Michelle Franke?"

„Ja, tun Sie."

„Super. Es geht um die Kontoführung sowie den Kredit, den sie bei uns im Institut laufen haben. Ich hatte Sie vor gut einer Woche via Skype kontaktiert, um einen Termin via Face to Face abzusprechen. Sie haben nur geschrieben, Sie würden sich wieder melden. Haben Sie aber nicht. Deshalb mein Anruf jetzt."

„Ja?"

„Ich falle ungerne mit der Tür ins Haus. Aber ich habe Ihr Konto im Blick. Wenn ich es recht bedenke, werden

Sie da in den nächsten Tagen und Wochen erhebliche Schwierigkeiten bekommen, um alle anfallenden Kosten zu decken und zu bedienen. Aus dem Grund wollte ich mich noch einmal mit Ihnen zusammensetzen, um ein bombensicheres und auf die Zukunft ausgerichtetes Kreditkonzept zu erörtern. Ich würde, wenn Sie gestatten, gerne zu Ihnen ins Café kommen.

Passt es Ihnen morgen?"

„Guck mal, Michelle", winkte Benny ihr zu und kletterte gerade auf die Brüstung der Hängebrücke.

„Nein!", rief sie.

„Dann übermorgen!"

„Komm da runter!", schrie sie und hörte Herrn Reister schon gar nicht mehr zu.

„Wo soll ich runterkommen?", wollte der Bankberater wissen.

„Komm da sofort herunter, bevor du dir weh tust!"

Im gleichen Augenblick schrie Benny: „Guckt mal, was ich kann!" und sprang, ohne groß nachzudenken, die gut eineinhalb Meter in die Tiefe.

Plump wie er war, krachte er in den festgestampften Sand, fiel vorne über und landete mit dem Gesicht voran im Dreck.

Michelle blieb das Herz fast stehen.

„Benny!", schrie sie und eilte auf ihren regungslos im Sand liegenden Bruder zu. Hinter sich hörte sie Rafael laufen, der ihr irgendetwas zurief, das so ähnlich klang wie: „Ich kümmere mich um ihn!"

Herr Reister sagte auch irgendetwas, ohne dass sie verstand, was er von ihr wollte.

Erst als sie neben Benny kniete, ihre Hand seine Schulter berührte, merkte sie, wie der Schock sie innerlich zu lähmen begann.

Michelle wimmerte mit erstickt klingender Stimme: „Benny. Sag doch was."

„Ihm geht es gut", sagte Rafael, der neben ihr in die Knie gegangen war.

Aller Zorn, alle Wut, alle Angst, die sie Benny wegen hatte, brach sich plötzlich seine Bahnen in ihr. Sie waren wie auf eine Stromschnelle zulaufende Flüsse.

„Hätten Sie ihm seine Naschis nicht verboten, wäre ich nicht hierhergekommen, und er hätte mir nicht beweisen wollen, wie mutig er ist. Scheiße Mann, das ist alles Ihre Schuld. Fassen Sie ihn nicht an!", polterte Michelle und wischte die nach Bennys Kopf fassende Hand des Pflegers zurück.

„Ich will helfen ..."

„Sie haben genug geholfen!", blaffte sie ihn an und richtete sich dann wieder an Benny. „Benny, sag doch was. Großer, alles gut bei dir?"

Benny sagte nichts. Er lag regungslos da, atmete ganz ruhig, ganz gelassen. So, als wäre er kurz davor einzuschlafen.

„Benny."

„Ich war wie Superman", rief er plötzlich, hob den Kopf und lächelte seine Schwester an ...

Kapitel 3

Vorstellungsgespräche

Am Montagvormittag als sie gerade dabei war, nach der Torte im hintersten Regal zu greifen, kam Ingrid in die Kühlkammer und raunte ihr zu: „Da ist ein ausgesprochen attraktiver und gutaussehender Mann mit einem Bestechungsversuch in der Hand, um mit dir zu sprechen, Kind." Während sie versuchte, ungeschickt nach dem Tortenteller zu greifen, hielt sie das Telefon zwischen Kinn und Schulter geklemmt, denn sie versuchte seit einer geschlagenen Stunde, das Finanzamt zu erreichen. Die elektronische Ansage teilte ihr mit, dass es gerade akuten Personalmangel gab und ihr Anruf deshalb nicht entgegengenommen werden konnte. Sie sollte deshalb bitte eine E-Mail schreiben, die dann, wenn es das Personalaufkommen wieder zuließ, so schnell wie möglich beantwortet werden sollte.

„Ich habe echt keine Lust auf attraktive und gutaussehende Männer", meinte sie, während sie genervt das Handy vom Ohr nahm, sich auf die Zehenspitzen stellte und den Teller zu fassen bekam.

„Auf den habe ich Lust!"

„Du hast auf jeden Lust“, meinte Michelle sarkastisch und zog die Torte an sich heran, den Mund zusammengekniffen, in einem kurzen, panischen Anflug gefangen, ihr könnte die kleine Köstlichkeit aus der Hand rutschen und zu Boden fallen. „Ich glaube, wir haben Kundschaft.“

„Haben wir, ja. Jana brüht den Kaffee gerade auf. Und du, mein Schatz, hast ein völlig falsches Bild von mir. Ich bin nicht gierig, nur kein Kostverächter!“

„Ingrid“, sagte Michelle. „Es wäre wirklich lieb, wenn du mir keine weiteren Männer vorstellen würdest. Ich habe kein Interesse an ihnen. An keinem. Außerdem muss ich mich auf ein Vorstellungsgespräch vorbereiten.“

„Das ist dein Vorstellungsgespräch“, ließ Ingrid sich nicht abwimmeln.

„Ingrid. Bitte.“

„Das ist es wirklich. Der gutaussehende und wirklich äußerst attraktive Mann hat mir die beiden ausgedruckten E-Mails in die Hand gedrückt und darum gebeten, mit dir zu sprechen. Seiner Bitte komme ich doch gerne nach.“

Michelle wurde heiß und kalt zu gleich.

Sie drehte sich langsam, den Teller auf den Händen balancierend, zu Ingrid herum und starrte auf die beiden ihr entgegengehaltenen Ausdrucke, auf denen ihr im wahrsten Sinne des Wortes ihre eigenen Nachrichten ins Auge sprangen.

„Scheiße“, murmelte sie.

„Nein. Attraktiv!“

Ingrid zog sich zurück und rief über die Schulter, während sie die Tür zu zog: „Michelle ist gleich für Sie zu sprechen. Nehmen Sie doch noch kurz Platz da hinten am Tisch“, gurrte sie. „Den Ausblick werden Sie genießen. Und wenn Sie etwas brauchen, rufen Sie nach Ingrid. Öl und Sonnenmilch habe ich immer in einer meiner Schubladen. Wenn Sie wissen, was ich meine?!“ Sie zwinkerte ihm zu.

„Äh … äh … okay“, lachte Philipp unsicher, nachdem er sich hingesetzt hatte. Michelle versuchte unterdessen noch immer krampfhaft, Atem zu holen.

Als sie aus der Kammer trat war sie, aus einem Schreck heraus, weil sie ihn da sitzen sah, stocksteif stehen geblieben. Erst als sie die Torte abstellte, mit großen Augen zu Jana schaute, die gerade zwei ältere Damen bediente, schaffte sie es, sich zu beruhigen. Sie fuhr sich mit der Hand durchs Gesicht, spürte im gleichen Moment, wie sie sich Sahne über die Nase strich, und wäre am liebsten im Erdboden versunken, als sie mit einer hektischen Bewegung einen Notizblock herunterwarf, nachdem sie hatte greifen wollen, um so zu tun, als würde sie sich Philipps Antworten notieren wollen.

Als sie dann auch noch fast von der Bank fiel, bei dem Versuch leicht und locker zu wirken, wie sie sich zu ihm an den Tisch setzte, dabei ihre Ellenbogen auf die Tischplatte platzierte und das Kinn auf den ausgestreckte Handinnenfläche ablegte. Sie dachte, sie würde in einem Flammenmeer aus Peinlichkeit versinken.

Sie sah, mit hochrot glühendem Gesicht, dass Philipp dabei war, den mitgebrachten Kaffee und Kuchen richtig zu platzieren. Der stand nun, heiß dampfend und verführerisch lecker da, während die Berliner mit Zuckerguss überzogen vor Michelle lagen und sie beten ließ, nichts davon umzuwerfen oder von der Gabel fallen zu lassen.

Ingrid hatte, einem inneren Impuls folgend, Becher, Teller und Gabeln gebracht.

Bevor sie den Tisch verließ, hatte sie noch in Philipps Richtung gesagt: „Mit Zuckerguss kenne ich mich auch sehr gut aus", um dann, mit wippenden Hüften, ihren Gang hin zur Terrasse anzutreten, auf der die älteren Damen sich zurückgezogen hatten, die vorhin ihre Bestellung bei Jana aufgaben.

„Sie ist doch jetzt weg, oder?", fragte der mit zum Rücken zur Wand sitzende Philipp aus dem Mundwinkel.

Michelle lachte nickend.

Schließlich, als er sich in seinen Stuhl zurückfallen ließ, sagte er: „Die weiß, was sie will!"

Michelle wollte ihm zustimmen, versuchte aber noch immer Luft zu holen.

Bis heute war sie der felsenfesten Überzeugung gewesen, dass sie jede Situation meistern konnte - irgendwie.

Jetzt aber, wo sie die professionelle, die von keinen Sorgen des Lebens heimgesuchte Chefin eines kleinen Cafés spielen sollte, war es ihr, als säße sie auf einem Schleudersitz, der in einer Sekunde gezündet wurde.

Hier, wo ihr heiß wurde und sich ihr Magen auf solch grausame Art und Weise zusammenzog, dass sie ernsthaft mit dem Gedanken spielen musste, sich bei Philipp zu entschuldigen, weil sie eiligst auf Toilette musste, wusste sie nicht mehr, wie sie das Gespräch führen sollte.

Er sah gut aus.

Und er wusste es.

Er wusste genau, dass ihm die Frisur stand, die er trug. Dass er das wenige Gel, das er benutzte, nur deshalb brauchte, um seine hohe Stirn noch mehr zur Geltung zu bringen, während seine dunklen Augen sein ganzes Gesicht dominierten. Der angedeutete Dreitagebart hob die weich verlaufenden Konturen seines Kinns noch mehr hervor und ließen seine Lippen viel röter erscheinen, als sie es sowieso schon waren. Dazu kam das schelmische und immer etwas jungenhaft wirkende Lächeln, das Michelle glauben ließ, einen Mann zu erkennen, der einen feinen Sinn für hintergründigen, aber auch einfachen Humor hatte.

Er war ein Sonnyboy, wie ihre Mutter zu sagen gepflegt hatte. Einer, der die Dinge als gegeben nahm, und sie nur dahin gehend verändern wollte, dass sie angenehmer wurden. Der es liebte, in der Sonne und am Strand spazieren zu gehen, während das Meer leise rauschend aufs Ufer zurollte und dort brandete.

Er war –

Michelle merkte, dass sie sich wieder in haltlosen Gedanken zu verlieren drohte.

Deshalb stotterte sie: „Sie … also wollen … arbeiten?"

„So wie jeder Mensch", nickte Philipp.

„Und das hier? Bei mir?"

„Wenn wir einen Weg finden sollten, der uns zusammenführt, gerne."

„Wege … Sososo", sagte sie und tat so, als würde sie sich auf einem vor ihr liegenden Notizblock irgendetwas aufschreiben.

Philipp lächelte und legte die Stirn verständnislos in Falten.

„Das schreiben Sie sich auf?“

„Was?“

„Das mit den Wegen“, meinte Philipp und deutete auf das Stück Papier. „Warum schreiben Sie sich das auf?“

„Weil es interessant klang“, sagte sie mit quietschender, hoher Stimme. „Man sollte immer die Augen und Ohren offenhalten, um Interessantes zu entdecken, oder? Ich meine, haha, davon leben wir. Das ist unser Job! Den Menschen einen kurzen Genuss servieren und hoffen, dass sie ihn nicht so schnell vergessen.“

Haha?

Hatte sie wirklich Haha gesagt?

„Natürlich“, räusperte Philipp sich. „Genüsse und Eindrücke sind unser Geschäft!“

„Genau“, dehnte sie und zeigte mit dem Kugelschreiber auf Philipp. „Sie sagen es!“

„Also ... wenn sie meine Papiere sehen wollen. Wo ich gearbeitet und wo ich vorher angestellt war ...“

„Gute Idee“, sagte Michelle, griff nach der ihr gereichten Mappe und merkte im gleichen Moment, dass sie mit ihrer Bluse über den Zuckerguss des Spritzkuchens glitt.

Nichts anmerken lassen, sagte sie sich innerlich und versuchte, die in ihre aufkeimende Panik zu unterdrücken. *Cool bleiben, Baby. Keine Angst vor niemandem haben. Ich bin die Chefin. Das „HerzCafé“ gehört mir. Ich bin hier der Boss. Der Bigboss. Der Zampano. Ein richtiger Kracher in der Cafélandschaft. Ich bin – Ich bin gar nichts,* sagte sie sich plötzlich, als sie merkte, wie der Zuckerguss durch den Stoff ihrer Bluse drang und sie auf der Haut berührte.

Schließlich, als sie versuchte zu lesen, was Philipp ihr gereicht hatte, merkte sie, dass sie sich nicht konzentrieren konnte. Dass sie sich fühlte, wie ein aufgeregter Teenager, der gerade zu verstehen begann, dass sein Verstand verrücktspielte und seine Hormone in Wallung gerieten.

Was sollte das?

Sie hatte sich bisher allen Männern erfolgreich verschlossen.

Rafael hatte sie mit ihrer Wut verscheucht.

Eddy ...

... vor die Tür gesetzt.

Sie wollte nicht, dass sie ihre Eigenständigkeit verlor.

Aus dem Grund klappte sie den Ordner zu, und meinte: „Hmmm ...“

„Nicht gut, was Sie gelesen haben?“

„Doch, doch. Sehr beeindruckend. Toller Werdegang. Tolle Zeugnisse.“

„Zeugnisse?“

„Äh ... Schreiben.“

„Schreiben? Meinen Sie meine Ideen, wie man Kuchen dekorieren oder ausstellen kann?“

„Ja, ja, die meine ich!“

Innerlich verdrehte sie die Augen und hätte sich am liebsten geohrfeigt. Würde sie in den nächsten zwei Minuten nicht dazu übergehen, endlich vernünftig zu sein, dann war das alles hier sinn- und nutzlos.

„Sie haben nicht zufällig die Möglichkeit, ein kurzes Praktikum zu absolvieren?“

„Praktikum?", fragte er verwundert, um dann schnell
zu nicken, fast so, als wurde ihm durch seine Frage bewusst, dass er seine mögliche neue Chefin mit seiner
Skepsis verärgern konnte. „Ja, klar. Das geht. Immer.
Zurzeit bin ich ja auf keine Einkünfte angewiesen."

Auf keine Einkünfte angewiesen, wiederholte sie in
Gedanken und wünschte sich, selbst auch einmal so etwas sagen zu können. Wer war denn schon auf keine
Einkünfte angewiesen. Das kam ihr merkwürdig vor,
aber sie verfolgte den Gedanken nicht weiter.

So lächelte sie schmal, nickte und meinte mit mono-
ton klingender Stimme: „Wir halten hier im Schnitt
drei bis vier Wochen Praktikum für angemessen."

Da sie merkte, dass sie anfing, falsch zu spielen,
senkte sie den Blick und tat so, als gab es auf ihrem vor
ihr liegenden Blatt Papier etwas Interessantes zu sehen.

„Klingt gut."

„Sie wären einer Kollegin unterstellt, die Sie einarbei-
ten würde."

„Auch interessant."

„Danach würden wir uns noch einmal zusammensetzen."

„Gerne."

„Am Montag würde es dann offiziell losgehen."

„Ich stehe zur Verfügung!"

„Prima!"

„Toll!", nickte er, reichte ihr über den Tisch hinweg
die Hand. „Den Zuckerguss sollten Sie schnell auswa-
schen, nicht dass die schöne Bluse dadurch ruiniert
wird."

Sie winkte ab, streckte ihm die Hand entgegen und warf den Kaffee um, den sie nicht einmal angerührt hatte.

***

Michelle flüchtete an ihren Lieblingsort und war froh darüber, für einen kurzen Augenblick die um sie herumherrschende Ruhe genießen zu können, die sie hier, unterhalb ihrer Terrasse, genießen konnte. Dasitzen, aufs Meer schauen und die Welt um sich herum für einen kurzen Augenblick genießen. Sie wollte ihre Gedanken ordnen und sich wieder auf das konzentrieren, was sie bisher am besten beherrschte.

Peinlichkeiten, wie die mit Philipp, lachend und schmunzelnd überdecken.

Kurz nach dem Fiasko mit dem Kaffee und dem Zuckerguss war sie wie ein aufgeschrecktes Huhn in ihrem Café auf und ab gewandert. Ingrid hatte sich bereits dem Malheur auf dem Boden gewidmet.

„Hab alles von der Terrasse aus beobachtet, Kindchen", merkte sie an. „Keine Sorge", nahm sie Michelle gleich darauf den heiß durch ihre Eingeweide fahrenden Schreck, ihre Mitarbeiter könnten miterlebt haben, wie sich ihre Chefin zum Kasper machte. „Hab durch den hohen Sonnenstand kaum etwas gesehen. Lag alles im Schatten hier."

„Gut. Dann … Äh", sagte Michelle plötzlich, hob den Zeigefinger und folgte dem in ihr aufgestiegenen Verdacht, bis an eine Grenze, die ihr unangenehm wurde. „Machst du das öfter?"

Ingrid war unschuldig wie ein Neugeborenes: „Ich passe nur in den wichtigen Momenten auf dich auf."

Michelle ging daraufhin hinaus und gönnte sich einen kurzen Moment zum Verschnaufen. Als sie wieder hochkam, stand vor ihrem Café eine junge, wild frisierte und mit einem Top bekleidete Frau. Michelle erinnerte sich, dass das andere Vorstellungsgespräch gleich im Anschluss stattfinden sollte und rief: „Kommen Sie nur rein." Sie trat in ihr Café und hielt der Bewerberin die Tür auf. „Sie müssen Jenny sein! Michelle, angenehm!"

In dem Moment, in dem die junge Frau vorsichtig den Kopf durch die Tür steckte, kehrte die Selbstsicherheit zu Michelle zurück, die ihr bei Philipp gerade abhandengekommen war. Sie setzte ein gekonntes Lächeln auf und war fasziniert von den dichten, ein kleines Kunstwerk gleichenden Tätowierungen, die Schulter, Ober- und Unterarm Jennys bedeckten.

Sie machte, zu ihrer Überraschung, keinerlei Totenköpfe, Indianer oder andere, abgedroschenen und langweiligen Motive auf der Haut von Jenny aus, die zudem noch zu viel Schminke neigte. Unter den Tätowierungen war auch ein Leuchtturm zu sehen, über dem in einem Banner geschrieben stand: „Heimat ist da, wo dein Herz schlägt", der wiederum auf einer vom Wasser umgebenen Insel stand. Ein Schiff segelte ihren Oberarm herab bis zum Ellenbogen, um dort mit seiner Bugspitze eine halbnackte Frau zu berühren, die in Marylin Monroe-Style ihr Kleid herunterdrückte. Nur mit dem Unterschied, dass der freche Junge, der an die Wand pinkelte, auf der stand „Ich bin ich und wer bist du?" versuchte, mit einem Stock den Saum des Kleides anzuheben.

Es war ihr, während sie Jenny musterte, als löste sich der in ihrer Seele befindende Knoten vollständig. Das Gefühl, ungezwungen und echt zu sein, breitete sich in ihr aus, und ließ Michelle lächeln.

Jenny war …

… anders.

Das merkte sie sofort, als die kleine, aber ausgesprochen schlanke und durchtrainierte Frau sich auf sie zubewegte, ohne die Hand auszustrecken, damit man sie schütteln konnte. Sie drückte Michelle, als wären sie beste Freundinnen.

Michelle verharrte stocksteif.

„Ich freue mich total hier zu sein. Ist total anständig von dir, dass du mir die Chance gibst, etwas aus mir zu machen."

„Äh …"

„Papa hat gesagt, ich soll etwas Freundliches zu dir sagen, damit wir zwischen uns so etwas wie eine Vibration haben. Verstehst?"

„Äh."

„Nicht, oder?"

„Also …"

„Bin Jenny", sagte sie und zeigte mit ihrem grell lackierten Zeigefinger auf sich selbst. „Und du das Mädchen, das nen Job für mich hat, oder?"

„Ja, also."

„Backen und Dekorieren kann ich. Die Kasse ist kein Problem und Freundlichkeit ist, wenn man so will, mein zweiter Vorname. Hab ich gelernt", behauptete sie. „Hab meine Ausbildung sogar abgeschlossen. Nur Berufserfahrung, die habe ich nicht gemacht!"

Michelle blinzelte.

Es war ihr, als wurde sie am heutigen Tag zum zweiten Mal überfahren. Nur mit dem Unterschied, dass es diesmal kein gutaussehender, sie mit seinem niedlichen Lächeln an die Wand pressender angehender Mitarbeiter war, sondern eine viel zu lässig und aufgesetzt wirkende junge Frau, deren Haare so wasserstoffblond waren, dass man durch die Haare fast hindurchsehen konnte.

„Du weißt, dass wir hier zügig und zielgerichtet …“

Jenny winkte ab. „Ja, ja, weiß ich alles, Michi. Ich darf doch Michi sagen, oder?“

„Eigentlich nicht.“

„Michi, ich weiß worauf ich mich hier einlassen würde, wenn ich hier arbeite. Ehrlich. Papa wäre schon froh, wenn ich ihm auch mal entgegenkommen würde.“

„Papa?“

„Mein alter Herr“, erklärte Jenny. „Der will doch auch mal stolz auf mich sein. Hab ihm bisher wohl nicht sehr viel Anlass dazu gegeben.“

Michelle kniff die Augen zusammen.

„Was hat dein Vater damit zu tun, dass du dich bei mir im Café vorgestell?“, wollte Michelle wissen und nahm nur am Rande wahr, dass ihr Handy zu vibrieren begann. Mit einem flüchtigen Blick auf das Display sah sie, dass Annabell versuchte, sie zu erreichen.

„Moment“, sagte sie, stellte den Kontakt her und sagte. „Du, ich rufe dich gleich zurück. Ja, versprochen. Du bist die Erste auf meiner Liste. Kannst mir glauben. Wirklich. Vertraue mir. Ich melde mich gleich bei dir. Geht hier schnell“, um sich dann Jenny zuzuwenden. „Also, dass mit deinem Vater …“

Jenny winkte ab. „Der Knacker hat mit der Sache gar
nichts zu tun. Will halt mal was machen, das ihn glücklich macht. Nen Job und so. Mit Bezahlung. Würde ihn
ne mächtige Latte bescheren. Wenn du weißt, was ich
meine ...“

Michelle musterte Jenny und nickte: „Kann ich mir
vorstellen, ja!“

Kapitel 4

Die Neuen

„Es soll wie im Märchen sein", meinte Annabell zum zweiten Mal, klatschte in die Hände und sprang an Hauke hoch. Sie war so übertrieben, so aufgesetzt fröhlich, dass Michelle sich der Magen umdrehte.

Wie in einem Märchen, äffte sie Annabell gedanklich nach, und zwang sich zu einem freundlichen Lächeln. Überall wollte sie jetzt sein. Überall, nur nicht hier. Am liebsten wieder mitten im Café, um dabei zuzusehen, wie Philipp sich dabei anstellte, die Abläufe zu verstehen oder begreifen wollte, wie er die Kasse bediente. Wie er sich das erste Mal daran machte, ungeschickt und fahrig eine Rumkugel auf einen Teller zu platzieren und dann unschlüssig zu Jana schaute und nicht genau zu wissen schien, was er jetzt tun und lassen sollte.

Aber nicht dieses alberne, dieses aufgesetzte, ihr an die Nerven gehende Gespräch mit Annabell und Hauke.

Und sie wollte Jenny beobachten, die ebenfalls an ihrem ersten Arbeitstag ab zehn Uhr im Café erschienen war und so anders war als Philipp. Jenny hatte gleich an ihrem ersten Arbeitstag gewusst, wie man es richtig machte. Sie hatte sich an der Kaffeemaschine ebenso gütlich getan, wie an den von Jana mitgebrachten Muffins. Sie hatte ohne große Umschweife angefangen mit den Kunden zu plaudern, sich mit Jana ernsthaft über Sahnesteif zu unterhalten und angefangen Tische zu wischen und Stühle wieder an ihren Platz zu rücken.

Jenny war, zu Michelles Überraschung, hin zum Vorratsraum gegangen, hatte in diesen hineingeschaut und dann gefragt, als sie die da stehenden Cookies sah und genommen hatte: „Soll ich die Kekse auf den Tellern platzieren, oder will das ein anderer machen?"

Jana hatte gerufen: „Tu, was du nicht lassen kannst."

„Dann würde ich dich küssen", war es lakonisch von Jenny zurückgekommen.

Michelle hatte sich daraufhin an ihrer Cola verschluckt.

Philipp riss die Augen auf. Jana kicherte und Ingrid rief, die gerade einen der Sonnenschirme auf der Terrasse öffnete: „So geht das, Baby. Genau so."

„Das hast du nicht gesagt?", wollte Michelle schließlich wissen, nachdem Jenny sich auf ihre Aufgabe stürzte, um sich mit einer schwungvollen Drehung den durchsichtigen Deckel schnappte, um die Teller abzudecken.

„Wenn du das nicht magst, lasse ich es. Aber niedlich ist sie doch. Küssen kann sie bestimmt auch, wenn man es ihr richtig zeigt. Hat Richard es dir denn schon gezeigt?"

Janas Kopf schien explodieren zu wollen.

„Nein", keifte sie. „Hat er nicht", sagte sie und wischte sie dich hektisch mit der Hand durchs Gesicht. „Warum sollte er sowas denn tun?"

„Weil er dich niedlich findet? Ich habe ihn erst einmal gesehen – aber das sieht ein Blinder mit Krückstock, dass er auf dich abfährt.“

Philipp hinter ihr hatte sich geräuspert.

Er war schüchtern gewesen, zurückhaltend.

Gar nicht so, wie letzte Woche noch, als er sie charmant um den Finger wickelte, sie anschaute und dazu brachte, unsinniges Zeug zu reden.

Doch als sie jetzt in das Café blickte und ihre Blicke sich kurz streiften, fing ihr Herz schneller an zu schlagen und ihre Handflächen begannen feucht zu werden.

Wie in einem Märchen, schoss es ihr wieder durch den Kopf, während Annabell mit den Fingerspitzen über die weiß ausgelegten Tischdecken strich und sich einmal um sich selbst drehte, und sich, wie Michelle vermutete, schon im weißen Brautkleid dastehen sah. Zwischen all den Gästen, den Freunden, all den Gratulanten und Geschenkegebern.

„Es wird wie im Märchen“, meinte Hauke, der neben Michelle hertrottete und in solch monotoner und langweiliger Art redete, dass sie meinte, bei jedem seiner gesprochenen Worte einschlafen zu müssen. „Wir haben doch alles schon ganz genau geplant.“

„Der Tag soll unvergessen sein.“

„Deshalb bin ich ja hier“, pflichtete Michelle Hauke bei und versuchte sich gar nicht erst die Langeweile vorzustellen, die sie empfinden würde, wenn sie ihre Aufzeichnungen noch einmal mit Jana durchging, um ihre Gedanken um das Thema Ausrichtung schweifen zu lassen.

„Ive hat sich auch alles aufgeschrieben, was ich gesagt und gedacht habe“, hatte Annabell ihr mit erhobenem

Zeigefinger gesagt. „Wir wollen doch nicht mit unseren Traditionen brechen, oder?“

„Niemals“, schüttelte sie den Kopf.

Obwohl sie von Annabell genervt war und sich sicher war, mit dieser Frau niemals auf eine Wellenlänge zu gelangen, versuchte sie dennoch einen Einblick in ihren Geschmack zu bekommen. Sie musste das perfekte Bild im Kopf haben, um diese bemerkenswert seltsame Frau als Hochzeitsfigur in Zucker modellieren zu können. Nur einen Gedankenblitz, ein ihr ins Hirn schlagende Idee, die es ihr ermöglichte, eine aus purem Zucker gefertigte Figur erschaffen zu können, die all die Ecken und Kanten, aber auch einem die faszinierende Schönheit der jungen Frau schonungslos offenbarte.

Michelle hatte sich geschworen, ihre Kunden niemals der Lächerlichkeit preis zu geben. Sie niemals in zuckergegossener Form als Karikatur darzustellen oder einen auf einer Torte stehenden Spruch mit einem zweideutigen Satz bloß zu stellen.

Keine Interpretationen, Michelle, das hast du dir immer geschworen. Niemanden durch den Kakao ziehen.

Sie möchte es wie in einem Märchen!

Dann soll es so sein!

Gerade hier, wo Annabell alle Facetten einer verwöhnten Diva zeigte, bot es sich geradezu an, einmal die bekannten Grenzen zu sprengen – solide, verführerische, den Gaumen entzückende Leckereien – und alles für das ihr Café stand auf den Kopf zu stellen.

Allein schon wie sie durch das Café tänzelte. Wie sie ihre viel zu schlanken und daher lang wirkenden Finger dabei bewegte. So, als wäre sie eine Prinzessin, die sich vorstellte, wie sie durch den Ballsaal schweben würde.

Dabei den süßen, knackigen Hintern bewegend, sodass alle Männer die Augen vor Lust verdrehten.

Sie musste eine Möglichkeit finden, um aus dieser ganzen Situation irgendetwas zu machen, das der Sache gerecht wurde.

Michelle lächelte noch immer, als sie sah, wie Annabell auf die kleinen, im Knick der Terrasse auf dem Zaun stehenden Statuen zuging. Sie hängte sich um den Hals des alten Seemanns, hob das Bein an und lachte Hauke zu, ohne dass er auch nur einen Muskel im Gesicht zucken ließ.

„Hier werden wir die schönsten Fotos machen lassen. Ein Fotograf war im Paket auch miteingeschlossen, oder?"

„Das weißt du doch! Äh, warte mal", sagte sie plötzlich und erntete verwunderte Blicke. „Das mit der Kusshand, könntet ihr das noch einmal machen?"

„Hä?", fragte Annabell.

„Ich fand das niedlich", log sie. „Dabei möchte ich dich fotografieren, Annabell. Und dich, Hauke, du stellst dich etwas abseits, so, dass sie im Hintergrund steht. So, genauso. Nicht bewegen!"

Sie machte einige Fotos und erste, grobe Skizzenstriche auf ein vor ihr liegenden Papier.

In ihrem Kopf machten sich die ersten Skizzen breit, die sie zeichnen wollte, während sie die geschossenen Bilder betrachtete. Es war ihr, als öffnete sich eine Tür in ihr, die ihr zeigte, wie sie das Brautpaar formen, gießen und aushärten lassen wollte.

Nicht diese langweiligen, nicht diese sich Hand in Hand haltenden Figuren; nein, es sollte etwas sein, dass die übertriebenen Gesten Annabells einfingen und die zurücknehmende, ganz in ihrem Schatten stehende Haltung Haukes.

Michelle schmunzelte, um keine Grimasse machen zu müssen, in sich hinein, als sie hörte, wie Annabell meinte: „Ich sehe sie schon, wie sie hier alle sitzen. Wie sie miteinander reden und sich darüber freuen, dass sie mit uns zusammen feiern dürfen. Was meinst du, Schatz, werden sie sich freuen, wenn sie mit uns zusammen hier sind? Das werden sie doch, oder? Sie werden sich freuen?"

„Das werden sie, Mausi", sagte Hauke.

Er ließ seine Blicke teilnahmslos über die feinsäuberlich angeordneten Stühle und Tische wandern, an denen die Cafégäste saßen und sie aufmerksam beobachteten.

Als unten, unterhalb der Klippe am Strand, ein Hund bellte, verfinsterte sich das Gesicht Annabells. Plötzlich, als fiele eine Maske, schaute sie verwundert auf und sagte: „Das will ich nicht. So etwas stört uns alle."

„Was? Die Gäste werden nicht hier sein", beschwichtige Michelle.

„Der Hund!", rief sie und machte eine umschließende Bewegung mit der Hand. „Wer will schon gestört werden, wenn es um alles geht? Ich nicht! Allein der Gedanke daran, bei unserem Hochzeitstanz könnte ein Hund bellen! Himmel, ich raste allein bei dem Gedanken aus! Es geht hier um den Hochzeitstanz! Es geht hier um den HOCHZEITSTANZ!"

Annabell bekam sich kaum noch ein.

Sie stampfte mit dem Fuß auf und zeigte mit dem ausgestreckten Zeigefinger auf Michelle: „Wenn ich unser Video in fünf oder zehn Jahren ansehe, dann will ich nicht das Bellen eines Hundes im Hintergrund hören! Das will ich nicht!" Sie fasste nun, als könnte ihr völlig teilnahmsloser Freund irgendetwas an der Situation ändern, Hauke wieder bei der Hand und schob ihn wie ein Schild vor sich. Hauke, ganz darauf trainiert, das zu tun, was seine angehende Frau von ihm wollte, drehte die Hände von innen nach außen, schüttelte den Kopf und meinte: „Das wollen wir nicht. Nicht auf dem Video."

„Unsere Hochzeit wird doch von einem erfahrenen Kameramann begleitet?", fragte Annabell plötzlich wieder ganz ruhig; ein zuckersüßes Lächeln auf den Lippen, in den Augen das Leuchten der Vorfreude auf einen der schönsten Tage in ihrem Leben.

„Nein, eigentlich nicht! Davon habe ich in der Ausschreibung der Zeitung nichts gelesen, wenn ich ehrlich bin.", sagte ihr Zukünftiger.

Das weißt du, du kleines Miststück! Das weißt du ganz genau. Du weißt, dass es keinen Kameramann gibt, Videos waren von vorneherein ausgeschlossen.

„Na ja …", meinte Michelle, sich zur Ruhe zwingend. „Ich würde mich über das Panorama freuen, dass euch beiden hier geboten wird. Schaut doch nur, wie schön es sein wird, wenn die Sonne dort im Meer versinkt. Wenn die lauschige, weiche Musik aus den Lautsprechern dringt, ihr euch im sanften Takt des rauschenden Meeres zu euren Hochzeitstanz hier auf der Terrasse bewegt. Das wird allen in Erinnerung bleiben."

Wie in einem Märchen!

Annabell grinste mehr als sie lächelte, als sie sich zu beruhigen versuchte. Als sie sich mit der Hand durch die Haare fuhr, kurz ein und ausatmete.

„Wo wird der DJ aufbauen können?", wollte sie plötzlich wissen und ließ Michelle blinzeln.

„Bei allen anderen Feierlichkeiten bauten die Musiker ihr Equipment immer hier auf", hörte sie sich wie aus weiter Ferne sagen. Michelle zeigte auf eine windgeschützte Stelle der Terrasse, über die auch ein aus Rattan gespanntes Dach zu sehen war. Ein Blick über die Anlage hinweg, ermöglichte es dem Gast, die sich weit erstreckenden Dünen zu betrachten, durch die am Abend immer der Wind wehte, die Gräser in einen weichen Wellengang versetzte und ihn beruhigten.

Michelle, die diesen Anblick immer genoss, und es liebte, wenn die sanften Klänge der Musik ihre Ohren trafen, empfand dann pures Glück. In diesen Momenten machte sie sich keine Gedanken über ihr Café, über schlechte Finanzen oder die Sorge, sie könnte Benny vernachlässigen.

„Das gefällt mir nicht", schüttelte Annabell den Kopf. „Das gefällt mir ganz und gar nicht!"

Die junge Frau tippte sich mit dem Nagel ihres Zeigefingers gegen die Zähne, schüttelte den Kopf und schaute in die Ecke, auf die Michelle eben noch gezeigt hatte. „Das sieht so gedrungen aus, wenn er da in der Ecke steht."

„Bisher hat sich keiner darüber beschwert", sagte Michelle tonlos, während sie versuchte den in ihr aufsteigenden Ärger niederzukämpfen.

„Darüber sollten wir noch einmal sprechen. Wirklich", meinte Annabell und wanderte weiter über die weitläufige, das Café fast umschließenden Terrasse, die Blicke kritisch auf alles gerichtet, auf jeden Stein in der Wand, auf jede Fuge im Boden. Sie suchte, da war Michelle sich sicher, irgendetwas, das sie anprangern und ansprechen konnte.

Sie ist so von sich überzeugt, dass sie nicht einmal begreift, dass sie hier alles umsonst bekommt. Dass sie sich keine Gedanken um gar nichts machen muss. Sie bekommt eine Traumhochzeit und stellt dennoch alles in Frage, dachte sie bei sich, während Annabell fragte: „Das mit dem Büfett gefällt mir auch noch nicht. Die Auswahl der beiden Menüs hat mich nicht wirklich überzeugt.“

„Auch das wird gesponsert“, erinnerte Michelle, die so sehr hoffte, dass der Termin hier bald sein Ende fand.

„Aber Lachs und Steak sind so alltäglich.“

„Es stand so in der Ausschreibung!“

„Sie wollen mich nicht verstehen, oder? Ive war da sehr viel einfühlsamer. Kann Ive uns nicht weiter begleiten?“

Michelle verdrehte die Augen und zwang sich dazu, freundlich zu bleiben.

„Ive ist nicht mehr Mitglied unseres Cafés.“

„Darüber wurden wir informiert, Mausi!“, versuchte Hauke sie zu beschwichtigen.

„Ach ja“, machte Annabell ein betrübtes Gesicht und schob ihre Unterlippe vor.

Was sie wohl damit bezweckte?

Egal wie sehr Michelle versuchte hinter das Geheimnis ihres Gesichtsausdrucks zu kommen, sie schaffte es nicht, es sich zu erklären.

Erst dachte sie, dass es vielleicht so etwas wie betroffenen Kummer ausdrücken sollte, um dann zu merken, dass das gar nicht möglich war. Denn wenn man Kummer hat, würde man sich nicht zufrieden lächelnd durch die Haare fahren und sagen: „Neue Besen kehren ja auch gut, habe ich gehört."

„Auch das hat der Partyservice in der Ausschreibung mitgeteilt", brachte Michelle hervor, die alles was in ihr in Aufruhr geraten war, niederzuringen versuchte. „Ich finde, dass es ein ordentliches Menü ist, was auf ihrer Hochzeit geboten wird."

„Was wir nicht vergessen sollten", nickte nun auch Hauke. „So wie deinen Friseurtermin!"

„Der Termin, ja", klatschte Annabell sich mit der flachen Hand gegen die Stirn. „Wie konnte ich den denn nur vergessen?"

„Äh", machte Michelle.

„Ich rufe dich an!", sagte Annabell, tat so, als würde sie mit Daumen und kleinen Finger ein Telefon nachahmen. „Bis dann!"

„Bis dann", seufzte sie und verdrehte innerlich die Augen, während sie Annabell und Hauke hinterher winkte.

***

Du bist doch bescheuert, dachte Michelle verwundert, als sie zu Philipp schaute, der ihr zu grinste, und aussah wie ein kleiner Junge, der das erste Mal in seinem Leben etwas allein auf die Beine gestellt hatte. *Warum schlägt mir denn das Herz bis zum Hals und wieso glaube ich schon wieder, dass mir die Knie weich werden?*

Weil er so niedlich aussieht, dachte sie weiter und musste an das angenehme Kribbeln im Bauch und an den blöd klingenden Spruch, den sie ihm entgegen gefeuert hatte als er am Morgen ins Café getreten war, denken.

Er stellte sich so ungeschickt an, an seinen ersten Praktikumstagen.

Es war ihm so schwer gefallen einen halbwegs gescheit dekorierten Teller zu gestalten. Zwei Mal hatte er Jana gefragt, ob das so gut sei, was er da tat, bevor er hilfesuchend zu Ingrid schaute, und sie mit flehendem Blick darum bat, ob sie ihm nicht helfen konnte.

Jetzt, wo er aufgeregt nach ihr gewunken hatte, und sie zu sich rief, musste sie innerlich lachen. Sie schmunzelte, wie sie ihn übers ganze Gesicht strahlen sah und er vor Erregung bebender Stimme sagte: „Probiere sie. Los probiere mal."

Neugierig beugte sie sich über die ihr hingehaltene Schüssel, betrachtete den merkwürdig flüssig wirkenden Brownieteig und griff nach dem neben der Spüle liegenden Löffel.

„Hmmm", machte sie, nachdem sie die abgerundete Löffelspitze in den Teig stach und ihn sich in den Mund geschoben hatte.

„Nicht gut?", wollte Philipp wissen. Zu ihrer Verwunderung sackten seine Schultern nach vorne. Auf seinem Gesicht breitete sich eine bitter anzusehende Traurigkeit aus, deren Sinn Michelle nicht verstand.

Man möchte ihn in den Arm nehmen und ganz fest drücken, dachte sie und schüttelte den Kopf, als sie ihm sagte: „Der Teig ist zu flüssig und die Süße fehlt. Hast du dich denn an das Rezept gehalten?"

„Hier und da variiert“, gestand er ihr kleinlaut.

„Komm, ich helfe dir, dass der Teig gut schmeckt und fester wird“, bat sie ihm ihre Hilfe an und freute sich, als sie ihn nicken sah.

„Okay.“

„Du hast echt schon lange nicht mehr gebacken, wie?“, stellte sie lachend fest, als sie sah, dass er keinerlei Ahnung hatte, wie man die am Rand der Schüssel klebende Masse mit einem Backspachtel löste oder den Teig in gleicher Portionierung in die Formen brachte.

„Hätte nicht gedacht, dass man das so verlernen kann“, gestand er ihr, mit aufeinandergepressten Lippen und feuerroten Ohren.

Von dem Schwung in seinen E-Mails, den schnell in Gang bringenden Gesprächen und dem zuckersüßen Lächeln war nichts mehr übrig geblieben. Nur ein sichtlich überforderter und jetzt schon hinter Jenny liegender Philipp, der nichts weiter konnte, als hilflos mit den Schultern zu zucken.

„Bin etwas eingerostet“, sagte er, als er den Teig über die Backförmchen auf die Arbeitsplatte kleckern ließ.

„Eingerostet?“

Er nickte: „Ja, ich habe die letzten beiden Jahre kaum gebacken oder dekoriert.“

„Aha“, machte Michelle und musterte ihn offen. „Am Freitag hatte das noch anders geklungen!“

„Ich wollte den Job!“

„Jetzt kämpfst du um ihn“, sagte sie lächelnd und schaute verwundert zu Philipp, der – ohne zu zögern – sich eine weitere Schüssel schnappte.

„Was wird das?“

„Ich kämpfe!“

Wieder musste sie schmunzeln und lehnte sich gegen den Tresen. „Philipp.“

„Ja?“

Er drehte mit einem verwunderten Gesichtsausdruck den Kopf in ihre Richtung. Tief in Gedanken versunken, die Zungenspitze über die Lippen geschoben, hatte er – wie es schien – nicht damit gerechnet, dass seine Chefin ihn noch einmal ansprechen würde.

„Du hast nächsten Samstagabend noch nichts vor, wie ich hoffe.“

„Wenn es so klingt, dann habe ich da wohl nichts vor“, erwiderte er gelassen, das niedlichste Lächeln auf den Lippen, das sie jemals gesehen hatte. Ein Lächeln, das sie mitten in die Magengrube traf und sie glauben ließ, vor weichen Knien und zitternden Händen nicht mehr stehen, geschweige denn sich irgendwo abstützen zu können.

„Freut mich zu hören. Wir richten Samstag eine goldene Hochzeit aus. Wird richtig nett und lustig. Ich hoffe, der Anzug passt, den du tragen wirst!“

Das war der nächste Augenblick ihrer absoluten Verwirrung.

Was sollten diese Sprüche?

Was sollte ihr Gehabe?

Was tat sie hier?

Michelle blinzelte verwirrt …

… und mochte das Kribbeln im Bauch immer lieber …

***

„Krasses Bild“, meinte Jenny, die hinter Michelle getreten war, die sich später am Tag unterhalb ihres Cafés, an ihrem Lieblingsplatz auf der Düne niedergelassen hatte und den wohlig weichen, nach Salz riechenden Wind auf der Haut spürte. Verwundert darüber, dass Jenny auch hier unten war und offenbar ebenso wie Michelle die Abgeschiedenheit suchte, lächelte Michelle und fragte: „Was machst du hier?"

„Mir Gedanken machen", lächelte die junge Frau, einen Notizblock in der Hand haltend, einige Wörter in ihrer geschwungenen, eleganten Handschrift auf das karierte Papier geschrieben.

„Kann man hier am besten", lächelte Michelle, um dann einzuschränken. „Ich auf jeden Fall."

„Kann ich verstehen", meinte Jenny, die fragte: „Darf ich mich setzen?"

„Immer."

Michelle war hierher gekommen, um sich Gedanken über die Hochzeit zu machen und zwar nicht nur zur Menüfolge oder dem Sektempfang, die Dekoration und die Hochzeitstorte. Nein, ihre Idee – die ihr ganz allein gekommen war, und die sie unbedingt in der Ausschreibung drinnen haben wollte -, ein individuelles Brautpaar aus Marzipan zu formen, glasiert mit Zucker, und einem Hauch Fondant, musste in die Tat umgesetzt werden.

Weshalb sie sich mit einem Bleistift, einem Blatt Papier und der festen Überzeugung, heute etwas Konstruktiveres zu schaffen, hierher zurückgezogen hatte. Hier an den Platz, an dem sie damals schon als Kind immer gerne gesessen hatte. Wo sie die Stille und doch das Leben genoss.

Die ganze verdammte Planung, die Ive begonnen hatte, war plötzlich zur Chefsache geworden, was Michelle gründlich missfiel.

Am liebsten hätte sie sich in eines der Ruderboote gesetzt, die unten an einem Steg vertäut lagen, um hinaus auf die Ostsee zu paddeln.

In dem Moment, wo sie zurück ins Café gestürmt kam – den Kopf mit einer Skizzenidee voll –, war ihr Ingrid entgegengekommen, mit einer unendlich langen Liste von Anrufern, die Michelle unbedingt erledigen sollte. Darunter ein Herr vom Finanzamt.

„Ich habe zehn Hände und zwanzig Ohren", hatte sie schnippisch gesagt und war dann an Ingrid vorbei gerauscht, ohne richtig hinzuhören, was sie ihr noch alles erzählte. Rafael Gordon, das war ihr im Gedächtnis hängen geblieben, hatte sich ebenso gemeldet, wie auch Herr Reister von der Bank. Er hatte auf sie gewartet, sie aber war nicht erschienen.

Scheiße, dachte sie und fragte Ingrid. „Ruf du ihn bitte zurück und entschuldige dich tausendmal bei ihm, dass ich den Termin verschwitzt habe. Ich musste mit meiner neuen besten *Freundin Annabell* zum Friseur!"

„Hab ich schon gehört."

„Philipp!", rief Michelle laut und schallend, ohne aber eine Reaktion von ihm zu bekommen.

„Da kannst du rufen, so viel zu willst. Der ist vor gut einer Stunde gegangen."

„Wohin?"

Ingrid zuckte mit den Schultern: „Keine Ahnung. Sein Telefon klingelte, er wurde blass und fragte dann, ob es okay wäre, wenn er früher Feierabend machen würde.

Ihm sei gerade ein Termin dazwischengekommen. Hab ihn gehen lassen."

Mit einem Blick, der Michelle sagte „Viel los ist hier heute ja nicht", hatte Ingrid ihre Entscheidung untermalt.

Was schmerzte.

Michelle hatte versucht, den Umstand zu übersehen, dass das Café leer war, als sie hereingestürmt war. Ebenso hatte sie es sich verkniffen, Janny zu sagen, dass sie hinter den Tresen und nicht unter die Terrasse gehörte.

Was brachte es ihr?

Nichts.

„Konntest du schon immer gut zeichnen?", wollte Jenny wissen, die ebenfalls zurück ins Café kam und riss Michelle aus ihren Gedanken.

„Irgendwie schon, ja."

„Cool."

Michelle lächelte: „Mein Dad hat mit dabei geholfen. Er hatte da auch was los. Hat Cover und so gemalt für Bücher, Hörspiele und so."

„Wow."

„Es war eine tolle Zeit mit ihm", schluckte Michelle, die von ihren Gefühlen nicht übermannt werden wollte.

Aber die Erinnerungen daran, wie sie damals an den Dünen gesessen hatten, beide mit Stift und Block bewaffnet, jeder daran interessiert, die sich ihnen bietende Perspektive zu nutzen und ein unvergessenes Bild aufs Papier zu bannen, war zu schön, als sie einfach gehen zu lassen.

Michelle erinnerte sich nur zu gut daran, wie sie dasaß, aus dem Augenwinkel dabei zu sah, wie ihr Vater zeichnete. Dass er mit der über die Lippen herausragender Zungenspitze Strich um Strich aufs Papier brachte, den Kopf hob, ihn senkte, radierte, malte und wieder radierte. Dann, nach emsigen Treiben, stieß er ein „So," aus, streckte sich und meinte: „Das ist doch ein schöner Anfang."

Wie schön der Anfang gewesen war.

Michelle war es, als hätten sie erst vor einer Stunde zusammengesessen und sie einen bewundernden Blick auf das Bild ihres Vaters geworfen. Ein Bild, wie sie erst beim dritten Hinsehen erkannte, das nicht die Weiten der Ostsee, oder den langsam an ihnen vorbei schippernden Dampfer zeigte und dazu in der Luft schwebende Möwen. Nein, er hatte etwas zu Papier gebracht, dass ihr Herz schneller und ihre Kehle jetzt trocken ließ.

Er hatte sie gezeichnet.

Das kleine schüchterne, immer zu dünn wirkende, mit den zerrütteten Haaren über den Sand des Strandes hüpfende Mädchen, wie es dasaß, konzentriert seinen Zeichenblock auf die angezogenen Knie legte und ununterbrochen damit beschäftigt war, das zu zeichnen, was ihr Herz mit Freude erfüllte.

„Findet dein Dad gut, was du hier machst?", riss Jenny sie aus ihren Erinnerungen und ließ Michelle aufblicken.

„Schon. Glaube ja."

„Hmmm."

„Was hast du?", wollte Michelle wissen.

„Nichts. Wäre halt nur schön zu wissen, ob man seinen Eltern genügt oder nicht“, dann, als wäre ein Schalter in Jenny umgelegt worden, strahlte sie wieder über das ganze Gesicht und rief: „Wir wollen mal nicht so traurig sein, oder? Vom Heulen bekommt man schrumpelige Haut. Also, was willst du genau zeichnen und warum skizzierst du den knackigen Arsch dieser total schrägen Tante?“

Michelle lachte und begann zu stottern: „Weil er wichtig ist.“

„Sieht gut aus, ja. Aber neben der Braut verblasst der sowieso schon wenig aussagekräftige Typ ja noch mehr.

Beide zusammen sind ja die Hauptpersonen des Abends.“

„Sag das mal Annabell.“

„Sag ich ihr später. Jetzt aber zu deiner Skizze, auf was für eine Plattform willst du die beiden denn stellen?“

Nachdem Michelle gemeint hatte, dass sie eine essbare Puffreisplatte anfertigen wollte, die die Form von einem aufgeworfenen, die beiden umspielenden Meeres im Sinn hatte, nickte Jenny, und meinte: „Man könnte ja versuchen, die Wellen ins Kleid übergehen zu lassen, oder was meinst du? So, als ob die beiden aus dem Meer geboren wurden und ihr Glück bei uns Menschen hier finden.“

Michelle nickte anerkennend, musste aber plötzlich daran denken, dass Rafael sie angerufen hatte.

Was, wenn etwas mit Benny war? Wenn er wieder etwas angestellt hatte?

Deshalb wählte sie die Nummer des Heims, indem Rafael arbeitete.

Mit Benny werde ich nicht sprechen, schüttelte sie den Kopf, *so leid es mir tut. Dafür habe ich jetzt keine Zeit.*

„Betreutes Wohnen Breitbach, Wohnbereich 4, Unger."

„Hi, Denise", meldete sich Michelle und wartete nicht darauf, dass die kleine, untersetzte Pflegerin ihr antwortete. „Du, wärst du so lieb und würdest mir einmal Rafael ans Telefon holen?"

„Klar. Soll ich Benny auch sagen, dass du am Apparat bist?"

Der heiße Stich, der sie durchfuhr, ließ sie kurz aufkeuchen. Sie spielte ernsthaft mit dem Gedanken zu sagen: „Ja, hole ihn mal bitte", um sich dann selbst zur Ruhe zu rufen. Sie konnte jetzt nicht mit ihm telefonieren. Es war ihr zeitlich nicht möglich sich von ihm überreden zu lassen, wieder ins Heim zu kommen und mit ihm Zeit zu verbringen. Deshalb sagte sie stattdessen: „Lass mal. Ich will nur einmal schnell mit Rafael etwas klären. Er hat um einen Anruf gebeten".

„Okay", sagte Denise und eilte dann, wie Michelle deutlich hören konnte, über den Flur. Sie erreichte ein Zimmer und sagte etwas, was Michelle nicht verstand. Es war zu dumpf und wurde erst in dem Moment klarer, als Rafael sich meldete und meinte: „Michelle, ich freue mich von dir zu hören. Ich habe deshalb angerufen, weil ich dich fragen wollte, ob du mit mir –"

Michelle unterbrach ihn rüde – von einem schlechten Gewissen geplagt, weil sie wusste, dass sie ihm wehtun würde: „Ich möchte gar nichts von dir hören, Rafael. Mir geht es um Benny. Ich sage es dir noch einmal. Du hast dich danebenbenommen. Ich mag es nicht, wenn man meinen Bruder missbraucht, um mich kennenzulernen. Hör auf, mich anzurufen."

„Ja, aber …!"

„Rufe mich nicht an", verlangte sie noch einmal und seufzte innerlich.

„Es tut mir wirklich leid. Aufrichtig!"

Sie schwieg.

„Ich wusste mir nicht anders zu helfen. Michelle, seitdem ich dich das erste Mal gesehen habe, habe ich mich irgendwie in dich verguckt. Ich …"

„Lass es bitte", sagte sie bestimmt.

„Okay!"

Damit war das Telefonat beendet und sie in einem solchen Gewissenskonflikt, wie seit Jahren nicht mehr. Sie fühlte sich unbewusst an Eddy und ihre kleine Liebelei erinnert. An die Tage, wo sie schmachtend am Fenster gestanden hatte, immer in der Hoffnung, Eddy dabei zu erblicken, wie er aus dem gegenüberliegenden Haus getreten kam – von Mutter und Vater begleitet – damit sie ihn irgendwo hinfahren konnten.

Oder die Momente, wo sie freiwillig den Müll herausbringen wollte, nur weil sie gesehen hatte, dass Eddys Mutter Richtung Einfahrt ging und das Tor aufschloss, damit sie mit dem Wagen zurücksetzen konnte.

Sie sah sich noch nach draußen eilen, den Müllbeutel in der Hand; den verwirrten Blick ihrer Mutter im Rücken, die nicht glauben konnte, dass ihre Tochter freiwillig einen Handschlag im Haushalt tat.

Und wie sie dann lässig zum Mülleimer gegangen war. So elegant einen Fuß vor den anderen setzend, ihre dunklen Haare schnell noch etwas wild gewuschelt, damit sie „gut" aussah.

Wofür?

Dafür, dass Eddys Mutter sie nur halbherzig grüßte und ihr Sohn nur ein kurzes, knappes, nachbarschaftliches „Hi" herausbrachte?

Für sie aber war es alles gewesen.

Alles!

Sie hatte sich wie auf Wolken schwebend gefühlt. War der festen Überzeugung gewesen, dass sich ab jetzt alles zum Guten wenden würde.

Dass Eddy nun wusste, wer sie war.

In dem Moment, wo sie weitere Striche zog, das Kleid aufwallen ließ, die Wellen wie eine Hand aussah, riss Jenny sie aus ihren Erinnerungen: „Wenn du sie ein wenig drehst, können wir den Rockfalten mehr Schwung verleihen", um sich dann hinter Michelle zu positionieren; ihr die einen Arme auf die Schulter legend.

Ein weicher Geruch nach Jasmin stieg ihr in die Nase.

„Ich weiß nicht", schüttelte Michelle den Kopf und betrachtete Annabell noch einmal ausgiebig, die auf den Zehenspitzen stand und ihrem Mann einen Handkuss zuwarf.

„Ist nicht der alltägliche Scheiß", meinte Jenny. „Finde die üblichen Brautpaare auf Torten immer ätzend langweilig. Alles so gestellt. Das da hat schon was. Gerade, wenn es um eine Hochzeit geht. Auf der Torte kann dann ja stehen: Ein Kuss, schön wie das Meer oder so. Klingt nicht doll, aber etwas in die Richtung sollte es schon sein. Die Liebe hervorheben und so. Wie das Meer. Ungezügelt bleiben und doch der Ruhe dient, jetzt aber vor Freude springt. Keine Ahnung", lachte Jenny. „Irgend so ein sentimentaler Quatsch halt."

Michelle lächelte: „Klingt gut!"

Jenny tippte sich an den Kopf: „Nicht nur dafür da, um Haare schneiden zu lassen, auch wenn Papa das meint."

Michelle war es, als spürte sie eine unendliche Zerrissenheit in der Brust der kleinen, schmächtigen Frau.

„Sowas sagt er zu dir?", fragte sie vorsichtig, und lehnte sich in gegen Jenny, den Kopf leicht gedreht, hinauf zu der jungen Frau schauend.

„Er lacht dabei", winkte Jenny ab. „Hab zu viele Ideen, wie er meint. Soll mich mal konzentrieren und etwas durchziehen. Was meinst du, wenn wir das Bild noch etwas aufpolieren? Einen anderen Farbkontrast hineinnehmen. So, dass auch ihr Freggle da neben ihr etwas mehr zur Geltung kommt?", lenkte Jenny von dem Thema ab.

„Können wir machen", sagte Michelle.

„Sie hat nen süßen Hintern", meinte Jenny. „Mag sie nicht", grinste sie. „Zu hübsch. Blöde Konkurrenz!"

***

„So, so", meinte Ingrid plötzlich hinter Michelle, die ein paar Minuten später in die Küche gegangen war, um sich einen Schluck Cola einzuschenken. Das Gespräch mit Jenny war ausgesprochen ... interessant gewesen. Besonders deshalb, weil hinter der Fassade der jungen Frau ein facettenreicher und vor allem freundlicher und faszinierender Charakter schlummerte.

„Was, so so?", wollte Michelle wissen, während sie sich an die Spüle lehnte und einen Schluck nahm und sich gleich viel besser fühlte.

„Goldene Hochzeit. Philipp. Anzug, der ihm passen soll."

„Ingrid", schüttelte Michelle den Kopf. „Das haben wir jeden Tag."

„Das hier nicht. Nicht solch einen Spruch von dir. Erinnert mich daran, wie ich mich das erste Mal Hals über Kopf in einen schmucken Kerl verguckt habe. Ich war zarte 16. Oh ja, du hast richtig gehört. Ich war gerade einmal 16 Jahre alt, als ich mich das erste Mal verliebte."

„Bei dir hätte ich auf 12 getippt!"

Ingrid lächelte mütterlich und nahm, zu Michelles Verwunderung, ihre Hand. Sie tätschelte sie, wie ihre Mutter es früher immer mit ihr getan hatte. Wie damals, auf der Insel, als sie versuchte über Eddy hinweg zu kommen. Da hatte sie ebenso in Michelles Zimmer gestanden, wie Ingrid es jetzt in der Küche tat.

Ein seliges, versonnenes Lächeln auf den Lippen, in den Augen ein Trost spendender Ausdruck, der Michelle damals wie heute verunsicherte.

Es hatte Erfahrung in dem Blick gelegen.

Ein stummes, ein herzlich warmes Versprechen, dass man nicht nur leere Floskeln von sich gab. Dass das, was hier zwischen ihnen stand, längst schon einmal passiert war. Und so wie damals, als ihre Mutter ihr diesen wissenden, diesen Michelle unter die Haut gehenden Blick zuwarf, fühlte sie sich auch jetzt.

Klein. Albern. Lächerlich.

„Ich war 16", holte Ingrid sie aus ihren Überlegungen zurück und ließ Michelle schief lächeln. „Und ich verliebte mich in Boris ... Man, das war ein Junge", schwärmte sie, während sie Michelles Hand hielt und mit dem Daumen über ihren Handrücken streichelte. „Er hatte alles, was ich mir immer erträumt habe. Er war lustig, er war sportlich, er hatte gute Noten in der Schule. Er wusste jeden zu nehmen. Er schien in uns allen zu lesen.

Verstehst du. Er schien immer zu wissen, was wir dachten und was wir im nächsten Moment sagen würden. Denn jede seiner Antworten kam so präzise und zielgerichtet. Er dachte nicht einmal nach!"

„Das klingt alles sehr nüchtern", bemerkte Michelle.

„Weil ich zu den guten Dingen von Boris noch nicht gekommen bin", erklärte Ingrid tadelnd. „Du lässt mich ja nicht ausreden."

„Okay", lachte Michelle und nippte noch einmal an ihrem Glas.

„Er hatte die blauesten Augen, die ich jemals gesehen habe. Sie funkelten wie zwei Gletscherberge in der Ferne. Sein Lächeln, Kindchen, du hättest sein Lächeln sehen müssen. Denke ich jetzt daran, dann rutscht mir der Schlüpfer vom Hintern. Ganz ehrlich!"

„Ingrid!"

„Ich weiß, was du für Philipp empfindest", meinte Ingrid. „Du leuchtest, wenn du ihn siehst. Das sagte meine Mutter zu mir, wenn sie mich sah, als ich mich Hals über Kopf in Boris verknallte. Ich wusste nie, was sie damit meinte. Bis jetzt."

„Ich leuchte gar nicht", sagte Michelle schnell, und spielte mit der Haarlocke, die ihr über die Schulter gefallen war. „Ich bin wie immer."

„Tust du. Kindchen, ich bin mir sicher, dass ich bei dir etwas sehe, das ich zuvor niemals bemerkt habe. Aber ich bitte dich, sei vorsichtig."

„Ich weiß echt nicht, was du meinst!"

„Er ist eine Sahneschnitte, ja. Eine der leckersten, die ich jemals gesehen habe. Kindchen, ich bitte dich nur, verlier dich nicht gleich an ihm."

„Du sagst doch immer, dass ich ..."

„Dass du aus dir herauskommen sollst, ja", nickte Ingrid. „Damit du zu leben beginnst. Dass du Spaß hast an allem hier. Dass du nicht immer nur die Arbeit siehst. Nicht immer von Sorgen und Kummer getrieben wirst. Ich will", das sagte sie mit Nachdruck. „Dass du lebst, mein Schatz. Dass du weißt, welchen Wert du hast."

„Ich kenne meinen Wert!"

„Nein, den kennst du nicht. Ich kannte ihn auch lange nicht – meinen Wert, meine ich. Bis ich Danny kennengelernt habe. Er zeigte mir, auf was ich achten muss. Danny hat mich nicht nur angesehen, verstehst du, er hat mich gesehen. Er wusste, wer ich bin. Er konnte mich in einem Dinner mit seinem Fuß am Knöchel berühren und mich verrückt machen. Und er tanzte mit mir, Kindchen, er tanzte die ganze Nacht. Er verehrte mich. Drei Wochen lang, gab es nichts anderes, als mich", sie schmunzelte wieder bei dem Gedanken, und sank für einen kurzen Augenblick in die Vergangenheit zurück. „Und dann Dave. Er trug mich auf Händen. Er wollte mir alles ermöglichen. Mir die Sterne vom Himmel holen. Mich glücklich machen. Niemals war ich eine Trophäe für ihn. Nicht einen Augenblick. Niemand, mit dem man sich brüsten konnte. Verstehe mich nicht falsch, Kindchen", sagte Ingrid die Hände abwehrend erhoben. „Ich war nicht „so eine" die man schnell um den Finger wickeln konnte. Meinen Spaß habe ich gehabt, ja. Aber niemals war ich jemand, den man mit Geld und Reichtum beeindrucken konnte. Ich wollte immer ich sein. Verstehst du? Mein Schicksal selbst in den Händen halten und mich einmal fühlen, wie auf Händen getragen."

„Aber du weißt doch gar nicht, was Philipp ..."

„Er sieht dich", flüsterte Ingrid. „Aber ob er dich wahrnimmt, dass weiß ich nicht. Er wirkt zerfahren", erkälte sie. „Nicht immer auf der Höhe, wenn du verstehst was ich meine. Er hat viele andere Sachen im Kopf. So richtig hierhergehören tut er nicht ..."

***

„Nun ja, ich hoffe, ich gefalle dir", meinte Philipp, als er Michelle am Anfang des beginnenden Abends aus der Haustür treten sah. Sie, noch immer damit beschäftigt, in ihr für einen besonderen Anlass bereit gelegtes Outfit zu schlüpfen, verharrte auf der Stelle.

„Was machst du hier?", fragte sie erschrocken, sich plötzlich bewusst, dass sie noch gar nicht fertig war.

Sie hatte sich auf den Weg zum Café noch während der hektischen Autofahrt schminken und fertig machen wollen. Die Grundierung hatte sie in ihrer Wohnung aufgelegt, und hatte den Lidschatten ebenso während eines kurzen Ampelstopps nachziehen wollen, wie auch den Lippenstift, während sie in die 30 Zone fuhr.

„Ich hole dich ab", meinte Philipp.

„Das habe ich doch gar nicht gewollt", rief sie, und stolperte mehr auf ihn zu, als das sie lief.

„Ich dachte mir: Beeindrucke die Chefin!"

„Du verärgerst sie", widersprach sie halbherzig und verfluchte sich für ihre Gedanken, die ihr durch den

Kopf schossen, als sie den im dämmrigen Licht des anbrechenden Abends dastehenden Philipps sah. „Du solltest doch im Café sein und mit den anderen alles eindecken!"

Er sieht nicht nur gut aus, er sieht fantastisch aus, hämmerte es ihr durch den Kopf, als sie ihn nur flüchtig betrachtete. Allein das reichet ihr, um zu begreifen, dass sie mehr von ihm angetan war, als sie es wollte.

Ihr eigentlicher Ärger über ihn kam gar nicht in Wallung.

Sie konnte sich nicht satt sehen, an dem enganliegenden Jackett, unter dem sich sein schlanker Körper weich nachzeichnete. Die Krawatte umschloss seinen Hals und betonte das eckige, mit dem kleinen Grübchen versehene Kinn. Sein gestutzter Bart warf malerische Schatten über sein Gesicht und ließ ihn etwas Verwegenes, etwas unaussprechlich Verwerfliches anhaben, dem sie sich nicht entziehen wollte – nicht entziehen konnte.

Michelle rief sich zur Ruhe und versuchte ihre durchdrehenden, kitschigen Gedanken niederzuringen, schaffte es aber nicht. Sie huschte von einem Klischee ins nächste und musste über sich selbst den Kopf schütteln, als sie Philipp mit einem Piraten vergleichen wollte, der bei stürmischer See und dem Kanonenfeuer der Indisch East Company nur eines im Sinn hatte.

Sie zu retten!

Scheiße, dachte sie, *so einen Blödsinn hast du noch nie gedacht.*

Sie war völlig durch den Wind. Vorhin musste sie Rouge auflegen, damit dieses von ihren Augenringen und Sorgenfalten ablenkte, die sie heute im Laufe des

Tages gesammelt hatte. Sie hatte beim Finanzamt anrufen müssen. Dort teilte ihr Herr Richter dann mit, das alles, egal was sie versuchen würde, erhebliche Kosten verursachte, da sie ab jetzt in einer Verzögerung war, die Zinsen nach sich rief. Zinsen, wie sie mit Schrecken gehört hatte, die an Wucher erinnerten.

Sie hatte so viel zu tun, so viel Verantwortung, und sie durfte sich nicht verknallen.

Über ihren letzten Gedanken erschrak sie.

Verknallt?

Sie?

Das war verrückt!

Wirklich? War es das?

Insgeheim war Michelle über sich erschrocken, als sie ihren eigenen Gedanken lauschte.

Sie seufzte, als sie sich vor ihn stellte und sich entschuldigte: „Ich bin noch nicht fertig geschminkt."

„Stört mich nicht", sagte Philipp. „Ich mag dich ohne Schminke ebenso gern wie mit."

„Äh ...", machte sie.

„Ist die Wahrheit", lächelte er. „Ich mag dich wirklich gern."

Verstört, weil er so offen mit dem umging, was er fühlte, kam sie gar nicht dazu, ihm irgendetwas zu sagen. Sie ließ sich nur, nachdem er die Tür zu seinem auf Hochglanz polierten Wagen aufgezogen hatte, ins Innere fallen. Angenehme, warme Luft schlug ihr entgegen, und ließ sie daraufhin weich und tief in die Sitze einsinken und das Gefühl von Ruhe spüren.

So wie damals, als sie einen Bleistift in der Hand, an ihrem Schreibtisch gesessen hatte, den Blick auf das Meer hinter ihrem Fenster gerichtet, so schaute sie auch jetzt hinaus aus der Windschutzscheibe, in den sich langsam verdunkelnden Abenden hinaus.

Während Bäume und Laternen an ihr vorbeizogen, sie die Menschen in einem kurzen Ausschnitt ihres Lebens beobachtete, merkte sie, wie sie sich in einem angenehmen Kribbeln der baldigen Hoffnung verlor, alles würde sich zum Guten wenden.

Mit drei, vier, ach was, zehn Jahren Verspätung, dachte sie jetzt und stellte mit Schrecken fest, dass sie die Dreißig seit einem Jahr hinter sich gelassen hatte und ihren Träumen bisher nur nachgejagt, anstatt ihnen gefolgt war. Sie hatte weder Australien noch die USA bereist. Die Bibel hatte sie auch noch nicht gelesen, sich noch nicht hemmungslos an irgendeinem perlenweißen Strand in der Karibik betrunken, geschweige denn hemmungslos Liebe gemacht.

Alles war ...

... untergangen.

„Warm genug oder brauchst du etwas mehr Hitze unterm Hintern?", wollte Philipp plötzlich von ihr wissen, den Finger nach dem Knopf für die Aktivierung der Sitzheizung ausgestreckt.

„Alles Bestens", sagte sie mit leiser, verträumt klingender Stimme.

„Musik?"

„Immer!"

Er machte, zu ihrer Überraschung, Phil Collins an. Die weiche, sanfte Stimme des britischen Sängers ließ sie leicht zu dem Lied „Sussudio" wippen, während sie die einzelnen Textpassagen mitsang. Philipp, der den Wagen aus der kleinen Seitenstraße heraus lenkte, in der sie wohnte, fragte lachend: „Na, da habe ich wohl die richtige Musikwahl getroffen.“

„Total.“

„Mit Phil wirst du ruhig?“, fragte er sie, während in seiner Stimme ein vertrauter, unterschwelliger Sarkasmus mitschwang, der sie aufrichten ließ.

„Was meinst du damit?“

„Das was ich sage“, erwiderte er. „Du kommst mir in letzter Zeit etwas unentspannt vor, wenn ich ehrlich sein soll. Du wirkst gestresst und gehetzt! Der Abend ist perfekt organisiert – na ja, bis auf die Stelle, als du plötzlich aus dem Café gehetzt bist und gerufen hast, dass du dein Kostüm zuhause vergessen hast.“

Michelle lachte, schlug die Hände vor den Augen zusammen: „O Gott, ist das peinlich.“

„Menschlich.“

„In letzter Zeit komme ich mir wie ein Roboter vor“, seufzte sie und fragte sich im nächsten Augenblick, warum sie Philipp das so offen und ehrlich sagte.

Das ging ihn gar nichts an.

Aber in dem Augenblick, als sie hörte, was er sagte, hallten ihr Ingrids Worte wider im Kopf.

„Woran liegt es?“, wollte Philipp wissen.

Sie zuckte mit den Schultern. „An diesem und jenen.“

„Läuft nicht, wie?“

Sie schmunzelte.

„Besser als jemals zuvor!“

Mit der Aussage hatte sie nicht gelogen. Sie verzeichnete mehr Besucher als letztes Jahr. Sie richtete mehr Feierlichkeiten aus als je zuvor.

Trotzdem reichte es vorne und hinten nicht aus, um das „HerzCafé“ auf die nächste, die sich selbst tragende,

Ebene zu hieven. Sie versuchte, die plötzlich in ihr aufsteigende Sorge beiseite zu wischen, indem sie nach dem Liedschatten griff, den sie noch auflegen wollte.

„Wie kommt es eigentlich, dass du so hektisch bist?", wollte Philipp unvermittelt mit einem charmanten Lächeln wissen, dass Michelle innerlich ein „Hahahahaha" eines jungen Mädchens ausstoßen ließ, dass in der verzweifelten Hoffnung über einen lahmen Witz lachte, nur um wahr genommen zu werden.

„Hektisch?"

Er nickte. „Hektisch. Du hetzt nur so durch das Café. Du wirkst manchmal etwas kopflos. Ich glaube, es wäre gut, wenn du mal einen Gang runter schalten würdest."

„Damit ich dann zwei Jahre gar nichts mache und nicht einmal mehr weiß, wie man eine Torte richtig dekoriert?", schoss sie zurück und schämte sich im selben Augenblick für das, was sie gesagt hatte. „Sorry. Das wollte ich nicht."

„Schon gut", sagte er nun seinerseits. „Ich glaube, wir beide haben noch keine Ebene gefunden, auf der wir kommunizieren können."

„Wirkt fast so", lachte sie und war erleichtert, dass Philipp es ebenfalls locker nahm.

In dem Moment, als sie dann zu ihm hinüber, noch immer den Liedschatten in der Hand, bemerkte sie, wie gut er ihr gefiel. Dass sie seine unaufgeregte Art beruhigend fand und sich gut vorstellen konnte, wie er im Café trotz heillosem Chaos der Fels in der Brandung war, während Jana, Jenny und die anderen durcheinanderliefen, und jeder zehn Dinge auf einmal zu erledigen versuchte.

Und gerade weil er solch einen ausgeglichenen Eindruck auf sie machte, er ein sanftes, ein verspieltes Schmunzeln im Mundwinkel spazieren fuhr, glaubte sie ernsthaft, ihm vertrauen zu können.

Es war ein für sie unbekanntes, ein völlig vergessenes Gefühl.

Ein Gefühl, das sie zuletzt gehabt hatte, als sie an den Mülleimern stand, Eddy zuwinkte und er ihr ein Lächeln schenkte, das sie glauben ließ, innerlich in Flammen zu stehen.

Wieder Kitsch, schimpfte sie selbst mit sich. *Erst lässt du Schmetterlinge in deinem Bauch aufsteigen und im nächsten Augenblick stehst du in Flammen, wenn du an Eddys Lächeln denkst.*

Ich hab sie doch nicht mehr alle.

***

Trotz all des Leids, all der Tränen und des Kummers, den sie wegen ihres damaligen Jugendfreundes durchlitten hatte, war die Erinnerung an damals hilfreich für sie. Sie glaubte plötzlich das zu empfinden, was sie damals fühlte, als Eddy über die Straße zu ihr kam und sie fragte, was sie am Wochenende so anstellen würde.

„Nichts", hatte sie ihm geantwortet. Die Stimme zu einem wispernden Flüstern verkommen, sodass sie sich über sich selbst erschreckt hatte.

Sie hatte bis zu dem Zeitpunkt immer gedacht, eine starke und selbstbewusste Person zu sein. Eine Jugendliche, die sich vor nichts und niemanden zu fürchten brauchte.

Außer vor Eddy!

Außer vor Eddy und seinem zuckersüßen Lächeln, seiner sanften Stimme und den himmelblauen Augen, in die sie am liebsten versunken wäre.

Sie schmunzelte, als ihr bewusst wurde, dass Eddy damals zu ihr sagte „Spielst du SNES?"

„Nur Super Mario", hatte sie ihm geantwortet und ein flaues Gefühl im Magen gespürt.

Sie erinnerte sich daran, als wäre es gestern gewesen, als sie meinte, ihre Knie würden so weich werden, dass sie sich nicht mehr auf den Beinen halten konnte. Dass sie jeden Augenblick drohte auf die Nase zu fallen, weil ihre Gedanken der Zukunft vorgriffen und ihr zuschrien: *Er verabredet sich mit dir. Er will das Wochenende mit dir verbringen und Super Mario World mit dir spielen. Er will Zeit mit dir verbringen. Er will ...*

Alle weiteren Gedanken, die ihr durch den Kopf schossen waren in einem Jubelschrei der Erleichterung untergegangen, als sie Eddy sagen hörte „Wäre doch cool, wenn wir am Samstag oder so mal zusammen Abhängen würden."

„Das wäre mega geil", hatte sie gesagt und ein gewinnendes Lächeln von Eddy geerntet, das sie dahin schmelzen ließ.

***

Ähnlich erging es ihr jetzt.

Sie hörte die Glocken des Glücks in ihrem Schädel schlagen und fragte sich, als sie den Lidschatten zurück in ihre glitzernde, schwarze Handtasche fallen ließ, warum sie das tat.

Was war nur los mit ihr? Sie konnte tun und lassen, was sie wollte. Sie war eine selbstbewusste und erwachsene Frau, versuchte sie sich einzureden. Wollte sie sich schminken, dann schminkte sie sich.

Trotzdem tat sie es nicht.

Sie saß nur dümmlich grinsend neben dem, den Wagen durch den Verkehr der Insel lenkenden Philipp und malte sich aus, wie weich wohl seine Hände währen. Wie liebevoll er küssen konnte und ...

Nein! Das denkst du nicht. Nein, weiter verfolgst du diesen Gedanken nicht, verbot sie sich selbst und rief sich weiter zur Ruhe. *Vertrauen kannst du ihm auch nicht. Du kannst ihm nicht vertrauen. Du kennst ihn nicht einmal. Ja, das Ergaunern des Vorstellungsgespräches war niedlich. Und sein bisheriges Auftreten ebenfalls. Aber deshalb kannst du ihm noch nicht vertrauen. Du kannst nur dir selbst vertrauen.*

Nur dir.

„Das mit der Lord-Konditoreien und Hotelmanagement macht ja auch mehreren kleinen Cafés auf Fehmarn zu schaffen", sagte er plötzlich und verwirrte Michelle.

„Lord- Konditoreien und Hotelmanagement?"

„Er soll gerade viele kleine Konkurrenten aus dem Geschäft drängen, habe ich gehört."

„So ist das eben mit großen Konzernen", sagte sie schulterzuckend und wollte ihre Gefühle nicht offen zur Schau tragen, die sie Frank Lord gegenüber hegte.

Er war ein Hauptgrund dafür, dass das Cafésterben weiterging. Unweigerlicher.

Immer wieder hörte man, wie kleine Cafés die „Waffen" streckten. Dass liebgewonnene Kollegen ihr mitteilten, dass es sich für sie nicht mehr lohnte. Die großen Backkonzerne schmissen unentwegt neue und vor allem günstige Produkte und Kreationen auf den Markt, sodass kleine Cafébetreiber kaum noch Chancen hatten, Beachtung zu finden und die niedrigen Preise zu halten.

Michelle kannte das Problem zu gut.

Erst letzten Monat hatte sie feststellen müssen, dass kurz hinter der Fehmarn-Sund-Brücke ein Lord-Café eröffnete.

Sie boten Gebäck und Kekse an, brühten billigen Café auf und versprühten den Charm von langweiligem Hausstaub.

Und doch hatten diese Cafés Erfolg.

Sie waren günstig, sie lagen zentral, sie äfften Liebe zur Tradition nach.

Bullshit. Alles.

Keiner dieser Läden schaffte das, was das „HerzCafé" auf die Beine stellte.

Es gab in diesen Geschäften keine Liebe zum Detail, keine Vernarrtheit in selbstgebackenen Kuchen, keine Hingabe, wenn es darum ging, den richtigen Kaffee für die hier einkehrenden Kunden zu finden.

Diese Läden waren NICHTS.

„Du kennst ihn also", meinte Philipp plötzlich neben ihr und riss Michelle aus ihren Gedanken.

„Hab ihn nur einmal gesehen", gab sie zu. „Gesprochen habe ich kein Wort mit ihm. Dafür Ive umso mehr", sagte sie bitter und konnte den ätzenden Unterton in der Stimme nicht unterdrücken.

„Weil du heute ein eigenes Café betreibst, magst du ihn noch immer nicht?"

Michelle kniff die Augen zusammen.

Sie hatte den von Philipp ausgesprochenen Satz gehört, aber nicht verstanden. Sie wusste nicht, welche Interpunktion sie ans Ende des Satzes setzen sollte und schaute den neben ihr sitzenden Philipp schärfer an.

Er hatte seine eben noch zur Schau getragene Leichtigkeit verloren.

Er wirkte plötzlich verkrampft hinter dem Lenkrad seines Wagens.

Erst, als er zu begreifen schien, dass Michelle ihn von der Seite her zu studieren begann, lachte er und fragte: „Was hast du?"

„Das frage ich dich."

„Ich habe gar nichts", winkte er ab und fragte, „An die Cocktailschirmchen hast du gedacht? Dass der Sekt etwas später geliefert wurde, hat Jenny dir gesagt?"

„Hat sie", sagte sie knapp. „Du lenkst ab."

„Tue ich nicht", schmunzelte er. „Von was denn? Ich habe nur von Lord gehört. Die Ehre, ihn jemals persönlich zu treffen, habe ich nie gehabt!"

Ein Schuss Frust glaubte Michelle aus Philipps Worten zu hören. Und wie eben, als sie nicht wusste, wie sie seine Worte interpretieren sollte, so fiel es ihr auch jetzt schwer, den hinter seinem Satz liegenden Gedanken zu erfassen.

Eine Aufgabe, wie sie merkte, der sie nicht gewachsen war. Der sie sich, wenn sie ehrlich zu sich selbst war, niemals stellen konnte.

Allein das Wissen, dass morgen, wenn der Abend hier vorüber war, viel zu viele Termine, E-Mails und Anrufe auf sie warteten, ließ sie ahnen, wohin ihre Überlegungen und Gefühle laufen würden.

Ins Nichts.

Aus dem Grund – *oder weil ich mich nicht weiter damit beschäftigen WILL* – wischte sie ihre Gedanken beiseite und versuchte sich auf das zu freuen, was jetzt vor ihr lag.

Eine Goldene-Hochzeit, ein köstliches Büffet und ein gutaussehender Mann der sein Praktikum bei ihr absolvierte.

Oberflächlichkeit, dachte sie, *kann manchmal auch ganz nett sein ...*

***

Michelle stand mit einem entwaffnenden Lächeln da.

So will ich niemals meine Goldene Hochzeit feiern, niemals, dachte sie und im selben Moment: *Wirst du auch niemals. Keine Sorge.*

Sie hatte gewusst, dass der Abend langweilig werden würde.

Allein die Liste der Redner, die sie zugesteckt bekommen hatte, mit der Bitte, nach jeder Rede eine Kleinigkeit zu Trinken und zum Naschen zu servieren, war der Ausbund ehrlicher Langeweile gewesen.

Ihr Perfektionismus jedoch hatte sie alles so organisieren lassen, dass es aussah wie ein perfekter Abend.

Da war der Sektempfang gewesen, das bereitstehende Büfett, das geplündert werden wollte. Die Eiscreme, die Jenny angesetzt hatte und dafür die größten Komplimente einheimste.

Trotz der lauschigen Musik, die aus den Boxen drang, dem heiteren Auftreten ihrer Mitarbeiter, wollte der

Funke von Fröhlichkeit nicht auf die Gäste überspringen. Die saßen an kleinen Tischgruppen, in der lauschigen Nacht und einem milden Ostwind ausgesetzt, beisammen und unterhielten sich nur gedämpft, oder spielten gelangweilt mit ihrem Besteck und starrten teilnahmslos hinaus auf die schwach im Mondlicht daliegende Ostsee.

Philipp, der hinter dem Tresen nicht sonderlich viel zu tun hatte, fing an, aus Bierdeckeln ein Kartenhaus zu bauen.

Was bei Michelle normalerweise Unmut heraufbeschworen hätte, fand sie jetzt auf einmal ganz lustig.

Sie trat hinter ihn, das Tablett vor dem Bauch und fragte, was er denn da täte. Als er frech meinte: „Bauen", tippte sie gegen die unterste Karte und grinste ihn an.

„Man baut hier nicht!", sagte sie grinsend.

„Lass das", hatte Philipp gelacht und beim zweiten Mal, als das Kartenhaus zusammenbrach, schon schärfer geklungen, als er meinte. „Willst du Streit haben?"

„Vielleicht!", sie grinste schelmisch.

Dann stieß sie mit dem Zeigefinger eine dritte Karte um und Philipp erwiderte empört, aber mit einem kleinen Lächeln in den Mundwinkeln: „Hör auf, oder ich werde sauer!"

Sie grinste ihn frech an, stieß alle Karten um und fragte: „Und jetzt?" „Das wirst du mir büßen!", rief er und sprang auf. Michelle quiekte und wollte vor ihm weglaufen, verharrte jedoch in ihrer Bewegung als sie sah, wie Jana ihr einen skeptischen Blick zu warf. Sie drehte sich zu Philipp und sagte in strengem Ton: „Ich bin hier die Chefin und ich möchte, dass du ordentliche Arbeit leistest und keine Kartenhäuser baust!"

Philipp setzte sich wieder und schmunzelte: „Hab verstanden.“

Er lief rot an, nachdem er Michelles Ellenbogenknuffer einsteckte und sah, wie er einen bösen Seitenblick eines Gastes kassierte.

„Freches Ding“, nickte Philipp dem glatzköpfigen Mann zu, der deutlich hörbar für alle ein „Psssst“, ausgestoßen hatte.

„Spinnst du?“, schlug Michelle ihn spielerisch mit dem Serviertuch und flüsterte dann: „Entschuldigung“, als die auf ihn gerichteten Blicke nicht nachließen.

Jetzt war die Langeweile wieder da.

„Möchten Sie noch einen Sekt?“, fragte Philipp sie höflich, als wäre sie ein Gast.

„Das geht nicht“, meinte Michelle und schüttelte den Kopf.

„Der Herr?“, fragte Philipp sich selbst und antwortete sich auch, indem er den Kopf schüttelte: „Ich fahre.“

„Ein Sekt schadet nicht!“, neckte Michelle ihn und riss die Augen auf, als sie sah, wie Philipp das auf Hochglanz polierte Glas hob und in sich hineinschüttete.

„Das hast du nicht gemacht“, sagte sie erschrocken.

„Es erschien mir ratsam, für etwas Abwechslung zu sorgen“, gestand er, wand sich der Aushilfe zu und gab ihr mit einem Wink zu verstehen, ruhig weiter Sekt an die Leute auszuschenken.

Erst lehnte sie ab, hörte dann aber den Gastgeber sagen. „Ich würde mich freuen, wenn sie alle, auch die Angestellten dieses Cafés mit uns auf unser Wohl trinken würden. Dürfen Ihre Angestellten im Dienst trinken?“

„Äh …“, sagte Michelle und schaute in das grinsende Gesicht Philipps, das nach Alkohol lechzende Ingrids sowie in das vor Freude und Anteilnahme gerötete Janas. „Ja, natürlich. Gerne.“

Sie hatte den Sekt gerade an den Lippen, als sie ihn auch schon fast verschüttete.

„Hey“, protestierte sie, die prickelnde Feuchtigkeit an Lippen und Kinn verschmiert. „Spinnst du?“

„Oh, kannst du nicht trinken?“

„Das ist nicht lustig!“

„Wirst du jetzt sauer?“, spielte er auf die Situation zuvor an.

„Du bist so ein Blödmann“, wisperte sie und spürte die verärgerten Blicke des Gastes wieder auf sich ruhen. „Jetzt hasst mich Meister Propper richtig!“

„Reiht er sich in eine lange Schlange ein?“, ärgerte Philipp weiter.

„Was bist du mutig? Hast du in einer Superman-Unterhose geschlafen, oder was?“

„Batman“, verbesserte er sich. „Batman-Unterhose. Ich habe sie an. Batman ist nach He-man der geilste Typ auf Erden beziehungsweise Eternia.“

„Das will ich sehen!“, sagte sie und schämte sich im gleichen Augenblick dafür, dass sie das so offenherzig ausgesprochen hatte.

„Jetzt wird es interessant“, meinte Philipp mit hochgezogenen Brauen und verschränkte provozierend die Arme vor der Brust.

Michelle trank schnell einen weiteren Schluck Sekt.

Der heiße Schrecken, der ihr durch die Glieder gefahren war, als sie begriff, was sie hier tat, ebbte noch immer in ihr nach und ein aufgeregter Gedanke zog sich hinter ihrer Stirn entlang und flüsterte ihr zu: *Flirtet ihr beiden gerade? Flirtet ihr wirklich und in echt?*

Um dann von einem weiteren Gedanken heimgesucht zu werden, der sie aufforderte: *Erwidere was. Sei frech. Los. Sag etwas. Irgendetwas Zweideutiges. Etwas, das ihn von den Socken haut.*

„Ich trage nur einen Schlüpfer", hörte sie sich sagen und riss dabei die Augen auf, als könnte sie nicht glauben, was sie da gerade von sich gegeben hatte.

Philipp, noch immer in lässiger Position, schob den Kopf nach vorne, schaute sie mit einem Seitenblick an, dessen Ausdruck sie nur zu gut kannte – schließlich wendete sie ihn am Tag mindestens zehn Mal an – und schien sie zu fragen: Was?

„Äh", sagte sie, wischte mit der Hand durch die Luft und sagte dann. „Ich glaube, ich muss mich um die Eistorte kümmern."

„Vergiss den Schlüpfer nicht!"

„Haha", machte sie und verließ den Tresen mit hochrotem Kopf und nannte sich durchgehend selbst eine dumme Kuh, als sie im Kühlraum verschwand.

***

Der Alkohol begann zu wirken.

Nicht nur, dass sie ihn im Kopf spürte, als sie aus dem Kühlraum getreten kam, sie meinte auch, lockerer, flockiger und mit einem Schuss Ironie auf den Lippen unterwegs zu sein.

„Lass die Hände über der Bettdecke, wenn du nachher nachhause kommst", sagte sie zu Jana. Die, wieder mit hochrotem Kopf, fragte hektisch klingend: „Was?"

„Das war meine Art dir zu sagen, dass du dich gerne mit Richard treffen darfst."

„Oh", machte Jana, und flüsterte: „Aber wieso …"

„Habe dich eben da hinten in der Ecke stehen sehen. Das Telefon in der Hand."

„Er … er … hat … gefragt, ob ich nicht mit ihm zum Lichterfest unten am Strand möchte."

„Dann los."

„Ja, also …"

„Geh schon!", lachte Michelle, die sich freute, Jana einen Gefallen tun zu können.

Sie dabei beobachten zu können, wie sie nach und nach erblühte, wie sie verstohlen in ihr Handy schaute, kicherte, wenn sie eine lustige Nachricht bekam, hatte etwas ungeheuer Niedliches.

„Bis dann", winkte sie Jana nach, die sich eiligst davon machte, und nur über die Schulter hinweg winkte, als sie das Café verließ.

Hinzu kam in ihrem aufgewühlten Gemütszustand, dass sie Philipp nicht mehr peinlich berührt auswich – sondern war offen auf Konfrontationskurs mit ihm gegangen, als sie an einem zweiten Sekt nippte und meinte: „Ich trage wunderbare Schlüpfer!"

„An dem Sahne klebt!"

Ihr Schock – unbezahlbar.

Sie hatte mit einer langsamen, einer verlegenen Handbewegung hinter sich gegriffen und mit einem Gefühl irritierender Hilflosigkeit die feuchte, an ihrem Hintern klebende Süßigkeit abgewischt und so getan, als interessiere sie die Peinlichkeit nicht.

Deutlich sichtbar hatte sie ihre Hand an einem Tuch abgewischt und es sich über die Schulter geworfen.

„Das tut man doch nicht“, war es daraufhin hinter ihr erschollen und Michelle hatte sich langsam herumgedreht und eine Frau hinter sich stehen sehen, der das Tuch über Gesicht und Ausschnitt gewischt hatte.

„Entschuldigung“, hatte sie daraufhin panisch gesagt und sich dazu aufgerufen, ruhiger zu werden.

Philipp ignorieren.

Meiner Arbeit nachkommen.

Fragen nach weiteren Wünschen stellen!

Locker wirken!

Ehrlich bleiben!

Das „HerzCafé“ vertreten!

Michelle ahnte, als sie die lange Reihe der Gratulanten betrachtete, die nach den langen Reden sich endlich von ihrem Platz erhoben, dass der Abend zu einem Fiasko werden würde, schaffte sie es nicht, ihr kindisches Verhalten abzustellen. Sie war dabei, den guten Ruf ihres Cafés zu verspielen, wenn ihr noch so ein Missgeschick passieren würde.

Plötzlich stand sie vor der älteren Gastgeberin, die für ihre Figur ein unpassendes Kleid angezogen hatte. Der Geruch nach schwerem Parfüm wehte Michelle entgegen und das Glitzern der einzelnen Pailletten biss in den Augen.

Freundlich, immer dem Gast zugeneigt, fragte Michelle: „Ich hoffe, Sie sind zufrieden mit uns?“

Die alte Frau lächelte: „Sehr.“

„Das freut mich!“

„Wir fühlen uns sehr wohl“, sagte Frau Schulz und wollte spitzbübisch wissen. „Amüsieren Sie sich denn auch?“

„So gut wie noch nie in meinem Leben", nickte Michelle ehrlich und spürte, wie ihr die Schamesröte ins Gesicht stieg, die noch heißer zu brennen begann und sie glauben ließ, ihre Ohren würden von innen herausglühen, als Frau Schulz zwinkernd bemerkte: „Na, bei so einem netten, jungen Kellner würde ich mich auch wohlfühlen."

Michelle brachte nur ein: „Äh", heraus, und versuchte das Gesprächsthema zu wechseln, was Frau Schulz unterband, und verschwörerisch meinte, als sie ihre Hand auf Michelles Unterarm legte und sanft zudrückte: „Ich beneide sie, nicht noch einmal ein wenig verguckt sein zu können."

„Verguckt?", fragte Michelle irritiert, warf Philipp einen Blick zu, der gerade zwei blonden Mädchen ein Eis über die Theke reichte, deren Zöpfe geflochten bis zur Hälfte ihres Rückens ragten.

Da war etwas, so verrückt es auch klang.

Ein kurzes, ein sie irritierendes Kribbeln im Magen, das sie nicht zulassen wollte.

Frau Schulz schien in ihr lesen zu können wie in einem Buch und meinte: „Man sieht es Ihnen an. Er scheint was Besonderes zu sein."

Michelle strich sich hektisch mit der Hand übers Gesicht; in der verzweifelten Hoffnung, alle Regungen, alle Gefühle aus ihrer Mimik verschwinden lassen zu können. Was ihr nicht gelang.

Ihre Stimme klang belegt, als sie sich wie aus weiter Ferne fragen hörte „Würden Sie mich etwas fragen lassen?"

„Alles was Sie wollen."

„Wie haben Sie es denn so lange mit Ihrem Manne
ausgehalten?", hörte sie sich selbst fragen und bekam
einen trockenen Hals.

Michelle hatte damit gerechnet, dass irgendjemand
hereinrufen würde: „Indem sie ihn ignoriert hat", oder.
„Er durfte ja nie was sagen, darum war Schweigen ihre
Zustimmung!"

Irgendetwas, was völlig albern und völlig bescheuert
klingen würde.

Aber in dem Moment, wo sie ihre Frage stellte, hellte
sich das Gesicht der alten Frau auf. Sie griff nach der
Hand ihres Mannes, und drückte sie fest als wollte sie
ihm niemals wieder loslassen.

„Wir haben immer versucht ehrlich zueinander zu
sein. Den anderen zu unterstützen und in seinen Träumen zu stärken. Wir haben uns immer aufrichtig die
Meinung gesagt."

„Was ist mit Liebe?", wollte Michelle wissen, die einem vorbeigehenden jungen Mann einen Orangensaft
reichte.

Frau Schulz lächelte: „Was soll mit ihr sein?"

„Ist sie noch vorhanden?"

„Liebe ist doch nur ein Wort", sagte Frau Schulz. „Wir
mögen uns nicht mehr so, wie vor fast fünfundfünfzig
Jahren, als wir zusammenkamen. Aber wir schätzen
uns noch immer so. Wissen Sie, mein Kind, ich kann
mir einfach nicht vorstellen, morgens ohne ihn aufzuwachen. Oder, Herbert?"

„Wir brauchen uns einfach", stimmte er ihr zu und
sagte dann etwas aufgeräumtes, das Michelle beein-
druckte. „Wir haben uns immer gutgetan. Sie hat mich

nicht immer glücklich gemacht, aber immer mit Freuden nach Hause kommenlassen!"

Warum stellte sie diese Fragen?

Was sollte das?

War sie nicht immer der festen Überzeugung gewesen, dass Gäste Gäste blieben und Freunde Freunde?

Jetzt aber, wo sie die beiden älteren Herrschaften da stehen sah, die Hände ineinander verschlungen, beide mit diesem einen, Michelle völlig fremden Feuer in den Augen, setzte in ihr selbst eine merkwürdige Sehnsucht in Gang, die sie sich selbst nicht erklären konnte.

Sie spürte plötzlich eine Tür in sich aufschwingen, die sie bisher immer fest verschlossen gehalten hatte. Eine Tür, wie sie verwundert feststellte, die sie auf Regionen in ihrem Herz blicken ließ, die sie bisher sträflich vernachlässigte.

Die Suche nach Glück!

Abenteuer und schnelle, spontane Ausflüge in die Welt des Sexs – ja, die konnte man ohne Schwierigkeiten bekommen. Aber hier zu stehen, nach über fünfzig Jahren Ehe und sich sagen zu können, dass man nicht immer glücklich gewesen war, aber immer zufrieden, war wie der Treffer mit einem Vorschlaghammer gewesen.

Michelle schluckte, während sie die Trockenheit aus ihrem Hals vertrieb.

„Was meinen Sie mit nicht immer glücklich?"

„Es ist doch, wie es ist", erklärte Herbert ihr, der einem Freund noch die Hand schüttelte und die Glückwünsche entgegennahm. „Nach so langer Zeit, die man zusammen ist, fragt man sich zwischendurch, ob das alles gewesen ist? Ob man nun immer drei Kinder haben wird, um einmal im Jahr zu versuchen, in den Urlaub zu fliegen. Ob die Frau, mit der man Kinder hat und Urlaub machen will, die ist, die man bis zum Ende seiner Tage begleiten möchte."

„Und?"

„Ich stehe hier", lächelte der Mann, der einmal, als er jung gewesen war, gut ausgesehen haben musste.

Es fiel ihr nicht schwer, unter all den Falten und der rau gewordenen Haut, die damals feinen, sanft geschnittenen Konturen wiederzuentdecken. Da war noch immer das schelmische, das herzliche Lächeln, wie er es auch als Junge besessen haben musste. Der lustige, leicht spöttische Funken in den Augen und die heute steif wirkende, aber dennoch auf Leichtigkeit hindeutende Haltung

Michelle merkte, wie ihr Herz schnell zu schlagen begann.

Eine bisher nicht gekannte Sehnsucht stieg in ihr auf und ließ sie, zu ihrer eigenen Verwunderung, einen Seitenblick auf den sich von dem Ehepaar entfernenden Philipp werfen. Der sich, die Arme vor der Brust verschränkt, gegen die Anrichte lehnte, auf der die Kaffeemaschine stand. Er betrachtete teilnahmslos wie es schien, die stehenden und wieder an ihren Plätzen sitzenden Leute.

Und dann verlor Philipp sich in einer Traube von plötzlich auf ihn zustürmenden Kindern, die allesamt ein Eis von ihm wollten.

Begleitet von einer jungen, attraktiven braungelockten Frau, deren eng anliegendes, grünes, ihre Figur betonendes Kleid, riefen die Kinder die unterschiedlichsten Eiswünsche über den Tresen.

Ein kurzer, ein intensiver Stich der Eifersucht durchfuhr sie, als sie sah, wie sich ein gewinnendes, flirtendes Lächeln auf Philipps Lippen legte. Die junge Frau strich sich, wie beiläufig, mit der Hand durchs Gesicht und fragte ihn, ob es okay wäre, wenn die Kinder sich jetzt alle ein Eis holen würden.

„Dafür ist das Eis ja da", lächelte er. „Sie möchten keins?", wollte er wissen.

„Ich habe schon so viel gegessen", antwortete die Frau, strich sich über den Bauch, und tat so, als wäre sie viel zu dick und müsste auf ihre Linie achten.

Fishing for compliments, schoss es ihr durch den Kopf, und sie hasste es, mit ansehen zu müssen, wie Philipp den Kopf schief legte und meinte: „Da müssen Sie sich keine Sorgen machen. Sie lieben doch Schokolade, nicht wahr? Hier, für Sie. Geht auf Kosten des Hauses."

„Danke", sagte sie Frau mit einem zu hoch klingenden Ton in der Stimme, um dann, als sie sich wegdrehte, nachdem sie die Eiswaffel entgegengenommen hatte, zu sagen. „Man sieht sich."

„Auf jeden Fall!"

Michelle blinzelte verwirrt und wusste nicht, wieso sie die Frau im grünen Kleid plötzlich bescheuert fand ...

***

„Gab es Krisen?", hörte sie sich wie aus weiter Ferne fragen und fand allein die dunklen, sie aufmerksam mustern, hinter den dicken Brillengläsern liegenden Augen Herberts faszinierend und holte sich dadurch ins Hier und Jetzt zurück.

Der Abend war in ein lauwarmes, angenehmes Dunkel getaucht, das untermalt wurde, von einem stetigen, immerwährenden Rauschen des Meeres. Stille, so schön von dem Wind durchfahren, von dem Zirpen der Grillen erfüllt, ließ Michelle innerlich seufzen, während sie sah, wie Herberts Gesicht sich kurz durchs Nachdenken verschloss.

Es war, als lese er in ihr und ahnte er, was in ihr vorging, als sie ihre Frage stellte.

Dann öffnete sich sein Gesicht, und ein kurzes, inniges, echtes Lächeln legte sich auf seine Lippen.

„Gibt es die nicht immer?", erwiderte Herbert und drückte nun seinerseits die Hand seiner Frau. „Man denkt doch ständig über sich und sein Leben nach. Plötzlich ist man abgelenkt und denkt: Die Kollegin ist aber auch ganz nett. Was wäre wenn ..."

„Du und dein ‚Was wäre wenn'", lachte Frau Schulz, und ließ sich von einer älteren, dürren Frau drücken.

„Die wichtigsten Fragen in einer Beziehung", beharrte Herbert. „Stellt man sie sich nicht, weiß man nie, was man hat."

„Sie hatten sich wirklich die Frage gestellt, was mit einer anderen Frau aus ihrem Leben geworden wäre?", fragte Michelle ungläubig und schaute wieder hin zu Philipp, der noch immer damit beschäftigt war, einzelne Eiswünsche zu erfüllen.

Sie hatte schon etliche Menschen kennengelernt. Schon mit unzähligen Männern und Frauen über dieses und jenes gesprochen. Sich mit der Liebe beschäftigt und versucht, auf die allgegenwärtige Frage nach dem ‚Warum‘ eine Lösung zu finden.

In dem Moment aber, wo Herbert meinte: „Ohne die andere Frau wäre ich mir niemals so sicher geworden, wie ich es jetzt gerade bin“, war es ihr, als begriff sie, was es bedeutete, eine Partnerschaft zu führen.

Dass man sich ständig hinterfragen musste. Dass man aus seinen Überlegungen Konsequenzen zog, wenn etwas nicht stimmte.

Nicht, dass man weglaufen sollte! Der Meinung war Michelle noch nie gewesen. Für sie gab es nichts schlimmeres, als anderen die Schuld für das eigene Versagen zu geben. Aber jetzt gerade, wo Herbert ihr versicherte, dass alles genauso gekommen war, wie er es immer haben wollte, lächelte sie und sagte: „Sie haben gemerkt, dass Ihre Frau die Richtige ist.“

„Die Einzige“, lächelte er. „Wer hätte mich denn jemals unterstützt, als ich mich selbständig machte und mein Unternehmen geschlossen werden musste, weil ich unternehmerische Fehler begonnen habe? Wer hätte mich ermutigt weiter zu machen, und es noch einmal zu versuchen?

Die Frau aus dem Büro? Meine Kollegen?“, er schüttelte den Kopf. „Die wollten Sicherheit, kein Abenteuer. Sie trauten es mir nicht zu, dass ich der werden würde, der ich heute bin. Sie hätten mich am liebsten eingesperrt!“

„Er hat auch mich immer wieder aufgefangen. Weißt du noch, als ich in meinem Studium an meine Grenzen stieß?“

„Wo wir nur unsere Sabrina hatten“, nickte er und lächelte versonnen, in Erinnerungen gefangen. „Da sagtest du mir, dass dir alles zu viel wird. Dass es besser wäre, wenn wir hier und jetzt einen Schlussstrich ziehen.“

„Und du hast zu mir gesagt: „Ja, alles ist Scheiße. Aber ein Schulz gibt wegen so etwas nicht auf. Da muss erst ein richtiges Problem kommen, damit wir uns umwerfen lassen. Da wusste ich, dass er der Mann ist, mit dem ich den Rest meines Lebens verbringen will“, lächelte sie versonnen. „Er hat mich nicht gehen lassen, obwohl alles an ihm hing. Obwohl ich studierte, kein Geld verdiente und nicht die Frau war, wie Deutschland sie damals gerne hätte.“

„Wir haben alles richtig gemacht“, sagte er und schaute in den feierlich geschmückten Saal, hin zu den spielenden Enkelkindern, den beieinanderstehenden Menschen – zu seinen Kindern, die voller Stolz hier standen und ihre Eltern feierten.

„Alles …“, nickte Frau Schulz ihm zu und sagte dann. „Entschuldigen Sie bitte, aber jetzt müssen wir uns mal wieder um unsere anderen Gäste kümmern.“

„Aber auf Sie kommen wir gerne zurück“, flirtete Herr Schulz oberflächlich freundlich. „Haben sie nachher, wenn die Arbeit vorüber ist, auch noch ganz viel Spaß. Genehmigen Sie sich mit ihrem Team zwei Flaschen Sekt oder zwei Flaschen Wein. Wie sie mögen. Auf unsere Kosten!“

Michelle schmunzelte und meinte: „Werde ich“, und drehte sich von den Eheleuten fort. Von einem plötzlichen Gefühl der Einsamkeit ergriffen wie sie verwundert registrierte. Und das sie glauben ließ, etwas in ihrem Leben versäumt zu haben.

Dann, als ihre Blicke über die Menschen hinweg glitten, und sich die kleine Traube, die sich an der Eistheke gebildet hatte, plötzlich auflöste, sah sie Philipp dastehen. Lässig zurückgelehnt, ein selig zufriedenes Lächeln auf den Lippen.

Ihre Blicke trafen sich, und er zwinkerte ihr verspielt zu.

Sie lächelte …

… und gefror innerlich.

Nein, verlieb dich bloß nicht!

***

„Ach hier bist du“, sagte Michelle, die die letzten fünf Minuten damit zugebracht hatte, Philipp zu suchen. Der stand draußen, hinter einem Mauervorsprung, sein Handy am Ohr.

Sie hörte ihn sagen: „Läuft alles so wie es sein soll.“

Im nächsten Moment, als er sie sah, stieß er ein hastig klingendes: „Melde mich morgen. Die Chefin kommt gerade“, und beendete das Telefonat.

„Wollte dich nicht stören“, sagte sie und machte ein entschuldigendes Gesicht.

„Du störst doch nicht“, winkte Philipp ab, hob da Handy und hielt es in die Luft. „Eltern. Du weißt doch wie sie sind. Haben abends nichts Besseres zu tun, als zu fragen, ob die Hospitation gut läuft und ob der erste richtige Abend im Café gut gegangen ist.“ Er winkte ab, machte ein missmutiges Gesicht und sagte: „Nerven manchmal ganz schön, die Alten. Besonders dann, wenn sie einem sagen wollen, wie der Hase zu laufen hat."

„Ich wäre froh, wenn mir noch jemand sagen würde, wie der Hase zu laufen hat."

Philipp schaute sie verwundert an und schien ihre Anspielung nicht zu verstehen.

„Meine Eltern leben nicht mehr", gab sie offen zu. „Sind bei einem Unfall ums Leben gekommen."

„Oh, das tut mir leid."

Sie lächelte verloren, als sie sah, wie Philipp um die richtigen Worte zu ringen begann. Dass er ihr etwas sagen wollte, das sie trösten konnte.

„Lass es", sagte sie, winkte ab und lehnte sich mit der Schulter gegen die Wand. „Du musst nichts weiter dazu sagen. Es ist so wie es ist."

„Na ja", meinte er. „Traurig ist es schon."

Sie nickte.

„Stell ich mir schwer vor, allein zu sein", gab er zu und fing ungeschickt das Gespräch an. „Ich meine. Ich habe meine Eltern noch."

„Wie sind sie?", wollte Michelle wissen.

„Meine Eltern? Oha", machte Philipp. „Schwer zu erklären."

„Versuch es."

„Ach", er winkte ab. „Eltern halt. Meine Mutter sorgt sich andauernd und mein Vater hat nichts anderes im Kopf als sein Geschäft. Geld verdienen ist sein Hobby und seine Passion."

„Was nicht schlecht ist."

„Blöd nur, wenn er alles andere deshalb vergisst." Philipp lachte bitter auf, winkte ab und sagte. „na, wir sind ja zwei richtige Partyeulen. Komm, lass uns reingehen. Helfen wir den anderen beim Aufräumen. So träge das abendliche Fest auch angefangen hatte, heiter lief es dann ja beinahe aus dem Ruder."

Sie nickte mit aufeinandergepressten Lippen und schaute hinauf in den dunklen, von einigen Sternen erleuchteten Himmel, und ließ ihre Gedanken treiben. Als ihre Gedanken anfingen, wieder in unangenehme Gefilde vorzudringen, sagte sie: „Ist es."

„Und wer auch immer jetzt, wo die letzten Gäste zuhause sind, die Anlage bedient, spielt David Hasselhoff - Looking for Freedom. Alter, da muss ich auf die Tanzfläche und einen aufs Parkett legen!"

„Du musst was?", lachte Michelle, von aller Traurigkeit befreit, von ehrlicher Verwunderung heimgesucht.

„Tanzen! Komm!"

Sie griff, obwohl sie es gar nicht wollte, nach der ihre hingestreckten Hand und ließ sich durch das Café hin zur Terrasse ziehen.

Ingrid, mit einem Schrubber in der Hand, tanzte schon zu den ersten aufklingenden Klängen der Musik. Jenny rief. „Zeig es uns, Baby, los zeig uns, was du kannst.

Wackle mit dem Hintern!"

Die Terrasse war völlig leer.

Philipp, der sich um das ganze Drumherum nicht kümmerte, sang lauthals mit. Er drehte Michelle einmal um sich selbst und zog sie wieder zu sich heran.

Dann presste er sie an sich, und mit ihr in dem rhythmischen Takt des einfachen Liedes von David Hasselhoff überzugehen.

Michelle musste lachen, als Philipp sich von ihr löste, die Arme in die Höhe riss und rief: „Jetzt kommt es. Jetzt kommt es", um dann aus voller Kehle zu singen: „I've been looking for freedom. I've been looking so long. I've been looking for freedom. Still the search goes on. I've been looking for freedom since. I left my home town. I've been looking for freedom. Still it can't be found."

„Du spinnst doch", lachte sie noch immer, während Philipp wieder nach ihren Händen griff, sie an sich heranzog, an sich presste und einen herrlich weichen Geruch nach Cool Water verströmte, der ihr benebelnd schön in die Nase stieg.

„So geil", freute er sich und tanzte die ganzen vier Minuten mit ihr. Immer wieder sang er lauthals mit, drehte Michelle um sich selbst und zog sie dann wieder an sich heran, um sich dann wieder von ihr zu lösen, und seinerseits um sie herum zu tanzen.

Michelle konnte nicht mehr anders – sie lachte und lachte und amüsierte sich von ganzem Herzen.

***

Sie klatschte ebenso in die Hände wie Ingrid und Jenny es taten, die amüsiert dabei zugesehen hatten, wie Philipp und Michelle tanzten.

„Tanz ihn in Grund und Boden", rief Jenny.

Ingrid hingegen nahm die Hand vor die Brust, lächelte versonnen fröhlich und formte die tonlosen Worte: „Genieße es, mein Schatz. Genieße es."

Schließlich, als das Lied sein Ende fand, brandete ihnen Applaus entgegen und der nächste Song von der abgespielten Playliste war Abbas „Waterloo".

„Oh-ha", machte Philipp, riss die Augen auf und bewegte sich gleich wieder zur Musik. „Dazu muss ich einfach zappeln!"

Michelle, immer etwas gehemmt, wenn es darum ging, plötzlich im Mittelpunkt fremden Interesse zu stehen, wollte sich von der Tanzfläche zurückziehen, als sie hörte, wie Philipp sagte: „Hiergeblieben!"

„Oh nein. Die Tische. Die müssen noch abgewischt und zusammengestellt werden", lachte sie aus vollem Hals und tauchte dann ein, in einen Strudel aus Freude, Heiterkeit und dem wohligen Gefühl der Unbekümmertheit.

***

Was für ein verrückter Abend.

Michelle, die noch immer den Alkohol spürte, sich noch immer wie gelöst vorkam, hatte die Heimfahrt redlich genossen. Nicht nur, weil Philipp und sie sich unentwegt pisackten und miteinander Spaß hatten – sie genoss es auch, mit ihm gelöst über alles sprechen zu können, was ihr auf der Seele lag. Der Taxifahrer, der sie durch das Burg auf Fehmarn fuhr – weil keiner von ihnen mehr ein Auto führen konnte –, hatte über ihre Späße ab und zu gelacht und einmal sogar gesagt, als Philipp Michelle als ungeschickte Dumpfbacke „beleidigt": „So spricht man aber nicht mit seiner Frau!"

Als das Taxi in die Straße einbog, in der sie wohnte, blinzelte sie verwirrt, als er nach ihrem Knie griff und sie kitzelte.

„Lass das", kreischte sie vor Freude. „Das mag ich nicht!"

„Ganz schlecht mir sowas zu sagen", rief er und kitzelte sie weiter.

Wie ein kleines Kind quietschte und gackerte sie, als sie versuchte, sich aus seinen Fängen zu befreien. Erst als das Taxi stand, sie die Tür aufstieß, ließ er ab von ihr und rief ihr nach: „Glaubst du wirklich, dass es das jetzt war?", um dann ebenfalls auszusteigen.

Er warf dem Taxifahrer etwas Geld hin, und eilte um den Wagen herum.

Der Mann bedankte sich, startete und ließ die beiden dann in die nur von einzelnen Straßenlaternen vertreibenden Dunkelheit zurück. Michelle wusste nicht, wie sie sich verhalten sollte.

Weglaufen? Stehenbleiben? Etwas sagen?

Sie drehte sich abrupt auf dem Absatz herum, als sie Philipp auf sich zueilen sah. Sie gackerte, als sie davoneilte.

„Fass mich nicht an", rief sie ihm zu. „Oder ich werde sauer!"

„Das will ich sehen!", meinte er und erwischte sie kurz vor der Hecke, in deren eingelassenen Erker man Fahrräder abstellen konnte. Er bekam sie an der Hand zu fassen, zog sie an sich heran und taumelte dann, nachdem er ihr kurz in die Augen geschaut hatte, mit ihr gegen die Häuserwand.

„Was hast du vor?", fragte sie ihn, mit weitaufgerissen Augen, einem wildklopfenden Herzen in der Brust. Einem Gedanken im Kopf, der sie erschreckte und sie gleichzeitig faszinierte.

Ein Gedanke, der ihr hinter der Stirn entlang trommelte und trompetete, dass sie meinte, in einem ständig explodierenden Blitzlichtgewitter zu stehen.

„Was jeder vernünftige Mann mit dir vorhaben sollte", flüsterte er und nahm ihren Kopf zwischen die an der Wand abgestützten Hände.

Ganz dicht, so nahe, wie ihr nur selten ein Mann gekommen war, war sein Gesicht vor dem ihren. Sie spürte, wie das Kribbeln in ihren Magen zunahm. Wie ihre Knie weich wurden und sich eine angenehme, eine sie die Augen schließende Feuchtigkeit zwischen ihren Beinen sammelte, die sie seit Jahren nicht mehr so intensiv gespürt hatte.

Michelle merkte, dass sie von ihm geküsst werden wollte,

dass sich ihre Lippen berührten, sich ihre Körper aneinanderpressten und sie die Hände nicht mehr voneinander lassen konnten.

Alles in ihr war auf völliges Chaos eingestellt.

All ihre Werte, ihre Tugenden, all ihre immer gefassten Verhaltenskodexe, hatte sie, ohne mit der Wimper zu zucken, über Bord ihrer Moral geworfen.

Und jetzt, wo es kurz davorstand, dass sie sich küssten, dass sie sich so nahe kamen, wie Michelle es die ganze Zeit über schon gewollt hatte, riss das Klingeln Philipps Handy sie aus den Wogen ihrer Lust.

Michelle blinzelte, als sie bemerke, dass er sich von ihr löste. Dass er mit einer ins Fleisch und Blut übergegangenen Bewegung in die Hosentasche griff und das Handy ans Ohr hob und sagte: „Ja?"

Der Zauber war dahin ...

... und ihr Abenteuer beendet ...

***

Der nächste Tag war …

… seltsam.

Michelle war nicht wie sonst aus dem Bett gesprungen. Hatte sich nicht, während sie die Zähne putzte, überlegt, was sie alles tun und lassen musste, damit das Café reibungslos lief. Auch waren ihr nicht die üblichen Gedanken gekommen, während das warme Wasser aus dem Duschkopf auf sie niederprasselte und ihr einen kurzen Moment der völligen Entspannung schenkte.

Sie hatte nicht nur angedeutete Kopfschmerzen vom Sekt, sie bemerkte auch eine unangenehme Schwere in sich, die sie erst im Magen zu lokalisieren glaubte.

Dann aber, als sie das Wasser auf die richtige Temperatur einstellte, merkte sie, dass der Druck keineswegs in ihrem Bauch angefangen hatte.

Sie merkte, dass es in ihrer Brust begann zu drücken. Wie sich etwas auf ihr Herz legte, wie ein tonnenschweres Gewicht, das sie jetzt, in diesen Moment, nicht beiseiteschieben konnte. Ein Gewicht, wie sie erschreckt feststellte, das sie das letzte Mal ehrlich und offen gefühlt hatte, als sie begriff, dass Eddy vorhatte mit ihr Schluss zu machen.

Eine panische, eine sie festumklammernde Angst, der sie allein nicht Herr werden konnte, griff nach ihr.

Aus einem Reflex heraus, nahm sie das auf der neben dem Waschbecken angebrachten Heizung liegende Handy. Die Zahnbürste noch im Mund, die ihr wild in die Stirn fallenden Locken ignorierend, musste sie dem plötzlichen Vibrieren des Telefons nachgehen.

Ablenken, schoss es ihr durch den Kopf. *Irgendwie muss ich mich zerstreuen und nicht an das denken, was mir unentwegt die Gedanken durcheinanderwirbelt. Nichts anderes tun, als die mir zu Füßen liegende Welt der neuen Medien entdecken und gucken ...,* sie stockte, als sie die von ihrem Telefonanbieter versendente SMS las, dass ihr Internetvolumen zu 80 % aufgebraucht war und sie bei Ablauf der letzten 20 % auf das Minimum ihrer Surfgeschwindigkeit gedrosselt wurde.

Eine Katstrophe!

Ihr Handy war, wenn alle Stricke rissen, ihre einzige Möglichkeit unbeschwert weiterzuarbeiten.

Ich muss meine Telefonrechnung bezahlen, sagte sie sich innerlich, als sie WhatsApp öffnete und nach dem Profilbild von Ingrid suchte. Ein Bild, das die alte Dame in einer lässigen Position zeigte, wie sie Zigarre rauchend auf einer Parkbank saß, und die Beine unbekümmert übereinanderschlug.

So leicht und locker wie Ingrid das Leben oft nahm, so leicht und locker wollte Michelle nur einmal denken. Nur einmal nicht hetzen. Einmal nur den Moment genießen.

So wie gestern, als ich getanzt und gelacht habe, dachte sie und bekam wieder das Gefühl, etwas falsch gemacht zu haben. Ein Gefühl, dass sich noch verstärkte, als sie mit zitternden Fingern ins Dialogfeld tippte

Komme etwas später. Muss noch etwas klären.

Um dann, als sie die Nachricht abgeschickt hatte, hinterher zu schreiben:

Ist wichtig. Danke noch einmal für deinen Tipp.

Obwohl Michelle es hasste, Nachrichten zu schreiben, die einen kryptischen Unterton in sich trugen, so konnte sie beim besten Willen nicht erzählen, was sie umtrieb. Welche Gedanken ihr durch den Kopf schwirrten und wie sie sich gerade fühlte. Wie sie sich unangenehm berührt vorkam, und von einer Sehnsucht getrieben wurde, die mit ihren eben beschriebenen Gefühlen nicht in Einklang gebracht werden konnten.

Schließlich, als sie dabei war, sich die Haare abzutrocknen und sie sich hunderte und aber hunderte von Anfängen eines Gesprächs überlegte, klang das „Pling" ihres Handys wie der Glockenschlag zur erlösenden Pause, damit sie den quälenden schrecklichen Mathematikunterricht endlich verlassen konnte.

Eine wilde Nacht gehabt?

Sie las die Nachricht Ingrids und war überrascht, wie froh sie war, dass die ältere Dame in ihr lesen konnte wie in einem Buch.

Wie man es nimmt.

Hatte sie zurückgeschrieben und föhnte ihr Haar.
Zu ihrer Verwunderung hatte Ingrid noch gar nicht geantwortet, obwohl sie der festen Meinung gewesen

war, dass es Ingrid war, die ihr geschrieben, als das ihr
so vertraute „Pling" ihres Handys erklang. Sie hatte die
Nachricht zwar empfangen, aber noch nicht gelesen.
Dafür war eine andere Nachricht in ihrem Display erschienen, deren Nummer sie nicht zuordnen konnte.

*Hey! Ich hoffe du hast du geschlafen. Das mit gestern
Abend tut mir leid. Bin da etwas zu weit gegangen.*

Sie las die Nachricht und verdrehte die Augen vor
Freude, Kummer und Anspannung.

Allein der Gedanke daran, dass sie gestern Abend nur
wie betäubt an der Wand gestanden hatte, während
Philipp von ihr wegdrehte, ärgerte sie. Hätte sie nicht
einmal wie eines der forschen Mädchen aus dem Fernsehen sein können? Nur einmal nach dem Mann greifen, in den sie dabei war, sich zu verlieben, um ihn an
sich heranzuziehen und zu sagen: „Leg das Handy weg.
Ich glaube, wir beide hatten noch etwas vor!"

Nur einmal nicht von den eigenen Zweifeln völlig
übermannt werden, und das tun, was das Herz einem
sagte. Und genau das war der Grund, weshalb sie die
unangenehme Anspannung spürte, als sie die Nachricht von Philipp las.

Sie seufzte wieder.

Er fragte:

*Im Café wird zwischen uns aber alles normal sein,
oder?*

Ja.

Sie hätte sich am liebsten dafür geohrfeigt.

Alle eben noch durch ihren Kopf huschenden Gedanken waren absurdum geführt worden.

Ihre Gefühle, sie sie in die Nachricht legen wollte, waren wie weggeblasen.

Du musst dich nicht entschuldigen, hatte sie schreiben wollen, *mir hat der Abend auch so gut gefallen. Obwohl ... gegen etwas Sex hätte ich nichts einzuwenden gehabt.*

Dahinter hätte sie dann die unterschiedlichsten Smileys gesetzt und ihm zu verstehen gegeben, dass sie eine lockere, eine aufgeschlossene und vor allem eine über den Dingen stehende Frau war.

So aber, wie sie sich jetzt fühlte, als sie ihr einsames, allein dastehendes *Ja* auf Reisen schickte, fühlte sie sich, wie an den Baum gestellt und dort vergessen.

Dann bin ich beruhigt

schrieb er ihr zurück.

Ich auch.

Michelle schüttelte über sich selbst den Kopf und lächelte schmal, als sie von Ingrid zu lesen bekam.

Wie man genommen wird, meinst du wohl. Wer war der Glückliche, den du verführt hast, mein Schatz

Zwinker, Zwinker, Kicher, Kicher, wurde ihr in Form von Smileys hinterhergeschickt und hinterließen bei

Michelle einen faden, einen ekelhaften Beigeschmack im Mund, der sie kurz schüttelte.

Sie antwortete: Niemand hat mich verführt, keinen habe ich verführ*t.*

Bin solo nachhause gekommen.

Hmmm,

kam es nur zurück, um dann fortgesetzt zu werden.

Klang so, als hast du eine Nacht hinter dir, die anders war als die anderen bisherigen.

Michelle verließ das im dunstigen Wasserschwaden getauchte Badezimmer. Sie schüttelte den Kopf, während sie sich überlegte, was sie Philipp schreiben konnte. Sie überlegte die ganze Zeit, dass sie nicht einmal merkte, wie sie in die Küche ging, sich Wasser aufsetzte und einen Teebeutel aus dem Vorratsschrank nahm und ihn in die mit einer Kuh bedruckten Tasse legte.

Sie war so sehr damit beschäftigt, ihr bescheuertes *Ja* irgendwie wieder zu revidieren, dass sie Kopfschmerzen zu bekommen begann.

Noch da?

Wollte Ingrid wissen.

Ja.

Soll ich anrufen?

Musst du nicht. Danke trotzdem. Ich bin mir nur noch nicht so sicher, was das gestern genau war.

Sie lächelte, als sie Ingrids Antwort las.

Ruf den Kerl an, frag ihn und du hast deine Antwort.

Du schon wieder.

Michelle goss eine Tasse mit Wasser auf, um sich dann in das immer unaufgeräumte Wohnzimmer zurückzuziehen. Sie ließ sich auf das ausgefranste Sofa fallen und setzte die Füße gegen den Rand des alten Tisches, den ihre Eltern damals schon im Wohnzimmer stehen hatten.

Ein Erinnerungsstück, wie sie immer betonte, von dem sie sich niemals im Leben hätte trennen können.

So wie alles hier in meiner Wohnung, dachte sie seufzend und betrachtete die kleine Vitrine, die sie sich damals von ihrem Konfirmationsgeld gekauft hatte und in der heute noch die wenigen Porzellanfiguren standen, wie damals. Kleine Bären, die ihr freundlich lächelnd zuwinkten, oder auf dem Hosenboden saßen und aus einem tönenden Topf Honig naschten.

Da war der Fernsehschrank, den Benny damals ausgesucht hatte, als sie zusammen shoppen waren und er meinte, der würde richtig gut in ihre Wohnung passen. Der alles, wirklich alles, was sie bisher angeschafft hatte, in den Schatten stellte.

Womit er recht gehabt hatte.

Michelle war sich sicher, dass kein anderer Mensch auf der Welt einen solch hässlichen Fernsehschrank hatte, wie sie.

Niemand, besaß eine giftgrüne mit gelben Punkten beklebte Abscheulichkeit wie sie.

Selbst die kleine Decke, die sie über ihn ausbreitete und eine Vase mit Blumen drauf stellte, verlor er nicht an seiner Abscheulichkeit. Was an den seit drei Wochen verwelkten Blumen lag. Sie unterstrich den Zerfall der Monstrosität.

Ich will nur, dass du glücklich bist, mein Schatz

Schrieb Ingrid ihr gerade in dem Moment, wo Michelles Blicke über die Fensterbank wanderten und sie mit Schrecken feststellte, dass sie auch da alles Mögliche stehen hatte, ohne sich jemals wirklich darum gekümmert zu haben.

Töpfe, aus denen verwelkte Stile ragten, kleine Bilder, die ihre Familie und sie zeigten – die aber so mit Staub bedeckt waren, dass man meinen konnte, in der Wohnung lebte seit Wochen niemand mehr. Lose hingeworfene Briefe und verschlossene Briefumschläge.

Nichts ... einfach gar nichts an ihrer Wohnung wirkte lebendig.

Michelle fror plötzlich und nickte sich zu.

Scheiß auf die Kohle. Scheiß auf das Café. Mir geht es gut. Ich lebe. Ich habe gestern gelebt wie noch schon lange nicht mehr. Ich werde etwas ändern ...

Darum fing sie an Philipp zu schreiben, der heute frei hatte.

Werde heute nicht im Café sein. Mache ein Tag frei. Brauchst also keine Angst haben, mir zu begegnen.

Doch sie löschte die Nachricht wieder und schrieb stattdessen:

Hast du Lust auf einen Kaffee in Burg?

Kapitel 5

Kennenlernen

Gut zwei Stunden später saß Michelle in einer kleinen italienischen Eisdiele und glaubte, ihr würde das Herz bis zum Hals schlagen.

Niemals im Leben hatte sie damit gerechnet, dass Philipp ihrer Einladung folgen würde. Dass er, ohne zu zögern auf ihre WhatsApp-Nachricht mit einem *Klar* reagierte und sie dann fragte wie, wann und wo er aufzuschlagen hatte.

Als sie ihm schrieb, dass sie sich gerne in die Einkaufspassage gesetzt, um dem Trubel, das Leben, die Menschen um sich herum genießen zu können, war von ihm nur ein kurzes, knappes *Okay* gekommen, um dann, wenige Sekunden später ein *Bin dann rechtzeig* da hinterher zu schieben.

Ihre Nervosität, die ihr nasse Hände, weiche Knie und ein flaues Gefühl im Magen bescherte, ebbte ab, als sie Philipp mit staksigen Schritten auf sie zugekommen sah. Ebenso wie sie, trug er eine Sonnenbrille.

Ihre Brille trug sie nicht, um sich vor der Sonne zu schützen, was albern war. Seit gestern hingen unentwegt dichte, dunkle Wolken über der Insel; getrieben von einem unangenehm frischen, unter die Kleidung gehenden Wind.

Sie trug die Sonnenbrille, weil sie verhindern wollte, dass Philipp die Panik in ihren Augen sah. Dass er mitbekam, wie es um sie gestellt war und dass sie alles andere als sicher war, was sie die nächsten zwei oder drei Stunden mit ihm reden sollte.

Dass er ebenfalls nervös war, hatte sie ein wenig beruhigt. Allein wie er sich die schweißnassen Hände an der Hose abwischte, als er sie dasitzen sah, hatte sie schmunzeln lassen. Dazu war ihr ein Gedanke in den Kopf geschossen, der sie mit einem wilden, einem durchdringenden Herzschlag erfüllte, dass sie das Blut durch ihre Ohren rauschen hörte: *Er mag dich. Er mag dich wirklich. Er ist sich seiner Sache ebenso unsicher wie du.*

„Hi", sagte er, mit dem Daumen über die Schulter zeigend. „Ich stehe ihm absoluten Haltverbot. Wollen wir den Wagen schnell um parken?"

„Klar", antwortete sie ihm und das erste Mal das Gefühl gehabt, nicht gänzlich verloren zu sein, um dann zu fragen. „Ist der kostenpflichtige Parkplatz denn besetzt?"

„Habe ich nicht nachgeschaut", gestand er ihr, während die Ströme an Touristen an ihnen vorbei schlenderten, und ein unentwegtes Gemurmel und Geschwirr von Stimmen in der Luft lag.

Autos fuhren durch die zweigeteilte Einkaufspassage. Immer wieder liefen Menschen blindlings über die Straße, ohne auf den Verehr zu achten. Ein Kind, das auf dem Marktplatz ein Karussell stehen sah, schrie, dass es eine Runde fahren wollte. Der Vater des Jungen

– stoisch in seiner Ruhe, gelassen in seiner Art – merkte
an, dass es am Markt die beste Pizza der Insel zu essen
gab.

Sie fühlte sich gut, als sie sah, wie Philipp geradeaus
starrte, an den Menschen vorbei, hin zu seinem Wagen,
der auf Kantstein und Straße geparkt war. Michelle
fühlte sich plötzlich so sicher, dass sie angefangen
hatte, ungezwungener zu reden; neben ihm her zu gehen, und zu fragen, wie es ihm ging, was er so tat und
ob er nicht Lust hätte – nur wenn er wollte – sich mit
ihr an die Planung für die Hochzeit von Annabell und
Hauke zu setzten.

„Kl … Klar“, stotterte er und warf einen beschämten
Blick auf den Boden.

„Nicht gut?“

„Doch, doch“, lächelte er verloren. „Klingt spitze.“

„Wirkst nicht sehr begeistert.“

Ihr still gehegter Traum, Philipp würde aus sich herauskommen, verlor sich.

Ihr Selbstbewusstsein bekam Risse und ließ sie Magenschmerzen bekommen.

Sie lächelte verkrampft und suchte nach einer Möglichkeit, wieder ein wenig ins emotionale Übergewicht
zu kommen, um sich sicheren Schrittes auf ihn zuzube-
wegen zu können.

Was ihr nicht gelang.

Erst als sie wieder in seinem Wagen saß, wieder Phil
Collins lief, merkte sie, wie anstrengend Unsicherheit
war.

Man wusste nicht, was man sagen sollte.

Man war nicht dazu in der Lage, etwas zu sagen, ohne
ein „Äh“, oder einem. „Hmmm“, hinterher zu schieben.

Als sie endlich einen Parkplatz gefunden hatten, sie ausstiegen und hinunter Richtung St. Nikolei Kirche schlenderten, wo sie als Kind gerne gespielt hatte, war es Philipp gewesen, der plötzlich fragte: „Gibt es hier eigentlich irgendwo einen Fußballplatz?"

„Einen Fußballplatz?"

„Klar", nickte sie, als sie sich einen abgelegenen, kleinen Platz in Erinnerung rief, an dem sie damals immer herumgelungert war, um den Jungen dabei zuzusehen, wie sie die Bälle auf die aus eisernen Stangen gefertigten Tore droschen.

„Wollen wir da mal hingehen?"

„Äh, klar", nickte sie und führte ihn hin durch mehrere Seitenstraßen, kleinen Hinterhöfen. „Oh mein Gott, diese Dinger gibt es wirklich", stieß er erfreut aus, während er sich mit vor Begeisterung hell leuchtenden Augen umschaute.

„Einen Affenkäfig?"

Er nickte: „Ich dachte, die gibt es nur im Fernsehen."

„Wie kommst du denn darauf?"

Das plötzliche, in seine Augen steigende Leuchten, die kindliche Faszination, mit der er redete und mit der er den leichten Abhang hinunterlief, ließen Michelle verwundert lächeln. Philipp hatte plötzlich etwas Kindliches, etwas unerwartet Naives besessen, das ihr ausgesprochen gut gefiel.

Ihre Unsicherheit fiel, wie ein eben noch die Bühne verdeckender Vorhang.

Sie hatte oben auf dem Gehweg gestanden und dabei zugesehen, wie Philipp auf den leeren Platz ging, mit den Füßen über den schwarzen Sand schlurfte, und dabei so tat, als hätte er einen Ball am Fuß.

Dann, als er die sich eingebildete Linie des Sechzehners ausdachte, tat er so, als schieße er mit Vollspann auf das leer vor ihm stehende Tor. Plötzlich riss er die Arme in die Höhe, jubelte und rief: „Hast du das gesehen? Hast du das gesehen? Mitten in den Winkel. Unhaltbar."

„Habe ich gesehen", rief sie ihm zu, klatschte in die Hände und musste lachen, während er so tat, als würde er in die Fankurve laufen, und sich von den jubelnden und grölenden Massen feiern und bejubeln lassen.

Michelle lachte noch immer, während er aus dem Affenkäfig herauskam und sie mit großen Augen anschaute, als sie fragte: „Was war das denn?"

„Spaß. Ein nie erfahrener Spaß", lächelte er, zog sich die Jacke zurecht und schritt mit breiten Schultern und schwingenden Gang neben ihr her. „So fühlen sich also Sieger."

„Hast du nie Fußball gespielt?"

„Wo ich mich hätte bei verletzen können?", er winkte kopfschüttelnd ab. „Ich? Im Proletensport? Ich bitte dich. Golfen war angesagt und Tennis. Höchstens. Am besten gar nichts, wo klein Philipp sich verletzten könnte!"

„Klingt irgendwie ...", sie suchte das richtige Wort.

Philipp half ihr: „Scheiße."

Sie lachte.

„Es ist wie es ist. Es klingt scheiße und es war scheiße. Man, was hätte ich dafür gegeben, einmal richtig gegen einen Ball treten zu dürfen. So richtig im Spiel. Mann gegen Mann."

Nachdem die Spannung sich endlich gelöst hatte und sie zwanglos plaudernd nebeneinander hergingen, pilgerten sie zurück zur Innenstadt.

Sie lachten und redeten miteinander. Sie konnten sich Dinge erzählen, von denen Michelle niemals angenommen hatte, dass sie jemals jemanden interessieren würden. Sie stupsten sich an, schubsten sich, gackerten und fanden es lustig, wenn sie beinah gegen Passanten stießen oder alberne Geräusche von sich gaben, um vor einem Souvenirshop stehende Frau zu erschrecken.

Nachdem Philipp sagte: „Wir benehmen uns gerade wie zwei Teenager", war von ihr etwas abgefallen und hatte sie genießen lassen.

Sie konnte ihre Sonnenbrille abnehmen, ihn anlächeln und sagen. „Bin halt etwas nervös."

„Frag mich mal", hatte er gesagt. „Ich hab mir vor dem Treffen eben fast in die Hose gemacht", um dann nachzuschieben. „Liegt wohl daran, dass ich dich mag."

In ihr hatte sich etwas geöffnet. Sie hatte nicht schmunzeln wollen, aber es war ihr auf die Lippen getreten, ohne dass sie es verhindern konnte.

„Klingt albern, ich weiß."

„Tut es nicht", hatte sie ihm gesagt und die Suche nach dem Fußballplatz so sehr genossen, wie nichts anderes in ihrem Leben zuvor. Sie hatte nicht geahnt, dass sich innerhalb weniger Sekunden das Leben komplett drehen konnte. Dass es von düster grau auf sommerlich gelb umschalten konnte.

***

Michelle schmunzelte.
Philipp war so albern.

Dennoch musste sie lächeln und leise lachen, als sie ihn da am Drehelement stehen ah. Einen albernen Hut lässig aufgesetzt und eine Pose eingenommen, wie damals Humphrey Bogart, als er in Casablanca vor Ingrid Bergmann stand und sagte: „Schau mir in die Augen, Kleines!“

Nur mit dem Unterschied, dass Philipp meinte: „Möchten Sie Blume kaufen?“

Sie musste kichern – wie ein kleines Mädchen.

Obwohl es so albern und bescheuert war, fand sie es urkomisch, ihn da stehen zu sehen. Sich nicht zu schade, für sie den Hampelmann zu spielen, obwohl er viel mehr aus sich und seinem Aussehen machen musste.

Sie schaute lachend auf die Blusen, für die sie sich interessierte und hob sie hoch, um sich im ihr gegenüberstehenden Spiegel anschauen zu können.

Philipp, der noch immer hinter dem Drehelement stand, schüttelte den Kopf.

„Nicht?“

„Die hier!“, sagte er und reichte ihr eine gelbe Bluse, auf der einzelne, ebenfalls in Gelb gehaltene Muster eingearbeitet waren. „Passt besser zu deinen Haaren und unterstreicht dein niedliches Lächeln!“

Michelle konnte dazu nichts sagen.

Klar, sie wusste, dass sie nicht nur ein niedliches, sondern ein bezauberndes Lächeln hatte. Schließlich war sie die Tochter ihrer Mutter und der Liebling ihres Vaters. Außerdem, und das fand sie ebenso gut, wie das Kompliment von Philipp, hatte Ingrid ihr immer wieder gesagt, dass die Sonne aufging, wenn Michelle vom Herzen her lächelte.

Aber es aus dem Mund Philipps zu hören, fühlte sich
...

... richtig ...

... an. So, als müsste sie es von ihm hören, damit sie
ihre Meinung über sich selbst festigen konnte. Es klang
albern, das wusste sie. Aber es tat ihr gut, es aus dem
Mund eines Mannes zu hören, der nicht mit ihr im engen Kontakt stand. Der nicht darauf aus war, ihr Honig
ums Maul zu schmieren. Sie glaubte felsenfest daran,
dass er es ernst meinte.

***

Das, was sie vor den Magenschmerzen bewahrte, als
sie an die Löhne dachte, die sie zahlen musste, war eben
jene Situation beim Essen. Während sie hier saß, es sich
gutgehen ließ, rückte das Ende des Monats unaufhaltsam näher und damit die leidige Aufgabe, Bleistift und
Papier zu zücken, vor sich auszubreiten und anfangen
zu rechnen.

Hier zu sitzen, Philipp dabei anzuschauen, ihn verstohlen, hinter der Speisekarte her anzulächeln, hatte
etwas ambivalentes, etwas verrücktes.

Geld ausgeben, dass nicht ihr, sondern ihren Angestellten zustand.

Sie schluckte.

Der Entschluss, in das kleine, in einer Seitenstraße
von Burg liegende, asiatisches Essen anbietende Restaurant zu gehen, war von Philipp gefallen worden.

„Ich liebe es“, hatte er gesagt, und ein Glänzen in den
Augen gehabt, das Michelle nicht nachvollziehen
konnte.

Wenn es schon um ausländische Küche ging, dann liebte sie italienisch.

„Auch gut", nickte Philipp, als sie ihm das sagte. „Aber so Bratnudeln mit Ente und Frühlingsrollen, schwimmend in Süß-Saurer Soße ist kaum zu schlagen. Oh man, nur wenn ich daran denke, läuft mir das Wasser im Mund zusammen."

„Heute asiatisch, das nächste Mal italienisch", meinte Michelle und zuckte zurück, als sie sah, wie Philipp sie anschaute. Aus erschrocken großen, sie musternden Augen, in denen das in seinem Verstand aufsteigende Fragezeichen allzu deutlich zu sehen war.

„Nicht?", fragte sie leise, als sie die Stufe zum Restaurant stieg.

„Immer. Wann du willst", nickte er eilig und hatte die Tür aufgezogen und der freundlich lächelnden, kleinen schwarzhaarigen Frau die Frage nach einem Tisch mit zwei Plätzen gestellt.

Hier saß sie nun von einem schlechten Gewissen geplagt, während sie die Karte studierte, sich dazu entschieden, Salat zu bestellen, der garniert war mit gebackenem Obst.

Philipp, der sich für Ente Süß Sauer entschied, eine Tai-Suppe vorwegnahm und sich schon überlegte, was er zum Nachtisch essen sollte, schaute sie durchdringend an, als er ihre Bestellung hörte.

„Das ist alles?", fragte er sie.

„Mehr kann ich nicht", sagte sie zweideutig und wollte ihm nicht unter die Nase reiben, dass sie alle Einkäufe bisher über ihre Kreditkarte hatte laufen lassen, weil ihr Konto so hoch im Minus war, dass sie befürchtete, mit der EC-Karte nicht mehr bezahlen zu können.

„Du solltest mehr essen.“

„Wieso das denn?“, fragte sie spitz – von einem Lächeln begleitet – während sie sie die Kellnerin ignorierte, die geuldig wartete, dass die beiden ihren Dialog beendet hatten.

„Ich finde, du solltest etwas mehr essen. Du wirkst etwas dürr auf den Hüften!“

„Ach“, machte sie und verschränkte die Arme vor der Brust. „Findest du?“

„An dir ist alles perfekt“, beschwichtigte er. „Aber hier und da dürfest du etwas gepolsterter sein. Machst dir doch nicht die Magermodels zum Vorbild, die auf jeder zweiten Zeitschrift abgebildet sind, oder?“

Sie lachten beide und Michelle, ganz wie es ihre Art war, war bei ihrer Bestellung geblieben. Aber die Tatsache, dass Philipp und sie so vertraut miteinander waren, dass sie scherzhaft über Dinge plaudern konnten, die näher waren, als man sie mit oberflächlichen Bekannten besprechen konnte, taten ihr gut.

Sie blinzelte irritiert und gestand sich ein: *Ich fühle mich wohl in seiner Nähe.*

***

Während sie in dem Restaurant saßen, lose miteinander plauderten, wurde Michelle schmerzhaft bewusst, dass sie mit niemandem über diesen Vormittag reden konnte. Dass es keinen gab, der ihre Freude teilen, geschweige denn die Schmetterlinge verstehen konnte, die ihr durch den Bauch flatterten.

Sie war so gut wie allein.

Ich habe keine Freunde.

Nur sie und das Café.

Und meine miserableren, finanziellen Mittel, dachte sie jetzt, während sie in ihren Salat stach, eine panierte Banane auf der Gabel. *Ich muss dieses verfluchte Bankgespräch endlich hinter mich bringen.*

Ich muss es schaffen, irgendwie mehr Gelder zu genieren, als auszugeben.

Ihr selbst war es gleich, wenn sie zum dritten Mal in Folge kein Geld erhalten würde – okay. Damit konnte sie leben. Aber das Wissen, dass Jana zum Beispiel, kein Gehalt bekommen würde, zerriss Michelle das Herz. Erst gestern – nachdem Michelle und Philipp die offenen Bestellungen durchgegangen waren, um ihn weiter ins Innere des „HerzCafé" vordringen zu lassen - hatte Jana ihr erzählt, wie sehr sie auf einen Urlaub sparte. Dass sie nur noch zwei Mal auf ihr Sparkonto einzahlen müsste, um sich dann ihren langersehnten Urlaub auf Mallorca leisten zu können.

Ihr fehlten lächerliche 300 Euro.

Und Michelle sollte daran schuld sein, wenn ihre gewissenhafteste Mitarbeiterin nicht für drei Wochen in den Urlaub fliegen konnte?

Was, dachte sie, *wenn es genau der Urlaub ist, den Jana braucht, um Richard besser kennenzulernen? Himmel, verflucht noch mal, Jana und Richard treffen sich regelmäßig. Gehen nicht nur zum Lichterfest, sondern auch zur Surfmeisterschaf oder zum Hafenfest. Hat sie nicht erst letztens gemeint, dass sie sich vorstellen kann, mit ihm nach Mallorca zu fliegen?*

Hat sie doch.

Ja verdammt.

Mallorca im Herbst!

Dann, wenn sie den Urlaub komplett bezahlen kann.

Und ich esse hier mit Philipp gemütlich beim Asiaten, und haue die letzten Kröten auf den Kopf, die ich in der Tasche habe?, fragte sie sich in einem Anflug vom Kummer und Sorge, und schob ihren Teller nach hinten.

Philipp, der sich ein Stück Ente in den Mund schob, schaute sie verwundert an und fragte: „Schmeckt es dir nicht?

Sie schüttelte den Kopf: „Irgendwie fühlt es sich nicht richtig an, hier zu sein“, sagte sie und hob abwehrend die Hände. „Ich meine, während die anderen im Café schuften. Ich sollte bei ihnen sein.“

„Und dann?“, wollte Philipp kauend wissen. „Würdest du auch nicht mehr Geld verdienen, oder?“

„Ich könnte mir was überlegen, wie wir mehr Kunden ins Café bekämen.“

„Eine geänderte Speisekarte würde das Problem nicht beheben“, meinte Philipp unverblümt, verschluckte sich beinahe und sagte: „War nicht so gemeint.“

„War es doch“, meinte sie und schaute ihn durchdringend an. „Sonst hättest du es nicht so gesagt.“

„Nun, ja, also ... Die Lage deines Cafés ist hervorragend. Nur, glaube ich, machst du zu wenig draus.“

„Aha.“

„Sei mir nicht böse. Nur Café und die eine oder andere kleine Feier bringen es nicht. Du könntest viel mehr draus machen. Ne kleine Pension oder so. Irgendetwas, das den Tourismus fördert. Und damit die Einnahmen.“

„Fehmarn hat so schon genug Gäste und dadurch mit erheblichen Umweltproblemen zu kämpfen.“

„Ja, aber ...“

„Was?“, wollte sie wissen, alles in sich dagegen sträubend, eine seiner weiteren, unbezahlbaren, an den Haaren herbeigezogenen Ideen anhören zu müssen.

„Du willst doch auch von etwas leben. Ich meine, von der Hand in den Mund ist scheiße.“

„Aber nur so geht es gerade. Geld ist keines da, um sich zu vergrößern.“

Philipp setzte an, etwas zu sagen, nur um dann zu schweigen. Er schüttelte den Kopf, meinte: „Schon gut. Ist dein Laden. Ich wollte dir nicht zu nahetreten.“

„Schon gut“, winkte sie ab, noch immer den Ärger in sich brodeln spürend. „Reden wir über etwas Schöneres.“

„Über mich?“, lächelte Philipp, noch immer eine Spur Unsicherheit im Gesicht.

„Kinder“, sagte sie.

„Kinder!“ Philipps fielen fast die Augen aus dem Kopf.

„Willst du etwa keine?“, blieb sie ernst.

„Äh ...“

Michelle lachte und sagte: „Trööööd reingefallen“, dann begann sie zu kichern, als sie sein noch immer in seinen Augen schimmerndes Entsetzen erkannte. „Hast doch nicht ernsthaft gedacht, dass ich jetzt über Familienplanung mit dir sprechen will? Hunde wären toll, sag mir, was hältst du von Hunden ...?“

„Blöde Kuh“, ächzte Philipp, den Kopf schüttelnd, und grinste dann, als er sagte. „Du bist echt doof ...“

Michelle fühlte sich so gut wie schon lange nicht mehr.

***

Unter den Armen einen Ordner voller Papiere, die sie am Wochenende, in aller Ruhe einmal durchsehen sollte, stolperte sie aus der Bank. Sie hatte sich von Herrn Reister bequatschen lassen, alle Zahlen, Tabellen und Kalkulationen einmal ganz genau durchzuschauen.

Sie musste schmunzeln, während sie daran dachte, wie sie mit Reister gesprochen und sich ausgetauscht hatte. Wie hilflos sie in einigen Momenten wirkte und sich dafür am liebsten selbst geohrfeigt hätte.

Ich hätte mich ja auch besser drauf vorbereiten können, dachte sie, als sie sich auf den Sitz ihres Wagens fallen ließ, und ihr der abgestandene Geruch einer Burgerschachtel in die Nase stieg. In einem kurzen Anflug von Hilflosigkeit versuchte sie ihr Heil in der Flucht.

Sie wollte den organisierten Geburtstag als Entschuldigung vorschieben; dann den turbulenten Nachmittag vorgestern, als erst die Cookies ausgingen, sie schnell welche nachbacken wollte, und merkte, dass zu wenig Zucker und gar kein Mehl mehr da war.

Als sie fragte, wo denn die Zerealien waren, hatte Jana sie nur niedergeschlagen angeschaut und gemeint: „Der Zulieferer hat gesagt, er beliefert uns nicht, bis die Rechnungen beglichen ist."

„Fuck", war Michelle entglitten. Dann, als sie dastand, die Hände in ihren Locken vergraben, meinte Jenny. „Mach dir nicht das Höschen nass, Puppe. Ich düse schnell zum nächsten Supermarkt. Vier Packungen reichen für heute und morgen."

„Sechs?", wagte sie mit niedergeschlagenem Blick zu fragen.

„Kann auch zehn holen."

„Bist ein Engel, süße Maus", rief Ingrid und holte ihr Portemonnaie hervor, um einen Fünfziger hervorzuziehen. „Bring dann auch noch Eier mit, und Sahne. Dann können wir wenigstens für morgen noch einiges backen und vorbereiten."

„Das müsst ihr nicht", versuchte Michelle Ingrid und Jenny von ihrer guten Tat abzuhalten.

„Keine Wiederrede", meinte Ingrid. „Du hilfst uns, wir helfen dir", um dann zwinkernd zu sagen. „So ist das in einer Familie. Man hilft sich, wenn der eine oder andere Hilfe braucht."

„Familie", nickte Jenny und wirkte plötzlich geknickt. Was Michelle im Gedächtnis geblieben war und ihr auch die ganze Zeit durch den Verstand waberte während sie Reister reden hörte, war der nachgeschobene, gemurmelte Satz Jennys, als sie das Café verließ: „Man hilft sich und ist nicht scheiße zueinander."

Michelle schwirrte nicht nur deshalb der Kopf.

Reister hatte sie unentwegt vollgequatscht, hatte mit Statistiken, mit Zahlen, mit irgendwelchen Prozenten und den maximalen Gewinnen, die man machen könnte, wenn man in dieses, jenes oder irgendetwas investierte, um sich geworfen, dass sie jetzt noch immer versuchte, die kausalen Zusammenhänge zu verstehen.

Was ihr nicht gelang.

Besonders, weil Reister zu ihr sagte: „Das mit dem Dispositionsrahmen. Sieht nicht gut aus."

„Wie?", fragte sie und schaute den Banker verständnislos an.

„Ihr Dispositionskredit."

„Was ist damit?"

„Er ist immer im Minus", erklärte er ihr freundlich lächelnd.

„Dafür ist er da!"

„Um Engpässe zu überbrücken, richtig", nickte er. „Aber nicht um ihn dauerhaft in Anspruch zu nehmen. Das drückt ihr Scoring erheblich!"

Was auch immer ein Scoring war. Sie merkte, wie sich alles in ihr gegen diesen Banktermin zu sträuben begann. Dass sie ihn am liebsten beendet hätte. Am liebsten wäre sie jetzt bei Ingrid, bei Jana oder Jenny.

Philipp, raunte ihr ihr Verstand zu, und ließ sie zusammenzucken, um dann, als sie den Zündschlüssel im Schloss herumdrehte, sich einzugestehen. *Ja, auch gerne bei Philipp. Ich muss mich aber mit Reister herumplagen,* seufzte sie, und warf dem Ordner einen hasserfüllten Blick zu und feuerte ihn auf den Rücksitz. *Ich musste mir ja erzählen lassen, wie schrecklich alles war, was sie bisher angefasst hatte!*

Reister betonte zwar, dass die Zahlen ganz ordentlich waren, aber die Ausgaben zu horrend, als das er an ein längeres Überleben des Cafés glauben könnte.

Ihr wurde ganz schwindelig, als Reister meinte, dass man schauen müsste, wie man investierte, damit das „HerzCafé" nicht den Weg alles Irdischen ging.

„Investieren? Wie denn das?", hatte sie wissen wollen und gedacht: *Ich konnte mir die Bluse nicht einmal leisten, die ich mir gekauft habe, als ich mit Philipp unterwegs war. Wie soll ich denn dann investieren?*

„Es führen immer wieder Wege aus den Tälern in die Berge, nicht wahr?", sagte Reister plötzlich und ließ Michelle verständnislos schauen. Sie schüttelte den Kopf, starrte zu ihm und lächelte kantig, als sie begriff, dass er ihr den Monitor zugewandt hatte, und mit dem Kugelschreiber auf irgendwelche grün unterlegten Zahlen zeigte. Sie blinzelte weiter und wusste nicht, was sie sagen sollte, nachdem er sie noch einmal mit den schwindelerregenden Zahlen konfrontierte, die irgendetwas mit Gewinnen und Ausschüttungen zu tun hatten.

„Ihre Zahlen sehen alle wirklich gut und interessant aus. Aber wenn ich ehrlich bin, weiß ich nicht, wie ich mir den erhöhten, finanziellen Aufwand leisten soll. Natürlich werde ich bei der Summe, die Sie mir anbieten, zwei, drei Monate entlastet. Aber ich müsste meinen Umsatz steigern, steigern und noch einmal steigern, um die dann anfallende Rate bezahlen zu können. Ich habe jetzt schon Probleme, die anfallenden Kosten begleichen zu können", gestand sie und ihre Unwissenheit mit einem gequälten Gesichtsausdruck unterstrichen. „Ich möchte ein Café führen und meine Mitarbeiter bezahlen ... können", schob sie hinterher.

„Das wird Ihnen in den nächsten Tagen und Wochen aber schwerer und schwerer fallen, wenn wir uns nicht konsolidieren", hielt Reister ihr entgegen, und ließ Michelle genervt die Arme in die Höhe reißen und Tränen der Verzweiflung in die Augen steigen.

Reister, der auf ihren Einwand mit einem gewinnenden Lächeln reagierte und ihr versicherte, dass sich heute Morgen alles – wenn die Voraussetzungen erfüllt waren – zum Guten wenden würde, meinte noch: „Wir können doch über alles reden. Ihren Dispo kann ich noch einmal erhöhen. Für diesen Monat. Dann aber ist Schluss. Dann muss etwas geschehen. Überlegen Sie es sich bitte, wie Sie die Sache angehen wollen.

Ich gebe Ihnen das Finanzkonzept einmal mit.

Schauen Sie es sich an. Beraten Sie sich gerne noch extern mit jemandem, der sich auskennt. Und dann, wenn Sie Ihren Entschluss gefasst haben, setzen wir uns zusammen und schnüren das Paket so felsenfest zu, wie wir können.

Und eines dürfen Sie nicht vergessen; ihr Café an sich, ist ja auch noch was wert und kann beliehen werden.“

Was ich nicht tun werde, dachte Michelle mit einem heißen Schrecken, als sie ihren verbeulten Peugeot aus der Parklücke lenkte. *Niemals. Hab ich das Café erst einmal überschrieben, bin ich jedem und allem hilflos ausgeliefert.*

***

„Du, Michelle?“

„Ja?“

Michelle drehte den Kopf zu Jenny, die das Telefon zwischen Schulter und Ohr geklemmt hatte, und schaute sie fragend an.

„Eine Frau Fischer am Apparat, die fragt, ob wir kurzfristig eine kleine Geburtstagsparty für ihre Tochter ausrichten können? Wäre am nächsten Samstag.“

„Kurzfristig ist immer gut“, nickte Michelle, der noch immer das Gespräch mit Reister durch den Kopf waberte. „Was möchte sie denn genau?“

Jenny sprach ins Telefon, während sie zwei Schritte auf Michelle zuging: „Ich gebe Sie einmal kurz weiter, dann können Sie alle Details mit meiner Chefin absprechen. Ja, Ihnen auch. Ciao!“, um dann zu sagen, die Hand auf die Sprechmuschel gepresst: „Am Wochenende kann ich leider nicht. Hatte ich dir, glaube ich, aber schon gesagt, oder? Ist was Wichtiges. Privates.“

„Hast du", lächelte Michelle mit einem unterschwelligen Bedauern in der Stimme, da sie es genoss, wenn Jenny und Ingrid bei ihr waren.

Sie nahm das ihr gereichte Telefon entgegen.

„Franke", meldete Michelle sich und atmete erleichtert aus, als sie erfuhr, was Frau Fischer sich für den Geburtstag ihrer vierzehn Jährigen Tochter vorstellte.

Alles das, was sie wollte, hatten sie noch vorrätig ...

... sie musste nichts neu kaufen ...

***

„Hey, Philipp, ich bin es, Michelle. Sorry, dass ich dich an deinem freien Tag anrufe", entschuldigte sie sich, nachdem Philipp mit einem abweisend klingenden „Ja?" ans Telefon gegangen war. „Am Samstag haben wir spontan eine kleine Geburtstagsfeier reinbekommen. Jenny kann nicht und da wollte ich fragen, ob du einspringen könntest?"

„Was ist mit den Aushilfen?", hörte sie ihn ein wenig zu forsch fragen, während durch ihren Kopf unzählige von Ideen schwirrten, die sie umsetzen und ausarbeiten wollte, um den Geburtstag des Mädchens so schön wie nur möglich zu gestalten. Sie zuckte wie unter einem Peitschenhieb zusammen. Die Frage stach. Sie setzte ihr zu und ließ ihr einen Satz von Reister durch den Kopf hämmern, den sie seit Tagen nicht mehr loswurde.

... wenn wir uns nicht konsolidieren.

Womit sie begonnen hatte.

So schwer es ihr auch gefallen war und so ungern sie
es tat, aber sie hatte sich vorgenommen, die beiden studentischen Hilfskräfte nur noch dann zur Arbeit zu rufen, wenn es unbedingt nötig war.

Werde ich halt ausfallende Schichten übernehmen,
hatte sie gedacht, und sich dabei nicht besser gefühlt.

„Die sind verhindert", wich sie seiner eben gestellten
Frage aus. Außerdem … was glaubte er denn, wer er
war?! Sie war die Chefin. „Meinst du nicht, dass ich die
schon längst gefragt hätte?!"

„Na gut, wenn du dafür heute Abend mit mir an den
Strand gehst, um ein Konzert anzuschauen?", fragte er
versöhnlich.

„Du hast Karten für Elvis and fishs?", fragte sie verwundert. „Die sind doch immer ausverkauft."

„Meine Mutter kann nicht, sie hat Migräne", wich er
ihrer unterschwelligen Frage aus, wie er an Karten
kommen konnte, einer Band, die fast nur in kleinen
Clubs und auf kleinen Bühnen spielte und dazu vor einem meist ausgesuchten, etwas gehobeneren Publikum. „Wie sieht es aus? Wollen wir vorher noch etwas
schlendern und spazieren gehen?"

Michelle lächelte und flüsterte dann: „Wäre nett."

„Cool", freute er sich. „Dann hole ich dich so gegen 18
Uhr ab? Am Café oder an deiner Wohnung?"

„Café!"

„Ist geritzt", lächelte er und blieb nur deshalb in der
Leitung, weil Michelle noch seinen Namen rief: „Ja?"

„Was ist mit Samstag? Bist du dabei?"

„Mal sehen wie der Abend so läuft", neckte er sie. „Und ob ich mir danach vorstellen kann, einen Samstag mit dir auf der Arbeit zu verbringen und Kindergeburtstage zu feiern."

Michelle grinste ...

... und ihr Herz schlug ihr vor Freude bis zum Hals.

***

Michelle liebte es an der Wilfener Steilküste. Allein die Tatsache, dass sie oben über die Klippen laufen oder unten an der Steilküste am Strand entlangschlendern konnte, waren unbeschreiblich schön. Hinzu kam, dass sie hier immer wieder mit ihren Eltern gewesen war. Manchmal, an laufen Abenden, wenn die Sonne glühend Rot im Meer versank, hatten sie sich auf einer der wenigen am Wanderweg angebrachten Bänke gesetzt, und die Uferschwalben zu beobachten, die es hier so zahlreich zu bestaunen gab.

In diesen Momenten, wenn sie mit ihren Eltern hier war, sie zwischen Mutter und Vater saß, war die Welt immer in Ordnung gewesen.

Sie wollte nichts anderes, als die künstlerisch begabte Hand ihres Vaters und die zartweiche Hand ihrer Mutter berühren, und sich geborgen und aufgehoben fühlen.

Philipp, der sie mit seinem Sportwagen abgeholt hatte, die Sonnenbrille lässig in die Stirn geschoben, in seinem enganliegenden, seine Brustmuskulatur nachzeichnenden, blauen Tribal-Shirt, etwas verspielt jungenhaftes besaß, hatte gemeint, dass er überall gerne spazieren ging.

Hier aber, an diesem Platz, wo man beinahe unberührte, eigene Natur bewundern und bestaunen konnte, war er immer mit am liebsten gewesen.

„Nur auf der anderen Seite“, sagte er jetzt, während er mit angezogenen Knien im perlmuttweißen Sand des Strandes saß, den Blick hinaus auf die wild aufschäumende See gerichtet.

„Andere Seite?“

„Vom Boot aus“, lächelte er, und seufzte. „Wir sind hier gerne langgesegelt. Meine Eltern und ich.“

„Ihr habt ein Boot?“

Er nickte, winkte dann aber ab. „Heute wird es nicht mehr benutzt. Meine Mutter will nicht, da es zu gefährlich ist, mein Vater hat zu viel zu tun und ich habe keine Lust es in Stand zu halten.“

„Was machen deine Eltern denn beruflich?“, wollte Michelle wissen, die die Uferschwalben beobachtete, wie sie elegant schwebend die einzelnen Luftströmungen ausnutzten, und aussehen, wie kleine, gespreizte Hände, die in der Luft hin und her getrieben wurden.

„Meine Mom nichts“, erzählte Philipp. „Die brauchte nie abreiten, hat aber mal Kunstgeschichte studiert. Bildet sie sich mächtig viel drauf ein, obwohl sie ihr Wissen nie anbringen konnte.“

„Aber sie hat studiert“, sagte Michelle, ohne dabei abwertend klingen zu wollen.

Philipp lachte neben ihr, und starrte weiter auf das sich vor ihm majestätisch anzusehende Meer hinaus: „Sie hat studiert, ja. Und mein Dad?“, er zuckte mit den Schultern. „Hmmm, der macht dies und das. Übernahmen und so. Irgendwie kauft er Firmen auf oder investiert in sie. Keine Ahnung. Habe ich mich nie für interessiert."

„Klingt so, als wärst du nicht gut auf deinen Vater zu sprechen."

„Ich halte es mit dem Spruch: Tu du mir nichts, dann tue ich dir nichts."

„Bei deinem Dad?"

„Bei wem denn sonst?"

Philipp schaute sie von der Seite her musternd an. Das auf seinen Lippen liegende, schmale Lächeln, konnte Michelle nicht interpretieren. Sie wusste nicht, was sie davon halten sollte, so von ihm angeschaut zu werden. Was sie dazu trieb, sich von ihrem Platz zu erheben, und den Sand aus ihrem bis zu den Knien reichenden Rock zu klopfen, den Ingrid ihr in aller Eile noch besorgt hatte.

Als sie am Nachmittag das Telefonat mit Philipp beendet hatte, sie panisch an sich herunterschaute und wusste, dass ihre ausgeblichene Jenas, und das labbrige, nur von der Schürze an ihren Körper gepresste Hemd, sie wie einen Lumpensack aussehen, hatte Ingrid geschaltet.

„Was will er mit dir anstellen?", war ihre Frage mit einem Leuchten in den Augen gewesen, das Michelle unangenehm war.

„Er möchte sich heute Abend mit mir treffen", hatte sie stammelnd gesagt und hilflos an sich heruntergeschaut. „Ich komme nicht mehr nach Hause, um mich umziehen zu können. Der Teig muss noch vorbereitet werden, die Küche aufgeräumt und die Bestandsliste aktualisiert!"

„Es ist gerade nichts los, mein Schatz. Los, setz dich ins Auto, und …“

„Ich hab gleich noch ein Telefonat“, rief Michelle. „Ich kann nicht weg.“

„Jana?“, rief Ingrid.

„Was denn?“, wollte Jana wissen, die hinterm Tresen stand, und den angebrochenen Kuchen in der Glocke so positionierte, dass er nicht zu ausgesucht aussah.

„Kann ich dich kurz im Laden allein lassen?“

„Klar. Warum nicht.“

„Bist ein Schatz“, hatte Ingrid gerufen und zu Michelle gesagt. „Du wirst den heißen Knaben von den Socken hauen, wenn ich gleich wieder da bin!“

Damit hatte sie sich daran gemacht, nach Wulfen zu fahren, in einer der Boutiquen zu stöbern, und Michelle mit dem ansehnlichen, ihre schlanken Beine betonenden Rock zurückzukehren, und einer rosa, auf Hüfte geschnittenen Bluse, die Michelle glauben ließ, attraktiv zu sein.

Ihr kleines Bäuchlein, und die weiblich dominierten Hüften fielen ebenso wenig auf, wie ihre für ihren Geschmack zu kleinen Brüste.

Sie hatte zwar noch halbherzig versucht, Ingrid zu sagen, dass sie das Geschenk nicht annehmen konnte; geschweige denn wusste, wie sie es bezahlen sollte, sollte Ingrid ihr die Sachen nicht kostenlos überlassen.

„Für dein Glück und dich mache ich alles“, waren ihre Worte gewesen. „Hau ihn vom Hocker, mein Schatz.“

***

Da, wo ein kleiner Pfad aus dem Naturschutzgebiet brach, sah sie eine Gruppe Kinder, die mit ihren Betreuern den sandigen Abschnitt zu erobern begannen. Während die kreischenden, vor Freude triefenden Schreie durch die Luft zogen, Rufe laut wurden, dass die Kids sich doch kurz konzentrieren sollten, genoss Michelle die Zweisamkeit mit Philipp.

Der hatte die Kinder ebenso bemerkt, schaute mit zusammengekniffenen Augen zu ihnen herüber, und fragte: „Was?", als er Michelles gestellte Frage nicht verstanden hatte.

„Ob du Kinder echt nicht magst, wollte ich wissen."

„Wieso nicht mögen?", fragte er, neben ihr her schlendernd, die Hände tief in den Taschen seiner Jeans vergraben.

Sie zuckte mit den Schultern: „Du hast letztens schon beim Asiaten so seltsam reagiert. Dich verschluckt."

„Habe keine Berührung mit Kindern gehabt bisher. Außer dass ich selbst mal eines war. Und das war, nun ja, wohl nicht das, was man unter einer normalen Kindheit versteht", lächelte er angreifbar.

Michelle, die jetzt hätte nachbohren können, um in Erfahrung zu bringen, warum seine Eltern ihn so in Watte gepackt hatten, ließ es bleiben. Sie wollte nicht mit der Tür ins Haus fallen und sich als verstehende und alles begreifende Überfrau ausgeben.

Wenn er mir etwas zu erzählen hat, dann wird er es mir erzählen. Was ich tun kann, ist ihm eine Brücke zu bauen.

Mehr nicht.

„Musst nicht drüber sprechen, wenn du nicht willst“, sagte sie deshalb, lächelte Philipp an und sah, wie dieser dankend nickte.

„Es ist ja gut so, wie es ist“, meinte er seufzend. „ich habe akzeptiert, dass meine Eltern sind wie sie sind.“

„Ein guter Weg.“

„Steinig“, sagte er, zog die Stirn kraus und wirkte auf Michelle plötzlich wieder so entfernt und fremd. So, als würde er mit sich innerlich kämpfen und ringen und nicht wissen, wie er sich ihr gegenüber weiter verhalten sollte. Dann sagte er plötzlich: „Aber gegen Kinder habe ich nichts. Solange sie zwei, bis drei Meter von mir weg sind und ich ihnen nicht die Windeln wechseln muss.“

„Haha“, sagte Michelle, die unter der aufschäumenden Wasseroberfläche zwei kleine Kiesel vor sich hertrieb und ganz enttäuscht war, als der eine ihr durch eine kleine Unterströmung abhandenkam. „Oh.“

„Was denn?“, wollte Philipp wissen.

„Das Steinchen. Es ist weg.“

„Was denn für ein Steinchen?“, wollte er mit zusammengekniffenen Augenbrauen wissen; ihr einen Blick zuwerfend, der Michelle kurz denken ließ, sie wäre nicht ganz richtig im Kopf.

„Den unter meinem Fuß. Er ist weggeflutscht. Einfach so. Dabei wollte ich ihn noch etwas vor mir hertreiben.“

„Du spinnst doch“, lachte er unecht.

„Wieso? Weil ich das Gefühl mag, wenn ich unter Wasser einen Stein kicke?“

„Das ist so ...“

„Was ist es?“, wollte sie wissen, nachdem Philipp seinen Satz unterbrochen hatte; wieder diesen merkwürdigen, zwiegespaltenen Ausdruck von Verwirrung und Faszination auf seinem Gesicht tragend.

Michelle, die nicht fassen konnte, was es immer war, was Philipp trieb, plötzlich in seinen Sätzen abzubrechen, sie anzustarren und versuchte in ihr zu lesen, wie in einem Buch, das in fremdartigen Lettern geschrieben war, begann sich unwohl zu fühlen.

„Was denn?“, fragte sie und schob hinterher. „Ich mag das einfach gerne.“

„Dass dir das nicht zu kalt ist“, schüttelte Philipp plötzlich den Kopf und lenkte von dem eigentlichen Thema ab. Er, der noch immer Schuhe und Socken trug, und das seinen Oberkörper nachzeichnende T-Shirt so eng saß, dass sie seine Brustwarzen durch den Stoff stechen sah, wischte sich mit der Hand durchs Gesicht und schob hinterher. „Ich würde erfrieren.“

„Es ist so erfrischend“, sagte sie, blieb kurz stehen, sog die Luft ein, und drehte sich langsam im Kreis, um alles, was um sie herum passierte, genießen zu können. „Ich kann davon gar nicht genug bekommen.“

„Von erfrierenden Füßen?“

„Von dem Gefühl des Wassers, das einem bis zu den Knöcheln reicht“, verbesserte sie ihn, schlug ihm spielerisch gegen den Oberarm, und bemerkte wieder sein zufriedenes, sein gelöstes Lächeln. Seine auf ihr ruhenden Blicke, seine lockere Art, wie er ihren Knuff hinnahm, gefiel ihr. „Versuche es auch einmal.“

„Barfuß ins Wasser?“

„Was denn sonst?“, fragte sie ihn neckend. „Nicht mit dem nackten Hintern.“

„Den würdest du auch nicht sehen wollen", grinste er.

Sie zuckte mit den Schultern: „Vielleicht doch."

Philipp starrte sie an. Sie starrte zurück.

Fassungslos von sich selbst, hob sie die Hand vor den Mund und wollte erst ein „Entschuldigung" herausbringen, als sie fand, dass es viel besser war, ihn mit nassem Sand, Meerwasser und einigen losen Muscheln zu beschießen, um abzulenken.

„Ey!", rief er, in dem Regen stehend, den er nicht hatte kommen sehen. „Meine Klamotten. Die waren teuer. Du bist echt irre!"

Im ersten Moment war ihr der heiße, der innige, vor langer Zeit in ihr gewachsene Schreck emporgestiegen.

Dann aber, als sie sah, wie fassungslos Philipp dastand, mit den Händen über sein T-Shirt strich, seine nasse Hose betrachtete und sich dann, als ihm der Tropfen Wasser über die Augenbraue auf die Wange tropfte, über die Stirn wischte, musste sie gackern.

Sie streckte ihm die Zunge heraus, und wusste, als sich seine Gesichtszüge verhärteten, er tief einatmete, dass ihr nichts anderes übrigblieb, als ihr Heil in der Flucht zu suchen.

Sie quietschte vor Freude, als sie sich auf dem Absatz herumdrehte und dabei anfing zu laufen. Michelle hörte, wie er hinter ihr herlief, wie er schnaubte und Meter um Meter aufholte. Als sie wusste, dass sie ihm nicht mehr entkommen konnte, sie unweigerlich in seinen Armen gefangen genommen werden würde, bremste sie abrupt ab; schlug einen Harken und lief zwei Meter weiter ins Meer hinaus.

Wasser spritzte an ihr ebenso empor, wie die Wellen gegen ihre Knie und Oberschenkel schlugen.

Feucht klebte ihr der Rock an der Haut.

„Feigling“, brüllte Philipp ihr hinterher, während sie langsam zum Stehen kam, sich prustend und schwer atmend herumdrehte und ihm spöttisch zuwinkte. „Stell dich dem Kampf und nimm deine gerechte Strafe entgegen!“

Sie kicherte: „Selbst Feigling. Komm doch und hol mich!“

„Das mache ich“, drohte er ihr spielerisch, mit ausgestrecktem Finger. „Kannst dich drauf verlassen.“

Sie streckte ihm wieder zur Antwort die Zunge raus.

„Das hast du nicht gemacht.“

„Doch!“

Wieder alberte sie herum, tat so, als würde sie auf der Stelle tanzen, und rief unentwegt, dass er sich nicht ins Wasser trauen würde.

„Was wird das denn, wenn es fertig ist?“, rief sie spöttisch zu Philipp herüber, der angefangen hatte, sich hinzuknien und nach den Schleifen seiner Sportschuhe zu greifen und sie zu lösen. „O, sag jetzt nicht, du willst ernsthaft ins Wasser kommen?“, sie kicherte und setzte einen hinterher, als sie sein Gesicht sah, in dem sich eine steile, ärgerliche Falte auf seiner Stirn bildete. „Du kannst nass werden, das weißt du, oder? So richtig nass. Und deine schicken Klamotten“, ärgerte sie ihn weiter. „Die könnten auch nass werden.“

„Du wirst schon sehen“, knurrte er, sich wieder erhebend, und einen Schritt zurückmachend, als eine Welle schäumend und rauschend auf ihn zukam.

Michelle lachte.

„So wird das nichts. Im Wasser wird man nass!“, spottete sie und neckte ihn mit einem lachenden „Schisser.“

Seine Blicke hätten sie vernichtet, wenn er gekonnt hätte. „Das machst du nicht", lachte sie.

„Wir werden sehen", meinte er.

In Philipps Verhalten änderte sich etwas. Hatte sie eben noch, als sie am Parkplatz gestanden hatte, gemeint, er wäre nachdenklicher, berechenbarer, so nahm jetzt etwas anderes von ihm Besitz. Erst war es ihr, als kämpften da zwei Herzen in seiner Brust. Als säßen da Teufelchen und Engelchen auf seiner Schulter und feuerten ihn an, Böses oder Gutes zu tun.

Dann, als er den ersten Schritt hinein ins Meer tat, er die Augen aufriss und versuchte, die seine Füße umspielende Kälte zu ertragen, weichten seine Gesichtszüge auf. Da war plötzlich ein zartgezeichneter Philipp zu sehen, ein verspielter, ein echter. Den, den sie damals kennen gelernt hatte, als er zu ihr ins Café gekommen war.

Der, der so hemmungslos fröhlich zu David Hasselhoff tanzen kann, dachte sie und wich noch einen Schritt zurück in die Ostsee und merkte, wie ihr das Wasser bis zur Hälfte der Oberschenkel reichte; während sich ihre Bluse bis zur Hälfte vollsog, und ihr so eng an der Haut klebte, dass es unangenehm wurde.

„Bleib wo du bist", lachte sie jetzt und schob hinterher. „Deinetwegen bin ich schon nass bis auf die Haut."

„Reaktion auf Aktion,", lächelte Philipp und blieb gut einen Meter vor ihr stehen, als er merkte, wie die nun aufschäumenden Wellen seinen Hosensaum durchnässten.

„Haben wir beide jetzt wohl ein Patt", grinste sie, sich sicher, dass die nasse Hose ihn davon abhalten würde, noch weiter ins Wasser zu gehen.

Sie irrte sich ...

... und tauchte keine zwei Sekunden später völlig in den Fluten der Ostsee unter.

***

Philipp tauchte aus dem Wasser auf. Unter ihm, noch immer festumschlungen, hielt er die zappelnde und nach Luft schnappende Michelle fest. Er meinte sich kaum noch bewegen zu können. Die Kälte war ihm unangenehm durch die Kleidung gefahren. Der erste Schrecken, der ihn durchfuhr, als er sich mit einem Satz nach vorne warf und Michelle mit sich ins Wasser riss, steckte ihm ebenso noch in den Knochen, wie das ihn überwältigende Gefühl von Freiheit.

Er hasste kaltes Wasser.

Schon immer war es ihn suspekt gewesen, wenn sich jemand schnaubend und zitternd, dann aber wohlig erfrischend, unter der Dusche im Schwimmbad trat und meinte, dass das das Beste war, was er sich vorstellen konnte.

Philipp nannte sowas verrückt.

So wie das hier, dachte er jetzt, als er begriff, dass er Michelle noch immer umklammert hielt, sie fest an sich presste und merkte, dass er sich gar nicht loslassen wollte. Er wollte ihren Körper an den seinen pressen; ihn spüren.

Ein aberwitziges, ihn mit merkwürdigen, wohlig warmen Schauern durchspülendes Gefühl ergriff ihn und ließ ein schlechtes Gewissen in ihm aufsteigen. Er ließ sie nicht los – obwohl der plötzlich durch ihn rasende Impuls genau das wollte.

174

Philipp hielt sie fest, versuchte sie aufzustellen, und fand, als sie sich das Wasser aus dem Gesicht wischte, irgendetwas japsend unverständliches sagte, dass es witzig war, wenn sie wieder untertauchen würde.

Michelle verschwand im Wasser.

Auf ihr Philipp, der sie so fest an sich drückte, dass sie wie ein Stein wirkten, der auf den wellenartigen Sand herabsank.

Michelle wehrte sich.

Sie wollte sich aus seiner Umklammerung lösen, schaffte es nicht.

Erst als er wieder auftauchte, sie mit nach oben zog, japste sie keuchend, und stammelte irgendetwas, Wasserperlen von ihren Lippen spritzten, davon, dass er verrückt sei, völlig irre.

„Das lass ich mir nicht gefallen", sagte er, sprang wieder auf sie zu, riss sie mit sich und tauchte mit ihr unter.

Ihr halb lachender, halb kreischender Schrei verebbte, als sie die Wasseroberfläche blasentreibend durchbrachen, und wieder auf den Grund des Meeres sanken, da miteinander rangelten und versuchten den anderen festzuhalten.

Als sie dann zum dritten Mal aus dem Wasser brachen, es ihnen in Strömen durch Haare und Gesicht lief, ihren Körper herabperlte, verstand er endlich, was sie sagte und musste so laut lachen, dass er sich fragte, wann er solch einen Laut jemals ausgestoßen hatte.

„Luft! Ich brauche Luft. Du ertränkst mich!"

„Schauspieler", lachte er, und spritzte die klitschnasse Michelle noch einmal nass, und drehte sich dem Strand entgegen, der sich, zu seiner Überraschung, von ihnen entfernt zu haben schien.

Hatte er eben noch, als er auf Michelle zusprang, bis zu den Waden im Wasser gestanden, reichte es ihm jetzt bis zur Hüfte, während es Michelle bis zur Hälfte des Bauches reichte.

Ich habe …

… die Kontrolle verloren, dachte er in einem Anflug ehrlicher Überraschung und wischte sich eine in die Stirn gefallene, nasse Haarsträhne zurück. *Ich bin zu weit gegangen. Das hier entwickelt sich nicht richtig.*

Es ist falsch.

Oder?

Die letzte Frage hatte er sich gar nicht stellen wollen. Sie stand explodierte in ihm, wie eine überraschend am Nachthimmel erscheinende Silvesterrakete.

Er schüttelte den Kopf, stakste durch das Wasser, und versuchte der Frage, die er sich eben in völliger Verwirrung stellte, selbst zu beantworten. Ohne dazu zu kommen. Plötzlich packte ihn etwas von hinten. Er spürte den Ruck durch seinen Körper gehen. Der sowieso schon uneben unter seinen Füßen liegende Sand gab nach. Er stürzte bäuchlings ins Wasser und war der festen Überzeugung, als er untertauchte, und es in seinen Ohren rauschte und hunderte und aberhunderte von Blasen um ihn herum aufstiegen, noch einen Schrei gehört zu haben, der klang wie: „Dich mach ich fertig!"

***

„Wer bist du denn?", wollte Michelle von dem Jungen, der plötzlich aufgetaucht war, wissen als sie lachend

176

aus dem Wasser auftauchte, nachdem Philipp sie abschüttelte, als wäre sie nichts weiter, als ein lästiges Insekt gewesen. Ihr Gerangel und das Toben, das zügellose Herumalbern, hatte in ihr einen Übermut freigesetzt, der ihr ausgesprochen gut gefallen hatte. Es war eine Losgelöstheit, die sie in den letzten Jahren nur selten in sich gespürt hatte.

Niemals im Leben hatte sie damit gerechnet, dass Philipp ernsthaft auf sie zuspringen und sie unter Wasser drücken würde. Das angeeignete Wissen, die kurze Studie seines Charakters, hatte sie ernsthaft glauben lassen, dass ihm seine Kleidung wichtiger als Spaß war. Das er, wenn er lustig und gelöst sein wollte, sich erst dazu überwinden und innerlich drauf einstellen musste.

Ihn jetzt aber, neben sich aus dem Wasser steigen zu sehen, eine Fontäne Gischt vor sich hertreiben und um sich herum verteilend, ließ sie schmunzeln, und den neben ihr wie aus dem Nichts auftauchenden Jungen beinahe vergessen.

Er, der kleinen, untersetzten Kerl, hatte plötzlich vor ihr gestanden, als sie auftauchte. Eine in der Sonne rot leuchtende Schaufel in der einen und einen bis zum Rand gefüllten Eimer mit Sand in der anderen. Er hatte sie musternd betrachtet, während sie sich mit den Händen durchs Gesicht fuhr und versuchte, den Tropfen und einzelnen aus ihren Haaren fließenden Strömen Herr zu werden.

Er schaute sie mit schiefgelegtem Kopf aus kreisrunden Augen an.

Strohig blond wuchsen ihm die Haare auf dem Kopf, und lagen auf einer leicht fettigen Stirn.

Ein Grinsen lag auf den von Speichel bedeckten Lippen und das quergestreifte, rot-weiße T-Shirt umspannte einen nach vorne gewölbtem Bauch, der dem da vor ihr stehenden Kerlchen etwas Niedliches verlieh.

„Marco", sagte der Junge plötzlich, und entblößte schiefe, spitzt zu laufende Zähne. „Ich mag Muscheln."

„Ich auch", meinte sie, und krabbelte auf das rettende Ufer zu, in der stillen Hoffnung, dass Philipp sie jetzt in Ruhe wieder zu Atem kommen lassen würde.

Was sie ernsthaft bezweifelte. In ihm schien sich etwas gelöst zu haben. Seine vorhin noch die Vorherrschaft in ihm haltenden Hemmungen waren nach seinem ersten Sprung nach ihr verloren gegangen.

Als er sie das zweite Mal unter Wasser berührte, er sie herunterdrückte, war seine Hand über ihre Brust gestriffen. Nicht absichtlich, nicht bewusst, aber dennoch so nah, und Michelle verwirrend, dass sie jetzt noch den Druck seiner Finger auf ihren Wölbungen spürte. Da, wo seine Finger durch den Stoff ihrer Bluse hindurchgedrungen waren, spürte sie das angenehme, sie erfreuende Kribbeln, ehrlicher, echter Erregung.

„Du musst mir helfen", keuchte sie, während das Ufer nur noch gut einen Meter von ihr entfernt war.

In dem Augenblick packte sie etwas am Knöchel.

Michelle kreischte spielerisch.

„Mit dir bin ich noch nicht fertig", rief Philipp und kassierte einen Schlag mit Marcos Schaufel genau gegen die Stirn.

***

„Das tut mir so leid. Marco ist eigentlich nicht so!"

Die junge Frau, mit den kurzen Hosen, den Flipflops und der lässig in die Stirn geschobenen Sonnenbrille, hatte sich mehr als einmal in jener und ähnlicher Form bei dem sich den Kopf reibenden Philipp entschuldigt. Der, noch immer ganz verwirrt, hatte irgendetwas davon gemurmelt, dass es nicht so schlimm sei, und dabei ausgesehen, als wäre er am liebsten aus der Haut gefahren.

In seinen Augen glomm ein merkwürdiges, wütendes Feuer, dass ebenso schnell erlosch, wie es aufgekommen war; in Michelle aber dennoch ein Gefühl der Distanz auslöste. Wie damals, als sie zusammen im Auto gesessen hatten, war es ihr, als trug Philipp eine Maske, die er mit aller ihm zur Verfügung stehenden Macht nicht von seinem Gesicht rutschen lassen wollte.

„Er ist ein total lieber Kerl", meinte die junge Frau wieder, die in hilfloser Manier versuchte, Philipp irgendwie die Stirn zu kühlen.

„Alles gut", winkte er ab, und versuchte sich der Übergriffigkeit der Blonden zu entziehen. „Er ist ein Kind."

„Ein so lieber Kerl", pflichtete sie bei. „Er beschützt nur gerne."

„Und das mit Erfolg", nickte Philipp, der sich von seinem Platz erhob, und zwei Schritte zwischen sich und der jungen Frau brachte, die tadelnd zu Marco schaute; der noch immer seine Schaufel in der Hand, breitbeinig vor der sich das Kichern verkneifen müssenden Mischelle stehend.

„Du bist halt ein Schuft", lächelte Michelle. „Und das hast du erkannt, nicht wahr, kleiner Mann!"

„Du hast das gesagt", nickte Marco.

„Im Spaß!", hob Michelle mahnend den Zeigefinger und fühlte sich in der Art, wie Marco dastand, wie er redete und sich gab, an Benny. Sie schmunzelte, als sie sich vorbeugte und durch die Haare wuschelte. „Aber das lernst du auch noch."

„Dann sind sie ihm nicht böse?", wollte die junge Frau wissen, die sich mit hastigen Worten als Cindy vorstellte, und auf die hinter ihr stehenden Kinder zeigte, die von den anderen drei Betreuern beruhigt wurden. „Ich meine, wir haben uns alle so auf die Strandolympiade gefreut. Und wenn sie jetzt hier Alarm schlagen, und nicht wollen, dass wir hier sind, dann ..."

„Hören Sie schon auf", winkte Michelle ab. „Wegen so einer Lappalie ..."

„... die Lappalie war meine Stirn ..."

„... müssen Sie doch nicht die Olympiade absagen. Hallo, soweit kommt es noch. Hol du mal eine Medaille und hab ganz viel Spaß", schmunzelte Michelle, und ballte die Hand zur Siegerfaust in Richtung Marco.

„Vielen lieben dank. Ich verspreche, ich passe das nächste Mal besser auf. Aber beim Aufbau und dem Verteilen von Getränken, ist mir ..."

„Sie müssen sich nicht entschuldigen. Alles ist gut. Ich kenne das. Zwar nicht in der vielfachen Ausführung, aber dennoch gut genug, um zu wissen, wie schwer es manchmal sein kann, Kinder wie Marco um sich zu haben."

***

„Du kennst jemanden ... wie ... äh", Michelle merkte, wie Philipp nach den richtigen Worten suchte. Ihm lag, so meinte sie zu wissen, eine abfällige Titulierung auf

der Zunge, die er ebenso schnell herunterschluckte, wie
ihm der verwirrte Ausdruck aus dem Gesicht verschwand, den er bis eben noch zur Schau getragen
hatte. „... also jemanden der ist wie Marco?"
Michelle nickte.

Sie, triefnass, die Haare lose über die Schultern geworfen, lächelte hilflos, als sie begriff, dass sie mit ihrer
eben unbedachten Bemerkung bei Cindy eine Tür geöffnet hatte, die sie Philipp gegenüber am liebsten geschlossen gehalten hätte. Die Tatsache, dass sie nicht
wollte, dass Benny auch nur eine Sekunde jemanden
ausgesetzt sein konnte, der ihn nicht akzeptieren
wollte, wie er war, ließ sie jetzt das Gesicht verziehen
und leicht nicken. Sie holte tief Luft, zog die Beine an
den Körper, und schlang die Arme um die angewinkel-
ten Knie.

„Ja, kenne ich."

„Wer ist es? Wenn ich fragen darf?", schob Philipp
hinterher, als er sah, wie Michelle ihre Blicke hin zu
den grölenden und spielenden behinderten Kindern
lenkte, die gerade mit Hilfe ihrer Betreuer über ein wenige Zentimeter über den Boden angebrachten Seil balancieren ließen.

„Du magst Kinder wie Marco nicht, oder?", antwortete sie mit einer Gegenfrage, und wagte es nicht, über
die Schulter hinweg, zu dem sich neben sie sitzenden
Philipp zu schauen.

„Nicht mögen ist zu hart", wich er ihrer Frage aus,
suchte – wie sein kurzes Schweigen ihr verriet – nach
den richtigen Worten und fand sie, als er murmelnd

meinte: „Ich habe mit solchen Menschen ... äh ... Kindern ... also mit Behinderten nicht so viele Berührungspunkte gehabt.“

„Sie sind wie du und ich.“

„Dann wären sie nicht behindert.“

„Benny ist ...“, sie unterbrach sich, als sie merkte, was sie eben sagte, und wie es sie ärgerte, wie Philipp versuchte mit klar rationalem Verstande an die Sache heranzugehen. „Er ist total lieb.“

„Solange er eine Schaufel als Schaufel erkennt, glaube ich dir“, lächelte Philipp, und fragte. „Er heißt Benny?“

„Ja.“

„Ein Onkel von dir?“

„Mein Bruder.“

„Oh! Äh ... Bei dir lebt er aber nicht“, bemerkte er, brach das Schweigen, und ließ Michelle keine andere Wahl, als den Kopf zu schütteln und zu sagen: „Nein, tut er nicht.“

„Lebt er im Heim?“

Sie nickte.

„Ist er ... schwer ... also, ich meine, braucht er viel Pflege, oder ist er ... ist er nur etwas zurückgeblieben, oder so? Scheiße man“ rief er plötzlich, riss die Arme in die Höhe und schüttelte den Kopf. „Mensch, ich kann das nicht so gut. Tut mir leid, dass ich so blöd bin. Also noch einmal. Kurz durchgeatmet und alles auf null gestellt. Michelle?“

„Ja?“ Sie schmunzelte, fand es niedlich, wie er sich zur Ruhe rief, wie er neben ihr saß, die Oberkörper ganz steif und aufgerichtet, einen Blick hinüber zu den Kindern geworfen, die lachten und glucksten, sich freuten und jubelten, als sie es schafften, ans Ziel zu kommen.

„Was ist mit Benny? Was hat er?"

„Bei der Geburt hat er zu wenig Sauerstoff bekommen. Es gab eine Unterversorgung des Gehirns, und seitdem lebt er immer wieder in seiner eigenen, kleinen Welt, ist nicht so schnell im Denken wie andere Kinder. Dennoch ist er der liebste Kerl der Welt. Er tut niemanden was zu leide. Er liebt Cartoons wie andere Kinder, nascht sich um Kopf und Kragen und erobert als Pirat die Welt."

„Klingt spaßig."

„Er ist so toll", lächelte Michelle, die die salzige Luft einatmete, und Cindy dabei beobachtete, wie sie Marco und ein Mädchen an den Füßen band. „Ich liebe ihn abgöttisch."

„Aber?"

„Wie kommst du auf ein Aber?", wollte sie wissen, einen Seitenblick auf Philipp werfend, der den Kopf auf die Knie abgelegt hatte, sie anschaute, ein sanftes Lächeln auf den Lippen; in den Augen einen Ausdruck beginnender Träumerei.

„Du hast gezögert, als du gesagt hast, dass du ihn abgöttisch liebst. So, als hast du seinetwegen ein schlechtes Gewissen."

„Meinetwegen", verbesserte sie ihn.

„Wieso? Weil er in einem Heim lebt?"

„Kannst du mal bitte aufhören, in mir wie in einem Buch zu lesen", schnaubte sie.

„Du hast mir doch alles geliefert, was ich wissen muss. Die kurze Unterhaltung mit Cindy und die Bemerkung, dass du diese Situation kennst. Also weißt du, wie es ist, wenn Betreuer auf deinen Bruder aufpassen müssen. Dazu dein Zögern, wenn du von ihm redest; so, als hättest du ihn gerne bei dir, ohne ihn aber bei dir haben zu können. Also, er lebt in einem Heim?“

„An der Kieler Förde.“

„Fühlt er sich wohl da?“

„Ich hoffe.“ Michelles Gesicht verdüsterte sich, als sie dann hinterher schob. „Darum bin ich ja so sauer auf Lord und seine Konditorengruppe. Nehmen sie mir mein Café, nehmen sie Bennys Zukunft gleich mit.

Philipp richtete sich auf - hatte für einen kurzen Augenblick einen betroffenen Gesichtsausdruck- bevor er abwinkte, und meinte, noch immer den Michelle verwirrenden Glanz in den Augen: „Er hat dich als Schwester. Natürlich wird er sich wohlfühlen. Du wirst ihm doch nur das Beste bieten.“

Michelle holte kurz Luft. Sie wusste nicht, in welche Richtung sich die Unterhaltung entwickeln würde und fand, dass sie das Gespräch lieber hier und jetzt abbrechen und beenden sollte. So meinte sie, als sie sich erhob, sich den nassen Sand vom Hinter zu wischen versuchte: „Wollen wir nicht wieder zurück zum Auto?“

„Damit du mir mit deinem nassen Zeug den Sitz ruinierst? Vergiss es. Wir bleiben schön in der Sonne sitzen und trocknen, bis wir Stockfische sind.“

Michelle verdrehte die Augen, als er ihre Hand griff – obwohl sie den wohlig warmen Schauer, der ihr durch Bauch und Glieder fuhr genoss – und sie sanft zu sich in den Sand zog.

„Und jetzt?", wollte sie abweisend wissen.

„Genießen wir etwas die Aussicht. Sieh doch nur, wie die Sonne unterzugehen beginnt. Herrlich, oder? Sie lässt die Sommersprossen auf deiner Nase hervortreten."

Michelle riss die Hände hoch, bedeckte ihr Gesicht.

Philipp lachte: „Sei doch nicht so eitel. Sieht niedlich aus. Und schau mal, Marco und seine Partnerin scheinen das Rennen zu gewinnen. Alter, der zieht die Lütte aber auch hinter sich her."

Michelle seufzte.

Was konnte sie anderes tun, als zu finden, dass Philipp niedlicher und niedlicher wurde?

Eben ...

... sie konnte sich nur ihrem Schicksal ergeben.

***

„Selbst schuld", kreischte Philipp vor Begeisterung, nachdem er Michelle ins Wasser geschubst hatte.

Die, von der unerwarteten Attacke völlig überrascht, kam prustend aus dem Wasser und wischte sich, während sie schrie: „Du Arsch!", die Haare aus dem Gesicht.

„Wer mich herausfordert, der bekommt sein Fett weg", hatte er gelacht und hatte die Beine in die Hand genommen, um sein Heil in der Flucht vor der ihm nachstobenden Michelle zu finden.

Als sie ihn nach dem dritten Haken, den er schlug, am Arm zu packen bekam, ließ sie ihn nicht mehr los. Sie klammerte sich an ihn, brachte ihn zu Fall und meinte, ihr würde ganz schwindelig werden.

Sein Geruch war ihr angenehm in die Nase gestiegen. Sein Lachen hatte alles in ihr wie unter Strom gesetzt.

Sie fühlte, wie die Wellen der Erregung von ihr Besitz ergriffen und sie fühlte, wie sich das Kribbeln in ihrem Bauch zu einer angenehmen Feuchtigkeit zwischen ihren Beinen wandelte.

Sie wusste nicht, was sie machen sollte, außer ihm in die Augen zu schauen und zu merken, dass alles um sie herum in einem stillen Rausch der Lautlosigkeit versank.

Da waren plötzlich keine Menschen mehr, die eben noch lachend und plaudernd an ihnen vorbei gegangen waren. Keine Hunde, die in der Ferne bellten. Weder Wellen noch Möwen hörte sie, die ins Wasser tauchten, auf der Suche nach schneller Beute.

Keine Gerüche, die vom Meer in ihre Nase stiegen, oder von den aus dem Naturschutzgebiet auf sie einströmten.

Es gab nur noch Philipp und sie.

Ihre Hände pressten ihn in den Sand. Ihr Unterleib drückte gegen seinen und sein Knie, dass sie am Oberschenkel berührte, ließ sie innerlich beben und einen keuchenden Laut ausstoßen, der ihr im Nachhinein unglaublich peinlich war.

Wie ein hungriger Wolf habe ich mich angehört, dachte sie nachts, als sie im Bett lag, an die Decke starrte und sich fragte, was aus der Sache noch werden sollte, die hier gerade begann.

Eine Sache, wie sie verwundert feststellte, die sie mehr verwundere, als sie es sich jemals hätte vorstellen können. Da waren plötzlich unendlich viele, beinahe tausend Gedanken und Gefühle in ihr, die sie weder ordnen noch sortieren konnte.

Es fühlte sich an, als wäre sie in einen Bottich aus sprudelndem und blubberndem, warmem Wasser gestiegen, dass jede einzelne Pore ihres Körpers stimulierte.

Sie spürte das angenehme Zucken und Blitzen ihrer angespannten Nerven. Das Kribbeln im Magen, die Feuchtigkeit zwischen den Beinen und das wohlige Gefühl der Erregung, das dazu führte, dass sich ihre Nippel unter ihrem nassen T-Shirt aufrichteten.

Sie konnte Philipp riechen. Sie konnte ihn beinahe schmecken, so dicht wie ihr Kopf an dem seinen war.

Nur wenige Millimeter, wie sie verwirrte – aber auch freudig erregt – feststellte, waren ihre Lippen voneinander entfernt.

Und dann war plötzlich alles aus, dachte sie in dem Moment, wo sie sich bewusst wurde, dass sie keinen Schlaf fand, *er lächelte mich noch an. Hielt mich mit seinen Händen an der Hüfte.*

Der Zauber aber ...

... er war weg.

Verschwunden. Aus. Ich habe keine Ahnung, was uns plötzlich auseinandergerissen hat.

Habe ich gesprochen?

Habe ich etwas gesagt, dass ihn verärgert hatte? Das ihn verwirrte. Wäre mir zuzutrauen.

Ich war ganz still.

Ganz leise. In hoffnungsvoller Erwartung gespannt, um dann verwirrt festzustellen, dass ich nicht mehr in seiner Nähe war, obwohl wir uns noch berührten.

Was war, um Himmels Willen, nur geschehen?

Egal wie sehr Michelle darüber auch nachdachte, es gelang ihr nicht – weder komplett noch ansatzweise –

zu ergründen, was sie dazu getrieben hatte, dass sie sich nur noch schüchtern anlächelten.

„Äh", hatte Philipp noch gesagt, um dann den Kopf zu schütteln, um sich aus ihrer Umklammerung zu befreien.

„Hä?", war ihr aus dem Mund gedrungen, ohne dass sie sagen konnte, warum, wieso weshalb, der zwischen ihnen bestehende Zauber plötzlich gebrochen war. „Entschuldige. Ich wollte dich nicht bedrängen."

„Tust du nicht", hatte er ihr gesagt; einen verklärten Blick im Gesicht, wie sie ihn bei Männern – wenn es um sie ging – nur selten gesehen hatte.

Da war eine Art von Unsicherheit, die sie nur von sich kannte. Ein kurzes Zucken in den Augen, ein Vibrieren der Lippen. Eine Geste der eigenen Unfähigkeit, den letzten, den entscheidenden Schritt zu gehen, um das zu beenden, was sie so lustvoll begonnen hatte.

„Ich ..."

„Du redest zu viel", sagte er lächelnd, während er sich den Sand aus den Haaren schüttelte. „Viel zu viel."

„Ich ..."

„Einfach mal den Mund halten."

Wäre ich doch nur mehr wie Ingrid, dachte sie. *Sie hätte sich Philipp nicht entgehen lassen. Sie weiß, wie man in einem Diner die erotische Stimmung knistern ließ. Sie konnte, ohne mit der Wimper zu zucken, tanzen und lachen und drei Wochen des puren Glücks genießen, indem sie glaubte, auf Händen getragen zu werden.*

Sie ...

Du bist aber nicht Ingrid, schob eine andere, eine ihr unangenehm aufkommenden Stimme einen Riegel vor und ließ Michelle kurz beben. Sie wusste nicht, woher die Stimme plötzlich kam. Warum sie in ihr aufklang und sie glauben ließ, wieder ein schüchternes, zurückhaltendes, zwölfjähriges Mädchen zu sein, das sich seines Erscheinungsbildes allein wegen schämte.

Habe ich es doch mit Philipp beendet?

War ich es, die vor dem Kuss zurückschreckte?

Wollte ich es verhindern, dass er mich küsste?

So leid es ihr selbst tat, sie musste sich im Dunkeln liegend selbst zunicken und ihren Gedanken Recht geben.

Sie hatte die innige Umarmung da am Strand gelöst. Sie hatte den Kuss nicht vollendet, weil sie nicht wusste, wie es mit ihnen weitergehen sollte.

Was hätte Philipp mit ihr auch anfangen sollen?

Gar nichts.

Einmal durchnehmen und sich eine Kerbe ins Bettgestell ritzen – mehr war sie nicht wert.

***

„Und was ist mit dem Konzert?", hatte Michelle Philipp gefragt, als sie, gesenkten Blickes, von ihm heruntergerollt war, noch immer peinlich berührt, dass ihre Nähe plötzlich von Distanziertheit geprägt war. „So können wir da doch nicht hingehen!"

Sie schaute an sich herunter, betrachtete sich, ihre durchnässten Klamotten und spürte eine ihr über den Rücken und die Arme fahrende Gänsehaut und schauderte.

Philipp zuckte mit den Schultern: „Karten verfallen lassen, wäre schade, oder?"

„Irgendwie schon. Besonders, weil man so gut wie nie Karten bekommt, wenn man nicht gerade Beziehungen hat. Hast du Beziehungen?“, fragte sie mit einem sehnsüchtigen Blick auf sein Gesicht, und wünschte sich, ihm noch einmal so nahe sein zu können, wie sie es eben gewesen war. Nur noch einmal seinen Geruch in der Nase haben, das laute Klopfen ihres Herzens in den Ohren dröhnen hören.

Nur einmal noch spüren, wie seine Finger langsam, beinahe schüchtern auf Entdeckungstour gingen, und versuchten, verborgene, im geheimen liegende Regionen zu erkunden. Jetzt aber, wo sie ihn da stehen sah, als habe sie ihm mit ihrer Frage geschlagen, sprangen sie wieder die Zweifel an. Zweifel, die ihr zuraunten, dass er etwas zu verbergen hatte.

Zweifel, die ihr sein Gesicht in einer gestochen scharfen Fotografie zu zeigen schienen, und all die Facetten herausarbeiteten, auf die es jetzt zu achten galt. Auf die fest aufeinandergepressten Lippen, der kurze, wilde, nach einem Ausweg suchende Blick.

„Beziehungen? Ich?“, fragte er mit heiser klingender Stimme und schüttelte den Kopf. „Wie kommst du denn darauf?“

„Wegen der Karten.“

Er winkte ab: „Hatte Glück. Meine Mom hat über ihren Club Karten ordern können.“

„Was denn für nen Club?“

Philipp winkte ab, lächelte verkrampft. „Keine Ahnung. Sie trifft sich mit alten Damen, spielt Karten oder so. Und ab und zu organisieren sie kleine Feste.“

„Wohltätigkeitsfeste?“

Wieder sah es aus, als würde Philipp geschlagen werden. Er blinzelte, wischte sich nun seinerseits eine Haarlocke aus der Stirn, seufzte, als er meinte: „Ich glaube nur für sich", und wirkte dabei so klein, so zierlich, so verletzlich, dass Michelle sich fragte, in was für eine offene Wunde sie da gerade eben ihren Finger gelegt hatte, dass Philipp sich so vor ihr wand.

„Ich wollte dir nicht ...", begann sie und unterbrach sich, als Philipp abwinkte.

„Schon gut. Sie ist halt so der Ich-Typ, weißt du."

„Okay."

„Sie ist nicht wie du. Ganz und gar nicht", schob er hinterher und warf einen langen, einen betrachtenden Blick auf Michelle, der sie verlegen lächeln und denken ließ: *Als ob er mich jetzt gerade erst das erste Mal wahrnimmt. Als würde ihm jetzt erst bewusst werden, wer hier vor ihm steht.*

Quatsch, meldete sich eine andere Stimme in ihr, die sie noch aus ihrer Schulzeit her kannte; jene Stimme, die ihr quakend zugeschrien hatte, dass die anderen Mädchen sich niemals im Leben für sie interessieren, *warum sollte er dich denn jetzt erst sehen sollen? Weil du in einer Wand aus Nebel umhüllt warst, oder was?*

Mach dich nicht lächerlich.

Der sieht dich an wie immer. Wie ein Kerl halt, der gerade checkt, dass er dich nicht ins Bett bekommt.

Was auch dein Verschulden ist, Puppe.

Oder etwa nicht?

Nein, nicht meine Schuld, dachte sie mit einem in ihr wachsenden Selbstvertrauen und schaffte es, ihre Hemmungen niederzuringen, und ihre Hand auf die von Philipp zu legen. Sie lächelte knapp, sagte: „Es war ein super schöner Tag mit dir. Danke", um sich dann auf die Zehenspitzen zu stellen, und die Lippen zu spitzen.

Philipp wich zurück: „Wohwohohowo", rief er, schüttelte den Kopf und ließ Michelle im ersten Moment meinen, er wollte nicht von ihr geküsst werden. Dann, als er meinte: „Haust du jetzt ab, oder was?", begriff sie, dass er verstanden hatte.

„So frieren wir uns tot. Und morgen beginnt die Verbreitung für den Geburtstag. Wir haben viel zu tun", lächelte sie. „Ich habe den Tag wirklich sehr mit dir genossen. Können wir gerne noch einmal wiederholen."

„Äh ..."

Sie drehte sich auf dem Absatz herum um, winkte ihm zu, während sie auf das Naturschutzgebiet zu ging, und wusste, dass ihr Heimweg ein wenig mehr Zeit in Anspruch nehmen würde, als sie jemals gedacht hatte.

Andererseits, dachte sie, als sie Philipp am Strand stehen ließ, *kann ich die verdammten Stimmen endlich aus meinem Kopf vertreiben und ihnen einmal gehörig in den Arsch treten ...*

Kapitel 6

Philipp

Was sollte Michelle mit mir anfangen?, dachte im gleichen Moment Philipp, der in der Strandbar eingekehrt war, die er immer aufsuchte, wenn er schlecht drauf war. Den Bacardi vor sich, die Augenbrauen verwirrt krausgezogen, lauschte er dem Rauschen des Meeres, und sog den würzigen, schweren Geruch der gerauchten Zigarren ein.

Er hatte keinen Blick für das hinter ihm liegende Meer.

Sonst, wenn er hier war, auf einen der Barhocker saß, liebte er es, sich herumzudrehen, die Ellenbogen auf dem Tresen abzustützen und hinauszuschauen, in die unendlich weite, unergründliche Ferne der Ostsee.

Jetzt aber, wo er in tiefen Gedanken versunken war, konnte er sich weder für das künstliche, auf das Wasser gerichtete, die einzelnen Wellenkäme aus dem Dunkel hervorholenden Licht erfreuen, noch an den um ihn herumsitzenden, plaudernden Menschen.

Er hörte zum zweiten Mal das Klingeln seines Handys und zum zweiten Mal ignorierte er es.

Was sollte Michelle mit mir anfangen? Mit einem wichtigtuerischen, sich hinter allen und jeden versteckenden Feigling, der dabei war, alles zu verraten, für das er steht?

Was sollte ...

Ach, lassen wir das, winkte er innerlich ab, strafte sein Ego und dachte. *Besser so, wenn du dich nicht zu sehr in die Sache verrennst. Zwei, drei Wochen noch, und alles ist so, wie es sein soll.*

Höchstens drei Wochen und du weißt wieder, wo du hingehörst und für wen du zu arbeiten hast.

Philipp seufzte.

Besonders aus dem Grund, weil seine Hosentasche wieder zu vibrieren begann und er wusste ...

... das er diesmal dran gehen würde.

***

„Reister hier", meldete sich der Bankangestellte freundlich und ließ Michelle denken: *Warum bin ich nur ans Telefon gegangen? Ich habe gerade echt anderes zu tun, als mich jetzt mit dem Konto herumzuplagen.*

„Hi", antwortete sie. „Es ist gerade ..."

„Es geht ganz schnell", würgte Reister sie ab. „Ich wollte mich nur einmal erkundigen, ob sie schon die Zeit gefunden haben, sich über mein Angebot den Kopf zu zerbrechen?"

„Zerbrochen ist er", meinte sie, hörte Reister pflichtbewusst lachen und winkte Jana zu sich heran.

„Was gibt's?", wollte sie wissen.

Michelle flüsterte: „Sag Jenny bitte, das ich noch einmal mit ihr über ihren Dekoentwurf sprechen möchte."

„Mache ich", lächelte Jana, und ließ die auf einem Tritt stehende Michelle allein, die versuchte mit Ingrid zusammen, die Girlanden auf der Terrasse aufzuhängen.

„Entspricht das Angebot Ihren Vorstellungen?"

„Wissen Sie …"

„Ich habe mir auch noch einmal Gedanken gemacht und konnte auch mit meinem Vorgesetzten sprechen. Der fand meine Idee interessant und stimmte zu, dass wir den Zinssatz ein wenig senken können, ebenso den Spielraum ihres Dispos erhöhen sollten. Dazu würden wir Ihnen auch noch eine Kreditkarte anbieten, die sie …"

„Wohwohwoh, nicht so schnell", rief Michelle und erntete einen von Ingrid kritisch auf Reisen geschickten Blick. „Ich will weder einen höheren Dispo, noch eine Kreditkarte. Ich weiß so schon nicht", sie senkte ihre Stimme. „Wie ich das alles bezahlen soll. Und seien Sie sich gewiss, ich würde die Kreditkarte nutzen, um Engpässe zu überbrücken."

„Dafür ist sie ja da."

„Sie kennen meinen Businessplan. Sie wissen, wie es um mein Café bestellt ist", schüttelte Michelle den Kopf, als sie Ingrid wispern hörte. „Keine Kreditkarten? Lass uns über Geld reden."

„Ich weiß. Deshalb will ich Ihnen ja helfen. Und vergessen Sie die Sicherheit des Hauses nicht, die Sie haben."

Michelle schnürte es die Kehle zu.

„Sie bekommen gleich einmal eine Mail von mir. Im Anhang finden Sie mehrere PDF-Dateien. Lesen Sie sich auch das noch einmal in Ruhe durch und ich melde mich am Montag wieder bei Ihnen. Was meinen Sie?"

„Eine höhere Kreditsumme würde es doch noch schwerer machen. Und eine Kreditkarte ist mir zu riskant", sagte sie verzweifelt und bekam Magenschmerzen, als sie nur daran dachte, dass die Bank ihr noch mehr Geld geben und dafür noch mehr Geld zurückhaben wollte.

Der erste Kredit, den sie aufgenommen hatte, um das „HerzCafé" zu gründen, war schon eine Hausnummer, die sie kaum stemmen konnte.

Allein der Gedanke, dass die zu rückzahlende Summe sich noch einmal um zwei, oder dreihundert Euro erhöhen sollte, ließ sie glauben, sich in die Hose machen zu müssen vor Angst.

„Sie wären aber für einen gewissen Zeitraum, na, sagen wir, zwei, oder drei Monate, völlig sorgenfrei. Sie könnten ihren Businessplan noch einmal überarbeiten und die bisher gemachten Fehler aktiv angehen und nachbessern", ließ Reister nicht los und blieb so scheiße freundlich, dass Michelle sich am liebsten übergeben hätte. „Dafür stehen wir Ihnen ja als verlässlicher Partner in Ihren Finanzfragen zur Seite. Sehr gerne sogar. Aber das wissen Sie ja sicherlich!"
Sie hörte ihn lächeln.
So freundlich.
So fachmännisch.
So ... elitär.
„Ich habe bei einem Ausschreiben mitgemacht und richte eine Hochzeit aus", versuchte sie den Spieß herumzudrehen, um Reister den Wind aus den Segeln zu nehmen, ihr weitere Kreditangebote unterschieben zu

können. „Es wird in der Zeitung wöchentlich berichtet und das „HerzCafé" wird immer wieder erwähnt. Ich steigere dadurch das Interesse an meinem Café. Und wenn wir erst einmal mit dem „HerzCafé" überall auf der Insel bekannt sind, dann sieht es bei uns auch schon sehr viel besser aus."

„Wie hoch sind denn die kalkulierten Mehrbesucher, die sie durch die Werbung bekommen?"

„Äh?"

„Sie werden doch sicherlich irgendwelche Zahlen haben, mit denen Sie rechnen und durch den Mehrgewinn etwas erreichen wollen. Und Sie haben sicherlich auch die Kunden mit einberechnet, die sowieso schon Ihre Kunden sind, oder? Die werden ja weiterhin Ihre Gäste sein, ohne aber den Gewinn zu erhöhen. Die halten ihn auf einem konstanten Level. Und eben, weil es diesen Denkfehler gibt, Frau Franke, und Sie diesen korrigieren wollen, möchte ich Ihnen ja helfen, Ihre Sorgen zu dämmen."

Mist! Mist! Mist!, schoss es ihr in den Kopf, als sie die vor Freundlichkeit triefende Stimme Reisters hörte.

Eine Stimme, wie sie mit Erschaudern feststellte, die etwas Lauerndes, etwas Geiferndes besaß, das ihr Bilder in den Kopf jagte, von langsam auf ihre, in die Ecke gedrängte Beute zu schleichende Hunde hatte. Er lachte leise, aber in seiner Stimme konnte sie deutlich hören, wie sich Siegessicherheit in ihm ausbreitete.

„Wenn Sie sich unsicher sind", meinte er und schlug ihr vor. „können wir Sie auch mit einem unseren internen Unternehmensberatern bekannt machen. Der würde sich noch einmal die Zeit nehmen, Punkt um

Punkt mit Ihnen durchzugehen. Was meinen Sie? Soll ich einmal den Kontakt herstellen?“

„Ich kenne einen Unternehmensberater“, hatte sie zur Verteidigung gesagt.

„Kontaktieren Sie den denn auch?“

Michelle hatte innerhalb von einer Minute zum dritten Mal das Gefühl, als würde ihr Magen sich zusammenziehen und sie dazu zwingen, sich übergeben zu müssen. So freundlich, so fachmännisch, so elitär Reister auch war, so ein Kotzbrocken konnte er auch sein.

„Ich weiß sehr wohl, wie es um mein Café bestellt ist. Und mir ist bewusst, dass ich etwas ändern muss. Weitreichende Änderungen sind ja schon eingetreten.“

„Die wären?“, wollte er wissen, während das Knarren seines Schreibtischstuhls durchs Telefon zu hören war, in dem er sich zurücklehnte.

„Eine Mitarbeiterin ist gegangen und dafür habe ich zwei Langzeitpraktikanten bekommen. Zwei Fliegen mit einer Klappe geschlagen, würde ich sagen!“, flüsterte sie den letzten Satz ins Telefon, aus Angst, Jenny könnte hinter ihr stehen, und hören, was sie sagte.

Womit Michelle sich nicht wohlfühlte.

Ganz und gar nicht.

„Du musste die Schlaufe um den Nagel schlingen, Süße“, meinte Ingrid neben ihr, und nahm ihr dann die Girlande aus der Hand. „Das musst du schon machen. Mich kannst du nicht mehr auf einen Tritt jagen.“

„Sorry“, formte sie lautlos mit den Lippen, befestigte die rosaschimmernde Girlande und hörte Reister sagen: „Klingt schon mal nicht schlecht. Aber ausreichen wird das nicht. Personalkosten senken ist immer eine gute Idee. Aber können die Praktikanten das auffangen, was die Mitarbeiterin allein geschafft hat?

Wie viel zusätzliche Arbeit kommt auf Sie zu, Frau Franke? Können Sie, wenn Sie die Arbeit auffangen, die die Praktikanten falsch machen? Ist es Ihnen möglich, sich auf das Kerngeschäft zu konzentrieren? Ich bezweifele das, wenn ich ehrlich bin!"

Nach den offenen und verletzenden und ihr den Spiegel vors Gesicht haltenden Worten, wollte sie nichts anderes mehr, als das Telefonat beenden. Die letzten Kekse mussten gebacken und die allerletzten Eiscremes angerührt werden. Dazu kam, dass sie mit dem Lieferanten noch ein unangenehmes Telefonat führen musste.

Das letzte, das wirklich allerletzte Mal wollte sie nach einem Preisnachlass fragen. Ein minimales, kleines Skonto, dass es ihr ermöglichte, vielleicht den einen oder anderen Hunderter zu sparen.

Das schreckliche an der Vorstellung an das Telefonat war, dass sie sich anhören musste, was für eine schlechte Kundin sie war. Dass sie die letzten beiden Lieferungen noch nicht beglichen hatte.

Nur damit sie Herrn Reister zeigen konnte, dass sie eben doch konzentriert und zielgerichtet war, versprach sie ihm, sich der Sache noch einmal anzunehmen, seine Email zu lesen und ihm am Montag Bescheid zu geben, ob sie an seinem Angebot interessiert war, oder nicht.

„Du wolltest mit mir sprechen", meinte Jenny plötzlich hinter ihr.

„Ja, wollte ich."

„Was gibt's?"

„Dein Entwurf …“

„Was ist damit?“ Jenny schaute sie misstrauisch an.

„Meinst du, wir können ein wenig weniger nutzen und dafür das gleiche Ergebnis bekommen? Ich meine …“

„Sind jetzt die Zutaten nicht mehr vorhanden, oder was?“, wollte Jenny mit einer Bissigkeit wissen, die Michelle erschreckte.

„Äh“, machte sie.

„Sorry. Das wollte ich nicht“, entschuldigte sie sich gleich wieder, einen Ausdruck ehrlicher Enttäuschung auf dem Gesicht. „Ich wollte nicht schnippisch sein. Aber die Deko für den Kuchen ist echt geil und voll cool. Ich hätte mich da voll drüber gefreut.“

„Mir fehlt das Fondant dazu und ich komme nicht dazu, auch noch …“

„Schon verstanden“, winkte Jenny ab. „Ich gucke, was ich zaubern kann, von dem, was wir noch hier haben.“

„Danke“, seufzte Michelle mit einem schlechten Gewissen, in der stillen Hoffnung, dass das Telefonat mit ihrem Zulieferer den gewünschten Erfolg haben würde.

„Ja?“, fragte sie, nachdem sie von dem Tritt gestiegen war und Philipp auf sich zukommen sah. „Was gibt es?“

„Du, ich habe da echt ein Riesenproblem.“

„Sag mir nicht, uns ist der Strom abgestellt worden. Die Rechnung habe ich bezahlt.“

„Irgendwie schlimmer.“

„Was ist schlimmer, als keinen Storm zu haben?“

„Die Kuchenböden sind hart und das Brot für die Sandwiches ist gammelig.“

„Wie hart und gammelig?“

Michelle glaubte ihr Herz blieb stehen.

„Ich habe gerade den Kuchen in die Glocke stellen wollen, als ich sah, dass er irgendwie nicht gut aussieht. Und als ich die Brote belegen wollte, sah ich, dass alles schimmelig ist. Hast du eine Möglichkeit, neuen Kuchen und frisches Brot zu besorgen, um den heutigen Tag über die Runden zu bekommen?"

Michelle konnte gar nichts mehr.

Ihr schwoll der Hals zu. Ihr Herz raste. Ihre Hände zitterten.

Vor ihren Augen wurde ihr schwarz …

… und sie war sich nicht sicher, ob sie das in ihr aufsteigende Ohnmachtsgefühl überhaupt bekämpfen wollte …

***

„Es sind nicht alle Lebensmittel verdorben", meinte Jana, als Michelle die Hände vors Gesicht schlug, ganz blass, die Knie zitternd weich. „Aber wir müssen vieles neu besorgen oder uns liefern lassen. Wir können heute nur ein schmales Programm fahren, wenn wir den Geburtstag am Samstag nicht gefährden wollen."

„Shit", stieß Michelle hervor und war dann in den Kühlraum gestürmt, um sich ein eigens Bild von dem plötzlich um sie herum herrschendes Chaos zu machen. „Das ist alles ein riesen Mist!"

„Jemand muss am Thermostat gespielt haben", meinte Jana und riss Michelle aus ihren eiskalten, sie lähmenden Schatten. „Laut der Zeitanzeige wurde zwischen drei Uhr nachts und sechs Uhr morgens die Temperatur hochgefahren, um dann wieder auf den Normalpunkt reguliert zu werden. Und das seit drei Tagen."

„Okay", sagte sie und schaute Jana entgeistert an, um dann wissen zu wollen. „Ist das Thermostat kaputt, oder ...?"

„Es sieht aus, wie neu. Jemand muss da ausversehen etwas dran verstellt haben", sie machte eine deutungsschwangere Pause und ließ Michelle ahnen, worauf das Gespräch hinauslaufen würde. Und als sie hörte, wie Jana sagte. „Philipp meint, er hat von dir letztens die Einweisung bekommen."

Warum?, fragte sie sich, *weiß ich, dass sie mir vorhalten wir, das ich einen Praktikanten so nahe an mich heranlasse? Warum ich versuche, einem Mann zu gefallen, der nicht das Zeug dazu hat, in einem Café zu arbeiten?*

Weil ...

Weil ...

Weil ...

... ich ihn mag, verdammt noch mal. Ich habe mich in ihn ...

... verguckt.

Michelle versuchte sich gegen die in ihr aufkeimenden Gefühle zu wehren. Sie wollte Jana keinen Vorwurf machen und im gleichen Moment auch verhindern, dass Philipp der Idiot war, der ihrer aller Arbeit um Stunden, ach was, um Tage zurückgeworfen hatte.

Weil der Tag am Strand so schön gewesen ist, dachte sie und wünschte sich, dass die sie am Strand noch begleitete Leichtigkeit wieder zu ihr zurückkommen würde. Nur einmal noch mit ihm so ungezwungen sein, als er sie ins Wasser stieß und rief: „Selbst schuld ...“

Was war danach nur falsch gelaufen?

***

„Hi“, sagte Michelle verlegen, als sie Philipp beim Kaffeeautomaten traf. Der hatte gerade eine Tasse gefüllt und nach dem Zucker gegriffen, als Michelle hinter ihn trat und ihn gar nicht daran hindern wollte, die junge Familie zu bedienen, die eben gerade ins Café getreten war.

„Hi“, meinte er, ohne den Kopf zu heben.

Er wirkte auf sie so ...

... kalt.

... so abweisend.

... so distanziert.

Michelle schnürte es den Hals zu, als sie daran dachte, dass Philipp sie vielleicht nicht mehr sehen wollte. Dass er fand, dass sie am Strand viel zu aufdringlich gewesen war. Dass es sich für eine Chefin nicht gehörte, sich in einen Praktikanten zu vergucken und verträumt daran zu denken, wie sich eine gemeinsame Zukunft gestalten würde.

Sie seufzte, wo sie ihn da so stehen sah.

Die letzten beiden Tage waren nicht schön gewesen – wenn man es aus ihrer Warte betrachtete. Da war sie um Philipp herumgeschlichen und hatte ihm mehr als einmal versucht, näher zu kommen.

Aber jedes Mal, wenn sie der Meinung war, jetzt war der passende Moment, wo sie einmal in Ruhe und völlig losgelöst miteinander sprechen konnten, war etwas dazwischengekommen.

Das eine Mal Ingrid, die meinte, sie habe eine Möglichkeit gefunden, den Getränkelieferanten zu überzeugen, noch einmal zwanzig Kisten Wasser zu liefern. Was gut war. Sehr gut sogar. Aber in dem Augenblick, wo Michelle sich genügend Mut angefuttert – die Donuts hatten aber auch lecker geschmeckt – und angetrunken – mit Kaffee – hatte, war die Bemerkung Ingrids alles andere als passend gewesen.

Ein anderes Mal das Telefon, wo sich jemand nach den Öffnungszeiten erkundigte, oder wissen wollte, ob sie dieses oder jenes Bier anboten.

Leuchte ich denn wirklich?, fragte sie und erinnerte sich an das Gespräch mit Ingrid.

„Sehr gut", hatte diese gesagt und an ihrer grell geschminkten Freundin vorbeigeschaut, hin zu Philipp, der gerade mit Jana vor einem Kuchen stand, der mit Sahne, Gelatine, Pfirsichen und Kirschen belegt war, und sie ihm erklärte, wie man die Früchte so platzierte, dass sie reichlich, aber nicht übertrieben aussahen.

„Soll ich auch einmal mit dem Lieferanten...?"

„Nein, nein, lass mal", war ihre hastige Antwort gewesen. „Das will ich allein machen."

„Stehst auf Schimpfe, wie?", hatte Ingrid sie mit hochgezogenen Augenbrauen gefragt.

„Ich löse meine Probleme nur gerne selbst."

„Ein geteiltes Problem, mein Kind, ist nur noch ein halbes Problem", meinte Ingrid drauf hin und fragte sie. „Alles gut bei dir?"

„Alles Bestens!"

Als habe Ingrid ein eingebautes Gefühlsecholot in sich, schaute sie über die Schulter hinweg zu Philipp und Jana, nickte und meinte: „Verstehe."

„Tust du nicht!“

„Ich mag alt sein, mein Schatz, aber ich bin nicht blind. Was auch immer der Junge mit dir angestellt hat, er soll es wieder tun!“

„Aber ...“

„Das erste Mal, seitdem ich dich kenne, mein Engel, leuchtest du. In dir ist etwas angegangen. Ein kleines Licht. Deine Augen“, Ingrid streichelte ihr durchs Gesicht. „Das erste Mal seitdem ich dich kenne, schimmern sie vor Freude. Keinen trüben Kummer. Nur Freude“, sie lächelte mütterlich. „Etwas ist mit dir geschehen. Allein, dass du deine Haare endlich frisierst und dich nicht immer wie ein Lumpensack anziehst, zeigt mir, dass Philipp etwas in die Bewegung gesetzt hast! Du kümmerst dich wieder um dich, nimmst dich selbst wichtig.“

Michelle hatte protestieren wollen.

Aber in dem Moment, wo Ingrid sagte, sie leuchtete von innen, hatte Michelle sich gefühlt, wie ein aufgehender Stern am Himmel. Sie wusste es nicht besser zu beschreiben. Aber das Gefühl, als gebe es da etwas in ihr, das eine lang erloschene Lampe in ihr wieder entzündete, ließ sie schmunzeln und einen wohligen Schauer der Freude verspüren.

„Echt?“, fragte sie und schaute Ingrid fragend an.

„So wahr wie ich hier vor dir stehe, mein Schatz, so wahr wie ich hier vor dir stehe!“, um dann hinterher zu schieben. „Ich würde mich sehr für dich freuen!“

Die Berührung an Michelles Hand war nicht von freundschaftlichem Wohlwollen begleitet, sondern von mütterlichen Glückwünschen. Michelle hatte seit

Jahren solch eine Berührung nicht mehr gespürt, geschweige denn sich daran erinnert, wie sie sich anfühlte.

In dem Moment aber, wo Ingrid sie berührte und ihr die Hand drückte, war es ihr, als stand sie ihrer Mutter gegenüber; so wie damals, als Michelle ihr erzählte, sie habe sich in Eddy verliebt.

Es war ein freudiges Gefühl der ehrlichen Liebe, das Michelle entgegen geströmt war. Und eben genauso, wie damals auf der Terrasse, wo ihre Mutter gerade den Tisch gedeckt hatte, weil Michelles Vater die Würstchen schon auf dem Grill liegen hatte, drückte Ingrid sie jetzt gerade.

„Ich danke dir", hatte sie ihr noch gesagt, um sich dann zu straffen und hin zu Jana und Philipp zu gehen.

Die beiden aber waren, wie Michelle von Jenny erzählt bekam: „Sind noch einmal kurz los. Jana holt die Tischdeckchen ab und meinte, das es schlau wäre, Philipp einmal bei den Kunden vorzustellen, und das er weiß, wo man hin muss, falls er hier fest anfängt zu arbeiten."

„Oh ... Und was machst du gerade?", wollte Michelle dann wissen, um Jenny zu zeigen, dass sie sich auch für sie als Praktikantin interessierte.

„Aufräum- und Umstrukturierungsgeschichten. Ich passe einige der Abläufe an. Dadurch haben wir vielleicht noch Platz für einen kleinen Extratisch oder weniger kreuz und quer laufen. Ganz wie es in deinem Sinne sein sollte!"

„Das ist super. Danke." Michelle schaute zu Jenny, betrachtete sie und fühlte sich nicht angefasst.

Im ersten Augenblick, als sie hörte, dass Jenny interne Abläufe korrigieren und anpassen wollte, war sie der festen Überzeugung gewesen, dass sie sich überrumpelt fühlen würden.

Was nicht der Fall war.

Ganz und gar nicht.

Sie freute sich darüber, dass Jenny so viel Energie ins Café steckte. So wie gestern, als sie die Tafel mit geschwungener Handschrift bestückte, und scherzenshalber darauf schrieb, dass man, wenn man zwei Stück Kuchen aß, schwerer entführt werden konnte.

Michelle war erst verwirrt gewesen, wollte, dass der alberne Spruch wegkam. Als aber die kleine Gruppe älterer Damen lasen, was da auf der Tafel stand, darüber lachten und sagten: „Da kann man ja kaum widerstehen", hatte Michelle begriffen, wie gut Jenny dem Café tat.

„Man kann viel aus dem Scheiß hier noch rausholen, den du hier verzapfst", hatte Jenny ihr gesagt und in Michelle wieder das Gefühl aufsteigen lassen, das in dem Mädchen mehr schlummerte, als sie zugeben wollte. Dass sie ein ganz anderer Mensch war als den sie sich zeigte.

Sich traute zu zeigen, dachte Michelle, während noch immer die Gefühle in ihr Karussell fuhren und sie sich danach sehnte, noch einmal so berührt zu werden, wie Ingrid sie eben anfasste. *Sie versteckt etwas vor mir. Als wollte sie nicht, dass man hinter ihre Facetten schaut.*

Sie wirkt konzentriert – als wollte sie alle um sich herum stolz machen; wobei sie sich selbst aber verliert.

Sie war anders als Philipp.

Michelle spürte, während sie vor Philipp stand und ihn anschaute, dass auch ihn noch immer etwas umwehte, dass sie nicht nur faszinierte, sondern auch – so seltsam es auch klang – erschreckte.

Sie hatte es im Strand ebenso bemerkt, wie bei dem zweiten Versuch, den sie unternommen hatte, um mit ihm ins Gespräch zu kommen. Sie wollte die merkwürdige Fremde, die sich zwischen ihnen ausgebreitet hatte, überbrücken.

Sie musste – wie immer – über das nachdenken, was ihr in den Kopf geschossen kam. Einen Chirurgen gleich, der Hautschicht für Hautschicht mit seinem Skalpell durchschnitt, analysierte sie jedes Wort, jeden Satz und verlor dadurch wertvolle Zeit, die sie dazu nutzen sollte, sich mit dem Mann zu unterhalten, der so nachhaltig in ihr nachebbte.

In dem Augenblick, als sie ihre Gedanken hinter hing, sah sie, dass Philipp ebenso um seine Fassung rang, wie sie. Dass er in seinem Gesicht einen maskenhaften, einen unangenehmen harten Zug zur Schau trug, der Michelle unangenehm war. Der sie von sonderbare Art und Weise berührte und noch weiter in die Defensive zwang. Sie lächelte, merkte aber, dass es gezwungen war.

Und dann kommt die Unsicherheit, dachte sie, während sie Philipp betrachtete, der an der Kaffeemaschinen stand, und über die Schulter hinweg fragte: „Wollen die Kids Sahne auf ihren Kakao?"

„Wollt ihr?", fragte die Mutter.

Die beiden Mädchen nickten eifrig mit ihren roten Wangen, und einem kindlichen Leuchten der Vorfreude in den Augen.

„Sie wollen", lächelte die Mutter.

„Dann bekommen sie, was sie wollen", schmunzelte Philipp und griff nach dem Sahnespender und hörte, nachdem der zweite Kleks Sahne in den heiß dampfenden Kakao gefallen war, das gurgelnde, zischende Schnauben des Sahnespenders.

„Habt ihr ja noch einmal Glück gehabt", sagte er grinsend. „Die letzte Sahne des heutigen Tages gehört euch."

„Des heutigen Tages?", fragte der untersetzte, vollbärtige Vater, mit der zu großen Schirmmütze und den blassen, beinahe schon leuchtenden Beinen. „Es ist doch gerade erst einmal vierzehn Uhr."

Michelle schnürte sich die Kehle zu.

Sie mahnte Philipp dazu, nichts weiterzusagen und den Mund zu halten. Der aber, einmal im Redefluss, winkte ab und meinte: „Passiert schon manchmal. Morgen kommt ne neue Lieferung Sahne. Haben wir für die letzten Tage leider falsch kalkuliert!"

„Sollte Ihnen nicht zu oft passieren!", lachte der Mann, mit ausgestrecktem Zeigefinger.

„Ist das erste Mal und Sie sind auch noch Zeuge des Vorganges geworden", konterte Philipp bubenhaft grinsend und erntete einen Lacher der Mutter, während der Vater verdrießlich schnaufte.

„Du kannst den Kunden doch nicht sagen, dass wir falsch kalkuliert haben", zischte sie ihm zu, die Augen weit aufgerissen, nachdem sie sich überzeugt hatte, dass die Familie weitgenug weg war und sie nicht mehr hören konnte. „Was macht das denn für einen Eindruck?"

„Einen ehrlichen", meinte er und hob die Hand, als Michelle ansetzte, noch etwas zu sagen. „Ich weiß, dass du wegen dem Thermostat noch mit mir reden willst. Sorry. Ganz ehrlich. Ich wusste nicht, dass ich da was dran verstellt habe. Muss damit mit dem Ärmel oder so gegengekommen sein."

„Das wirft uns zurück", nickte Michelle. „Sehr sogar."

„Mehr als sorry kann ich nicht sagen."

„Ich weiß", nickte sie, hob den Blick und meinte: „Du ...?"

„Ich habe noch etwas vorzubereiten", meinte er ausweichend, und schob sich an Michelle vorbei. „Die Sache mit Annabell und Hauke muss ja auch fertig werden. Jenny hat mir eure Skizzen gezeigt, für das Brautpaar. Glasuren und Zuckerguss liegen mir ja im Blut." Er schmunzelte, schaute auf Michelles Ärmel, kurz auf ihre Brust. „Will mir noch einmal Gedanken über Konsistenz und Dichte machen. Ich glaube, wir könnten mit kleinen Formen gute Ergebnisse erzielen."

„Äh, okay!", sagte sie perplex, um dann wissen zu wollen. „Aber du hast Tresendienst. Und da kommen gerade Kunden."

„Wir sprechen später miteinander", vertröstete er sie und war an ihr vorbei gegangen, als wäre er der Chef des Cafés. Als wäre sie die kleine Praktikantin, die flehentlich darum gebeten hatte, einen Job zu bekommen, damit sie endlich Berufserfahrung sammeln konnte.

So aber, in diesen Moment, wo sie sich wie hingestellt fühlte, hatte sie sich seit Jahren nicht mehr gefühlt.

Eine unbekannte, eine sie in die Enge treibende Fassungslosigkeit hatte von ihr Besitz ergriffen und sie glauben lassen, in ein tiefes, schwarzes Loch zu stürzen, das sich plötzlich unter ihr aufgetan hatte.

Sie wollte Philipp hinterher. Ihm am Arm packen, ihn herumziehen und ihm sagen: „Ich entscheide, wann du welche Arbeit machst, hörst du? Jetzt haben wir beide miteinander zu reden. Auf der Stelle!"

Sie aber stand noch immer nur da und starrte den aus nach hinten im Café verschwindenden Philipp hinterher. Der sich nicht einmal zu ihr herumdrehte und sie mit einem Blick zu trösten versuchte.

Er ging einfach weiter, und zog die Tür auf, um nach draußen, in den strahlenden Sonnenschein zu treten.

Michelle seufzte.

Genau aus dem Grund hasste sie Gefühle ...

... sie verwirrten einen und was am schlimmsten war, sie schnitten einen mitten ins Herz ...

***

„Ich will dich echt nicht stören", meinte Jana, die plötzlich neben Michelle auftauchte, nachdem diese zwei jungen Frauen ein Eis und zwei Cafés serviert hatte.

„Du störst mich nie", lächelte sie, schaute in das Gesicht ihrer Angestellten und sah den blassen, feinen Zug um ihre Nase und dem Mund. „Ist was?", fragte Michelle besorgt.

Jana schüttelte den Kopf, nickte dann, und schüttelte dann wieder den Kopf.

Michelle wurde schwindelig.

„Was denn nun?", lachte sie. „Ein Problem oder nicht."

„Irgendwie ja und irgendwie nein."

„Richard?"

Janas Ohren sahen aus, als würden sie Feuer fangen.

„Was hat er gemacht?“, schmunzelte Michelle.

„Wir … wir … wir waren doch letztens aus.“

„Ich erinnere mich“, nickte Michelle, die von der Terrasse hinein ins Café trat und mit einem inneren Seufzer der Zufriedenheit sah, wie eine sechsköpfige Gruppe sonnenhungriger Urlauber geradewegs aufs „HerzCafé“ zukamen. „Ist da was vorgefallen.“

„Danach.“

Michelle schaute Jana verständnislos an, und schritt hinter den Tresen. Als die das Tablet abwischte, die kleine Reisegruppe ins Café trat, hielt Jana ihr ihr Handy unter die Nase, mit einem geöffneten Chat. Michelle las: *Ich denke immer an dich. Echt. Jeden Tag. Heute Nacht habe ich sogar von dir geträumt. Wir haben uns geküsst …*

„Ist doch niedlich“, meinte sie, hob das Kinn und schaute fragend zu den sich vor dem Tresen aufbauenden Menschen, die hinter Michelle die angebrachte Speisekarte studierten.

„Er … er will mich küssen“, zischte Jana. „Auf den Mund.“

„Und?“

„Ich … ich … weiß nicht …“

„Ob du dazu bereit bist?“

Jana nickte schnell, die Lippen fest aufeinandergepresst.

„Was sagt dir dein Herz?“

Jana riss die Augen auf.

„Abbrechen kann jeder“, lächelte Michelle und spürte selbst einen sanften Stich im Herzen. „Dinge zu Ende bringen die Wenigsten.“

„Ja, also ...“

„Was möchtest du? Ihn auch küssen?“

Jana strich sich eine Haarsträhne hinters glühendrote Ohr und wirbelte auf dem Absatz herum, als sie hörte, wie einer der Männer aus der Gruppe meinte: „Wir würden gerne was bestellen.“

„Gerne“, sagte Jana. „Setzen Sie sich schon einmal. Ich komme gleich und nehme Ihre Bestellung auf.“

Damit war sie verschwunden ...

... und Michelle wusste selbst, was sie zu tun und zu lassen hatte.

***

„Wir müssen miteinander reden“, sagte sie, als sie endlich den Mut gefunden hatte, das zu sagen, was ihr auf dem Herzen lag.

„Worüber?“, fragte Philipp, der es nicht schaffte, sie anzusehen.

Warum kann er das nicht?, fragte sie sich ehrlich zweifelnd und lauschte ihren fragenden Gedanken, der durch sie hindurch schoss, wie eine aufflammende Feuerzunge.

Sie lächelte schmal, während sie sich eine Haarsträhne hinters Ohr strich und meinte: „Über uns wäre schon einmal ein Anfang zu sprechen, oder meinst du nicht?“

Er zuckte mit den Schultern.

Obwohl er ausgesprochen abweisend wirkte, so konnte Michelle in ihm doch etwas erkennen, dass sie an versteckte Unsicherheit erinnerte.

Nicht Unsicherheit, verbesserte sie sich, *an ein schlechtes Gewissen.*

Obwohl sie nicht wusste, wie sie genau darauf kam, so war es ihr, als öffnete sich ein lang verschlossenes Buch vor ihr. Sie konnte plötzlich in Philipp lesen und erkennen, dass er sich mit etwas plagte, das ihn so werden ließ, wie er war.

Sie schluckte, als sie ihn fragte: „Was hast du?"

„Nichts", seufzte er. „Gar nichts. Ich bin zurzeit nur nicht so gut drauf. Verstehst du doch, oder?"

Sie nickte, obwohl sie ihren Kopf schütteln wollte.

Ich spiele immer die Verständnisvolle, ärgerte sie sich über sich selbst und schenkte Philipp ein Lächeln, das ihm zeigen sollte, dass er ihr vertrauen konnte.

Am besten, ich hebe jetzt noch meine Hand, lege sie ihm kumpelhaft auf die Schulter und sage ihm: „Alles wird gut. Wenn du jemanden zum Reden brauchst, dann bin ich für dich da. Meine Tür steht immer für dich offen!"

Was für ein Scheiß. Aber es würde mir ähnlich sehen.
„Der Job hier ..."

„Ja?"

Sie spürte, dass sich etwas in ihr zusammenzog. Die Angst davor, dass er wohlmöglich sagen konnte, dass er den Job gar nicht mehr wollte. Dass er lieber jetzt als gleich alles hinwerfen würde, um Jenny das Feld zu überlassen.

Was im Großen und Ganzen auch sinnvoller wäre. Jenny war, sah man einmal von ihrer sprunghaften Kreativität ab, die bessere Partie für das Café. Sie hatte erst wenige eigene Backideen und Serviceabläufe eingebracht, dafür aber mit einigen Ungereimtheiten des Cafés aufgeräumt.

Dazu kam, dass sie sich wie keine Zweite mit der Dekoration und Organisation von kleineren und größeren Festen auskannte. Ihre Bilder, für Totenentwürfe strahlten alle etwas Poetisches, etwas Sinnliches aus.

„... er gefällt mir", riss er sie aus ihren hektischen Gedanken. „Trotzdem. Ich habe kein so gutes Gefühl bei der ganzen Sache."

„Wieso?"

Er zuckte mit den Schultern: „Kann ich dir gar nicht genau sagen. Irgendwie habe ich das Gefühl, alles kaputt zu machen."

„Zwischen uns?", kam es aus ihr hervor, dass es ihr im gleichen Augenblick peinlich war.

Aber die Vorlage, die er ihr eben geliefert hatte, musste verwertet werden.

Außerdem, sagte sie sich selbst, *bekommen wir so endlich etwas Klarheit in die ganze Sache. Wir schaffen es endlich herauszufinden, auf welcher Stufe der „Freundschaft" wir uns befinden.*

Stehen wir da, wo ich mich gerade aufhalte, oder halten wir uns etliche Stufen unter dem auf, was ich mir erhoffe.

„Zwischen uns?", ließ er sich ihre Frage auf der Zunge zergehen. „Das auch, ja. Ich meine, ich mag dich wirklich gerne."

„Ich dich auch", grunzte sie und hob gleich die Hand vor den Mund.

„Aber ..."

„Bitte kein aber ..."

„Doch", seufzte er. „Ich weiß nicht, ob ich das kann. Ich meine, ich bin echt gerne hier und ich liebe es, mit Jana loszudüsen und Zulieferer kennenzulernen oder von ihr beigebracht zu bekommen, wie man eine Verkaufstheke anspruchsvoll dekoriert. Auch liebe ich es, mit Jenny herumzualbern und mir anzügliche Sprüche von Ingrid an den Kopf werfen zu lassen.

Aber …“

Michelle spürte, wie sie kurz davor stand zu weinen. Dass sie genau das zu hören bekommen würde, was sie niemals im Leben hatte hören wollen.

„Aber?“, half sie ihm, unter seelischen Schmerzen, weiter zu reden.

„Ach, lassen wir das“, winkte er ab und wirkte über sich selbst enttäuscht. „Es ist nicht – zwischen uns ist alles super, wie ich finde. Oder meinst du nicht? Was meinst du, heute nach Feierabend einen kurzen Abstecher in eine Bar? Ich kenne da eine …“

„Ich muss noch zu Dave, wegen Ive und Benny muss ich auch noch besuchen“, schob sie plötzlich vor, und spürte, dass sie am liebsten die Küche verlassen hätte, um so weit wie möglich fortzukommen. „Er darf zurzeit keine Süßigkeiten essen und ich glaube, dass er sich heimlich welche mitbringen lässt. Er ist ein Schlingel.“

„Kann ich mir gar nicht vorstellen“, lächelte er verloren.

Sie nickte und winkte dann ab: „Muss dich nicht interessieren. Ist alles gut. Aber schön, dass wir einmal miteinander sprechen konnten. Haben zwar nichts geklärt, aber super, wenn nichts zwischen uns steht!“

Damit drehte sie sich auf dem Absatz herum und verließ die Küche wieder.

Sie hätte schreien können, vor Wut …

***

216

Am liebsten hätte Philipp sich in den Arsch vor Wut gebissen.

Er war ein Trottel. Ein Idiot.

Ein ...

Ein ...

Ein ...

... Arschloch

Am liebsten wäre er Michelle hinterhergegangen, hätte sie an die Hand genommen und ihr gesagt: „Geh nicht. Es hat alles keinen Zweck. Ive ist weg, weil sie eine kleine Figur in einem großen Spiel war.

Du kannst die Anwaltskosten sparen. Wirklich. Lass den Dingen ihren Lauf."

Nur, um dann zu merken, dass er sich gar nicht in Bewegung setzten konnte.

Allein die ebenso stockend und so albern lächerlich geführte Unterhaltung ebbte noch immer in ihm nach und ließ ihn mit seinem schlechten Gewissen kämpfen.

Was hatte er sich dabei gedacht?

Allein die Tatsache, dass er sich auf ein kurzes Treffen mit ihr in der Innenstadt eingelassen hatte, war nicht förderlich gewesen.

Und erst der Anruf wegen dem Konzert, sagte er sich jetzt, noch immer an die Spüle in der kleinen Küche gelehnt, den Blick gesenkt und den linken Fuß über den rechten gelegt. *Damit habe ich mich völlig lächerlich gemacht.*

Scheiße Mann.

Ja, meine Mutter war krank und hat sich nicht wohl gefühlt. Ich hätte so viele andere Leute anrufen und fragen können, ob sie nicht Lust und Laune hätten, mich zu begleiten.

Und was mache ich?

*Ich rufe die Frau an, der ich am besten nicht näher-
kommen soll.*

Und was passiert an diesen Nachmittag?

Sie gefällt mir.

*Scheiße Mann, sie gefällt mir so gut, dass ich beinahe
einen Fehler begangen hätte.*

Ich hätte sie geküsst …

Und dann gesellte sich ein Gedanke zu ihm, den er
kaum beschreiben, geschweige denn ertragen konnte.
Der ihm unmissverständlich klar machte, dass er einer
der größten auf dieser Welt herumlaufenden Trottel
war.

Ich hätte es sehr gern getan.

O ja, ich hätte es unendlich gern getan.

*Sie in den Arm nehmen, sie an mich drücken, sie noch
einmal zu riechen, und dabei genießerisch die Augen
zu schließen, um die Nähe zu spüren, die ich so noch
nicht gefühlt habe.*

Nur noch einmal ihre großen Augen sehen.

*Ihre Nase, die weich geschwungenen Lippen und das
immer etwas schüchtern wirkende Lächeln, das ihre
Mundwinkel zucken lässt.*

*Die immerwährende Verwirrung in ihren Augen.
Scheiße Mann, ich mag die Verwirrung.*

Er seufzte – wieder einmal.

In dem Moment, wo Jennys Stimme durch das Café
hallte, und sie rief: „Leute, das wird euch gefallen. Ich
habe einen richtig geilen Entwurf für die Hochzeitstorte gezaubert", war es ihm, als bekäme er einen
Schlag mitten in den Magen.

Er keuchte, als er Janas: „Was hast du denn gezaubert?", hörte und von Ingrid. „Na, da bin ich mal gespannt."

Hier lebte etwas.

Etwas, das Philipp kaum beschreiben konnte.

Auch wenn die Leute, die hier arbeiteten, anfangs ein wenig schrullig wirkten, ein wenig verloren, von der großen Welt vergessen, meinte er hier eine Vibration, eine Spannung zu spüren, die er so noch nie erlebt hatte.

Als würden Ideen Wirklichkeit werden.

So ging er, ohne auf Jana und Ingrid zu achten, die sich anschauten, was Jenny Fabelhaftes gezaubert hatte, geradewegs auf Michelles Büro zu. Zu seiner Verwunderung war es geschlossen.

Er streckte die Hand nach der Türklinke aus, drückte sie herunter und zuckte im gleichen Moment zurück, als er Michelle schon kreischen hörte: „Mach sie zu, verdammt!"

Er blieb nur wenige Sekunden in der Tür stehen.

Nur einen kleinen Augenblick, um den durch ihn hindurchwabernden Schrecken ebenso zu verarbeiten, wie die in ihm aufsteigende Faszination.

Er hielt die Klinke noch in der Hand, starrte auf das sich ihm abzeichnende Bild und schaffte es trotzt seinem heiser klingenden „Entschuldigung", die Tür nicht zu schließen.

Obwohl er Michelle mochte, er sie leiden konnte und sich ausgesprochen wohl in ihrer Nähe fühlte – sah man einmal von den letzten beiden Tagen ab – hatte er nie damit gerechnet, sie so zu sehen.

In ihm öffnete sich eine neue Tür.

Das sich in seinen Verstand gebrannte Bild, der vor ihrem Schreibtisch stehende, nur in einem BH und einer schwarzen, eleganten Anzugshose gekleideten Michelle, hatten ihn bis ins Mark hinein getroffen. Allein zu wissen, wie ihre makellose, ein wenig zur Blässe neigende Haut unter ihrer Bluse aussah, ließ ihn schaudern.

Der Anblick, des sich sanft um ihren Busen schließenden BHs, blitzte unentwegt in seinem Verstand auf, und ließ ihn glauben, verrückt zu werden. Dazu die sich um ihre langen Beine schließende Hose, der an ihrem weichen abgesetzten Hüftknochen entlanglaufende Bund der Hose, war wie ein kurzer, elektrischer Schlag in seinen Lenden gewesen.

Allein sie da stehen zu sehen, ihre Bluse in der Hand, ihre kreisrunden Augen weit aufgerissen, ihr liebevoll von einem dezent aufgetragenen Lippenstift nachgezeichneter Mund ließ ihn einen Laut in der Kehle aufsteigen, den er so noch nie bei sich gehört hatte.

Und das, ohne dass er angeben wollte, obwohl er schon mehr als eine Frau nackt gesehen hatte.

„Raus“, hörte er ihre erstickt klingende Stimme, während ihre Arme hinaufschnellten, um ihre Brust vor seinen Blicken zu schützen.

„Ich ...“

„Raus!“

In dem Moment, als sie das sagte, sie mit einer hektischen Bewegung versuchte ihre Bluse festzuhalten und andererseits auf die Tür zu zeigen, in dessen Rahmen er noch immer stand; nicht dazu in der Lage, seinen Blick von ihr zu nehmen.

Noch nie in seinem Leben hatte er so etwas Faszinierendes gesehen.

Er saugte alles in sich auf und merkte, wie sich das Bild in seinen Verstand zu brennen begann.

Es hatte etwas in Gang setzendes, das Philipp nicht beschreiben, geschweige denn irgendwie in Worte fassen konnte. Er sah, dort eine Frau stehen, an der die Jahre ebenso wenig spurlos vorübergezogen waren, wie an ihm selbst.

Dennoch aber meinte er, einen kurzen, einen intensiven Blick in eine Welt geworfen zu haben, die er selbst dabei war, mutwillig zu zerstören.

„Ich", setzte noch einmal an und sah, wie die von Michelles wild abstehenden Locken noch immer in einem wippenden auf- und ab gegriffen waren, während sie hektischen Blickes versuchte, irgendetwas zu finden, womit sie ihre Blöße bedecken konnte.

„Raus! Jetzt!"

Erst jetzt, wo ihre Stimme schrill aufklang, sie in seinen Ohren klingelte und ein wenig Anstand und Vernunft in seinen aufgehetzten Verstand zu sickern begann, begriff er, was er hier gerade tat. Das er, ohne rot zu werden, eine Frau musterte und betrachtete, deren Anblick ihn im wahrsten Sinne des Wortes umzuhauen drohte.

Er spürte einen Hauch peinlicher Verlegenheit in sich aufsteigen, als er sie noch immer anstarrte und er stammelte erneut etwas von: „Entschuldigung", während er einen Schritt zurückmachte, und die Tür langsam zu zog; immer wieder in der Hoffnung gefangen, doch noch einen letzten, einen verzweifelt wirkenden Blick auf ihre porzellanweiße, in seinen Augen makellose Haut werfen zu dürfen.

So albern er die Erregung auch fand, die ihn ergriff, und so sehr er sich selbst damit verwirrte, es ließ ihn nicht mehr los und ebbte so stark in ihm nach, dass er am liebsten herumgedreht wer, um die eben schnell hinter sich zugezogene Tür wieder aufgestoßen hätte, um ins Büro zu treten und zu sagen: „Bleib so. Ganz genau so."

Nur um dann, als er meinte, der ihn beherrschende Gedanke, würde ihn ernsthaft den ersehnten Schritt ins Büro hinein machen lassen, zu merken, wie sich ein anderer, ein ihn ebenso schneidender Auftrag in ihm zu Wort meldete. Ein Auftrag, wie er mit Bestürzung feststellte, der das heraufbeschwören sollte, was er eben in Michelles Büro gesehen hatte.

Eine sich für ein Treffen mit ihren Anwälten bereitmachende Frau.

Er keuchte.

Plötzlich wurde Philipp schlecht.

Kapitel 7

Ich bin ein Pirat

„Guck Mal, ich kann die Rutsche rauflaufen", rief Benny ihr zu, während er Anlauf nahm und mit drei großen Sätzen die Holzburg hinaufrannte.

„Schön machst du das", sagte sie gedankenverloren, und wünschte sich, dass Rafael nicht um sie herumschleichen würde. Der Pfleger hatte, nachdem sie das Heim betrat, gerade an der Essenausgabe gestanden und einer kleinen, untersetzen Frau Gurken und Tomaten auf ein mit Käse belegtes Brot gelegt.

„Ganz kurz", hatte er daraufhin zu der Frau gesagt. Die aber, in ihrem Ablauf sicher und mit aller Veränderung völlig überfordert, hatte mit lallender Stimme gesagt, den Teddybären fest an sich gepresst: „Du musst das Brot zu meinem Tisch bringen."

„Ich bin gleich wieder bei dir", hatte Rafael darauf gesagt.

„Zu meinem Tisch!"

Michelle war der kleinen Frau dankbar dafür gewesen, dass sie darauf bestand, dass ihr fest in ihren programmierten Ablauf nicht gestört werden durften.

„Ich bin ein Pirat", rief Benny und winkte Michelle zu, die mit einer ins Fleisch und Blut übergegangenen Handbewegung zu ihm zurückwinkte.

„Ein ganz böser Pirat!", pflichtete sie ihm bei und versuchte nicht wieder an Philipp zu denken, oder daran, was Rafael von ihr wollte.

„Ich entere Schiffe", sagte Benny und kletterte wieder auf die Brücke und die Brüstung.

„Tust du nicht!", sagte Michelle, als sie sah, was ihr Bruder vorhatte. „Komm da runter. Du weißt, was beim letzten Mal passiert ist!"

„Ich bin ein Pirat!"

„Einer, der sich alle Knochen bricht. Komm runter da, Benny. Sofort!"

Ich sollte präziser sein, dachte sie bei sich, als sie sah, wie Benny in die Hocke ging und einen der gewaltigsten Sätze machte, die sie jemals von ihm gesehen hatte. Während er durch die Luft flog, stieß er ein lautes „Grrrrrr" aus und krümmte den Zeigefinger so, als wäre er ein Enterharken.

Dann kam er, lachend und gackernd, im Sand auf und rollte sich in bester Actionmanier ab. Was übertrieben war. Er klatschte auf den Boden, rollte sich schwerfällig über die Schulter ab und besudelte sich mit Sand, dass ihm etwas in den Mund drang. Er prustete und hustete.

„Grrrr", machte er trotzdem, als Michelle zu ihm kam, und ihm den Dreck aus den Kleidern und Gesicht wischte.

„Benny", klagte sie. „Was soll das denn? Ich habe gesagt, du sollst nicht springen."

„Ich bin ein Pirat!"

Ich leuchte, dachte sie und schüttelte den Kopf, als sie sich das Denken hörte. *Ein kurzes, intensives Strahlen. Mehr nicht.*

Aber ich möchte weiter leuchten, sagte sie sich selbst und ärgerte sich so sehr darüber, dass sie den Mut nicht aufgebracht hatte, Philipp festzunageln und ihn darum zu bitten, mit ihr über alles zu reden, was in der letzten Woche zwischen ihnen vorgefallen war.

War es ihm denn wirklich egal?

„Warum bist du böse?", fragte Benny, und schob zögerlich ein „Grrrrr" mit auf Reisen und riss damit Michelle aus ihren Gedanken.

„Ich bin nicht böse", sagte sie beschwichtigend. Dabei brodelte und kochte es in ihr, dass sie am liebsten aus der Haut gefahren wäre.

Das Problem bei der Sache war, sie war nicht der Typ, der die Schuld fürs eigene Versagen bei anderen suchte. Sie konnte Benny nicht dafür verantwortlich machen, dass sie Probleme im Café und privat hatte.

Sie war nicht dazu bereit, ihren kleinen Bruder dafür anzufahren, nur weil sie zu feige war, bei einem Kunden anzurufen und ihm zu sagen, dass ihr Konto dermaßen hoch überzogen war, dass sie nicht ansatzweise sagen konnte, wann sie die aufgelaufenen Rechnungen bezahlen konnte. Benny war der letzte, der etwas dafür konnte, dass sie dabei war sich Hals über Kopf in den Falschen zu verlieben. Benny hatte sich nicht auf ein kleines Abenteuer eingelassen, dass sie und ihre Gefühle im wahrsten Sinne des Wortes an die Wand stellte.

„Du schimpfst aber", bemerkte Benny.

„Aber doch nicht mit dir."

„Du sagst, ich kann nicht hören.“

Sie schmunzelte und schloss kurz darauf die Augen.

Benny war ihr Spiegel.

Benny war ihr Diktiergerät.

„Du solltest ja auch nicht springen.“

„Ich bin ein Pirat!“

„Ja, das bist du. Der Schrecken der Backmann-Straße.“

„Ich bin gefährlich!“

„Saugefährlich!“

„Ich entere!“

„Das tust du!“

„Ich überfalle.“

Michelle lachte: „Schon gut. Du bist der größte Pirat, dem ich jemals begegnet bin.“

„Du bist meine Köchin“, grinste Benny in seiner unerkenntlichen Manier, und ließ sich von Michelle hin zur Bank führen, auf der er ohne etwas zu sagen, Platz nahm, und sehnsüchtig zur Rutsche und zur Hängebrücke schaute.

„Ach, ich soll dich also bekochen“, witzelte sie und pickte Benny in den deutlich vorgewölbten Bauch. Der kicherte. „Dann bist du nicht nur der gefährlichste Pirat der Backmann-Straße, sondern auch der dickste!“

„Von Naschis wird man nicht dick“, schloss er den Bogen und ließ Michelle lächeln.

„Gerade von denen.“

„Sie sind meine Juwelen!“

„Oh. Gummijuwelen“, sagte Michelle und lehnte sich auf der Bank zurück und versuchte ihre sich langsam wieder beruhigenden Gedanken zu genießen. „Die hast du sicherlich an einen guten Ort versteckt, den niemand außer dir findet, wie? Hast du auch eine Schatzkarte gemalt?“

„Ja.“

„Zeigst du sie mir einmal?“

„Ja“, machte Benny und grub seine Hand tief in die Hosentasche, um dann plötzlich aufzufahren und zu rufen. „Niemand darf meinen Schatz finden. Der gehört mir. Nur mir!“

„Was hast du denn?“, wollte Michelle verwundert wissen. Sie schaute zu ihrem Bruder, der den gekrümmten Zeigefinger auf jemand gerichtet hatte, den sie noch nicht erkannt hatte.

Erst als sie an Benny vorbeischaute, rutschte ihr das Herz in die Hose.

***

„Philipp!“, stieß sie aus.

„Äh“, machte er, einen Blumenstrauß vor sich haltend, als wäre er eine effektive Waffe, um angreifende Piraten von sich fernzuhalten. „Ich weiß nicht, ob ich störe.“

„Tust du“, rief Benny. „Das ist mein Schatz.“

„Ich weiß“, nickte er. „Den will ich dir auch gar nicht wegnehmen. Ich möchte nur mit deiner Schwester reden. Das darf ich doch, oder?“

„Ich mag dich nicht“, sagte Benny.

„Oh …“

„Benny“, stieß Michelle hervor. „So etwas sagt man nicht. Das weißt du!“

„Ich mag ihn nicht“, beharrte Benny. „Er ist nicht gut für uns.“

Die in Michelle zu schrillen beginnenden Alarmglocken, dröhnten überlaut in ihrem Kopf. Sie wusste ja, dass Benny in Menschen lesen konnte wie in einem Buch. Und jetzt aus seinem Mund zu hören, dass Philipp nicht gut für sie war, das Benny vor ihm zurückwich und das Gesicht verzog, die Zähne frei legte, und so aussah, als wollte er zubeißen, erschreckte sie.

Sollte sie auf Benny hören?

Sollte sie sich auf seine Intuition verlassen?

Oder sie, einem flüchtigen Gedanken gleich, beiseite wischen und ignorieren?

Ich mag Philipp, dachte sie, schaute zu dem den Blumenstrauß noch immer in Händen haltenden, wie ein um Entschuldigung bittenden Schuljunge wirkenden Philipp, und musste lächeln.

Vergessen war der in ihren aufgekommenen Verdacht, Philipp könnte etwas mit dem verstellten Thermostat zu tun haben.

Beiseite geschoben waren ihre Sorgen, sie könnte sich hier in eine Sache verrennen, die kein gutes Ende nehmen würde.

„Entschuldige bitte", flüsterte Michelle, nachdem sie sich von ihrem Platz erhob, und Benny die Hand auf die Schulter legte, damit er sich beruhigte. „Benny ist manchmal etwas direkt."

„Ich bin Benny!"

„Ja, das bist du", pflichtete sie ihm bei, um dann Philipp zu fragen. „Was machst du hier? Und was noch wichtiger ist, woher weißt du, wo Bennys Heim liegt?"

„Der Strand, da hast du gesagt, wo es liegt. Die Bucht, die Fjörde und so. Habe etwas gegoogelt und schon habe ich das Heim hier gefunden", sagte er nach kurzem Zögern. Dabei klang er wieder so zurückhaltend und verstohlen, so, als hatte er mit sich kämpfen müssen, um das zu sagen, was er sagen wollte.

Sie warf ihm nur einen vielsagenden Blick zu und war ganz froh, dass ihr massiger Bruder vor ihr stand, den gekrümmten Zeigefinger noch immer auf Philipp gerichtet. Nicht, weil sie sich hinter Benny verstecken wollte, sondern deshalb, weil sie so die Möglichkeit fand, Sicherheit zu erlangen.

Es klang verrückt, das wusste sie.

Aber in solchen Momenten, wo sie hoffnungslos überfordert war, gab er ihr die Stütze, die sie nötig hatte. Aus dem Grund fühlte sie sich auch mutig genug zu fragen: „Und das erlaubt dir, hierher zu kommen?"

„Nun ja", verteidigte Philipp sich. „So habe ich die Chance, dich in einer weniger gestressten Situation anzutreffen."

„Du meinst also …?"

„Wir können das Spiel natürlich gerne weiterspielen", lächelte Philipp, der die Hand unsicher nach Benny ausgestreckt hatte, damit der die ergreifen und schütteln konnte. „Oder wir kommen gleich auf den Punkt, weshalb ich dir nachgefahren bin."

„Ich mag dich nicht!"

„Ich weiß", schmunzelte Philipp. „Aber vielleicht lässt du mich trotzdem mit deiner Schwester reden."

„Sie mag dich auch nicht."

„Benny!", ermahnte sie ihn.

„Du magst ihn nicht", beharrte ihr Bruder. „Wir beide mögen nur zusammen."

Sie lächelte, als sie Benny das sagen hörte. So hatte er damals versucht sie zu trösten, als Eddy sich von ihr trennte. Da war er auf seiner plumpen, seiner einfachen Art zu ihr ins Zimmer gestampft und hatte sich zu ihr auf die Couch gesetzt.

„Wir mögen Eddy nicht mehr", hatte er den Kopf geschüttelt und angefangen mit ihr zu kuscheln. „Wir mögen nur noch zusammen!"

Es tat ihr leid, als sie ihn ein wenig zurückzog und ihm sagte: „Philipp und ich kennen uns schon etwas länger als du ihn."

Auf Bennys Stirn bildete sich eine steile Falte, die Michelle sagte, dass er angestrengt darüber nachdachte, was sie ihm eben gesagt hatte. In dem Augenblick, als er begriff, was sie ihm mit ihren Worten mitteilte, verzog sich sein kindlich naives Gesicht und er fragte: „Warum kenne ich ihn nicht?"

„Philipp und ich arbeiten zusammen."

„Ich mag ihn nicht", grunzte er und machte einen drohenden Schritt auf Philipp zu – den gekrümmten Zeigefinger auf Michelles Arbeitskollegen gerichtet. „Mein Schatz gehört mir."

„Den darfst du auch behalten", sagte Philipp und zog eine Tüte Weingummis aus seiner Hosentasche hervor und hielt sie Benny hin. „Vielleicht sind da ja neue Juwelen bei. Was meinst du? Willst du auf Schatzsuche gehen?"

Aller Widerstand, zu dem Benny eben noch fähig gewesen war, ging von einem Schlag auf den anderen verloren. Er machte einen Satz auf die Bonbontüte zu, griff sie und presste sie an sich, als wollte er sagen: „Die nimmt mir keiner mehr weg!"

Michelle, die das alles nicht verstehen konnte, oder besser gesagt, nicht verstehen wollte, schaute verwundert zu Philipp, der Benny die Hand auf die Schulter legen wollte.

„Das mag er nicht", sagte sie mit erhobener Hand und Philipp verharrte in seiner Bewegung. „Das darf nur noch ich."

„Und was passiert, wenn ich es doch tue?"

„Dann kannst du dir schneller eine fangen, als es dir lieb ist. Benny ist da sehr empfindlich!"

„Ich weiß, dass es dir sicherlich seltsam vorkommt, dass ich dich hier aufsuche", begann Philipp, der die Hand in den Nacken legte und schüchtern lächelte.

„Da hast du recht …"

„… aber so, wie die letzten Tage zwischen uns gelaufen sind, war blöd. Echt. Ich meine, wir beide sind doch viel mehr als nur Kollegen, oder meinst du nicht?"

Michelle starrte Philipp mit geweiteten Augen an.

„Also, ich habe dich fast nackt gesehen", grinste er, und fragte mit einer Geste, ob er sich setzten durfte.

Michelle schlug spielerisch nach ihm: „Du hast in meinem Büro nichts zu suchen, wenn ich mich umziehe."

„Es hat sich gelohnt", grinste er jungenhaft und wirkte dabei, als erinnerte er sich an alles, was er gesehen hatte.

„Schuft."

„Ich bin auch nur ein Mann", schmunzelte er, machte dann aber ein ernstes Gesicht und suchte nach den richtigen Worten. Worte, die Michelle nervös werden ließen. Sie schluckte, und grinste schief.

Worte, die ich seit Eddy nicht mehr gehört habe, kam ihr der Gedanke und ließ sie innerlich schaudern und sich offen und ehrlich fragen, ob sie wirklich schon so lange auf der Suche war.“

„Irre ich mich?“, riss Philipp sie wieder aus ihren Gedanken und ließ Michelle aufschauen.

„Wie?“

„Das zwischen dir und mir. Ich meine, das ist doch mehr als nur … nun ja … ein Flirt.“

Michelle wusste im ersten Augenblick nicht, was sie sagen sollte. Hilfesuchend schaute sie zu Benny, der angefangen hatte die Bonbons zu zählen, die in seiner Hand lagen.

Michelle seufzte.

„Ich führe mit einem entblößten Oberkörper …“, sagte Michelle, in der stillen Hoffnung, die innere Spannung loszuwerden.

„Ich zeig dir meinen“, meinte Philipp, während er versuchte, das rosa abgesetzte Hemd aus dem Hosenbund zu ziehen.

Sie fragte sich, was einen so gutaussehenden Mann dazu trieb, jemanden wie sie zu mögen?

Was hatte sie schon, was ihn faszinieren konnte?

Philipp war jemand, der jede Frau bekommen konnte, die er wollte.

Trotzdem ist er hier, meldete sich die Stimme ihrer Mutter in ihr zu Wort. *Er hat Blumen dabei und hätte sich für dich ausgezogen. In einem Park, wo ihn alle sehen können.*

„Ich wollte das alles nicht, echt nicht. Auch das mit dem Thermostat tut mir leid. Echt.“

„Du warst in der Küche so kalt.“

„Ich weiß.“

„Du hast mir weh getan.“

„Tut mir leid."

„Ich mag ihn nicht", meldete Benny sich plötzlich zu Wort. „Er lügt!"

„Warum sagt er das immer?", kam es gereizt von Philipp.

„Benny ist ehrlich. Ein lebender Lügendetektor, wenn man so will. Er hat meinen Vater zwei Mal vor der falschen Entscheidung gerettet, mit falschen Partnern Geschäfte zu machen."

„Dann bin ich ja jetzt schon völlig chancenlos", bemerkte Philipp mit einem bitteren Unterton in der Stimme, der Michelle erheiterte.

Nicht, weil Philipp sich schlecht fühlte, sondern deshalb, weil sie begriff, in welchem einem Dilemma der vor ihr stehende Mann plötzlich steckte. Dass er gerne näher bei ihr sein wollte, sich aber nicht traute, die plötzlich von Benny gezogene Linie zu übertreten.

Er seufzte, als er sah, dass Michelle sich nicht weiter auf ihn zubewegte. Dass sie sich weiterhin darauf beschränkte, die Nähe ihres Bruders zu suchen, der ein weiteres Mal in die Tüte griff und unzählige Bonbons hervorholte.

„Du kannst ja versuchen, Benny zu überzeugen."

„Dachte, das hätte ich, indem ich ihm die Bonbons geschenkt habe."

„Damit hast du ihm nur einen Gefallen getan", erklärte Michelle, die sich nun das erste Mal hinter ihrem Bruder hervortraute: „Lass uns reden", meinte sie dann und lächelte.

***

Er kann so unbeschwert sein, dachte Michelle, während sie an ihrer Tasse nippte und fand, dass der Kakao, der in ihr schwamm, der Beste war, den sie jemals getrunken hatte. *So lustig und nett. Allein wie er nachher mit Benny gespielt hat.*

Es waren Gedanken, wie sie feststellte, die ihr einen angenehmen, einen wohligen Schauer über den Rücken rieseln ließen. So wie damals, als sie begriff, dass sie sich in Eddy ...

Sie wollte nicht weiterdenken. Sie konnte nicht weiterdenken.

Sie hatte sich um den Geburtstag zu kümmern – musste die Tische ebenso eindecken, wie sie sich um die wenigen sich an diesem heutigen Samstagnachmittag hierher verirrten Gästen bewirten.

Allein der angedeutete Gedanke daran, dass sie hier und jetzt dabei war, sich Hals über Kopf in Philipp zu verlieben, ließ in ihr heißes Entsetzen aufsteigen.

Es fühlte sich so schrecklich einsam an, wie sie hier stand, ihre Gedanken unkontrolliert im Verstand, und die einzelnen Gläser auf den Tisch stellend, den sie in die Mitte der Terrasse geschoben hatte. Der Blick, hinunter die Steilküste hinab, hin zum Meer, dorthin, wo einige Leute mit ihren Hunden spazieren gingen, sollte dem Geburtstagskind ein Ambiente verschaffen, das es niemals wieder in seinem Leben vergessen sollte.

Michelle fühlte sich plötzlich wie vor den Kopf gestoßen. Der eben noch vorzüglich schmeckende Kakao hatte allen Geschmack verloren. Sie konnte nur noch dastehen, zu Philipp starren und sich wundern, dass sie ihn mit plötzlich ganz anderen Augen sah.

Mit den Augen einer Frau, die dabei war, sich so zu fühlen, als würde sie sich wieder in Eddy verlieben. Genau wie damals, als sie ihrem großen Schulschwarm gegenüberstand, unten am Steg, wo sie zusammen Enten füttern gewesen waren, so fühlte sie sich auch jetzt. Es war ihr, als habe sie einen Schritt rückwärts in der Zeit gemacht. Als habe sie ohne große Mühen jene Stelle in ihren Erinnerungen aufgesucht, die sie gehofft hatte unter tausend anderen Eindrücken und Gefühlen verloren zu haben.

So war es nicht.

Alles in ihr hatte regelrecht danach geschrien, wieder an jenen lauen Sommerabend zurückzukehren. Dorthin, wo sie meinte, ihr Herz würde Kapriolen schlagen, als sie das trockene Toastbrot zerriss und Eddy sie an der Hand berührte, als er ihr ein Stück Brot wegnahm. Sie hatte dagestanden, die berührte Stelle betrachtet und erst dann gemerkt, als ihr Mund vor Staunen sich nicht mehr schloss, dass seine Hand noch immer an genau der gleichen Stelle lag. Dass seine Finger sich langsam um die ihren schlossen. Dass sie – wenn man so wollte – einen Bund mit ihr eingingen.

Michelle war damals wie elektrisiert gewesen. Bis in die letzte Haarspitze war ihr ihre Erregung geschossen und hatte ein sonderbares, ein merkwürdiges Gefühl der Heiterkeit in ihr ausgelöst.

Als wäre ich betrunken gewesen, dachte sie jetzt, wo sie sich den gedeckten Tisch anschaute und hoffte, dass die im Kühlraum darauf wartende Torte serviert zu werden, nicht noch in sich zusammenfiel. Philipp, mit etwas Dekokram in den Händen, eilte geschäftig durch das Café, um am Eingang Luftballons und eine Girlande anzubringen, auf der groß und fett geschrieben stand

Happy Birthday to you

Ich war damals wie weggetreten, als Eddy mich anfasste.

Wegen einer Berührung an der Hand.

Würdest du dich Philipp öffnen, wenn er dich noch einmal so berühren würde, wie unten am Strand? Noch einmal den sanften Druck auf deiner Brust spüren und ihn zu mehr drängen?, fragte sie sich und verstand ihre plötzliche Unsicherheit nicht, die in ihr aufzusteigen begann und alle Hochgefühle mit einem Schlag vertrieb. Einen lauten Knall gleich, den eine Schreckschusspistole abgab, um Krähen zu verscheuchen, die sich auf einem frisch gesäten Feld niedergelassen hatten.

„Brauchst du Hilfe?", riss Philipp sie aus ihren Gedanken.

„Lass mal", sagte er abwinkend, die Blicke verklärt. „Ich mach das schon. Du hast genug zu tun."

Sie nickte ihm zu und griff nach einigen bereitgestellten Apfelsaftflaschen, die Ingrid gestern Abend noch organisiert hatte, um diese neben die Kübel zu stellen, aus denen die langhalsigen Selterflaschen ragten.

Ich habe das Gefühl, als würde es sich langsam zum Guten wenden, dachte sie, während sie sah, wie Philipp die Girlande aufhing und kurz an das Gespräch mit Dave denken musste. Oder daran, wie sie sich dazu durchgerungen hatte, die Unterlagen anzuschauen, die Reister ihr geschickt hatte.

Während sie die schwindelerregenden Zahlen las, waren in ihr dennoch Ideen emporgestiegen, wie sie das Café attraktiver machen konnte. Jetzt, wo sie etwas Glitter über die weiße, glattgezogene Tischdecke streute, war sie sich sicher, dass sie mit Philipp die richtige Entscheidung zu treffen begann.

Egal, was Benny dazu sagte, sie merkte, dass Philipp mehr für sie war, als sie es sich eingestehen wollte. Philipp war …

… so etwas wie ein Neuanfang für sie.

Alle Sorgen, die sie wegen dem Zulieferer hatte, den Kummer, weil Ive ihr so hässlich mitspielte, der Druck, weil sie nicht wusste, wie sie die Gehälter ihrer Mitarbeiter am Ende des Monats begleichen sollte, waren wie weggeblasen. Sie sah nur noch den hochgewachsenen, freundlich lächelnden Mann vor ihr, der sie ernsthaft da abholte, wo Eddy sie damals hatte stehen lassen.

„Michelle will ihn nur als Freund“, hallten ihr plötzlich Bennys Worte im Kopf. „Michelle will ihn nur als Freund!“

Es hatte so anklagend und beleidigt geklungen. So abwertend und hinterhältig, dass sie sich ernsthaft fragte, was Benny dazu getrieben hatte, so etwas zu sagen.

Die ganze Begegnung mit Philipp war sonderbar gewesen.

Benny, der jeden Menschen mochte – besonders dann, wenn er ihnen Bonbons mitbrachte – war Philipp gegenüber zwischendurch sogar feindschaftlich begegnet. Beinahe so, als wollte er Rafael einen Gefallen tun und sich auf dessen Seite schlagen.

Dabei hatte Benny gar keinen Grund dazu, Philipp misstrauisch gegenüber zu sein.

Hatte Philipp nicht sogar mit Benny Pirat gespielt? Waren sie nicht zusammen auf die Holz-Burg geklettert, hatten das Heer der Engländer besiegt und waren dann zusammen hinaus in die Freiheit gesegelt?

Sie haben sogar einen Schatz zusammen vergraben, erinnerte Michelle sich mit einem seligen Lächeln, wie Philipp plötzlich, einen kleinen Stock zwischen Oberlippe und Nase geklemmt, hinter der Verschalung der Holz-Burg aufgetaucht war und rief: „Land in Sicht, Kapitän!"

„Land?", hatte Benny gefragt, ebenfalls einen Stock auf der Oberlippe, Sand in den Haaren und der Nase.

„Ein weißer Strand, um genau zu sein!"

„Finden wir da Schätze?"

„Unzählige!"

Und dann hatten sie sich wie die Verrückten drauf gestürzt, im Sand zu wühlen, ihn umzugraben und unzählige Löcher in ihn hineinzugraben.

Michelle hatte gelacht und war dann in das Spiel mit hineingezogen worden. Philipp hatte sie als: „Die schönste Einheimische aller Zeiten", betitelt und den Kapitän gefragt: „Was soll mit ihr werden?"

„Sie soll für uns kochen!"

„Du hast gehört, was der Bigboss ..."

„Kapitän", beharrte Benny.

„Kapitän", verbesserte Philipp sich. „Gesagt hat. Koche uns was. Das Beste, das du jemals für jemanden gekocht hast!"

Michelle hatte eine Debatte lostreten wollen, dass es sexistisch war, sie auf einfache Klischees herunterzubrechen. Dass sie es nicht leiden konnte, wenn man sie in klassische Rollenbilder presste, in die sie ganz und gar nicht passte.

Philipp aber hatte ihr nur einen mahnenden Blick zugeworfen. Einen Blick, den sie nur allzu gut verstand. Er hatte ihr gesagt, dass sie das Verhältnis zwischen ihm und Benny nicht wieder trüben sollte. Dass er froh war, dass er doch noch zu Benny durchgedrungen war.

Was ein hartes Stück Arbeit gewesen war – ohne Frage.

Philipp hatte nach Bennys Beleidigung ganz geknickt gewirkt. Hatte gar nicht genau gewusst, was er sagen oder denken sollte. Er hatte dagestanden, einem schüchternen Jungen gleich, der gerne mit den anderen Fußball spielen wollte, ohne aber zu wissen, wie er sie fragen sollte.

Er hatte so ausgesehen, als hätte er erneut einen mit der Schaufel auf den Kopf bekommen.

Michelle wusste, was es für eine Überwindung für Philipp gewesen war, das Eis zwischen Benny und ihm zu brechen. Dass er im wahrsten Sinne seines Wortes über seinen Schatten springen musste, um ihn zu fragen, ob er nicht Lust hatte, auf Kaperfahrt zu gehen.

Warum er das tat?

Michelle spürte wieder die durch ihren Magen wehenden, romantischen, naiven, kindlichen Schmetterlinge zu fühlen, während sie Gabeln und Löffel bereitlegte, feinsäuberlich neben die Teller platzierend. Ihr war bewusst, was Philipp tat, um nicht nur ihr zu gefallen, sondern ihr zu zeigen, wie ernst er es mit ihr meinte.

So wie das Ding mit Rafael, als Benny sich gegen uns stellte, die Nähe seines Betreuers suchte.

„Dein Freund, also", hatte Rafael sichtlich verletzt gesagt, nachdem Michelle behauptete, Philipp und sie seien ein Paar. Frisch zusammen, bis über beide Ohren verliebt. Seine Worte waren es, die die Situation sich entspannen ließ.

„Ja, mein Freund!", war sie auf den Zug aufgesprungen. „Ich mag ihn sehr."

„Er lügt!", hatte Benny gesagt. Schließlich aber, als Philipp ihn fragte: „Wie kommst du nur darauf?", war es Benny gewesen, der sagte: „Ich will, dass Michelle glücklich ist!"

„Das wird sie!", hatte Philipp gemeint. „Das verspreche ich dir."

„Wie?"

„Indem ich alles versuchen werde, ihr Kummer zu ersparen!"

Bei den Worten hatte es eine merkwürdige, kurze Pause gegeben, die Michelle auch jetzt wieder, wo sie die ganze Szenerie in Gedanken noch einmal durchspielte, merkwürdig fand. Philipps Stimme hatte plötzlich einen nervösen, einen zitternden Unterton bekommen, den er nur dadurch überspielte, indem er wiederholte: „Ich will ihr keinen Kummer bereiten!"

Benny hatte den Kopf schief gelegt, die Augen zusammengekniffen und Philipp aufmerksam beobachtet.

Hin und her gerissen, ob er Philipp wirklich trauen konnte, hatte Benny damit begonnen, nervös von einem Fuß auf den anderen zu treten.

„Ich mag ihn auch", hatte Michelle ihm noch gesagt, nachdem sie seine Hand gegriffen hatte. „Wirklich."

„Würde jemand, der es nicht ernst mit dir meint, mit dir auf Kaperfahrt gehen?", hatte Philipp plötzlich gerufen und war zu der Holz-Burg gelaufen. Er hatte sie geentert und hatte geschrien: „Dem Piratenpack werden wir es zeigen, die versucht haben an unser Gold zu gelangen!"

„Das ist mein Gold!", hatte Benny geschrien.

„Dann holen wir es uns zurück!"

Damit hatte der ganze Zirkus begonnen. Sie hatten gut eine Stunde die Verfolgungsjagd und die Schlacht mit den anderen Piraten nachgestellt. Sie hatten gekämpft und gefochten, waren zwei Mal beinahe versenkt worden – was dank Bennys plötzlich auftretenden Zauberkräften verhindert wurde.

Anschließend waren sie zur einsamsten aller Insel im Pazifik gefahren, hatten die Einheimischen besiegt und die schönste aller Frauen zum Kochen degradiert.

Und jetzt bin ich mit diesem Mann hier allein im Café und kann mich an seinem herrlichen Lächeln, seinen lieben Augen und dem schüchternen Blick nicht sattsehen, den er mir zuwirft.

Michelle fühlte sich das erste Mal seit Jahren wieder wie ein Mensch.

Als gebe es eine hilfreiche Hand, mit der sie alle Widrigkeiten des Lebens meistern konnte.

Philipp?

„Meinst du, dass Benny mich jetzt mag?", wollte Philipp plötzlich von ihr wissen. Michelle, überrascht von seiner Nähe, und dass er bei ihr auf der Terrasse stand, schaute ihn blinzelnd an und fragte: „Was?"

„Mag er mich?"

„Es sieht mir so aus", nickte sie hastig. „Ist doch schön."

„Sehr."

Er sagte es zögerlich. Michelle, die nicht genau sagen konnte, was sie plötzlich an Philipp störte, zupfte unbewusst an den in einer Vase steckenden Blumen. Philipp kam ihr näher. Er hatte die Stirn in Falten gelegt, tippte den Zeigefinger ans Kinn und schien eine Melodie zu summen.

Als wollte er seine eigenen Gedanken übertönen.

„Und das Gespräch mit Dave?", wollte Philipp plötzlich wissen.

„Was soll da gewesen sein?", fragte sie verwirrt, von dem abrupten Wechsel des Themas überrascht.

„Hattest du da eine Bluse an?"

„Haha. Blödmann", lachte Michelle.

Sie musste lächeln, als sie daran dachte, wie sie bei Dave gesessen und mit ihm gesprochen hatte; und immer wieder ihre eigenen, kreischenden Worte „Raus!", im Ohr gehabt hatte. Dass er ihr sagte, wie man eine Klage abfedern und mildern konnte; wie er ihr versicherte, dass sie an die von Ive hinterlegten Abläufe kommen und irgendwann einmal verwenden konnten.

„Sie werden die Daten nicht rechtzeitig bekommen, um sie bei der Hochzeit verwenden zu können."

Als sie ein zitterndes: „Okay", hervorgebracht hatte, hatte Dave nur genickt und dann abgewunken und gesagt. „Wir bekommen alles hin."

Der Satz wirbelte ihr auch jetzt wieder durch den Kopf, als sie zu Philipp schaute, der nicht den gedeckten Tisch, sondern sie betrachtete.

„Was?", wollte sie von ihm wissen; eine Haarsträhne hinters Ohr wischend, das verwirrende Gefühl nicht begreifend, dass sie sich wohl dabei fühlte, dass sie beobachtet wurde.

„Ich gucke dich nur an", sagte er ihr.

„Du siehst, was ich hier mache?"

„Ich sehe dich", meinte er und versank wieder in ein dunkles, unangemessen Brüten, das Michelle nicht gefiel.

„Wir sollten noch die kleinen Präsente aufstellen. Die Gäste kommen gleich."

„Sollen sie doch kommen", sagte Philipp und löste in Michelle einen heißen Schauer der inneren Spannung aus. „Ich habe das alles hier sehr genossen!"

Um sich dann zu ihr herüber zu beugen und ihr ein Kuss auf den Mund zu geben …

… einen echten, einen ehrlichen, einen so herrlich angenehm schmeckenden Kuss, der Michelle glauben ließ, den Boden unter den Füßen zu verlieren …

Kapitel 8

Verwirrungen

Michelle fühlte sich unwohl.

Eigentlich hatte sie mit Philipp sprechen wollen. Sie wollte ihn nur einmal kurz beiseite nehmen und ihm sagen, dass sie ihn über den Sachbestand aufklären wollte, wie sie seine Praktikumszeit sah.

Sie hatte sich vorgenommen, ehrlich zu ihm zu sein.

Ich muss ihm sagen, dass er gegen Jenny abstinkt.

Jetzt, wo sie beide unterhalb der Terrasse des „HerzCafés" saßen, Michelle sich an den Kuss erinnerte, den sie ihm gegeben hatte, war da nichts mehr von der sich von ihr gewünschten Distanziertheit. Da waren nicht mehr die gestern Abend sorgsam gewählten Worte, die sie sagen lassen sollten, dass er seine Sache nicht immer gut machte. Dass er engagiert war ja, aber nur wenig, bis gar keine Eigeninitiative besaß. Dass er sich Dinge herausnahm, die sich Jenny nicht leistete.

Jenny ging nicht mal eher nachhause, oder hinaus, um schnell ein flüsterndes und hastig klingendes Telefonat zu führen.

Michelle schüttelte innerlich den Kopf, als sie Philipp ansah, während sie ihre Hände ineinanderschob und ihr Kinn auf diesen absetzte.

Selbst der Anblick des im Sonnenlicht dümpelnden Meeres erleichterte ihr die Sache hier nicht.

Sie wusste, dass sie in einem Dilemma steckte.

In einer Sackgasse, aus der sie sich selbst nicht befreien konnte.

Wie auch?

Sie hatte sich wohlweißlich und mit der all ihr zur Verfügung stehenden Macht selbst hineinkatapultiert.

„Es tut mir leid", brach Philipp das zwischen ihnen entstandene Schweigen. „Ich habe mich echt blöd benommen, am Anfang. Habe gedacht, dich mehr mit Charm als mit meinem Können zu beeindrucken", gestand er ihr und schlug die Blicke nieder. „Ich war der echten Überzeugung, dass ich alles richtig machen würde, wenn ich etwas Selbstsicherheit zur Schau trage."

„Das mit dem Thermostat trage ich dir nicht mehr nach, ist geschehen. Das Ding auf dem Geburtstag …"

„Ich weiß, was das für mich bedeutet!"

Michelles Lächeln erstarb. Natürlich hatte sie ernsthaft mit dem Gedanken gespielt, Philipp den Laufpass zu geben, nachdem, was am Samstagnachmittag vor sich gegangen war. All ihre für ihn erwachten Gefühle und der noch immer auf ihren Lippen liegende Kuss waren mit einem Schlag vergessen gewesen.

Nicht nur, dass er sie alle an den Rand eines Nervenzusammenbruchs gebracht hatte.

Er hatte ihnen allen noch zusätzlich beinahe einen Herzinfarkt beschert.

Die Kinder hatten gerade die Torte vorgesetzt bekommen, hatten angefangen zu lachen und zu tanzen, als die Musik aus der Box erklang und waren dann kreischend zusammengefahren, als Philipp rief: „Cola, aufs Haus", um dann die Glasflaschen ungeschickt auf dem Tablett zu balancieren.

„Oh nein", war ihm noch aus dem Mund gekommen, als die Flaschen zu fallen begangen.

Scheppernd und krachend, in tausend kleine Scherben zerbrechend, waren sie über die Terrasse geschossen.

Die Mutter und die sie begleitende Freundin hatten ebenso geschrien und dann, nach einander ein: „Um Himmelswillen!" und ein. „Passen Sie doch auf", gerufen.

Nur um dann mit ansehen zu müssen, wie Philipp ungeschickt versuchte die auf der ganzen Terrasse verstreuten Scherben aufzuwischen und die nassen Hosen und Kleider der Gäste irgendwie zu trocknen.

Als er die weiße, enganliegende Jeans der Mutter an den Oberschenkeln mit einem Tuch abwischen wollte, schrie diese: „Was machen Sie denn da?".

Michelle hatte Philipp angeschrien, hatte ihn zurückgerufen und gesagt, er sollte aufhören, noch mehr Chaos zu stiften.

Geprügelt, wie ein Hund, hatte er den Kopf zwischen die Schultern genommen und hatte die Terrasse verlassen.

„Sowas habe ich noch nie erlebt", hatte die Mutter geschimpft, und immer wieder versucht, ihre mit Colaflecken bedeckte Hose irgendwie vom deutlich sichtbaren

Schaden zu befreien. „Was für ein inkompetentes Personal."

„Es tut mir wirklich leid", hatte Michelle gestammelt. „Ich ... ich ..."

„Wir gehen!", hatte die Mutter dann noch gesagt und war erst zum Bleiben überredet worden, als ihre Tochter unter Tränen meinte, dass sie nicht gehen wollte. Dass es doch nicht schlimm war, wenn Cola herunterfiel oder die Torte salzig schmeckte.

„Salzig?", hatte Michelle mit weit aufgerissenen Augen gesagt. „Wieso denn salzig?"

„Ist so. Finde ich gut. Ist mal was anderes", hatte das rothaarige Mädchen mit der Zahnspange gesagt, ein goldiges, freundliches Lächeln auf den Lippen. „Auch wenn es nicht mein Geschmack war."

„Was ist das hier denn nur für ein Laden?", wollte die Mutter wissen, so in Rage, dass sie es nicht mehr schaffte, ihre Stimme ruhig zu halten.

Michelle hingegen meinte ohnmächtig werden zu müssen.

Wieder hatten sich all ihre Hoffnungen, es würde jetzt alles besser werden, in Luft zerschlagen.

Sie stammelte nur noch ein: „Sie werden für den heutigen Tag natürlich nichts bezahlen müssen", und dachte mit Magenschmerzen an ihr Konto, an ihr Personal und daran, dass sie mit dem Geld, das sie heute eingenommen hätte, einige der anfallenden Rechnungen bezahlen wollte.

„Das hatte ich sowieso nicht vorgehabt!", schnaufte die Mutter.

Und der Tag war vergangen ...

... irgendwie ...

... mit Kummer, Wut und Tränen.

Michelle seufzte, als sie die Erinnerungen an das Fiasko gedanklich beiseiteschieben wollte. Sie hatte vorgehabt, ehrlich zu sein. Philipp und Jenny gegenüberzustellen und dabei abzuwägen, wer besser für den Job hier geeignet war.

Jenny. Natürlich. Auch wenn die kleine, blondierte Frau, mit dem Hang zur Fäkalsprache nicht sehr viel Lust auf den Job hatte – sie hatte sich bisher doch intelligenter angestellt als Philipp.

Auch wenn Philipp sich gefangen hatte.

Jenny stach ihn aus.

Allein ihre Zeichnungen waren atemberaubend, ebenso wie ihr Gespür für Situationen und Stimmungen.

Philipp schaffte es zwar, Menschen zum Lächeln zu bringen und sie in kurze, angenehme Gespräche zu verwickeln. Mehr aber auch nicht. Ansonsten leistete er keinen Mehrwert für ihr Café.

Aber ist ein charmanter Mitarbeiter nicht genau das, was wir hier auch brauchen?, fragte sie sich, während sie ihre Blicke von Philipp nahm und wieder die Menschen da unten am Strand beobachtete. Wie einer der Herrchen der Hunde einen angeschwemmten Ast aufhob, ihn ins Wasser warf und lachend dabei zuschaute, wie der Hund sich in die Wellen stürzte und nach dem Stock schnappte und dann schwanzwedelnd zurück an den Strand brachte. *Haben nicht viele der älteren Damen sich nicht darüber gefreut, Komplimente von Philipp zu hören zu bekommen? Hatte er nicht dazu beigetragen, dass die Leute lachten und gutgelaunt das Café verließen?*

Vergiss nicht, was er dir erst gesagt hat ...
Vergiss es nicht.

Andererseits, und das sprach wiederum für Jenny, sie war voll im Thema drin. Allein bei der letzten kurzen Besprechung, als sie alle über mögliche „Attraktionen" diskutierten, hatte sie zwei interessante Ideen auf den Tisch gelegt, was Michelle anerkennend nicken ließ.

Es tat ihr unendlich leid, den Gedanken zu formen, Philipp gehen zu lassen.

Was, wenn wir uns nicht wiedersehen?, fragte sie sich in einem Anflug aufkommender Panik. *Was, wenn wir nur glücklich sein können, wenn wir zusammen arbeiten?*

Was, wenn Benny von seiner Meinung doch noch abweicht und er meint, Philipp ist der Richtige für mich?

Jetzt, wo sie Philipp da so sitzen sah, war es ihr, als würde sie ihm gegenüber einknicken. Als würden ihre, sie verwirrenden Gedanken und Gefühle ihr einen Strich durch die Rechnung machen.

Sie brauchte nur an die zurückliegende Nacht denken, als sie nicht einschlafen konnte, weil ihr Herz so laut und wild geklopft hatte, dass sie meinte, es würde ihr aus der Brust springen.

Michelle musste bei dem Gedanken wieder lächeln. Sie hatte die Gefühle mit einem lauten, inneren Gruß willkommen geheißen und sich das erste Mal seit mehreren Jahren bewusst auf sie eingelassen.

Da war das Gefühl im Magen gewesen, als würde man sie kitzeln. Das Gefühl, als wäre sie von einem Schmetterling sanft an der Wange berührt worden.

Michelle, die solche kitschigen Ausdrücke nicht mochte, hatte ihn in dem Moment ganz treffend und ehrlich gewählt.

Weil es wie damals war, als Eddy mich an der Hand berührte und seine Finger sich um die meinen schlossen, dachte sie jetzt und schenkte Philipp ein ehrliches Lächeln.

Sie spürte, wie ihr eben noch von einem Eispanzer umgebende Herz anfing zu schmelzen.

„Ich bin raus, oder?", fragte er sie und riss sie aus ihren Gedanken. Dabei klang seine Frage so ehrlich und offen, dass sie nicht wusste, wie sie darauf reagieren sollte.

„Auf Geld bist du zurzeit ja nicht angewiesen", hatte sie ihm erst spitz sagen wollen, um dann auszuweichen: „Ich weiß es nicht."

„Wie, du weißt es nicht?"

Sie zuckte mit den Schultern: „Dazu habe ich mir noch keine Gedanken gemacht."

Er schmunzelte: „Du, wir müssen nicht erst bis zum Ablauf des Praktikums warten", baute er ihr eine Brücke, auf die sie keinen Fuß setzen wollte. „Ich packe meine Sachen auch so gerne und überlasse Jenny das Feld. Frauen scheinen hier sowieso besser hinzupassen."

„Was soll das denn heißen?"

Michelle schaute verwundert zu Philipp, der tief Luft holte, fast so, als wollte er sich etwas Zeit verschaffen, um seine Gedanken ganz genau zu formulieren und sie dann gewählt ausdrücken zu können: „Ich finde, man merkt, dass du mit Männern nicht kannst."

„Du spinnst!"

„Echt? Was ich bisher über dich in Erfahrung gebracht habe, klingt beinahe so, als wärst du immer auf der Flucht vor uns."

„Du hast dich über mich informiert?"

Er bereitet seinen Abschied vor, schoss es ihr heiß in den Kopf und ließ ihr Herz wild schlagen. *Er macht auf eine merkwürdige Art und Weise mit dir Schluss. Er will nicht mehr hier sein. Nicht mehr mit DIR zusammen sein.*

„Augen im Kopf!", grinste er.

Michelle hielt den Atem an.

Ich bin nackt, kam ihr ein kummervoller Gedanke. *Ich habe mich vor ihm seelisch ausgezogen und mich völlig lächerlich gemacht. Er hat mit mir gespielt und ich habe es bereitwillig mit mir geschehen lassen.*

Ich habe mich ernsthaft auf seine Spielwiese begeben, die Beine breitgemacht, als wir auf ihr im gleißenden Sonnenlicht lagen und mich von ihm benutzen lassen. Er durfte tun und lassen was er wollte.

Und mich hat es nicht gestört. Nicht eine Sekunde. Ich habe es …

… genossen.

Ich habe ihm erzählt, wo ich gerne einmal sein würde, dachte sie entsetzt, als sie an den gestrigen Abend zurückkehrte, an dem er sie das erste Mal geküsst hatte.

Als sie seinen Kuss erwiderte und bereitwillig den Mund öffnete, um seine Zunge mit ihrer zu berühren. Sie begriff, dass sie viel zu offenherzig mit ihm gewesen war. Dass sie all die Jahre ihren Drang nach Sicherheit und Geborgenheit nur unterdrückt hatte.

Und während sie sich küssten, sie merkte, wie sie wieder feucht wurde, ihre Brustwarzen sich aufstellten, ein Feuerwerk an Gelüsten, Hoffnungen und Wünschen durch ihren Körper jagten, war ihr ernsthaft der Gedanke in den Sinn gekommen, das Richtige zu tun.

Sie war der festen Überzeugung gewesen, einer rosarot gefärbten Zukunft entgegenzugehen.

Was war ich naiv.

Sie hatte ihm ernsthaft von der Hütte auf Amrum erzählt, als sie sich von ihm löste, und sie die Tische weiter eindeckten. Sie hatte ihm von dem Urlaub erzählt, den sie da damals mit ihrer Familie verbracht hatten und sich wünschte, noch einmal dorthin reisen zu können. Nur einmal, um die Seele baumeln und das Herz ruhig schlagen zu lassen.

Und er?

Er hatte nur gelächelt, genickt, als würde er sich Notizen machen.

Sie, von seiner Berührung an ihrer Hüfte wie elektrisiert, hatte sich ausgemalt, wie sie sich hemmungslos hier auf dem Fußboden der Terrasse lieben würden. Wie sie sich vereinten, zu einem in sanften Rhythmus ihrer Gefühle verschmolzenen Leib.

Hatte Philipp ihr etwas erzählt?

Von seinen Träumen?

Seinen Absichten?

Nein, hatte er nicht. Er hatte nur dagestanden, sie angeschaut, und ihre vor Leidenschaft brennenden Lippen noch einmal mit einem Kuss bedeckt und sich mit einem: „Du bist immer so schrecklich professionell", beschwert, als sie ihn von sich wegstieß und sagte, dass die Gäste gleich kommen würden.

Ich hätte es zugelassen, mit ihm zu schlafen, wenn es möglich gewesen wäre.

Ohne mit der Wimper zu zucken.

Um den schrecklichen Gedanken, sie könnte alles kaputt machen, gar nicht erst zur Geltung kommen zu lassen, hatte sie ihn mit zitternder, vor Erregung bebender Stimme gefragt: „Wo siehst du dich in fünf Jahren?"

Philipp hatte ganz belegt geklungen, als er ihr antwortete: „Keine Ahnung. Irgendwo im Nirgendwo."

Sie hatte die Antwort so hingenommen, ohne sich große Gedanken darüber zu machen. Sie hatte nur darauf gehofft, dass er sie fragte: „Und du? Wo siehst du dich?"

„Ich sehe mich in der Hütte auf Amrum", war es aus ihr herausgeplatzt, als Philipp ihr die heißersehnte Frage nicht stellte. „Da war ich am liebsten mit meinen Eltern. Keine schweren Gedanken. Kein Kummer. Nur Geborgenheit!"

So war es nach der Trennung von Eddy gewesen.

Die Hütte, in der sie ihren Liebeskummer zu besiegen versuchte, war für die Familie an mehreren Wochenenden ein Ausflugsziel geworden.

„Um zu entspannen", hatte ihr Vater einmal gesagt und ernsthaft mit seiner Frau darüber diskutiert, ob sie die Hütte nicht kaufen wollten. Irgendwann einmal.

Aus dem irgendwann war – bedauerlicherweise – ein niemals geworden.

Sie hatte Philipp alles über die Hütte erzählt. Wo sie lag, und wie man sie erreichte. Dass sie das Bächlein so gerne plätschern hörte und sie es genoss vom Singen der Vogel geweckt zu werden, während die ersten Sonnenstrahlen durchs Fenster drangen und sie von ihnen geblendet wurde.

Jetzt aber, wo ihr bewusst wurde, dass Philipp mehr über sie wissen konnte, als ihr lieb war, fühlte sie sich unangenehm hart unter Druck gesetzt. Es fühlte sich an, als würde Philipp aus der Defensive heraus die Waffe auf sie anlegen und geradewegs auf ihr Herz zielen.

„Das heißt was?", fragte sie ihn schließlich, als sie auf sein lapidar herausgebrachtes: „Augen im Kopf", mit einem unechten Lachen reagierte.

„Unsere Wege werden sich trennen."

Ihre Stimme war zu einem Beben verkommen. Sie hatte nicht sagen können, was sie genau fühlte, als sie sich das sagen hörte. Eine unbekannte, eine sie ausfüllende Leere hatte nach ihr gegriffen und sie glauben lassen, einen Schlag vor den Kopf zu bekommen.

Erst als sie sein: „Okay", hörte, kehrte sie mit Leben gefüllt zurück in die Wirklichkeit.

„Ist das alles, was du mir zu sagen hast?", fragte sie unverblümt. „Dieses eine Wort?"

„Was erwartest du?"

„Keine Ahnung!"

Philipp verlor für einen klitzekleinen Moment seine eiskalte Maskerade. Es war ein kurzer Riss in seiner Eiseskälte ihr gegenüber. Ein Riss, von dem sie hoffte, dass er sich vergrößerte. Der breiter wurde, immer breiter immer größer und anschließend dazu überging, den Panzer zerspringen zu lassen, mit dem er sich umgab.

Dann fragte er: „Soll es das wirklich gewesen sein? Zwischen uns, meine ich?"

„Wie soll es deiner Meinung sonst weiter mit uns gehen?"

Er zuckte mit den Schultern und sagte dann etwas, dass Michelle das Herz zerspringen ließ: „Keine Ahnung. So geht es nicht weiter"

„Ich kann mir dich so nicht leisten", brachte sie keuchend hervor, nicht dazu bereit, ihre Tränen vor ihm zu zeigen. „Du hast das „HerzCafé" fast zerstört!"

Philipp presste die Lippen aufeinander.

Er erhob sich von seinem Platz.

„Okay. Wollte ich nicht", sagte er, die Hand noch einmal zum Gruß erhoben, ganz kleinlaut.

Er will nicht, dass es so endet, hörte sie nur schwach eine Stimme in sich sagen. *Er will nicht gehen. Er will hier im „HerzCafé" bleiben dürfen. Bei dir bleiben.*

In dem Augenblick erhob sich Philipp von seinem Platz und schlenderte hinunter zum Strand.

Er war fort …

… ohne sich noch einmal nach ihr umzusehen.

***

„Du hast den Job", meinte Michelle schließlich zu Jenny, nachdem Philipp gegangen war.

Ihre Tränen, die sie vergossen hatte, hatte sie versucht so schnell wie möglich trocknen zu lassen.

Ich hätte auf Benny hören sollen, dachte sie in einem bitteren Anflug von Selbsthass. *Ich habe es aber besser gewusst. Wie immer. Ich habe nicht auf ihn gehört. Benny hatte recht. Er wusste, was auf mich zukommen wird.*

So hatte sie dann, gute fünf Minuten, wie paralysiert auf das Meer hinausgestarrt, hatte die mit einem leisen

„wischwisch" am Strand strandenden Wellen beobachtete und die Tränen aus ihren Augenwinkeln rollen lassen.

Schließlich, als sie merkte, wie sich in ihrem Hals eine
unangenehme Enge zusammenzog, hatte sie sich von
ihrem Platz erhoben, mit dem Handrücken unter dem
Auge entlang gewischt und den Rückweg zum Café an-
getreten und gerufen: „Jenny, kommst du bitte zu mir."

„Was gibt es?", hatte Jenny gefragt, die ebenso verwirrt darüber gewesen war, wie der Rest der Belegschaft, dass Philipp das Café mitten in seiner Schicht
verließ.

„Ich will mit dir reden", hatte Michelle daraufhin gesagt.

„Sag bloß, du hast Augenpisse", war es Jenny entwichen, als sie Michelle kurz betrachtet hatte, nachdem
sie sich auf ihrem Platz niederließ.

„Das geht dich nichts an!"

„Okay!"

Jenny hatte plötzlich ganz klein gewirkt, als sie den
scharfen Klang in Michelles Stimme vernahm. Und Michelle hatte sich, zu ihrer eigenen Verwunderung,
plötzlich ganz groß und stark gefühlt, mit der von ihr
zur Schau getragenen Kälte.

Aber allein die Tatsache, dass Jenny erkannt hatte,
wie schlecht es ihr ging, hatte sie keinen anderen Weg
einlagen lassen können.

Sie musste der Chef sein!

Sie durfte keine Schwäche zeigen.

*Die habe ich schon darin bewiesen, dass ich den Lie-
feranten noch immer nicht angerufen habe, obwohl Ingrid mich heute schon zwei Mal daran erinnert hat,*

dachte sie bitter und zwang sich zu einem freundlichen Lächeln.

„Ich kann dir nicht sehr viel zahlen", begann sie und war froh darüber, dass sie ihre Gedanken wieder bei Seite schieben konnte. „Aber ich würde mich freuen, wenn du zu uns stoßen willst."

„Das klingt super!", lächelte Jenny entwaffnet.

Erst als sie sah wie Jenny die Stirn in Falten legte, sickerte es zu Michelle durch, was sie in ihrem Gegenüber gerade ausgelöst hatte. Eine Art Schreck, einen beißenden Kummer, wenn man so wollte, der sich ihrer bemächtigte und sie aussehen ließ, als wäre sie im wahrsten Sinne des Wortes von einer Dampfwalze überfahren worden.

„Du wirkst nicht sehr begeistert!", sagte Michelle.

„Bin ich!"

„Sieht man!", schmunzelte Michelle. Obwohl sie sich alle Mühe gab, schaffte sie es nicht, hinter die Maskerade Jennys zu blicken.

Was, wie wir seit heute wissen, noch nie deine Stärke gewesen ist, kam ihr hämischer, sie abwertender Gedanke in den Sinn.

An dem Mädchen war etwas merkwürdig und sie wusste beim besten Willen nicht, was es war. Sie hatte noch immer Ingrids Worte im Ohr, als die meinte: „Tolles Mädchen. Verrücktes Kind!"

„Bin begeistert, wie eine Schleimspur", sagte Jenny. „Dachte der Macker bekommt den Job."

„Philipp?"

„Wegen den hübschen Augen und so."

„Hübsche Augen?"

„Hast du ihm ja gemacht. Hat man gesehen. Ihm hat
es gefallen. Glaube ich auf jeden Fall!“

„Was ist heute denn nur los?“, rief Michelle. „Stehe ich
hier unter Beobachtung, oder was?“

Jenny zuckte teilnahmslos mit den Schultern und
ahnte nicht, mit was für Gedanken Michelle sich be-
fasste. Gedanken, die ihr in den Kopf geschossen kamen und sie glauben ließen, ein offenes Buch zu sein.

Seit wann war das so?

Seit wann konnte man ihre Gefühle so deutlich erra-
ten?

Michelle machte sich darüber Gedanken. Ernsthaft.
Und sie grübelte noch immer über sie nach, nachdem
Jenny sich von ihrem Platz erhob und das in ihrer Ge-
säßtasche verschwundene Handy hervorholte und zu
sprechen begann, als sie die Tür zu zog: „Hey, Papa. Ich
hab den Job. Kannst dich freuen. Endlich bin ich was ...“

***

„Geh doch einfach mal raus und genieße die Sonne,
mein Schatz“, hallten ihr plötzlich die Worte ihrer Mutter in den Ohren. Worte, die sie ihr sagte, nachdem
Eddy Schluss gemacht und sie spontan zur Hütte gefahren waren. Worte, die ihr jetzt, wo sie den kleinen, zer-
knüllten Papierbogen in den Händen hielt und die ge-
schwungene, gestochen scharfe Handschrift Philipps
lesen konnte, so sehr in den Ohren nachhallten, dass
sie meinte, ihre Mutter wieder von Angesicht zu Angesicht gegenüberzustehen. Michelle meinte, sie wieder
dabei beobachten zu können, wie sie mit einem Buch
auf den Knien auf der Couch saß, es sinken ließ und
über den Rand ihrer kleinen, rot abgesetzten Brille zu

ihrer Tochter schaute und ihr ein liebevolles, verständiges Lächeln schenkte, das ihre manchmal herb wirkenden Gesichtszüge völlig entspannte.

Michelle seufzte.

Die letzten drei Tage waren unangenehm gewesen.

Sie hatten etwas an sich gehabt, das Michelle nicht mochte. Selbst die von Ingrid vorgetragenen Geschichten hatten bei Michelle keinerlei Reaktion hervorgerufen. Das einzige, was ihr eingefallen war zu sagen, als Ingrid davon redete, wie sie engumschlungen an der Promenade von Palma de Mallorca entlang schlenderte und sich ausmalte, wie es war, mit ihrer neusten Eroberung, Esteban, mit ihm am Strand Liebe zu machen, während der um sie herum herrschende Trubel an Touristenströmen an ihnen vorbei zogen, war ein: „Aha", gewesen.

„Bei dir alles gut, Kindchen?", wollte Ingrid schließlich wissen, als sie erzählte, dass es wirklich zu einer heißen einer innigen und einer völlig hemmungslosen Nacht gekommen war und Michelle nicht einmal von dem Tisch aufschaute, den sie gerade abwischte.

...

Ich werde dir alles erklären müssen.

...

Allein der Satz war es, der Michelle unentwegt durch den Kopf hämmerte und sie fragen ließ, was Philipp dazu trieb, so etwas auf ein Stück Papier zu schreiben. Dass es ein Brief war, der an sie gerichtet war, hatte sie durch das auf dem Briefkopf stehende:

begriffen und sich gewundert, dass er das „Liebe" durchgestrichen und durch ein „Beste" ersetzt hatte, was ihm ebenfalls nicht gefiel.

Die wenigen Floskeln, die er nutzte, um irgendwie ins „Gespräch" mit ihr zu kommen, hatte Michelle ebenso überlesen, wie dass er den Kuss nicht relativieren wollte, ebenso das enge Beisammensein, im Café, als sie nur schwer ihre Finger voneinander lassen konnten. Oder das Gerangel im Wasser ...

Der Satz, der ihr unentwegt durch den Kopf waberte und sie von Augenblick zu Augenblick mehr verwirrte war das:

Ich werde dir alles erklären.

Was wollte er ihr erklären?

Warum schrieb er nicht weiter?

Die Distanziertheit, die sich zwischen ihnen beiden aufgebaut hatte, setzte Michelle mehr zu, als sie es ertragen konnte. Allein gestern Morgen, als sie ihm eine Nachricht geschrieben hatte, darum bat, dass er ihre Entscheidung bitte verstehen sollte, war unbeantwortet geblieben.

Ich habe ihn angerufen, sagte sie sich selbst, *wir haben miteinander gesprochen. Kurz, aber wir haben telefoniert.*

Ihr „Hi" hatte heiser geklungen, als sie verwirrt feststellte, dass eine Verbindung zwischen ihren Telefonen hergestellt worden war. Der wilde Herzschlag in ihrer

Brust hallte in ihrem Kopf wider, wie dröhnende Glo-ckenschläge, während sein: „Na", etwas verletztes in sich trug, dass Michelle bitter schlucken ließ.

„Können wir einmal reden?", wollte sie wissen.

„Klar", hatte er gesagt und hatte abweisend geklun-gen. „Worüber?"

„Uns?"

„Das ist kompliziert", sagte er und seufzte. „Ich ... ich muss mir noch klar werden, was das hier ist, Michelle. Bitte. Lass mir Zeit."

„O ... okay."

Damit war das Telefonat unterbrochen worden ...

***

Während Jana in Erinnerungen an Richard und ihren letzten gemeinsamen Ausflug schwelgte, bekam sie mit, wie Philipp mit seinem Wagen vorfuhr, einen freien Parkplatz wählte und dann, lässig und locker, wie es seine Art war, ausstieg. Auf den Lippen ein son-niges Lächeln, die Sonnenbrille cool auf der Nase sit-zend.

„Moin", sagte er, tippte sich an die Stirn.

„Mo ... moin", erwiderte Jana und sah, wie Philipp nach seinem Telefon griff, es sich ans Ohr hielt und meinte, als er an ihr vorbei war. „Ja, ich bin gleich bei ihr. Ja, ich werde mit ihr reden. Ja, alles wird so, wie du es willst."

Damit war er an ihr vorbei.

Und Jana bekam Magenschmerzen.

Sie schaute ihm nach, sah, wie er vor dem Eingang stehen blieb, sich straffte, tief durchatmete und eintrat.

Dann hupte Richard und Jana wusste nicht, was sie tun oder lassen sollte ...

***

„Du? Hier?", fragte Michelle verwundert, als sie sah, wie Philipp, plötzlich blass und sichtlich gezeichnet, ins Café getreten kam, während sie dabei gewesen war, aufzuräumen.

Schwer seufzend ließ er sich auf einen Stuhl fallen; den Kopf zwischen den Händen, während er die Ellenbogen schwer auf die Platte des vor ihm stehenden Tisches absetzte. Sie sah, dass es ihm nicht gut ging. Dass es ihm zusetzte, wie sie beide umeinander herumschlichen und sich gegenseitig belauerten.

„Ich hier", flüsterte er heiser, ein kantiges Lächeln auf den Lippen.

„Und ... und warum?", begann sie, und ging geradewegs auf ihn zu und ignorierte ihre Stimme, die kreischend wissen wollte: *Wie erklärst du ihm, dass du seinen Brief hast? Wie erklärst du es ihm?* „Es ist alles echt scheiße."

„Ach was?", fragte er, ein gezwungenes Lächeln auf den Lippen, in den Augen das ängstliche Flackern, sich einer Situation stellen zu müssen, der er sich nicht stellen wollte.

„Ich muss noch einmal mit dir sprechen."

„Ich weiß"

So leicht und locker er sich gab, während er sich die Haare raufte, wirkte er gehetzt.

„Mit uns beiden ..."

„Ja?"

Ein erleichterter Ausdruck lag in seinen Augen; beinahe so, als wäre er froh darüber, dass Michelle das Gespräch begann.

„Ich will nur wissen, was aus uns wird."

„Es wird …", setzte er an und atmete erleichtert aus, als das Handy in Michelles Hosentasche zu klingeln begann. „Reden wir ein anderes Mal. Es war nicht schlau, hierherzukommen. Ich störe dich nur", meinte er und ließ sich nicht von Michelle aufhalten.

Sie griff noch nach seiner Hand, wollte ihn zurückhalten, wollte, dass er blieb.

„Das Telefonat ist wichtig", sagte er ihr. „Geh lieber ran. Wir reden ein anderes Mal."

Er ging …

… und es sah aus, als würde er fliehen.

***

„Franke", meldete sie sich, nachdem sie die ihr im Display ihres Handys angezeigte Nummer nicht erkannte.

„Roland hier, hallo", meldete sich eine sympathisch klingende Stimme, deren Klang Michelle weder zuordnen noch aus ihren Erinnerungen hervorholen konnte. „Ich bin der Vater von Jenny, hi."

„Hi", sagte sie zögerlich.

„Ich will dich nicht lange stören und auch nicht von der Arbeit abhalten, ihr habt sicherlich viel zu tun und so", redete Roland weiter, ohne darauf zu achten, ob Michelle etwas zu sagen hatte oder nicht. „Es ist mir nur ein Bedürfnis, mich einmal persönlich bei dir zu melden."

„Äh. Okay."

„Dass du meiner Jenny die Chance gibst, bei dir zu arbeiten, finde ich super. Das freut mich so. Ehrlich. Und wenn ich es sagen darf, ich hatte nicht damit gerechnet, dass Jenny das durchzieht. Echt nicht."

„Ja. Äh."

„Sie müssen wissen, Jenny war bisher kein Ausbund an Zuverlässigkeit. Was wohl meine Schuld war. Hätte ich mich damals nicht scheiden lassen ..."

„Roland, äh, Herr Kaiser, ich ..."

„Roland. Bitte."

„Roland", sie räusperte sich. „Jenny macht gute Arbeit ..."

„... das wollte ich hören ..."

„... ich wäre verrückt gewesen, wenn ich sie nicht übernommen hätte", redete sie weiter, ohne auf die Unterbrechung Rolands zu reagieren; einen Blick hinter Philipp her werfend, der sich schwer in seinen Wagen fallen ließ. „Aber ich verstehe nicht, und jetzt will ich ehrlich sein, warum du mich anrufst und mir sagst, wie toll es ist, dass deine Tochter bei mir arbeiten soll. Das weiß ich doch selbst, wie gut sie ist."

„Aus Dankbarkeit."

„Okay."

Michelle war noch immer verwirrt. Der Anruf ergab für sie keinerlei Sinn. Bis zu dem Moment, als Roland wissen wollte: „Sie ist doch da, oder?"

„Im Café?"

„Wo denn sonst?"

„Ja, ist sie. Sie macht gleich Feierabend"

Michelle hörte ein erleichtert klingendes Seufzen und spürte dann den unangenehmen, den tief in ihr schlummernden Zorn aufsteigen, den sie schon damals

als Jugendliche gespürt hatte, wenn jemand meinte sie kontrollieren zu müssen.

So war es damals bei ihr und ihrem Vater gewesen, als er plötzlich zu klammern begann, und es nicht verstehen wollte, dass seine pubertierende Tochter sich abnabeln musste. Noch hatte sie es gemocht, wenn ihr Vater sie unerwartet vor ihrer Lehrstelle auf sie wartete und abholte: „Um mal wieder Zeit zusammen verbringen zu können."

Er hatte sehen wollen, wie es ihr ging. Was sie tat. Was sie machte.

Und jetzt hasste sie es, Rede und Antwort für jemanden zu stehen, der nicht das Recht hatte, Jenny hinterher zu spionieren.

„Ist es wirklich Dankbarkeit?", wollte sie spitz wissen. „Oder soll ich Ihnen noch sagen, was Jenny heute zum Mittag gegessen hat?"

Roland lachte.

Hell und klar. Sich keinerlei Schuld bewusst.

„Sie haben Mumm, das gefällt mir", sagte er.

Michelle erwiderte nichts auf die Aussage.

„Wissen Sie", redete er weiter. „Ich kann verstehen, dass Jenny Sie mag. Wirklich. Das hat sie mir gestern gesagt. Und auch, wie frei kreativ sie sein darf. Sollte es mal etwas geben, das ich für Sie tun kann, Michelle, lassen Sie es mich wissen. Und das ist nicht nur so daher gesagt. Ich würde mich freuen, Ihnen einmal einen Gefallen tun zu dürfen."

„Äh ..."

„Vielleicht lernt man sich ja mal persönlich kennen. Auf ein Glas Wein oder so. Wäre doch nett."

Michelle sagte wieder nichts.

„Also, melden Sie sich, wenn ich Ihnen etwas Gutes tun kann."

Damit unterbrach er die Verbindung und Michelle war der Meinung, in einen falschen Film geraten zu sein.

Was er genau im Café zu suchen gehabt hatte, wusste Philipp und hasste sich dafür. Sein erster, einer Flucht gleichender Gedanke war gewesen, sich einzureden, dass es eine Kurzschlusshandlung gewesen war. Der zweite, ihn quälende Gedanke war, dass er nur gehorchte und funktionierte.

Ein kurzer, in ihm aufblitzender Funke an Hoffnung, das Blatt doch noch wenden zu können, hatte ihn dann ins Café treten lassen.

Nur um dann zu merken, dass das Bullshit war, was er da dachte.

Seine Fahrt hierher war alles andere als eine Kurzschlusshandlung gewesen; sondern einer ihn in der Nacht gekommener und ihn nicht mehr loslassender Gedanke an tiefer und ehrlich empfundener Reue.

Er hatte Michelle noch einmal sehen wollen.

Noch einmal mit ihr sprechen, sie anschauen, ihr ins Gesicht blicken und sagen, was für ein Idiot er war. Dass er das, was er ihr bei seinem Abschied an den Kopf gefeuert hatte, gar nicht meinte.

Ich vollführe einen Drahtseilakt, den du dir nicht vorstellen kannst, hatte er ihr erklären wollen. *Einen Tanz auf Kohlen, immer mit der Gewissheit mit den einen oder den anderen Fuß verbrennen zu können.*

Ich bin …

Ich bin ...

Ich bin ...

... ein Idiot.

Er hatte im wahrsten Sinne des Wortes die Flucht ergriffen, als Michelles Handy in ihrer Hosentasche zu bimmeln begann. Philipp war froh darüber gewesen, dass sie kurz abgelenkt war. Dass ihre sich immer auf ihn richtenden, in ihm lesenden Augen nicht länger ihn musternd betrachteten.

Hätte sie mich weiter angestarrt, wäre es aus mit herausgeplatzt. Ich hätte ihr gesagt, was für ein Arsch ich bin und das ich sie mit offenen Augen in ein versteckt auf sie gerichtetes Messer laufen lassen werde.

Ich ...

Ich bin weggelaufen, wie ein ängstlicher Junge, dachte er jetzt in einem Anflug von Scham, und schloss die Augen, als er seinen auf dem im gleißenden Sonnenlicht stehenden Wagen erreichte. Philipp löste mit einem „Piep piep“ die Türverriegelung seines Mercedes, zog mit einem langgezogenen Seufzer die Tür auf und ließ sich auf die frisch gereinigten Polster fallen.

Er legte sich die Hand vor die Augen, hätte am liebsten aufs Lenkrad geschlagen und sich selbst beschimpft.

Sein Handy klingelte. Philipp leckte sich über die Lippen, schüttelte den Kopf und ging, nachdem es drei Mal geläutet hatte, mit einem einsilbigen, distanzierten: „Ja“, dran.

„Und?“, kam es ebenso kalt zurück.

„Alles erledigt“, murmelte Philipp.

„Ist also alles bereit?“

„Sie hat keine andere Wahl mehr.“

„Also kann Vitali auf sie angesetzt werden?“

Philipp schloss die Augen, kämpfte das schlechte Gewissen wie auch die in ihm aufsteigenden Bilder nieder, die er plötzlich wieder sah. Michelle, wie sie lachend da am Strand spazieren ging, wie sie vor ihm weglief und dann, überrascht von seinem Angriff, im Wasser untertauchte. Daran, wie sie da am Strand gelegen hatten, er sie am liebsten geküsst und für sich erobert hätte.

Er seufzte, als er: „Ja“, murmelte.

Er war kein Idiot.

Er war ein Arschloch.

***

Michelles Handy klingelte. Sie verdrehte die Augen.

„Ja“, meldete sie sich eisig, als sie im Display gesehen hatte, dass Benny am anderen Ende der Leitung war.

„Ich hab dich lieb“, meldete Benny sich.

„Ich dich auch.“

„Ich hab dich noch mehr lieb!“

Michelle lächelte und konnte nicht über ihren Schatten springen und das Spiel nicht mitspielen: „Geht ja gar nicht. Dann würdest du ja zur Sonne fliegen müssen, weil ich dich so doll liebhabe.“

„Ich habe Bauchweh“, jammerte er plötzlich.

„Warum das denn?“, wollte sie mit mitleidig klingender Stimme wissen.

„Mein Bauch tut weh“, jammerte Benny wieder. „Hab dich lieb!“

Diesmal klang er weinerlich. So, als müsste er sich stark beherrschen, um nicht loszuheulen.

„Hast du was Falsches gegessen, Benny?“, wollte sie wissen, als sie aus ihren Wagen in den Abend hinaustreten wollte, und das aus den dichten, schwarzen Wolken dringende Blitzen mit einem heißen Schreck, der ihr mitten in den Magen fuhr, wahrnahm. Das kurz darauf ertönende Donnern ließ sie verletzt an die Tage denken, als sie noch mit Eddy zusammen war. Als sie merkte, dass sich zwischen sie etwas geschoben hatte, dem sie nicht entgegenzusetzen hatte.

„Nein.“

„Was denn?“

Sie hörte Bennys schnaubenden Atem. Sie konnte ihn regelrecht sehen, wie er da am Telefon stand, die linke Hand am Ohr, seine sonst immer fröhlich lächelnden Lippen heruntergezogen, von einer Traurigkeit beseelt, wie Michelle sie nur schwer ertragen konnte.

„Ich hab dich lieb“, wiederholte er. „Ganz doll.“

„Ich dich doch auch! Aber sag doch endlich, was du hast, Benny?“

Wieder zuckte ein Blitz und wieder krachte der Donner. Kalter Wind kam auf, der Michelle fröstelnd um die Beine fuhr. Sie konnte riechen, dass jeden Augenblick der Regen einsetzte.

„Ich will bei dir sein!“, sagte er. „Immer.“

„Och, Benny“, machte sie, weil sie wusste, wohin diese Unterhaltung führen würde. Dass sie unweigerlich da endete, wo Michelle sie niemals enden lassen wollte und sie dort doch enden lassen *musste.*

„Das würde ich doch auch gerne.“

„Dann holst du mich jetzt ab?“

Die Hoffnung, die in seinen Worten mitschwang, war wie ein schneidendes Messer. Mit Leichtigkeit durchdrang es ihren Seelenumhang, der immer darum bemüht war, einen distanzierten Panzer zu Benny aufrecht zu halten – wenn es darum ging, dass er bei ihr wohnen konnte. Dass er bei ihr lebte.

Himmel, durchfuhr es sie, als ihre Gedanken nur ansatzweise das durchspielten, was ihr Bruder sich so sehnlich wünschte, *das würde mich fertig machen. Keine ruhige Minute mehr. Noch mehr Stress. Noch mehr Aufmerksamkeit.*

„Ich kann nicht!"

Der Regen kam. Er setzte ein, wie eine zerplatzende Bombe. Plötzlich war er da, unaufhaltsam, von einem jaulenden Sturm begleitet, der Michelle einen Schritt zurück auf den Wagen *zu*machen ließ.

Augenblicklich war sie nass bis auf die Haut. Schwere, dichte Regentropfen prasselten auf sie ein; zerplatzten, als sie auf den Boden aufschlugen und benetzten den Saum ihrer Hose.

Michelle hörte Benny irgendetwas weinerlich sagen, konnte nur ahnen, was er da von sich gab. Dann, als sie die Tür hinter sich aufgezogen hatte und wieder in die Kneipe hineintrat, nahm sie aus weiter Ferne wahr, wie Benny noch sagte: „Ich hab dich lieb."

„Ich dich auch", antwortete sie automatisch, und war erschrocken, als ein weiterer Blitz und ein die Scheiben vibrieren lassender Donner folgte, und kurz darauf die Handyverbindung zu Benny unterbrochen wurde.

„Benny?", fragte sie, wohlwissend, dass sie nicht wegen dem Unwetter voneinander getrennt worden waren.

Etwas Schlimmeres als Regen und Sturm hatte sie auseinandergebracht.

Benny selbst war es gewesen.

Er hatte aufgelegt.

Ohne ihr auf ihr Gesagtes zu antworten. Sie spürte wie Übelkeit in ihr aufzusteigen begann.

So etwas hatte er noch nie getan.

Benny war immer ein zielstrebiger, ein unnachgiebiger Diskussionspartner gewesen. Sie war es, die Gespräche beendete. Michelle war es, die irgendwann sagte: „So, mein Freund, jetzt ist aber Schluss. Ich habe nein gesagt und dabei bleibt es. Ob du willst oder nicht!"

Ich habe immer das Zepter in der Hand, kam ihr ein Gedanke, der sie schaudern ließ. *Ich beende die Gespräche und ich bestimme ihren Ausgang. Ich bin der Chef im Ring.*

Benny hatte den Kreislauf durchbrochen. Er hatte, bewusst, wie sie vermutete, das getan, womit sie niemals im Leben gerechnet hätte.

Michelle wählte die Nummer des Heims und stellte irritiert fest, dass besetzt war. Eine schnelle Abfolge von Tut-Lauten klang ihr ins Ohr und ließ sie wissen, was Benny getan hatte. Trotzdem wollte sie es nicht akzeptieren. Deshalb rief sie die Zentrale an und ließ sich auf das Diensttelefon des Heimbereiches weiterleiten, auf dem Benny wohnte.

Mit freundlicher Stimme meldete Adriane sich und Michelle schilderte ihren Verdacht, dass Benny vielleicht auf die Gabel gekommen war und das eben geführte Telefonat unterbrochen hatte.

„Hat er nicht", sagte Adriane ihr. „Er steht gar nicht mehr am Telefon."

„Ist er auf sein Zimmer gegangen?“

„Ich gucke gerne einmal nach. Vorher aber“, sie lachte. „Muss ich das Telefon wieder einhängen. Das hat er doch glatt vergessen …“

Kapitel 9

Erkenntnisse

„Hof Heitmann", klang es plötzlich in ihren Ohren und Michelle wusste, dass sie mit dem Chef höchstpersönlich redete.

„Franke hier", meldete sie sich mit erstickt klingender, erschrockener Stimme, weil sie der festen Überzeugung war, die Ablehnung in Heitmanns Stimme jetzt schon zu hören. „HerzCafé", schob sie hinterher, als ihr das Schweigen auf der anderen Seite zu lange dauerte.

Ihr Herz schlug ihr bis zum Hals.

Alle Ausreden, die sie sich eben noch hatte auszudenken versucht, waren wie weggeblasen. Alles in ihrem Kopf verlor sich in einer unaussprechlichen Leere.

„Ah", kam es plötzlich aus dem Hörer. „Schön von Ihnen zu hören."

„Wegen der offenen Rechnung", begann sie und wünschte sich plötzlich das Telefonat noch weiter aufgeschoben zu haben. Oder es wenigstens doch von Ingrid führen zu lassen.

„Hab ich mir schon gedacht. Danke noch mal, dass Sie zum Teil gezahlt haben. So ist das Zusammenarbeiten doch schon wieder etwas entspannter, oder?"

„Zum Teil bezahlt?“

„Ja, ist heute aufs Konto eingegangen. Hab mich schon gewundert, als ich Ihren Namen in der Überweisung sah.“

„Wie …“

„Keine Ahnung, wer es war. Ich weiß nur, dass es überwiesen worden ist“, sagte Heitmann trocken. „Und dafür danke ich Ihnen. Ich hatte ernsthaft schon mit dem Gedanken gespielt, meine Anwälte auf die Sache anzusetzen!“

Michelle hörte die letzten Worte Heitmanns schon kaum mehr. Sie hatte nur die Worte ihm Ohr: „Ich weiß nur, dass es überwiesen worden ist.“

Punkt. Aus.

Noch immer versuchte sie zu verstehen, wie das sein konnte, kam aber nicht dahinter. Erst als sie Heitmanns: „Hallo? Frau Franke, sind Sie noch da?“, hörte, kehrte sie langsam in die Realität zurück und murmelte ein knappes: „Ja“, um sich dann zu räuspern.

„Alles gut bei Ihnen?“, fragte Heitmann sie.

„Ja“, sagte sie wieder.

„Ist ungewohnt, dass man mal keine Sorgen hat, wie?“, spottete er und wechselte dann das Thema, dass Michelle den Boden unter den Füßen wegzuziehen drohte. „Wo ich Sie aber schon einmal an der Strippe habe, Frau Franke. So kann ich Ihnen gleich sagen, dass es Änderungen geben wird in der Preisgestaltung.“

„Änderungen?“

„Ihre Abnahme unserer Produkte ist sehr klein und rentiert sich für mich nicht wirklich. Deshalb muss ich den Preis leider deutlich anheben. Es werden jetzt gut Fünfzehn Prozent höhere Kosten auf Sie zukommen.“

„Fünfzehn Prozent", keuchte sie und glaubte sich verhört zu haben.

„So leid es mir tut, ja. Wissen Sie, ich habe gerade einen großen Deal abgeschlossen und der bringt mir deutlich mehr ein, als die Belieferung Ihres kleinen unbedeutenden Cafés", war sich Michelle sicher zu hören. Dass Heitmann etwas anderes sagte, war ebenso klar wie sicher. Schließlich würde kein Kaufmann der Welt auf eine sichere Einnahmequelle verzichten – abgesehen davon, dass Michelles „HerzCafé" alles war, nur keine sichere Einnahmequelle.

„Ich hoffe, Sie verstehen meine Entscheidung", sagte Heitmann uns riss Michelle abermals aus ihren Gedanken; besonders deshalb, weil sie sah, wie die Tür sich zu ihrem Büro öffnete und Ingrid den Kopf hereinsteckte und ihr einen Notizzettel entgegenhielt. „Aber unter den gegebenen Umständen kann ich Ihnen nicht versichern, ob wir so weiter zusammenarbeiten können."

„Verstehe", sagte sie, obwohl sie gar nichts verstand. „Das heißt also ..."

„Dass ich Sie weiterhin gerne beliefern werde, ab August dann aber zu den veränderten Preisen. Ich muss da einfach reagieren. Ich warte in Ihrem Fall einfach zu lange auf die Begleichung der gestellten Rechnungen. Seien Sie mir bitte nicht böse. Aber ich muss auch wirtschaftlich denken."

„Verstehe."

„Freut mich, dass Sie es so gefasst aufnehmen", klang es aus dem Telefonhörer. „Dann schicken Sie mir ihre nächste Bestellung einfach wie gewohnt über unser Onlineportal zu. Die bereits georderte Bestellung gebe

ich umgehend frei und wird Ihnen morgen früh geliefert."

„Das ist nett von Ihnen!"

„Keine Ursache!"

Damit unterbrach Heitmann die Verbindung und
ließ Michelle zu Ingrid schauen, die nun ganz ins Büro
getreten war, die Visitenkarte noch immer in der Hand,
mit den Worten: „Ist wichtig!"

„Okay!"

„Irgendein Anwalt möchte sich mit dir zusammensetzen. Zwecks Übernahme ..."

***

Michelle schaute verwirrt zu Ingrid, hatte noch den
Hörer in der Hand und fragte mit ihren Blicken, was
das alles sollte. Ingrid zuckte mit den Schultern, und
sagte nur: „Keine Ahnung. Der gute Mann stand plötzlich vor mir und wollte mit dir sprechen."

„Übernahme?"

Mehr bekam sie nicht heraus. Sie spürte wie sich ihr
Magen zusammenzog, wie sich in ihrem Kopf ein unangenehmer Wirbel zu drehen begann und eine nicht
näher zu beschreibende Angst von ihr Besitz ergriff.

Sie konnte nur sagen, dass sie sich plötzlich wie in einer Schraubzwinge fühlte. Dass sie keine Chance hatte,
die sich um sie schließenden Kolben aufzuhalten.

„Übernahme", flüsterte sie noch einmal und nahm die
Visitenkarte mit zitternden Händen entgegen.

„Vielleicht eine Chance", meinte Ingrid, die nun ins
Büro getreten war, die Tür hinter sich geschlossen. „Jemand der uns mit frischem Kapital versorgen will."

„Hast du deine Finger im Spiel?“, wollte Michelle wissen.

In dem Moment aber, wo sie ihre scharf ausgesprochene Frage stellte, wusste sie, dass diese Annahme völlig aus der Luft gegriffen war.

Ingrid war jemand, der alles in die Wege zu leiten versuchte, damit das „HerzCafé“ weiter existieren konnte. Sie hatte die verrücktesten Ideen und die aberwitzigsten Einfälle. Aber jetzt, wo sie da gegen die Tür gelehnt stand, ihre sowieso schon faltige Stirn mit noch tieferen Furchen versehen, war es offensichtlich, dass sie ebenso ahnungslos war wie Michelle.

„Was denkst du von mir?“, entfuhr es ihr ehrlich verletzt.

„Man kann bei dir nie wissen“, versuchte Michelle sich umständlich zu entschuldigen.

Mir hätte das gleich auffallen müssen, sagte sie sich, *wenn Ingrid etwas plant, ist sie verschmitzt, freut sich innerlich so doll, dass es nach außen strahlt. Jetzt aber ist weder das eine noch das andere zu sehen.*

Sie steht nur da an der Tür und kann es nicht fassen, was ich ihr gerade an den Kopf geworfen habe.

„Hast du von dem Anwalt schon einmal gehört?“, versuchte sie das Thema beiseitezuschieben, in der Hoffnung, dass ihre Freundin das gemachte Friedensangebot annahm. „Ich meine, du kennst so einige Leute.“

Ingrid schüttelte den Kopf. „Nicht eine Sekunde.“

„Dave?“

Ingrid lachte auf: „Der gute Dave kann uns helfen und uns sagen, was wir zu erwarten haben. Aber er steckt sicherlich nicht hinter der Idee, das „HerzCafé“ zu übernehmen. So lieb er auch ist und so gut er auch küssen kann“, Ingrid verdrehte die Augen. „Er war nie der Mann, der sich für zarte Buttercreme, liebevoll dekorierte Schokoplätzchen oder aufgeschäumte Milch interessierte. Kündigungsrecht, ja, da kennt er sich aus. Übernahmen? Keine Ahnung!“

„Soll ich Dave noch ...?“

„Mach das“, nickte Michelle, als sie die Visitenkarte betrachtete und den Namen Gabor Vitali auf ihr geschrieben stehen sah.

„Du willst ihn trotzdem schon empfangen?“

Michelle nickte: „Ich habe keine Lust mehr, mich immer nur herumschubsen zu lassen. Was fällt diesem Schnösel ein, hier aufzutauchen und so zu tun, als könnte er mir *mein* Café abkaufen? Bring uns bitte etwas Kaffee und die von Jana heute Morgen gebackenen Hafer-Vanille-Kekse.“

Ihr Mut war verschwunden, nachdem sie Gabor Vitali das erste Mal persönlich gegenüberstand. Er war ein breitschultriger, bis zur Mitte seines Schädels glatzköpfiger Mann, in dessen Augen eiskalte Berechnung zu lesen stand.

Er ist viel zu jung für eine Glatze, dachte sie, als sie seine schmale Hand ergriff, in der so viel Kraft steckte, dass sie am liebsten vor Schmerz aufgeschrien hätte, als er sie drückte.

Das auf seinen schmalen Lippen liegende Lächeln, ließ sie innerlich zusammenzucken. Kalt wirkte es; prüfend. Wie sein Blick. Obwohl er im ersten Moment keinen distanzierten Eindruck machte, wirkte er jetzt, während er sie musterte, auf eine sonderbare Art und

Weise arrogant und überheblich, sodass Michelle angewidert den Mund verzog und am liebsten brüllend ihr Heil in der Flucht gesucht hätte.

Was an dem in seinem Mundwinkel sitzenden, mich geringschätzenden Lächeln liegt, dachte sie, während sie noch immer darum bemüht war, ihre Hand aus der seinen zu bekommen. Erst als sie ruckartig zog und einen halben Schritt zurückmachte, löste er den festen Griff.

Nach einer unendlich langen Zeit schloss Vitali seine Musterung ab. Seine eben zur Schau getragene Selbstsicherheit wich einer neuen, seine unsympathische Art unterstreichenden Facette. Eben hatte er überheblich gewirkt, als er sich vorstellte und seine Aktentasche schwungvoll auf einen der Stühle fallen ließ. Jetzt fühlte er sich überlegen.

Wenn er den Mund öffnete und meinte „Nette Einrichtung" schwang in seiner Stimme ein unangenehmer, herablassender Ton mit, der Michelle ärgerte.

Obwohl sie ein schnelles, ein gewinnendes, aber ebenso abweisendes Lächeln auf die Lippen legte, trafen seine Worte sie bis ins Mark.

Sie hatte das plötzliche Gefühl, sich verteidigen zu müssen und bekam nur ein zwischen den Zähnen gepresstes „Habe ich selbst ausgesucht" heraus.

„Sie haben Geschmack", meinte er und hätte, um das negative Bild, was sie von Vitali hatte, abzurunden, nur ein „Irgendwie" nachschieben müssen.

Wie eben schon, als er einfach ins Café getreten war. So präsentierte Vitali sich auch jetzt, als er, ohne um den heißen Brei herumzureden, damit begann: „Herr Lord weiß, wie es um Ihre finanziellen Möglichkeiten bestellt ist, Frau Franke". Damit ließ er ihren eben halbherzig gefassten Entschluss, die härteste Geschäftsführerin aller Zeiten zu sein, wie ein Kartenhaus in sich zusammenfallen: „Sie wissen sicherlich, dass das Lord-Konditoreien und Hotelmanagement Unternehmen gerade dabei ist, zu expandieren. Nach der Fehmarn-Sundbrücke ist Ihnen sicherlich das erste Café aufgefallen, das wir auf der Insel eröffnet haben. Drei weitere sollen folgen. Bewirtung und Verwöhnung des Gaumens sind das Geschäft meines Mandanten. Die Lage Ihres Cafés fehlt noch in seinem Portfolio und würde ausgezeichnet in das von ihm propagierte Geschäftsmodell passen. Genießen. Laben. Leben. Aus dem Grund hat er großes Interesse, auf Sie und Ihre Immobilie zurückzugreifen."

„Auf mich und meine Immobilie?"

Sie war verwirrt, wusste nicht, was das alles sollte und wünschte sich nichts sehnlicher als das sich die grauen, alles analysierenden Augen Vitalis wieder seinen Aktenstapel zuwandten. Er aber hielt sie weiterhin fest im Blick und nickte ihr zu, als er sagte: „Er bietet Ihnen einen Job an, Frau Franke."

„Job?"

„Mit einem Jahresgehalt von fünfundvierzigtausend Euro netto."

Es verschlug Michelle die Sprache. Sie wollte protestieren, wollte ihm sagen, dass sie das alles nicht verstand, was Vitali ihr da unverblümt an den Kopf feuerte. Dann aber, in dem Moment, wo ihr Verstand begriff, was für eine Summe Vitali gerade genannt hatte, verschlug es ihr innerlich den Atem.

Fünfundvierzigtausend Euro im Jahr. Netto!

Soviel hatte sie ihr Lebtag noch nie verdient.

Soviel Geld konnte es gar nicht geben.

Ihr Herz, das vor Aufregung einen Sprung gemacht hatte, schlug plötzlich ganz langsam. Es wurde melancholisch, wurde traurig, transportierte ein unangenehmes, ein stechendes Gefühl eines schlechten Gewissens in Michelle, dass sie nur ein gestottertes „Aber …" hervorbrachte, weil sie sich sicher war, dass die ganze Sache einen unangenehmen, einen für sie schmerzhaften Haken hatte.

Deshalb flüsterte sie noch einmal: „Aber", als sie das Gesicht Vitalis sah.

„Sie wollen sicherlich nach dem Haken an der ganzen Sache fragen, nicht wahr?"

Hatte Vitali vorhin noch eiskalt geklungen, geschäftsmännisch, kalkulierbar, so hatte sich nun ein weicher, ein beinahe freundschaftlicher Ton in seine Stimme geschlichen, der Michelle das Herz in die Hose rutschen ließ.

Hatte er sie vorhin noch unangenehm hart an Reister erinnert, so war es ihr jetzt, als würde sie mit einem Pädagogen sprechen, der ihr mit blumigen Worten versuchte zu verstehen zu geben, dass sie noch eine Zukunft hatte. Dass es ihr noch gut ging, wenn – es gab immer ein wenn – sie nur ordentlich an sich arbeitete und die Anforderungen erfüllte, die man an sie stellte.

„Ja", brachte sie nur heiser heraus und traute sich nicht zu fragen, was ihr auf der Zunge lag.

Sie ahnte, worauf die Unterhaltung hinauslaufen würde. Und sie wusste, als sie ihn sagen hörte: „Das Angebot gilt nur für Sie und keinen Ihrer Mitarbeiter", dass sie das niemals mit ihrem Gewissen vereinbaren konnte.

„Nur für mich?“

„Sehen Sie“, begann Vitali wieder. „Wir schätzen Ihre Arbeit sehr. Beobachten das „HerzCafé“ seit längerem. Aber so, wie Sie Ihr Geschäft führen, die Waren feilbieten, so, wie Sie versuchen, sich einen Kundenstamm aufzubauen, nun ja, es sieht“, er lächelte noch immer gewinnend. „Unprofessionell aus. Was nicht an Ihnen liegt, sondern an den finanziellen Mitteln, die Ihnen zur Verfügung stehen.“

„Aber was hat das mit meinen Mitarbeitern zu tun?“

Vitali lächelt kalt: „Alles.“

„Ich verstehe nicht.“

„Würden Sie besserbezahlte Mitarbeiter einstellen, hätten Sie mehr Kreativität zur Auswahl.“

„Meine Mitarbeiter ...“

„Geben in ihren Möglichkeiten sicherlich ihr Bestes – das verstehe ich. Aber das „HerzCafé“ kann größeres bewirken, bei der Lage, die Sie hier zur Verfügung haben. Besser dastehen. Sie verstehen, was ich meine?“

„Nein!“

Das erste Mal, seitdem sie Vitali gegenübersaß, hatte sie das Gefühl, als würde nun doch etwas in ihr erwachen und sie zu Zumbo machen.

Sie wollte gerade etwas erwidern, wollte das Gefühl, hart wie Gips zu werden – unverformbar, starr, nicht mehr veränderbar – als Vitali ihr in die Parade fuhr und ihr versicherte: „Ich kenne Ihre Angestellten allesamt.“

„Ich verstehe nicht–“, nahm sie den Faden wieder auf und, nachdem sie den ihr in die Glieder geschossenen

Schock überwunden hatte. „Was soll das plötzlich? Mir sind meine Mitarbeiter ans Herz gewachsen und ich werde nicht bereit sein, sie einfach zu entlassen."

„Was Sie ehrt", nickte Vitali, der einen flachen Stapel Papier aus einer Klarsichtfolie genommen hatte und ihn Michelle über den Schreibtisch hinweg reichte. „Und mich zu einer weiteren Maßnahme greifen lässt, um Sie zu überzeugen, sich dem Lord-Konditoreien und Hotelmanagement anzuschließen."

Michelle starrte zu Vitali und musste zwei Mal hingucken, als sie eine fett hervorgehobene Summe erkannte, die ihr ausgezahlt werden sollte, wenn sie sich dazu bereit erklärte, das Café an Lord abzugeben.

„Aber …"

„Ihr doppeltes Jahresgehalt wird Ihnen innerhalb von sieben Werktagen auf Ihr Konto überwiesen, wenn Sie sich dazu bereit erklären, das „HerzCafé" an Herrn Lord abzutreten."

„Aber …"

„Mehr Geld, als Sie jemals besessen haben, ich weiß. Und mehr Geld, als jeder Ihrer Mitarbeiter wert ist. Sehen Sie, wir haben uns über Jana Führer ebenso informiert, wie über Ingrid Bergmann oder Ihre Praktikantin Jenny. Frau Führer hat den Job hier, weil sie in anderen Cafés durchgefallen ist. Sie war zu schüchtern, wenn ich mich recht entsinne. Hat sich nie richtig eingebracht. Ihre Teamfähigkeit ist hervorragend, ihr Selbstvertrauen klein.

Jenny ist, um es ehrlich zu sagen, ein wenig ambivalent. Nicht einzuordnen. Mal ordentlich bei der Sache, dann wieder zerstreut. Surft dann im Netz und kommuniziert mit einem, warten Sie –", er beugte sich vor, griff nach seinem Notizblock, den er in seiner Tasche verstaut hatte. Er blätterte ein wenig in den dicht beschriebenen Papieren herum und stieß dann ein „Ah“ aus, bevor er den Block wieder schloss und den Blick hob. „Herrn Hansen. Einen Musiklabel- und Studioinhaber, der sich auf Hardrock spezialisiert und die eine oder andere mittelklassige Band vertritt.

Merkwürdig, nicht wahr?“ Er lächelte, ließ Michelle nicht zu Wort kommen und sagte dann: „Und dann ist da ja noch Frau Bergmann mit ihrer bewegten Vergangenheit. Über ihre zurückliegenden Jahre sind wir ebenso informiert, wie darüber, dass sie narzisstisch veranlagt ist und nichts weiter in Ihnen sieht als eine Tochter, die sie nie hatte!“

Michelle klappte der Mund auf. Sie versuchte zu verstehen, was die Worte Vitalis in ihr anrichteten. Sie wollte begreifen, dass er gerade dabei gewesen war, alles und jeden, mit dem Michelle sich gut verstand, niederzumachen.

Er tat so, als habe sie eine Schar Loser um sich versammelt, um ein zum Scheitern verurteiltes Projekt komplett gegen die Wand zu fahren.

„Ist das denn verwerflich?“, hörte sie sich fragen und starrte Vitali geradewegs an. Der lächelte nur knapp, zuckte dann mit den Schultern und sagte: „Es ist Ihre Entscheidung, was Sie tun und lassen. Überlegen Sie nur – jetzt können Sie finanziell unabhängig sein und ein ordentliches Gehalt einstreichen. Lehnen Sie ab, nun ja, dann bleibt Ihnen nichts.“

„Mir bleibt das „HerzCafé“!“

Gabor Vitali lächelte nun so herablassend, so gönnerhaft, so wissend und überheblich, dass Michelle ihm am liebsten aus dem Café geworfen hätte.

„Was meinen Sie, wie lange noch?"

Michelle starrte ihn an.

„Seien Sie nicht so überrascht, Frau Franke. Noch können Sie sich über Wasser halten. Aber wie gelingt das? Ihre Kundschaft ist stabil, aber nicht ausreichend, um das alles hier finanzieren zu können. Wir wissen um Ihre, nun ja, Probleme. Das „HerzCafé" wird so, wie Sie es jetzt betreiben, höchstens noch ein Jahr existieren – wenn Sie eine finanzielle Spritze bekommen. Wenn nicht noch kürzer, wenn Herr Lord ein eigenes Café ganz in Ihrer Nähe eröffnet und mit ähnlichen Produkten und Leistungen Kunden umwirbt – mit dem Unterschied nur sehr viel günstiger zu sein, als sie. Eigene Produktionsketten. Werke und Bäckereien, die exklusiv nur für ihn arbeiten und beliefern. Digitale Auftritte, Videos, einem YouTube Chanel und so weiter. Keine Lieferanten, die ihre Waren um ganz 15 % verteuern. Sie verstehen, was ich meine?"

Michelle schaute zu dem Anwalt, der den ihr eben noch gereichten vertrag wieder an sich nehmen wollte.

„Sie wollen meine Kundschaft", flüsterte sie.

„Auch. In erster Linie aber wollen wir Sie, Frau Franke. Sie und ihr", er zögerte kurz, während er seine Blicke durch das Büro schweifen ließ, und nach etwas zu suchen schien, dass freundlicher klingen konnte als *Wissen.* „Knowhow. Es gibt kaum noch jemanden auf der Insel, der solch ein Café wie Sie es leiten, besitzt. Deshalb unser Angebot an Sie! Ich melde mich nächste Woche noch einmal bei Ihnen."

Plötzlich hielt er inne, ließ den Vertrag wieder los, den er eben noch zurück in die Klarsichtfolie hatte schieben wollen: „Den lasse ich hier, wenn es okay ist. Dann können Sie noch einmal in ihm lesen und sich Ihre Gedanken machen, ob Ihnen Neunzigtausend Euro auf einen Schlag zusagen, oder nicht."

***

Urlaub, dachte sie, *ich könnte wieder Urlaub vertragen. Nur einmal wegfahren, nur einmal die Seele baumeln lassen und nur einmal die Sorgen vergessen, die mich fertig machen. Nur einmal ...*

Nur einmal ...

Nur einmal nicht mehr ich sein.

Solche und ähnliche Gedanken huschten Michelle seit mehr als zwei Tagen durch den Kopf. Immer wieder kehrten sie zu ihr zurück, wenn sie abends im Bett lag oder gerade ein anstrengendes Telefonat mit Annabell führen musste, die wieder fragte, ob dieses oder jenes in dem Preisausschreiben dabei gewesen war, obwohl sie ganz genau wusste, dass dieses und jenes nicht dazu gehörte.

„Wann beginnt die Verköstigung?", wollte sie wissen.

„Sobald die Speiseabfolge steht", hatte Michelle ihr gesagt.

„Bei der meine Eltern und Freude zugegen sein werden?"

„Äh."

„Prima. Ich hätte nämlich gerne die Meinung meiner Mutter zu dem Essen gehört. Das ist doch okay, oder? Ich meine, es ist meine Hochzeit und ich sie weiß mit am besten, was meinen Gästen schmeckt und was nicht. Das musst du verstehen. Ich meine, ich habe das Preissausschreiben gewonnen."

„Deshalb wird das Essen aber nicht erweitert, welches mein Team und ich entworfen habe", hatte Michelle auf der Zunge gelegen. Aber wie immer, wenn sie eine spitze Bemerkung abfeuern wollte, drang nur ein zögerliches, ein beinahe schon weinerlich klingendes „Äh" aus ihrem Mund und sie sagte: „Sie und Ihr Mann sollten entscheiden können, wer was mag, Annabell. Nicht ihre Mutter, ihr Hund oder sonst wer."

„Ich habe keinen Hund."

„Es war auch nur ein Beispiel!"

„Warum sagen Sie sowas dann?", wollte Annabell wissen, und regte Michelle dazu an, die Augen zu verdrehen.

Hätte ich das bloß Jana machen lassen, dachte sie bei sich und holte tief Luft, bevor sie antwortete: „Annabell, seien Sie mir nicht böse, aber ich muss noch einmal auf die Ausschreibung und die damit verbundenen Pflichten Ihrerseits hinweisen. Da stand eindeutig, dass es das Angebot zu akzeptieren gibt, dass das „HerzCafé" mit seinen Partnern ausgelotet hat. Da kann man nichts dazu mieten, nichts weiter rausschlagen. Es ist wie es ist und Ihre Hochzeit wird im „HerzCafé" stattfinden, ausgerichtet von ..."

„Ich weiß, wer was ausrichtet!"

„Wir haben nächste Woche das Treffen mit dir und deinem Mann, um das Menü zu besprechen. So, wie es in dem dir vorliegenden Vertrag geregelt ist!"

„Ja, aber ..."

„Es gibt kein Aber, so leid es mir tut."

„Eine Hochzeit ist individuell“, rief Annabell und hatte einen weinerlichen, einen jammernden Ton angenommen, der Michelle unangenehm an Benny erinnerte.

Damit war das Telefonat beendet und Michelle erhob sich von ihrem Platz, um kurz einen Blick aus dem Fenster hinaus auf den Steilhang zu werfen; die Sehnsucht nach Urlaub und Abgeschiedenheit so verheißungsvoll heiß in ihr brennend, dass sie meinte, innerlich zu verglühen.

Da sah sie, die Arme vor der Brust verschränkt, Ingrid, Jana und Jenny stehen. Während Jana von einem Fuß auf den anderen trat, weil der auffrischende Wind, der unweigerlich neue Regenmassen ankündigte, ihr kalt unter die Strickjacke fuhr, schien Jenny der Temperatur-Absturz keinerlei Sorgen zu bereiten. Sie hatte – wie immer – ein pinkes Top an, auf dem ein Totenkopf zu sehen war, und kurze Hosen, die ihre am Oberschenkel zu sehende Tätowierung nicht verbergen konnte.

Ingrid hingen schien bemerkt zu haben, dass Michelle am Fenster stand. Sie hob grüßend die Hand und winkte ihr zu.

Michelle machte das Fenster auf und rief: „Habt ihr nichts zu tun, oder was? Wofür bezahle ich euch denn?“

„Wenn du uns denn mal bezahlst“, lachte Jenny, und klang dabei alles andere als fröhlich.

Michelle, die den Stich in den Magen unangenehm hart verspürte, lächelte gequält.

Wenn ich verkaufe, dachte sie plötzlich, *bekommt ihr gar kein Gehalt mehr.*

Sie verscheuchte den kurzen, pessimistischen Anflug und fragte dann: „Darf man zu eurem Kreativaustausch dazustoßen, oder kommt ihr gleich wieder rein?“

„Komm nur her. Einen Klönschnack schaffen wir noch“, meinte Ingrid.

„Super!“

Sie ging eiligen Schrittes durch ihr in völliger Ruhe daliegenden Cafés und blieb kurz am Tresen stehen, und sah den von Ingrid vorhin geöffneten Brief daliegen. Sie nahm ihn, wendete ihn, und las den Namen ihres Getränkelieferanten.

In feinsäuberlicher, akkurater, messerscharf gestochener Schrift konnte sie das Bedauern lesen, mit dem sich *Getränke Marko* an sie wand und ihr schrieb:

„... bleibt uns keine andere Möglichkeit, als die Preise für die von Ihnen georderten Getränke ab nächsten Monat zu erhöhen. Diese Entscheidung ist uns nicht leichtgefallen. Dennoch hoffen wir, dass Sie uns weiterhin gewogen bleiben und wir Sie weiterhin zum Stamm unserer Kundschaft zählen können.“

„Scheiße“, keuchte Michelle. „Nicht das auch noch.“

In dem Moment, wo sie meinte, den Boden unter den Füßen zu verlieren, musste sie wieder an Vitali und sein Angebot denken. Daran, wie ihre Sorgen sich in Luft auflösen würden und sie nichts weiter zu tun hatte, als das Café hier zu leiten.

Waren würden geliefert, Getränke in den dafür vorgesehenen Schuppen geschoben.

Keine Rechnungen mehr.

Keine Angst, ein Zahlungsdatum zu versäumen.

Hinzu kam Jennys Leistungsabfall.

Seitdem sie wusste, dass sie im „HerzCafé" fest angestellt war, war ihr Engagement rapide geschwunden. Da kamen keine Ideen mehr, über die Michelle anerkennend nicken konnte. Keine Geistesblitze, wie sie Kuchen dekorieren oder bestehende Teigformeln verfeinern konnte.

Keine Ideen, welche Themen die nächste Woche das Café „beherrschen" sollte.

Keine fröhlichen „Hallo"-Rufe, wenn ihr wieder eine Idee kam, um die Werbetafeln mit einem flotten und lustigen Spruch zu beschriften.

Michelle wunderte sich, ehrlich gesagt, darüber, dass Jennys Energie so abgeflaut war, dass es so wirkte, als habe sie keine Lust mehr.

Urlaub, dachte sie, als sie das Fenster schloss. *O man, wie kann ich Urlaub gebrauchen.*

Kapitel 10

Neuanfang?

Michelle begann sich unwohl zu fühlen, je näher sie auf die drei Mädels zu ging.

Was es genau war, wusste sie nicht zu sagen.

Einerseits, das nahm sie an, war es das noch immer durch ihren Verstand wabernde Angebot von Lord.

Andererseits, so vermutete sie, war es das schlechte Gewissen, dass sie wegen den immer und ständig durch ihren Verstand geisterden Ängste, die sie ausstand, wenn sie darüber nachdachte, ihren Angestellten zu sagen, was Vitali da vom Stapel gelassen hatte.

Die Arme unter der Brust verschränkt, von einem Bein aufs andere tretend, weil sie in der Ferne wieder das Grollen von einem sich ankündigenden Gewitter hörte, fühlte sie sich unter den Blicken von Jana, Jenny und Ingrid plötzlich *nackt*.

Was immer das bedeute.

Ein nicht von der Hand zuweisendes Gefühl der völligen Überwaschung sprang sie an.

Ein merkwürdiges, ihr schlechtes Gewissen befeuerndes Gefühl, dass sie glauben ließ, dass ihre Mitarbeiter genau wussten, was in Michelle vor sich ging. Dass sie wussten, dass sie Philipp vermisste, sie Probleme mit dem Finanzamt hatte, die Bank nur dann mit ihr zusammenarbeiten wollte, wenn sie den bestehenden Kredit zu neuen Konditionen unterschrieb und das die Lieferanten und Dienstleister allesamt innerhalb von einer Woche ihre Preise anhoben und Michelle dadurch in noch größere Nöte brachte, in denen sie sowieso schon steckte.

Das Schlimmste aber war, und das sagte sie sich nicht nur so, weil sie ihr Gewissen damit beruhigen wollte, sondern weil sie es ehrlich und offen so fühlte, dass Frank Lord ihr ein Übernahmeangebot gemacht hatte.

Ein gutes Angebot.

Ein Angebot, wie sie es – beim besten Willen – nicht ablehnen konnte. Nicht ablehnen durfte. All ihre Sorgen wären ein für alle Mal wie weggewischt gewesen.

Ich könnte ein, zwei Jahre in Ruhe arbeiten, gutes Geld verdienen und dann noch einmal von vorne beginnen, hatte sie sich erst gestern Abend, während sie eine Folge „friends" guckte, selbst gesagt. *Ich könnte wieder von ganz vorne beginnen. Noch einmal Café gründen, das alle liebten und mochten. Noch einmal Backwerke schaffen, die Menschen das Wasser im Mund zusammenlaufen ließen. Noch einmal von vorne anfangen – und alle anderen Fehler vermeiden, die ich bisher gemacht habe.*

Eine richtige, ein nicht auf wackligen Beinen stehendes Café gründen. Ein Café, das so solide war, dass ich mir keine Sorgen mehr machen müsste, ob ich meine Mitarbeiter bezahlen kann oder nicht.

Ein Café, die das Fundament meines Lebens wird.

Nur um dann im gleichen Moment solche Magenschmerzen zu bekommen, die es ihr unmöglich machten, den eben verfolgten Gedanken aus einem neutralen und zukunftsorientierten Blickwinkel zu betrachten.

Sie fühlte sich wie eine Verräterin an sich selbst, wenn sie es nur in Betracht zog, das Angebot von Frank Lord anzunehmen.

Das „HerzCafé" sollte unabhängig bleiben!

Musste unabhängig bleiben!

Oder?

Es musste unabhängig bleiben, sagte sie sich schließlich selbst. *Denn nur so bleibt Michelle Michelle.*

Eine Michelle, die es liebte, wenn sie draußen an der Steilküste stand, mit ihren Mitarbeitern quatschte und ihnen dabei zuschaute, wie sie den sich ihnen bietenden Anblick genossen. Die genießerisch die Augen schlossen, die den auf ihrer Haut spürenden Wind liebten und sich dazu motivierten, auch den heutigen Tag mit Freude zu begegnen und Menschen mit Kaffee, Kuchen und Sandwiches zu verwöhnen.

„Du hast dein Gehalt doch noch gar nicht bekommen". Meinte Michelle unbeholfen, um das Gespräch beginnen zu können, dass ihr so schwer im Magen lag. „Du kannst damit nicht unzufrieden sein."

Jenny kniff die Augen zusammen und stieß ein: „Hä?", aus.

„Dein Gehalt. Ich meine, wir haben darüber gesprochen und wir haben uns geeinigt. So steht es in deinem Arbeitsvertrag und so wird es die nächsten zwölf Monate bleiben. Steht alles im Vertrag."

Jenny schüttelte den Kopf und schien zu verstehen, worauf Michelle hinaus wollte: „Darum geht es nicht."

Jana, die die ganze Zeit über schweigend neben Jenny gestanden hatte, klopfte ihrer Kollegin auf die Schulter und warf Michelle einen kurzen, entschuldigenden Blick zu. Dann setzte sie sich in Bewegung und ging nach oben, hin zum Café, ohne ein Wort gesagt zu haben.

Ingrid, die Michelle einen aufmunternden Blick zu warf, nickte auch Jenny zu, der Michelle ansehen konnte, dass sie sich ungeheuer schwer tat mit dem, was sie sagen wollte.

„Es steht so im Vertrag", wiederholte sie und betete innerlich, dass Jenny sie nicht beschimpfen würde. Dass sie nicht wegen dem Gehalt meckerte, dass sie nicht wegen den Arbeitszeiten unzufrieden war oder sich über die begrenzte Möglichkeit, sich beim Backen austoben zu können.

Lass sie nur schlechtgelaunt sein und darüber motzen, dass irgendjemand ihren mitgebrachten Joghurt gegessen hat. Bitte, bitte, bitte, lass es keine gravierende, keine personalentscheidende Debatte werden.

„Ich fühle mich hier echt wohl", begann sie.

Michelle atmete erleichtert aus.

„Aber ..."

„Ein Aber ist scheiße", sagte Michelle.

„Ich weiß nicht", zuckte Jenny mit den Schultern und schaute hilfesuchend zu Michelle, die nicht verstand, was ihre Mitarbeiterin von ihr wollte. „Es ist ... es ist ... Nun ..."

Michelle merkte, dass sie ungeduldig wurde. Sie wollte hier nicht länger herumstehen, sich eine Geschichte erzählen lassen, die sie vorher noch aus Jennys Nase ziehen musste. Deshalb fragte sie: „Was passt dir nicht?"

„Alles."

Michelle schaute irritiert. Obwohl sie sich vorgenommen hatte hartherziger zu werden, merkte sie, dass es Jenny nicht darum ging, dass „HerzCafé" schlecht zu machen. In der kleinen, tätowierten, immer quirlig wirkenden Frau gärte etwas anderes. Ein Kummer – Michelle wollte nicht Schmerz sagen – der ganz tief aus ihrem Herzen kam. Ein Kummer, wie Michelle ihn allzu oft schon erlebt und durchgemacht hatte.

„Jeden sehen. Nur nicht selbst", murmelte sie sich zu und versuchte den plötzlichen Druck im Bauch zu ignorieren.

„Was?", fragte die verwundert und musterte Michelle auffällig direkt.

„Nichts", wich sie schnell aus. „Alles gut."

„Bei dir", sagte sie und Michelle fiel der mitschwingende, der unterschwellige traurige Ton in der Stimme Jennys auf. Was sie dazu brachte zu fragen: „Was ist los mit dir?"

Nicht zum ersten Mal war es Michelle unterbewusst aufgefallen, dass Jenny unablässig an ihrem Handy herumspielte, dass sie Programme geöffnet hatte, die sie nicht kannte, geschweige denn irgendwie zuordnen konnte. Und jetzt, wo Jenny wieder das Handy in der Hand hielt, kamen ihr Vitalis Worte in den Sinn. Worte, die sich schleichend langsam in ihren Verstand

gegraben hatten und jetzt zu ihrer vollen Entfaltung
kamen.

Dadurch fiel ihr auf, dass sie mit absoluter Sicherheit
sagen konnte, dass Jenny mit irgendwelchen Audioda-
teien herumspielte. Immer zu. Jeden Tag. Immer dann,
wenn sie sich unbeobachtet fühlte; wenn ihre Arbeit getan war.

In ihrer irrwitzigen Annahme, dass Jenny das
„HerzCafé" wohlmöglich mit einem Podcast versorgen
wollte, war sie auf das Thema nicht weiter eingegangen.

Aber jetzt, wo sie das in Jennys Hand liegende Handy
sah, die ebenfalls darauf geöffnete Datei, mit der sie an
den aufgezeichneten Tönen arbeiten, sie mindern oder
verlängern, oder dämpfen konnte, stieg eine Ahnung in
ihr auf.

Obwohl sie völlig durcheinander war, sie nicht genau
wusste, wo sie zurzeit gefühlstechnisch überhaupt
stand, begriff sie, dass Jennys Traurigkeit nicht daher
rührte, weil sie sie einen Job beim „HerzCafé" hatte,
sondern daher, dass sie ihn ausführen musste.

Alles gab plötzlich einen Sinn.

Sie begriff, wo Jennys Stärken und wo Jennys Schwä-
chen lagen.

Selbst das Telefonat mit Jennys Vater, nachdem Michelle ihr gesagt hatte, dass sie den Job hatte, ergab
plötzlich einen tiefergehenden Sinn.

Ihre eben noch in ihr tobenden Zweifel, dass sie eine
schlechte Chefin war, dass sie keine Augen für andere
hatte, dass sie nicht eine Sekunde dazu in der Lage gewesen war, sich um die Belange anderer zu kümmern,
waren wie weggewischt.

Sie konnte sehen, wie schlecht es Jenny ging.

Sie konnte sehen, wie sehr es an Jenny nagte.

Sie konnte sehen, was für einen Fehler sie begonnen hatte.

„Du willst hier gar nicht arbeiten, oder?“, fragte sie unverblümt.

„Wie?“

Jenny schaute auf. In ihre eben noch leeren Blicke kehrte ein pulsierendes, ein nach Freude kreischendes Leben zurück, dass Michelle begriff, dass sie den richtigen Knopf gedrückt hatte.

„Du willst gar nicht bei mir arbeiten“, sagte Michelle noch einmal.

„Äh …“

„Du fühlst dich hier wohl, aber es ist nicht die Arbeit, die du machen willst.“

„Ich brauche den Job“, wich Jenny aus und verlor ihr aufgesetztes, ihr loses Mundwerk und wirkte wieder wie eine kleine, verängstigtes Mädchen, die nicht wusste, wohin sie sich in ihrem Leben wenden sollte.

„Aber er macht dir kein Spaß. Ich meine, seitdem ich dir den Vertrag zur Unterschrift vorgelegt habe, sind deine Leistungen rapide abgefallen. Du bist mit den Gedanken oft woanders.

Du …“

„Ich brauche nur ein Gehalt“, sagte Jenny, während sie die Blicke niederschlug.

„Okay.“

„Nur einmal meinem Dad zeigen, dass ich mehr kann, als nur auf seiner Tasche zu liegen.“

Ihre plötzliche Offenheit, ihre unverblümte Ehrlichkeit setzten in Michelle etwas in Gang, dass sie so nicht für möglich gehalten hatte.

Etwas, dass ihr sagte, dass sie einmal in ihrem Leben auf ihr Herz hören musste.

„Nur ein Gehalt?“

„Ja.“

„Das hast du gestern bekommen. Und jetzt?“

„Kündigen“ gab Jenny ehrlich zu.

Das schlechte Gewissen, das sich ihrer bemächtigt hatte, fiel plötzlich von ihr ab, wie es schien. Nun, wo sie ausgesprochen hatte, womit sie sich die ganze Zeit über herumgeplagte, wirkte sie gelöster. Wieder mehr wie Jenny.

„Weißt du eigentlich, in was für eine beschissene Lage du mich hier bringst?“, wollte Michelle lachend wissen.

„Bürokratiekacke, ich weiß“, lächelte Jenny. „Aber ich bin doch noch in der Probezeit. Ich meine, du kannst mich doch ohne Angabe von Gründen kündigen.“

„Was sagt dein Vater dazu?“

Jenny winkte ab: „Was sagst du dazu?“

„Ich verstehe nicht, wenn ich ehrlich bin“, gab Michelle unverblümt zu. „Warum kommst du dann hierher, bewirbst dich und nimmst den Job an, obwohl du ihn gar nicht haben wolltest? Das will mir nicht in den Kopf, wenn ich ehrlich bin.“

Jenny ging auf den leisen Vorwurf in Michelles Stimme gar nicht ein.

Was okay war.

„Ich hatte auf Philipp gehofft, dass er den Job bekommt“, meine sie um, dann zu sagen: „Ich danke dir von ganzem Herzen, wenn du mich kündigst. Ich habe so viel anderes vor.“

„Was wäre das?“

Jenny winkte ab: „Hirngespinste“, und klang dabei ganz leise, ganz traurig. So, als hätte nicht sie dieses eine, dieses vernichtende Wort gesagt, sondern jemand anderes.

„Ich verliere alle meine Mitarbeiter früher oder später“, seufzte Michelle und griff die ihr gereichte Hand.

„Das werde ich dir nie vergessen. Niemals. Und wenn du einmal meine Hilfe brauchst, scheu dich nicht, mich anzurufen. Ich werde alles in die Wege leiten, damit es dir gut geht. Versprochen!“

***

Die Tage hatten etwas – verwirrendes besessen. Michelle hatte nicht genau gewusst, wie sie es beschreiben sollte. Aber in dem Moment, als sie mit Jenny da unten gestanden hatte, ein Problem aus der Welt schaffte, hatte sie sich vorgenommen, auch die anderen anzugehen.

Sie würde sich darum kümmern, wie sie ihre Geldsorgen loswerden würde. Sie wollte sich aktiv auf der Insel nach neuen Lieferanten und neuen Zulieferern umschauen. Dabei, und das war etwas, das sie beschwingte und sie glauben ließ, einen Schritt aus ihrem bisher gewählten, immerwährenden, sich im Kreis drehenden Leben hinaus zu machen, wollte sie sich selbst auch was Gutes tun.

Es mussten keine neuen Schuhe sein, keine neue Bluse oder irgendetwas, das in ihrer Wohnung vor sich hin staubte.

Nein, sie wollte mit offenen Augen durch das Leben gehen.

Sich an Kleinigkeiten erfreuen, die sie entdeckte. Ein kleines, auf die Kopfsteinpflaster der Straße gemaltes Bild. Ein kunstvoll an die Wand geschrieben Spruch, oder das mit Mühe und Können an die Brückenposten gespürten Graffitis.

Irgendetwas, das ihr zeigte, dass Probleme, egal wie groß sie auch waren, schrumpften, wenn man ihnen mit einem offenen Visier begegnete.

Aus dem Grund war sie mit einem beschwingten Gefühl wieder hinauf ins Café gegangen. Sie hatte Ingrid zugenickt, und gesagt, dass sie sich den heutigen Nachmittag einmal freinehmen würde, um nach Alternativen zu suchen.

„Du?“, hatte Ingrid gefragt.

„Ich“, lächelte Michelle und kam sich sonderbar frei vor. So, als habe sie unsichtbare Ketten von sich abgestriffen, die ihr bisher unangenehm fest um den Körper gehangen hatten.

„Und wenn du fertig bist, mit der Kundenbindung? Dich mit Philipp treffen?“

„Wie kommst du darauf?“, fragte Michelle verwundert.

„Hätte ja sein können“, zuckte Ingrid mit den Schultern und lächelte unschuldig. „Habe vorhin gesehen, dass du ihn anrufen wolltest. Deshalb meine Frage

„Was du so alles beobachtest“, sagte Michelle lachend.

„Aha“, sagte Michelle. „klingt fast wie Gefängnis bei dir.“

Dabei schmunzelte Michelle und versuchte ihre Freundin ein wenig auf den Arm zu nehmen. Sie wollte gelöst klingen. Locker, so, als habe ihr das eben Gesagte keinerlei Stich versetzt. Hörte sie aber auf sich und lauschte in sich hinein, dann konnte sie da wieder eine Stimme sprechen hören. Eine Stimme, die ihr zuflüsterte, dass alles irgendwann einmal richtig kompliziert werden würde.

Ingrid winkte ab, sagte: „Magst recht haben", und ließ Michelle blinzeln.

„Wie gesagt", straffte Michelle sich. „Ich bin heute Nachmittag für niemanden zu erreichen und für niemanden zu sprechen. Ich will mich darauf konzentrieren, was jetzt vor mir liegt. Wäre doch gelacht, wenn wir den ganzen Banditen um uns herum nicht einmal in den Hintern treten würden."

„Du hast ja Krallen, Mäuschen?"

„Scharfe."

„Warte Mal, Schätzchen", rief Ingrid, nachdem Michelle ihre Handtasche genommen und diese geschultert hatte. Als sie auf dem Weg nach draußen war, hatte Ingrid sie eingeholt und wedelte mit einem Zettel durch die Luft.

„Für dich."

„Was ist das?", wollte Michelle wissen, die eine blaue Schrift erkannte, die auf Hochglanzpapier gedruckt war.

„Ein Gutschein. Für dich."

„Für mich?"

„Um die Seele baumeln zu lassen. Habe ich letztens von Dave geschenkt bekommen. Um die alten Zeiten willen", zwinkerte Ingrid.

„Ach Ingrid."

„Doch, doch, doch. Ich finde, du sollst den Gutschein bekommen. Ist eine Wellnesspackung. Geht gut drei Stunden und du fühlst dich danach wie aus dem Ei gepellt. Mach mir die Freude, nachdem du das Geschäftliche hinter dich gebracht hast. Du hast es dir verdient, mein Schatz!“

Michelle seufzte: „Das musst du nicht tun.“

„Doch, muss ich. Ist ja für dich. Also, los. Hopp, hopp, lass dich kneten, massieren und einmal schon durchs Öl ziehen. Du wirst sehen – wahre Wunder werden danach geschehen!“

***

„Er sagt, er hat keine Zeit“, hörte Michelle Greta sagen, die heute Nachmittag die Betreuung für Benny übernommen hatte.

„Keine Zeit“, lachte Michelle verletzt auf. „Er hat immer Zeit.“

„Jetzt gerade nicht“, nahm Gretas Stimme einen verschwörerischen Ton an. „Er packt seine Sachen.“

„Seine Sachen?“

Greta lachte: „Er will auf Reisen gehen, hat er mir gesagt. Einen Schatz suchen oder so.“

Michelle musste schmunzeln und gleichzeitig die in ihr aufsteigende Traurigkeit niederkämpfen. Es verletzte sie mehr als sie zugeben wollte, dass Benny nicht mit ihr sprechen wollte. Noch mehr setzte es ihr zu, dass er es sich ernsthaft in den Kopf gesetzt hatte zu verschwinden.

Warum trifft dich das?, fragte sie sich, während ihr die angenehme Wärme im Wartebereich entgegen schlug, der Geruch nach Ölen und Tinkturen in sich trug und sie jetzt schon genießerisch daran denken ließ, wie es sein würde, in dem frisch eingelassenen Badewasser zu liegen und mit etherischen Ölen eingerieben zu werden. *Du wolltest doch immer, dass er selbständig wird. Dass er weniger an dir hängt. Etwas Platz zum Atmen, du erinnerst dich? Das wolltest du haben. Etwas mehr Freiraum für dich und deine ...*

Michelle konnte ihr Gedanken lachen hören, als sich dieses eine, dieses unmissverständlich und völlig absurd klingende Wort dachte, das ihr durch den Verstand waberte: ... *Hobbys.*

„Den Schatz hat er doch letztens erst gefunden", hörte Michelle sich wie aus weiter Ferne sagen und merkte, dass ihre Gedanken wieder dabei waren, Kapriolen zu schlagen. „Da war ich dabei. Ich meine, ich war die schönste Eingeborene, die er jemals gesehen hat."

„Hab ich von gehört", antwortete Gerta. „Aber er meint es dennoch ernst zu meinen."

„Das heißt?"

„Dass er gestern und heute versucht hat sich fortzuschleichen. Geht ja nicht. Aber beide Male haben wir ihn im Garten gefunden, wo er das alte Tor öffnen wollte."

„Oha", sagte Michelle. „Das klingt ernst."

„Haben wir aber alles im Griff", versicherte Gerta. „Benny kommt uns nicht weg."

„Richtest du ihm bitte aus, dass ich ihn liebhabe und ihn noch einmal anrufen werde?"

„Sag ich ihm."

„Und sag ihm bitte, dass ich ihm tausend Küsse schenke."

„Auch das!"

„Und dass ich ihn besuchen komme, sobald ich hier fertig bin, ja?“

„Auch das!“

Michelle beendete das Gespräch, nachdem sie sich verabschiedet hatte und konnte nicht so entspannen, wie sie es gerne gewollt hätte.

Sie wollte hier Ruhe finden.

Sie wollte entspannen.

Sie wollte ...

... genießen.

Bennys Verhalten aber ließ sie unruhig werden.

„Sie können sich schon einmal auf die Liege daliegen“, meinte die dunkelhaarige Frau, die an einem Waschbecken stand, sich die Hände wusch und durch den an der Wand hängenden Spiegel zu Mischelle schaute. „Da, wo das Handtuch liegt, ist unten.“

Michelle nickte pflichtbewusst.

„Nur wir beide sind hier, oder?“, fragte Michelle.

„Neben an ist noch eine Kollegin.“

„Ich meine, wegen der beiden Liegen hier.“

„Für eine Paarmassage“, erklärte die freundlich lächelnde Frau.

Ich bin allein!, schoss es ihr plötzlich durch den Kopf, als sie sich auf die Liege legte und begriff, dass sie hier in einem Raum lag, der für Ingrid und Dave bestimmt gewesen war.

Für Paare!

Ingrid hat bewusst auf ein erotisches Abenteuer mit Dave verzichtet!

Scheiße Mann.

Ich bin total allein.

Ich habe niemanden, außer meine Arbeit und ...

… Benny.

Und der spricht nicht mit mir!

Der will auf Reisen gehen. Der will mich allein lassen und niemals wieder auch nur ein Sterbenswörtchen mit mir reden.

Die junge Frau sprach leise und riss Michelle aus ihren Gedanken, als sie sagte: „Legen Sie sich doch bitte hin."

Michelle lächelte kantig und sprach mehr zu sich, als zu der jungen Frau: „Na dann", um sich hinzulegen, den Bademantel noch immer geschlossen.

„Wir fangen mit einer leichten Massage an", versicherte die dunkelhaarige Frau. „Danach gibt es heiße Steine, einige Vakuumgläser und danach kommt die mittlere Massage und das Entspannungsbad. Sie werden hier heute nach allen Mitteln der Kunst verwöhnt."

Michelle lächelte noch immer unsicher.

„Fangen wir an", klatschte die junge Frau in die Hände und ließ Michelle keine andere Wahl mehr, als den Bademantel zu öffnen und sich auf die Liege zu legen und das Gefühl zu bekommen, ausgeliefert zu sein.

***

Du bist die Beste! Einen dicken Schmatz für dich!

Das hatte Michelle Ingrid eine Nachricht geschrieben, nachdem sie durchgeknetet, gebadet und eingeölt worden war. Allein die zehn Minuten im Ruheraum, wo ihr ein warmer Umschlag über die Augen gelegt worden war, sinnliche Musik aus einem Radio erklang und sie einen alkoholfreien Cocktail trinken durfte, waren es wert gewesen, hierherzukommen.

Alle Befürchtungen, alles Ängste, die sie durchflutet hatten, waren plötzlich nicht mehr vorhanden gewesen. Alles hatte sich in einem wohligen Mischmasch aus Eindrücken, Empfindungen und Wohlbefinden verloren.

Sie musste nur daran denken, wie ihre Masseurin ihr die warmen Steine auf den Rücken legte und ihr erklärte, dass sie nun die Poren reinigen und öffnen würde. Michelle würde, so die junge Frau, allein durch das Schwitzen überschüssigen und unzureichenden Talg verlieren. Außerdem, und darüber hatte Michelle geschmunzelt, weil sie damit überhaupt nichts anfangen konnte, würde dadurch der Mentalstrom ihrer positiven Aura gestärkt werden und wieder mehr in den Vordergrund treten.

Obwohl Michelle weder an Esoterik glaubte noch etwas von Mentalströmen, Auren und leuchtenden Chakren hielt, so hatten die Worte doch ausgesprochen verführerisch geklungen.

Michelle hatte sich fallen lassen können.

So richtig tief und innig fallen gelassen.

Mit jeder Behandlung hatte sie gemerkt wie ihre schweren Gedanken leichter wurden. Dass alle Sorgen, die wie tonnenschwere Geschichte auf ihr lasteten, so gut wie gar nicht mehr vorhanden waren.

Natürlich, sie wusste um ihre Probleme, aber sie dominierten nicht mehr ihre Gedanken.

Es war, als wäre sie der Welt für einen kurzen Augenblick entkommen.

Ihre Wege, die sie zu drei Getränkelieferanten geführt hatte, zu einem kleinen Obst- und Gemüsehändler, sowie zu einer Graveurin für Tisch- und Speisekarten, waren allesamt positiv verlaufen. Jeder der Geschäftsführer waren freundlich gewesen, zuvorkommend, hatten ihr Unterlagen und Materialen mitgegeben, die sie sich einmal anschauen und genaustens studieren sollte, um eine mögliche Zusammenarbeit in Betracht zu ziehen.

Bei einem der Getränkehändler war sie auf so viel Freundlich- und Liebenswürdigkeit gestoßen, dass sie sich fest vornahm, sich wenigstens einmal von ihm beliefern zu lassen.

„Ich kenne das „HerzCafé"", hatte er gesagt, gelächelt, und sich in seinen abgewetzten, klapprigen und bei jeder Bewegung quietschenden Stuhl zurückgelehnt und die Hände hinter dem Kopf verschränkt. „Wir waren letztens bei Ihnen oben und Ihr Kollege war ein wenig frech zu mir!"

Michelles Augen weiteten sich.

„Oh", sagte sie und sah dann, zu ihrer Erleichterung, wie der Mann abwinkte.

„Wenn das Klima bei Ihnen da oben immer so nett ist, besucht man Ihr Café nur zu gerne. Also, wenn Sie mögen, können wir uns gerne einmal über Preise, Lieferung und ein mögliches Skonto unterhalten ..."

Erst jetzt, wo sie ihr Handy in der Hand hielt, durch Burgs Innenstadt schlenderte, Gerüche von Essen in der Nase und das Stimmenwirrwarr der Touristen im Ohr, und Ingrid virtuell den größten Kuss gab, den jemals ein Mensch bekommen hatte, fühlte sie die innere

Ruhe zu sich zurückkehren, wie sie sie nur einmal in ihrem Leben genossen hatte.

Damals, mit Eddy, unten am Steg, am Fluss.

Da hatte sie gemerkt, wie sich alles um sie herum veränderte. Dass ihre Gedanken plötzlich ganz leise, ganz ruhig werden konnten. Dass sie nicht in einem ständigen, wirbelnden Kreisen gefangen waren und sie daran hinderten, schlüssig und logisch zu denken.

Und so wie damals, als Eddy ihre Hand berührte, fühlte sie sich auch jetzt.

Aufgeregt, aber ruhig.

So, als würde sich jeden Augenblick vor ihr eine Tür öffnen, durch die sie nur treten brauchte, um eine neue, eine unkomplizierte Welt zu betreten, die ihr alle Optionen bereithielt, um ein glückliches Leben führen zu dürfen.

Michelle seufzte, als sie in die Sonne des langsam vergehenden Tages trat.

Hoffe du hattest ganz viel Spaß und konntest Kraft tanken.

Michelle wollte gerade antworten als sie eine weitere Nachricht von Ingrid bekam, in der sie schrieb:

Drücke dir Daumen, dass du dann auch noch einen Flirt abstauben kannst.

Als sie die Blicke vom Handy nahm, zuckte sie zusammen.

Erst meinte sie sich geirrt zu haben. Meinte durch das Kreischen der an ihr vorbeiflitzenden Jungen abgelenkt worden zu sein. Dann aber, als sie noch einmal aufschaute, noch einmal guckte, ob sie sich vielleicht doch nicht geirrt hatte, fielen sich zwei ältere Herren neben ihr in die Arme und riefen: „Mensch, was machst du denn hier?"

Auf der anderen Straßenseite, beim Waffelverkauf schimpfte eine Mutter mit ihrem Sohn, während beim Kleidershop zwei junge Frauen sich farbige Blusen an den Oberkörper hielten und sich fragten, ob ihnen die Kleidung stand.

Ich muss mich geirrt haben, sagte sie sich selbst, während ihre Augen hinter den abgetönten Gläsern ihrer Sonnenbrille trotzdem auf Wanderschaft gingen und nachdem Grund suchten, der sie so sehr verwirrte.

Du hast dich getäuscht, sagte sie sich noch einmal und konnte es doch nicht lassen, sich umzugucken. *Lass es dabei bewenden, Mädchen.*

Das kommt vor.

Vielleicht hat sich die Sonne auf deinen Brillengläsern gespiegelt. Du bist zu schnell gegangen oder hast einen inneren Wunsch gespürt und gehofft, dass er in Erfüllung geht.

Hast Ingrids Worte im Ohr, wegen dem Flirt.

Das wäre doch ein Zufall, wenn ihr euch hier über den Weg laufen würfet.

Du hast dich getäuscht.

Das war nur ein Kerl, der so ähnlich aussieht.

Ganz bestimmt ...

Michelle nickte sich selbst zu.

Natürlich hatte sie sich geirrt. Es war unmöglich, dass sie ausgerechnet hier und jetzt, zu dieser vorgerückten Stunde, den Mann traf, den sie unbedingt treffen wollte.

Das war unmöglich.

Empirisch unmöglich, um mit den Worten Stan Uris aus Stephen Kings „ES" zu sprechen.

So wie der kleine Junge, der sich gegen den ekelhaften Clown Pennywise zur Wehr setzen musste, so wehrte sich auch Michelle gegen ihre innere Unruhe und sagte sich, dass sie nur weiter nach einem leckeren Eis Ausschau halten musste.

Es war nicht mehr weit zu ihrer favorisierten Eisdiele. Nur einige hundert Meter durch das dichte Gedränge der sich bei dem herrlichen Wetter eingefundenen Menschen, und sie würde nach gut zehn Minuten Wartezeit ihr Schokoladeneis in Händen halten und ihre Zungenspitze in das köstlich, weiche, schmelzende Milchspeise drücken.

Aber im nächsten Augenblick, als sie gegen die Sonne blinzelte und ihren Blick noch einmal durch die Einkaufsstraße schweifen ließ, um an jenen Ort zurückzukehren, wo sie eben noch gemeint hatte, etwas gesehen zu haben, das sie nicht hatte sehen können, zuckte sie zusammen.

Da war er.

Wahrhaftig.

Obwohl sie es noch immer nicht fassen konnte, weil sie niemals im Leben damit gerechnet hatte, ihn so zu sehen, musste Michelle feststellen, dass es so war, wie es sich ihr zeigte.

Da war Philipp!

Er stand vor dem Schaufenster einer kleinen Modeboutique und hielt eine Tüte in der Hand.

Es sah so aus, als wartete er.

Das eben noch in ihr aufgestiegenes Verlangen, ein Eis zu essen, verlor sich völlig. Das Glück, dass sich ihr unverhofft an die Seite gestellt hatte, konnte sie gar nicht fassen. Sie begriff, als sie die Hand hob, dass sie ihre Plauderei – den Kuss – aus dem Café fortsetzen konnten.

Alle Sorgen, all der Kummer, den sie heute Morgen noch gespürt hatte, waren von ihr abgefallen.

Das herrlich warme nachmittägliche Wetter, ihre Wohlfühllaune, die erzielten Erfolge, alles ließ sie ernsthaft mit dem Gedanken spielen, auch ihre Probleme mit Philipp würden sich in Luft auflösen.

Sie sah sich schon mit ihm in einem Lokal, in irgendeiner Seitengasse, sitzen. Sie eine Cola vor sich, er ein Bier, die Sonne auf seiner weichen, gebräunten Haut, während er sie betrachtete und ihr ein Lächeln schenkte, dass ihr die Knie weich werden ließ.

Sie wollte schon die Hand heben, ihm zuwinken und: „Hey, Philipp", rufen, als ihr ihre Stimme versagte.

In dem Moment, als sie ihre Überraschung überwunden hatte, sie die Einkaufspassage durchqueren wollte, um zu Philipp zu gelangen, trat jemand aus der Boutique heraus.

Gut einen Kopf kleiner als Philipp, dunkles, glattes Haar, das schön anzusehende, mit asiatischen Zügen versehende Gesicht lachend verzogen. Dazu ein: „Da habe ich aber Glück gehabt, mit meinem Kleidchen", auf den Lippen, dass Michelle meinte ihr würden die Ohren klingeln.

Jetzt, wo sie sah, wie die schlanke Frau Philipp in den Arm nahm, sich auf die Zehenspitzen stellte und ihm ein Küsschen auf die Wange hauchte, war es ihr, als würde sich der Boden unter ihr öffnen.

Eddy, schoss es ihr in den Kopf, *das hier ist gerade wie mit Eddy!*

Obwohl sie den Gedanken nicht zulassen wollte und sie sich nichts sehnlicher wünschte, als dass er wieder verschwand, musste sie sich mit ihm auseinandersetzen.

Alles Wohlfühlen, jede eben noch so spielerisch leicht wirkende Heiterkeit in ihr war wie weggeblasen. Sie konnte sich nicht gegen die Eindrücke wehren. Konnte es nicht lassen, dass sich vor ihr abzeichnende Bild weiter zu betrachten. Sie musste es aufsaugen, wie ein Schwamm das Wasser.

Sie konnte sehen, wie glücklich die Frau an Philipps Seite war. Wie zufrieden sie aussah und wie leicht sie nach seiner Hand griff.

Nach seiner Hand!

Verdammt noch mal, sie griff nach seiner Hand, als wäre sie ihre.

Michelle machte einen Schritt zurück. Sie wollte weder von Philipp noch von seiner Begleitung gesehen werden. Sie sah, wie die beiden sich von der Boutique wegdrehten, wie sie sich in den an ihnen vorbeiströmenden Menschenmassen einfädelten und in ihrem Sog verloren zu gehen drohten.

Obwohl Michelle alles daransetzte, die in ihrem Kopf vorherrschenden Gedanken wieder zurückzudrängen, und krampfhaft darum bemüht war, nicht wieder

Achtzehn zu sein; von der Mutter umarmt, von dem Vater getröstet und mit Benny einen Schwur zu leisten, so musste sie denken: *Ähnlich habe ich es damals mit Eddy erlebt. Er hat sich auch heimlich mit Eva Derborth getroffen. Er hat sich mit ihr verabredet und so getan, als wäre nicht zwischen ihnen.*

Und ich dumme Kuh habe das auch noch geglaubt. Ich Eselin war der felsenfesten Überzeugung gewesen, dass beiden sich nur deshalb trafen, weil Eva in Mathematik eine Knallscharche war.

Michelle mochte an den lauen Frühlingsabend gar nicht zurückdenken, als ihr die ersten Zweifel kamen. Als in ihr eine unbekannte Ahnung aufzusteigen begann, die angefangen hatte an ihrem Selbstvertrauen zu nagen.

Michelle versuchte, das überlaute Klopfen ihres Herzens zu ignorieren. So wie sie es damals ignorieren wollte, als sie gesehen hatte, wie Eddy und Eva zusammen aus dem Bus gestiegen waren.

Hand in Hand.

Ich habe mir eingeredet, dass ich mir das nur eingebildet habe. Ich habe wirklich daran geglaubt, dass es eine Sinnentäuschung gewesen war. Dass sie nur zusammen aus dem dichten Gedränge des Busses ausgestiegen waren. Dass es so aussah, dass sie Händchen hielten.

Hey, die Sonne hatte hoch am Himmel gestanden; du warst geblendet, weil du aus dem Dunkel der Brückenunterführung in die Sonne getreten bist.

Man muss sich an die neuen Lichtverhältnisse gewöhnen.

Oder?

Man braucht etwas, um wieder klar sehen zu können.
So sieht es schon mal aus, dass dein Freund mit einem
Mädchen Hand in Hand aus dem Bus aussteigt.

Sie hatte sich nicht geirrt.

Sie hatte gesehen, was sie gesehen hatte. Und in dem Moment, wo sie sah, wie die asiatische Schönheit sich auf die Zehenspitzen stellte, um Philipp einen Kuss auf die Wange zu geben, hatte sie keine Ausrede finden können. Sie musste akzeptieren, dass Philipp ein Küsschen bekam.

War sie benebelt von der Massage? ... Nein, sie küsste ihn wirklich auf die Wange. „Wir sind nur gute Freunde, wirklich gute Freunde. Haben die gleichen Hobbys und so. Dann berührt man sich schon mal. Wir sind vertraut miteinander!"

Sie hätte Eddy damals für diese Worte töten können.

Einmal mit den Fingernägeln durch das Gesicht gehen. Ihm zeigen, dass sie sich weder von ihm noch von irgendjemand anderen verarschen ließ.

„Das war mehr als vertraut", hatte sie weinend gesagt. „Sehr viel mehr!"

„Wir sind nur Freunde!"

Sie Kamel hatte das damals geglaubt. Sie hatte sich an den letzten, den ihr gereichten Strohhalm geklammert und sich nichts sehnlicher gewünscht, als dass ihre durch ihr Herz peitschende Eifersucht sich zurückzog und sich beruhigte.

Sie wollte ruhig bleiben. Wollte sich selbst sagen, dass Philipp ihr erklären konnte, dass er sie geküsst hatte, weil er in verzweifelter Hoffnung noch die Aussicht auf eine Festanstellung am Leben halten wollte. Dass er in einem unbedachten Moment übers Ziel hinausgeschossen war und eine Dummheit begann, die er ehrlich bereute.

War er ihr gegenüber nicht zurückhaltender geworden?

Hatte er nicht versucht den Kontakt zu minimieren?

Er hat dich geküsst, Mäuschen, sagte die Eifersucht in ihr. *Er hat mit dir zusammen im Sand gelegen! Er hat dich angefasst. Erinnerst du dich? Er war mit seinen Fingerspitzen an deinem Bauch entlanggewandert und war hinunter zum Saum geglitten, um unter ihn zu kommen.*

Er hat …

… versucht mit dir zu schlafen.

Michelle schüttelte den Kopf, während sie ihren Erinnerungen verbat hinter ihrer Stirn aufzusteigen. Sie wollte nicht an den wohligen Schauer denken, wollte nicht daran erinnert werden, wie es im Magen gekribbelt hatte und sie sich wünschte, dass er sie intim berührte.

Er ist zurückgezuckt – du weißt noch?

Er hat plötzlich aufgehört lieb zu dir zu sein. Er hat sich erinnert, was er zuhause hat.

Dass es da jemanden gibt, der auf ihn wartet.

Michelle wischte sich die Tränen aus den Augen und lehnte sich keuchend an die Wand.

Sie fühlte sich ausgenutzt und hoffnungslos verloren …

Kapitel 11

Verletzte Gefühle

Ich werde das klären müssen. Nur einmal kurz anrufen und sagen: Hey, Mann, das ist ja ein Ding, dass wir uns hier treffen. Weißt du, ich habe da vor vier Tagen so eine merkwürdige Beobachtung gemacht. Stell dir mal vor: Ich habe dich mit einer anderen Frau gesehen.

Einer Frau ... nun ja, auffallend schön. Sehr schlank. Sehr biegsam, wenn du mich fragst. Sicherlich ein richtiger Heuler im Bett.

Aber das, nun ja, auf das ich herauswill ist folgendes. Sie hat dir ein Küsschen gegeben und nach deiner Hand gegriffen. Versteh mich bitte nicht falsch, aber das hat mich schon irritiert. Gewaltig irritiert.

Ich meine, hey, wir beide haben da doch auch was am Laufen, oder?

Oder nicht?

Ich meine, klär mich doch mal bitte auf. Du bist da besser bewandert als ich.

Ich bin immer etwas naiv und etwas voreingenommen. Kenne mich mit meinen eigenen Gefühlen nicht so aus und so. Ich meine, hey, ich hänge heute noch einem Jungen nach, der mir das Herz gebrochen hat, als *ich zarte Achtzehn war. Zehn Jahre später bin ich immer noch durch den Wind, wenn ich an Eddy denke.*

Verstehst du?

Ich bin da ein echter Amateur.

Komm, sag mir, wer war die asiatische Schönheit?

Solche und ähnliche Gedanken waren Michelle unaufhörlich durch den Kopf geschossen. Jeden gottverdammten Tag war ihr eine andere Möglichkeit eingefallen, wie sie Philipp am besten ansprechen konnte.

„Bevor wir anfangen", war ihr Jana glücklicherweise – unbewusst – zur Seite gesprungen und hatte Michelle aus ihren Gedanken gerissen. „Annabell hat sich wieder gemeldet."

Alle verdrehten die Augen.

Jenny ließ sich zu einem: „Die nervt", hinreißen.

„Was will sie diesmal?"

„Es geht um die auf den Tischen platzierten Gedecke. Die, die die Floristin ihr anbietet gefallen ihr nicht und passen angeblich nicht zu unserem Ambiente."

Michelle schloss die Augen und zwang sich innerlich zur Ruhe.

„Wie können wir das Problem aus der Welt schaffen?", murmelte Michelle fragend und schob dann hinterher. „Können wir Annabell irgendwie beruhigen?"

„Das ist das Problem."

„Wieso?"

„Annabell möchte nicht, dass wir noch einmal alles neu planen und entwerfen. Sie will die Version von Ive!"

Jana sah bei der Bekanntmachung alles andere als glücklich aus. Sie hatte das Gesicht verzogen und die Blicke schuldbewusst gesenkt. Neben ihr, den Kopf schüttelnd, saß Jenny, der entfuhr: „Was für eine kleine Bettnässerin. Die soll sich nicht so wichtig nehmen."

„Hast du sie nicht überzeugen können, dass in unserer neuen Dekoration auch der Reiz von etwas Ungewöhnlichem liegt?"

„Ich habe alles versucht", gestand Jana.

„Okay", seufzte Michelle. „ich werde sehen, was sich da machen lässt. Bis jetzt habe ich es immer geschafft, dass sie das macht, was wir wollen. Was liegt noch an?"

Jana und Jenny sagten nichts.

Ingrid hingegen meinte: „Wie steht es um Richard und dich?"

Jana riss die Augen auf.

Michelle, der nicht nach einem Lächeln zumute war, tat es dennoch. Sie betrachtete Jana, schmunzelte und hörte ihre Angestellte heiser fragen: „Wie meinst ... äh ... was soll die Frage?"

„Ich bin neugierig", lachte Ingrid. „Habe mitbekommen, dass er dich zum Strandfest mitgenommen hat. Zur Surfmeisterschaft, oder?"

„Äh ... ja ..."

„Lass dir doch nicht alles aus der Nase ziehen", schaute Ingrid sie auffordernd an. „Wie war es? Was habt ihr so gemacht?"

„Geküsst", rief Jana erschrocken, um dann in ein sanftes, ein liebevolles Lächeln zu versinken. „Wir haben uns unten am Strand, am Grill, dass erste Mal geküsst. Ich glaube ..."

„Ja?" Michelle, Ingrid und Jenny beugten sich erwartungsvoll vor.

„... wir sind jetzt zusammen. Gicks!", machte Jana und sah glücklich aus, wie noch nie in ihrem Leben.

Michelle, die das alles nicht mehr ertragen konnte, die spürte, wie sie die Kontrolle über sich und ihre Gefühle wieder zu verlieren drohte, hatte schließlich, als sie eine E-Mail von Gabor Vitali bekam, sich dazu durchgerungen, Philipp anzurufen. Sie wollte die Sache endgültig aus der Welt geschafft haben.

Das Problem bei der Sache war, dass ihr der Mut fehlte. Plötzlich war er verschwunden. Sie hatte sich auf der Terrasse aufgebaut, hinunter zum Meer geschaut und gespürt, wie ihre Finger zu zittern begangen, als sie seine Nummer wählte. Selbst ihr Versuch, sich selbst nicht wahnsinnig zu machen und ruhig zu bleiben, an ihren Vater zu denken, wie er damals dort unten saß und zeichnete, brachten ihr keine Linderung.

Erst als sie die Augen schloss, sie tief ein und ausatmete und blindlings auf das Display ihres Handys tippte, baute sie die Verbindung auf.

„Hi", begrüßte er sie überraschenderweise, nachdem es zwei Mal geklingelt hatte.

„Grmpf", kam es ihr aus dem Mund, und sie räusperte sich, als sie merkte, dass ihr die Schamesröte ins Gesicht stieg.

„Alles gut bei dir?"

„Jaha", quietschte sie. „Hast du mal eine Minute?"

„Öh … ja. Klar. Was gibt es?"

Michelle wollte unbekümmert klingen. Locker und leicht. Sie spielte mit einem Kugelschreiber, den sie eben noch in der Hand gehalten hatte, und schoss ihn, als er ihr aus den Fingern glitt, über die Terrasse.

Ingrid fing ihn, mit einem gedankenschnellen Reflex auf.

„Sorry!"

„Das merk ich mir, Mäuschen", sagte Ingrid gespielt kühl und tippte sich gegen die Stirn.

„Was gibt es denn?", wollte Philipp noch einmal wissen, riss sie aus ihrer Starre.

„Ich …"

„Ja?"

„Wir müssen mal reden."

Endlich, dachte sie, *zeigt sich auch in seiner Maskerade etwas Menschliches.*

Mit einem zufriedenen Lächeln hatte sie wahrgenommen, wie Philipp am anderen Ende des Telefons ruhig wurde, die Luft ausstieß und gepresst zu atmen begann. Sein Schweigen zeigte ihr, dass auch er unter Stress stand.

„Worüber?", fragte er vorsichtig.

„Uns beide."

„Über uns?"

„Über dich", verbesserte sie sich.

„Mich?" Philipp lachte leise auf. „Warum das denn?"

„Ich habe dich letztens gesehen", gestand sie und war froh darüber, dass ihr die Worte wie allein aus dem Mund drangen. „In der Stadt."

„Okay!"

„Vor drei oder vier Tagen", tat sie, als könnte sie sich nicht mehr genau erinnern.

Das aber, was in ihr gärte, was in ihr brannte und brodelte, war auf die Sekunde genau gestimmt. Sie konnte genau sagen, wann es gewesen war, was um sie herum passierte und welcher Tag es gewesen war, als sie glaubte, dass ihr der Boden unter den Füßen weggezogen wurde.

„Du willst bestimmt fragen, wer die Frau an meiner Seite war, nicht wahr?", kam er ihr zu Hilfe und ließ Michelle die Augen aufreißen.

„Äh …"

„Keine Sorge", sagte er. „das ist nichts Wildes."

„Sie hat dich geküsst und dich an die Hand genommen."

„Weil sie sich gefreut hat, dass ich ihr was gekauft habe."

„Du hast vor der Boutique gestanden."

„Weil ich keine Lust hatte, mit in den stickigen Laden zu gehen."

Michelle wollte sich nicht abwimmeln lassen. Sie wollte nicht dastehen, wie eine eifersüchtige, naive Kuh, die sich wegen eines Kusses in eine Sache hineinsteigerte, die am Ende für sie lächerlich ausgehen konnte.

Trotzdem aber fühlte sie sich unbehaglich, als sie nachsetzte: „Es sah sehr vertraut aus."

„Mandy Chee ist meine Cousine", kam es aus Philipp schnell heraus. „Wir sehen uns nicht sehr oft."

„Sie ist Asiatin."

„Das heißt was? Das ein Europäer sich nicht in eine Asiatin verlieben kann und mit ihr ein Kind zeugt? Komm, dass sollte selbst dir bewusst sein, dass das geht!"

Am liebsten wäre sie Philipp an die Gurgel gesprungen.

Die plötzliche Überheblichkeit, die ihr entgegengebrachte Arroganz reizte sie und ließ sie ernsthaft mit dem Gedanken spielen, ihm anzubrüllen.

Dass sie es nicht tat, lag daran, dass Ingrid in der Tür erschien, eine Zigarette zwischen den Lippen, die schon flimmerte.

„Deine Cousine?", fragte Michelle deshalb noch einmal – viel zu spitz, viel zu lauernd, viel zu aufdringlich.

„Meine Cousine."

„Die dich küsst? Auf die Wange?"

„Die mich küsst. Auf die Wange. Weil sie sich gefreut hat, dass ich ihr ein Kleid gekauft habe", schob er nach und blieb bei seiner Aussage. „War es das? Darf ich jetzt wieder das tun, wovon du mich abgehalten hast? Oder gibt es noch was zu klären?"

„Du kannst machen, was du willst", sagte sie, schüttelte den Kopf, und wünschte sich unendlich weit weg.

„Cool!"

„Ciao", meinte sie und schüttelte den Kopf, als sie das Telefonat unterbrach …

… am liebsten hätte sie geweint.

***

Ingrid, die von der Unterhaltung nichts mitbekommen hatte, und dennoch sah, wie es um Michelle bestellt war, trat neben sie, nahm sie in den Arm und drückte sie fest an sich.

„Nichts geregelt und nichts geklärt?", fragte sie, ein sanftes, mütterliches Lächeln auf den Lippen.

„Alles bestens", murmelte Michelle und lächelte verkrampft.

„Sieht mir nicht so aus."

„Alles bestens“, versicherte sie noch einmal und wand sich aus der Umarmung, Tränen in den Augen.

„Wenn ich dir helfen kann …?“

„Kannst du nicht!“

„Aber wenn …“

Michelle hörte schon nicht mehr zu. Sie setzte ein zu breites, ein zu fröhliches, ein zu nettes Lächeln auf, als das leise Klingeln der Türglocke erklang und der Getränkelieferant eintrat und meinte: „Ich wollte Ihnen einmal die Getränkeproben anliefern, um die Sie gebeten haben …“

***

Das Telefonat mit Annabell war ebenso in die Hose gegangen, wie die Tatsache, dass Gabor Vitali sich nicht mit einem einfachen: „Kein Interesse“, abspeisen ließ.

Sie hatte ihm geschrieben:

Danke für das Angebot eines weiteren Treffens. Ich habe aber keinerlei Interesse daran.

Woraufhin er ihr antwortete:

Sie sollte ein weiteres Treffen in Betracht ziehen, da es noch die eine oder andere Kleinigkeit zu klären gibt. Passt Ihnen nächster Freitag um 15 Uhr?

Michelle hatte nicht geantwortet.

Das, was sie sich in dem Augenblick wünschte, als sie mit zitternden Fingern das E-Mailfach minimierte, um Janas Menüideen abzuarbeiten, fiel ihr der letzte Anruf von Jennys Vater ein. Ein Telefonat, wie sie sich erinnerte, das sie erst verwundert, dann geärgert und schließlich verwirrt hatte. Nicht nur, dass Jennys Vater sie ohne zu zögern anrief und mit den Worten begrüßte: „Jenny hat erzählt, dass es zurzeit etwas drunter und drüber geht bei Ihnen im Café! Wenn Sie wollen, schaue ich mir die internen Abläufe gerne einmal an. Ich optimiere gerne!"

„Äh!"

Zu mehr war sie nicht in der Lage gewesen zu sagen, um dann von Roland ein leises Lachen zu hören, dass ihr erst überheblich, abgehoben vorgekommen war. Nur um dann zu begreifen, dass es Höflichkeit ausdrücken sollte. Eine Art nicht ausgesprochene Entschuldigung, weil er mit der Tür ins Haus gefallen war.

„Ich möchte, dass es meiner Jenny gut geht", sagte er ihr ehrlich. „Dafür würde ich alles tun."

Denn sei stolz auf sie, wie sie ist und nicht darauf, was du machen würdest, in ihrer Situation, schoss es Michelle durch den Kopf, die noch immer nicht dazu in der Lage war, abzuschätzen, ob sie sauer oder geehrt von dem Vorstoß Rolands sein sollte.

Sie entschied sich für den Mittelweg.

„Das ist total lieb von Ihnen ..."

„... du ...", unterbrach er sie.

„... von dir", verbesserte sie sich. „aber wir sind organisatorisch so gut aufgestellt, wie man in einem Café nur aufgestellt sein kann. Jenny meint bestimmt, dass wir zurzeit viel zu tun haben."

„Nein, so hat sie nicht geklungen", klang die melodische, die weiche Stimme Rolands auf, und Michelle konnte ihn auf seiner weißen Ledercouch sitzenden sehen, selbst in weißes Hemd und Hose gekleidet, die ebenfalls weißen Slipper an den nackten Füßen, während er das Telefon lässig locker ans Ohr hielt. „Sie sagte etwas von Abläufen und einer manchmal mangelnden Koordination. Egal ob verbal oder organisatorisch. Ich würde mein Angebot gerne in die Tat umsetzen. Ehrlich. Das bin ich dir schuldig.“

„Sie … äh … du bist mir gar nichts schuldig“, sagte Michelle kopfschüttelnd.

„Du hast Jenny einen Weg gezeigt“, schob er nach. „Sie ist glücklich.“

„Ist sie das?“, fragte Michelle und war überrascht, dass der sonst auf jeden Zwischenton und jede noch so anders betonte Silbe achtende Roland ihre Frage falsch interpretierte. Er lachte, als er sagte: „Sie ist glücklich - das erste Mal. Ich habe einen ganz anderen Draht zu meiner Tochter. Es scheint, als ziehen wir an einem Strang. Aber gut. Ich will dich auch nicht länger stören“, sagte Roland zum Abschied. „Ich wollte dir nur das Angebot machen. Wenn du Sorgen hast, oder etwas nicht stimmt“, seine Stimme senkte sich und ein unangenehmer Magenschmerz breitete sich in Michelle aus, und ließ eine innere Stimme kreischen: *Er weiß mehr, als er sagt. Er weiß mehr, als er sagt. Er weiß mehr, als er sagt.* „ich bin für dich da. Wirklich. Ich stehe tief in deiner Schuld.“

Damit hatte er das Telefonat unterbrochen, nachdem er ihr noch einen schönen Tag gewünscht hatte.

Michelle rauschte der Kopf und sie merkte, dass sie sich mit anderen, mit wichtigeren Dingen befassen musste.

Ihren Gedanken, zum Beispiel, und ihren Gefühlen. Aber auch der ihr nicht gelingen wollende Teig für einen einfachen Schokopuffer. Dazu kam, dass Jenny Jana erzählt hatte, dass sie das Café wieder verlassen würde.

Was wiederum dazu geführt hatte, dass Jana Michelle darauf ansprach und fragte: „Stimmt das?"
„Leider."
„Und den dann freiwerdenden Job?"
Sie hatte mit den Schultern gezuckt.

Zu mehr hatte sie sich nicht hinreißen lassen können. Zu sehr war sie noch mit ihrem Gespräch beschäftigt, dass sie mit Philipp geführt hatte. Ein Gespräch, dass ihr mit bitteren Schmerz in den Magen gefahren war.

Das, was ihr zusätzliche Magenschmerzen bereitete war, dass sie sich dabei erwischt hatte, dass sie nach Mandy Chee gegoogelt hatte. Dass sie die Sozialmediaplattformen durchforstete, um herauszufinden, wer die Frau wirklich war, mit der Philipp die Stadt *unsicher* gemacht hatte.

Sie seufzte schließlich, als sie sich den Löffel aus der Schüssel nahm, sich mit dem Handrücken über die Stirn wischte.

„Pling"
Sie spürte das Vibrieren ihres Handy in ihrer Hosentasche. Sie nahm es hervor, erfreut über die Ablenkung und konnte die Betreffzeile lesen, als sie ihr Handy entriegelt hatte, in der geschrieben stand:

Hoffe es geht dir gut.

Verwirrt darüber, weil sie sich sicher war, dass sie den Absender der E-Mail nicht kannte, tippte sie auf ihr Display. Sie las:

Liebe Michelle,

ich hoffe es geht dir gut.
Wir haben ja seit Wochen nicht mehr voneinander ge-hört. Oder sind es vielleicht schon Monate?
Auch egal.
Ich wollte dir nur anbieten, dass du die Hütte nutzen kannst. Das war jetzt ja immer die Zeit, in der ihr zu uns heruntergekommen seid.
Ich möchte dafür auch nichts haben. Dich hier als Be-sucher begrüßen zu können, würde mich sehr freuen.
Ich denke an Benny und dich.
Hören wir uns?

Dein
Helmut.

Michelle starrte wie versteinert auf das Display.
Es las sich wie ein Hoffnungsschimmer.

***

„Ich weiß nicht", sagte Annabell, die ihren Espresso in der Hand hielt, und sich schwer atmend in ihrem Korbsessel zurückfallen ließ. Hier am Wasser, an dem kleinen Uferrestaurant, in dem man immer gut ungestört die Seele baumeln lassen konnte, hatte Michelle sich immer wohlgefühlt. Gerade jetzt, zwei Tage nach dem ganzen Chaos und den wie eine Achterbahnfahrt wirkenden Gefühlsausbrüchen.

Sie mochte den Ausblick, liebte das leise Plätschern des an das Ufer brandenden Wassers. Dazu kam der Ausblick, der sie immer glauben ließ, nicht in dem kleinen, verträumten Nest zu sitzen, das sich Fehmarn schimpfte, sondern irgendwo außerhalb der Welt zu sein. Nicht in Deutschland, nicht auf der Insel, nicht auf ihren Straßen.

Hier hatte sie das Gefühl, als würde sich der Augenblick dorthin verdichten, wohin sie immer hatte gehen wollen. Jetzt aber, wo sie Annabell dasitzen sah, sie reden hörte, verflog der Augenblick der inneren Freiheit.

Michelle, die den Entwurf liebte, die jede einzelne auf das Papier gezeichnete Linie auswendig kannte, konnte den skeptischen Gesichtsausdrucks Annabells in keinster Art und Weise nachvollziehen.

„Ich weiß nicht.“

„Was stört dich denn?“, wollte Michelle geduldig wissen.

Ive sei verflucht, dachte sie und hasste sich mehr denn je dafür, so nachgiebig mit ihrer ehemaligen Mitarbeiterin umgegangen zu sein.

„Das bringt uns ja nicht weiter.“

„Stell dir doch nur vor, wie das Paar auf der Torte steht. Du in dem Wellenkleid, dein Mann auf einer Gischtwolke stehend, die Hand nach dir ausgestreckt. Ist das Nichts?“

„Ive hatte das alles so anders geplant. So pompöser, so mehr mich betreffend. Ich weiß nicht, ob ihr noch einmal den gleichen Zauber findet, um darzustellen, wie verliebt Hauke in mich ist.“

Michelle verdrehte innerlich die Augen.

„Pling“.

„Wir können alle gut backen“, versicherte Michelle.

„Ive war was Besonderes.“

„Jeder meiner Mitarbeiter ist was Besonderes“, betonte Michelle und warf Jenny einen ehrlichen Blick zu und dachte kurz an Jana.

Jenny lächelte knapp und nickte – wie Michelle sich einbildete – ihr dankend zu.

„Ich sage das viel zu selten“, meinte Michelle und musste an ihre kurze Begegnung mit Richard denken, als dieser vorgefahren war. Nervös war er aus seinen Wagen gestiegen und hatte gemeint: „Darf ich dich kurz sprechen?“

„Immer“, nickte Michelle, die Magenschmerzen bekommen hatte, als sie sah, wie der Lieferwagen vorgefahren war.

„Wegen der einen kleinen Rechnung letztens.“

„Ja?“

Richard hatte sich vorgebeugt, seine Schirmmütze abgenommen und verschwörerisch erst nach links dann nach recht geschaut, um schließlich zu flüstern: „Ich habe sie nicht ins System gebucht.“

„Was?“

„Jana sagte, dass es gerade eng sei. Wollte den Chef nicht sich ärgern lassen und dich nicht in Schwierigkeiten bringen. Du sollst doch auch glücklich sein. So wie …“, er senkte den Blick, lächelte und meinte: „Hättest du damals nicht bei uns bestellt, hätte ich Jana nicht kennengelernt, weißt du? Wollte so Danke sagen.“

Als Richard das sagte, ging Michelle das Herz auf. Sie umarmte Richard, drückte ihn und flüsterte dann, als sie sich von ihm wegdrückte: „Bringe dich meinetwegen bitte nicht in Schwierigkeiten, ja? Buche die Lieferung sofort wieder ein. Ich werde bezahlen."

Richard hatte erst noch abwehren wollen, knickte dann aber ein und meinte: „Ich würde es für dich unter den Tisch fallen lassen."

„Du bist lieb. Aber lass das mal lieber."

Damit war Richard ins Café gegangen, schulterzuckend, den Kopf gesenkt, um seine Jana abzuholen.

„Mag sein, aber ... Ich weiß nicht!", holte Annabell Michelle in die Gegenwart zurück.

Ein weiteres „Pling" ertönte. Dazu setzte das Vibrieren ihres Handys ein, dass sie veranlasste zu sagen: „Entschuldigung, ich muss da kurz rangehen, es ist wichtig!"

„Alles ist wichtiger!"

Michelle sah, als sie sich erhob, um den Anruf entgegenzunehmen, wie Jenny die Augen verdrehte. Dann, als Michelle sich von dem Tisch wegdrehte, und mit Verwunderung feststellte, das Bennys Heim anrief, hörte sie Jenny fragen: „So wirklich viel Salat gaben die hier nicht in der Schüssel, oder?"

Michelle musste lachen – und war gleichzeitig entsetzte. Sie drückte den Anruf weg, sagte noch: „Jenny", und war verwundert darüber, dass Annabell so ruhig blieb.

Die blonde Frau beugte sich in ihrem Korbsessel nach vorne und fragte: „Wollen Sie Salat aus meiner Schüssel?"

„Auch das, ja", seufzte Jenny und verdrehte die Augen, um dann Michelle zu fragen: „Was?"

„Äh …"

„Ist doch wahr. Ich meine, wir reden hier über etwas, das logisch auf der Hand liegen sollte. Wir machen die Torte, das Ehepaar kommt oben drauf und alle sehen, wie verliebt Hauke in dich ist. Das ist doch nicht so schwer, oder?"

„Aber ich habe schon einmal …"

Michelle begriff, dass Jenny das Problem lösen würde. Dass sie sich von der merkwürdigen, herablassenden, sich viel zu wichtig nehmenden Art Annabells nicht ins Boxhorn jagen ließ.

Deshalb nahm sie das Telefon in die Hand, wählte die Rückrufoption und nahm nur am Rande wahr, wie Jenny sagte: „Das Dressing fehlt auch noch."

Woraufhin Annabell schnippisch fragte: „Ich habe keinen Salat bestellt!"

„Sehen Sie: Wir haben uns gegenseitig versprochen, uns zu befruchten …"

„Ich stehe nicht auf Frauen!"

„Die könnten sich auch nicht gegenseitig befruchten. Was ich meine ist: Du willst deine Hochzeit finanziert bekommen, wir möchten den Tag unvergesslich machen. Nicht sehr schwer, oder? Also, jetzt sag mir doch mal, wie du Hauke kennengelernt hast und warum er soooooooooo verliebt in dich ist."

„Das habe ich schon erzählt."

„Na gut. Ich finde sicherlich jemand anderen, der von uns bebackt und seine Torte dekoriert bekommen will", sagte Jenny schließlich, nahm die Zeichnungen an sich, um sich von ihrem Platz zu erheben.

Als sich Rafael meldete, hörte Michelle wie Annabell rief: „Wie jemand anderen bebacken?"

„Hi, Michelle hier, ihr habt mich angerufen?"

„Ganz einfach …", mischte sich Jennys Antwort unter die Rafaels, der meinte: „Ja, haben wir. Es geht um Benny …"

„… auf Fehmarn gibt es genügend Menschen, die gerne romantisch heiraten möchten. Die sich freuen würden, wenn wir in unseren Kunstwerken das Flair des Kennenlernens erneut aufleben lassen. Wie sie sich am Strand von Cala Ratjada in ihren Mann oder ihre Frau verliebt haben. Als sie in der Bretagne am Meer standen, hinausschauten und sie den Heiratsantrag ihres Lebens bekommen haben. Na ja. Ich glaube, ich kann auch schon die Serviermaus hier fragen, wie sie sich verliebt hat und ihr meine Zeichnung zeigen und fragen, ob es das ist, was sie dabei gefühlt hat, als ihre Knie weich wurden. Weißt du was? Sie wird sagen: „Ja. Genau so, wie auf dem Bild da, habe ich mich gefühlt"!"

„Hauke hat mich auf einem Konzert angesprochen", platzte es aus Annabell heraus und Michelle hatte das Gefühl, ganz tief zu fallen, als sie Rafael etwas sagen hörte, dass er niemals wirklich von sich gegeben haben durfte.

Das war …

… unmöglich …

***

Philipp fühlt sich nicht wohl.

Seit drei Tagen war er dermaßen gehemmt, dass er ernsthaft in Erwägung gezogen hatte, seine Wohnung nicht zu verlassen, um das anstehende Treffen abzusagen.

Du bist nicht krank, meldete sich sein schlechtes Gewissen bei ihm. *Du bist nur ein elender Feigling, mehr bist du nicht. Du bist ein kleiner Hosenscheißer, der nicht genügend Eier in der Hose hat, um das Ding hier durchzuziehen. Jeder andere hätte schon viel mehr Erfolg gehabt als du.*

Solche und ähnliche Gedanken meldeten sich immer wieder bei ihm. Besonders seit dem Moment, wo er mit Michelle zusammen in dem Café gewesen war – allein. Als er sich zu ihr herüber beugte und ihr einen Kuss auf die Lippen gab.

Der Moment, wo sich ihre Lippen berührten, er die Augen schloss, er die in Michelle aufsteigende Unsicherheit spürte, hatte er geglaubt etwas Falsches gemacht zu haben. Dann aber, in dem Augenblick, als auch sie drängender wurde, forscher, war er der festen Überzeugung gewesen, dass alles einen Sinn hatte.

Dass er hier etwas gefunden hatte, das er heimlich suchte.

Und dann hatte er seinen Job gemacht.

Nicht gut, das wusste er.

Jeder andere, der die ihm gestellte Aufgabe übertragen bekommen hätte, hätte nicht solch ein Chaos angerichtet. Der hätte feinsäuberliche Arbeit geleistet und alles so erfüllt, wie es sein sollte.

„Na, wollen wir?", riss ihn Mandy aus seinen Gedanken. „Oder willst du weiter Wurzeln schlagen und Luftlöcher in deinen Kaffee starren?"

„Äh …", machte er und begriff in dem Augenblick, dass er seit mehr als zehn Minuten regungslos in dem Sofa gesessen und nichts weiter getan hatte, als nachzudenken.

Es tat ihm so unendlich leid, dass er Michelle gegenüber nicht ehrlich war. Dass er ihr nicht sagen konnte, warum er die ihm gebaute Brücke mit der Aussprache nicht überschritten hatte. Warum er sich ihr gegenüber so bescheiden verhielt und sich zu einem Honk machte.

„Kommst du nun?"

„Klar!", nickte er, und stellte den Kaffee beiseite, um zu bemerken, dass er wieder in völliger Regungslosigkeit verharrt war, und sich aus seinem Gedankenkreislauf nicht hatte befreien können.

Da waren die Gedanken an Mandy Che. Daran, dass Michelle so verletzt geklungen hatte, als er ihr erzählte, sie sei seine Cousine, mit der er ein inniges, ein beinahe verliebtes Verhältnis hatte.

Bullshit.

Sie hat dir geglaubt, sagte er sich selbst und zog eine Tatsache in Betracht, die nicht von der Hand zu weisen war. *Oder hat sie dir eine Szene gemacht? Hat sie sich vor dich gestellt, dir den Finger auf die Brust getippt und dich angeschrien, du bist ein Lügner, Arschloch und Verräter?*

Nein, hat sie nicht.

Sie will dir immer noch verzeihen.

Weil ...

Weil ...

Weil?

Weil sie dich mag, du Arsch, und verzog das Gesicht.

Das war das längste Praktikum, das er jemals in seinem Leben hatte durchstehen müssen. Ein „Kommst du jetzt", trieb Mandy ihn an, indem sie in die Hände klatschte. „Deine Eltern warten nicht gerne."

„Ich weiß!", sagte Philipp.

„Hast du nicht etwas vergessen?", wollte Mandy genervt wissen.

„Vergessen?"

„Den Wein!" Sie verdrehte die Augen.

„Oh ja. Klar. Mein Fehler!"

„Nicht der einzige", ließ Mandy verlauten und fixierte ihn scharf.

Philipp, der eine scharfe Erwiderung auf der Zunge liegen hatte, dachte sich in dem Augenblick, dass es besser war zu schweigen. Er wusste ja, wie empfindlich Mandy sein konnte.

„Los komm, wir haben nicht den ganzen Tag Zeit!"

„Was bist du so grob zu mir?", wollte er schließlich wissen, als er sich in den Mercedes fallen ließ.

„Kannst ja selbst drauf kommen", meinte sie, während sie den Rückwärtsgang einlegte und aus der kleinen Parknische ausparkte.

Weil du mitbekommen hast, dass ich mit Michelle telefoniert habe. Eins und Eins hast du dann zusammengezählt und dir deinen hübschen Kopf darüber zerbrochen, warum ich in der letzten Zeit dir gegenüber so reserviert war. Oh ja, das hast du und seitdem versuchst du mich wieder mehr an dich zu binden.

Darum hast du ein Essen bei meinen Eltern organsiert.

Du wirst meinem Vater wieder deine neusten Erfolge präsentieren.

Und was wird dein Vater sagen, Philipp?

*Ausgezeichnet wird er sagen und mit dem Finger auf
dich zeigen, und meinen: „So stelle ich mir das vor. Genau so. Halte dir dieses Mädchen bloß warm. Die weiß,
worauf es ankommt."*

Philipp hatte sich verändert. Ihm waren plötzlich andere Dinge wichtig.

Was er Michelle zu verdanken hatte.

Sie war es gewesen, die ihm neue, gedankliche Perspektiven einnehmen ließ. Die es schaffte, seinen Fo-
kus auf die kleinen, die liebevollen Dinge zu lenken.

Und er ...?

Philipp hatte sich gewundert und gleichzeitig über
die gemeinsam verbrachte Zeit gefreut. Offen und ehrlich. Nicht nur über sich, sondern auch über das Lächeln auf ihren Lippen.

Es hatte ihm einen warmen, einen angenehmen
Schauer in den Magen gespült, wie er ihn noch nie in
seinem Leben gespürt hatte. Ein Schauer, der immer
dann zum Vorschein kam, wenn er ...

... Michelle traf.

Mandy, die neben ihm herging, ihm keines Blickes
würdigte, kein Gespräch mit ihm führte, griff nach der
vergoldeten Türklinke des kleinen Tores, das sie passieren mussten, um zu seinen Eltern zu gelangen.

Eltern, wie Philipp beschämend feststellte, von dem
er glaubte, sich so weit entfernt zu haben, wie noch nie
zu vor in seinem Leben.

Ein ergrauter Mann hatte die Tür geöffnet, die dem Eingang zum Grundstück genau gegenüberlag. Ein hochgewachsener, noch immer adrett aussehender Mann, dessen schlohweißes Haar, das feinsäuberlich bis zu den Ohren gestutzt war.

Der gestreifte, gelb-braune Pullover und die grüne Kordhose rundeten das Idealbild eines im Leben stehenden Spießers ab, wie Philipp bestürzt feststellte.

Als er sah, wie sein Vater Mandy in den Arm nahm, sie drückte und sich erkundigte, wie es ihr ging und er war glücklich darüber, dass er die Hand heben und seinem Dad zu verstehen geben konnte, dass er kurz an das klingende Handy gehen musste.

„Das Café", sagte er und ärgerte sich im gleichen Moment darüber, wie sich das Gesicht seines Vaters vor Geschäftssinn aufhellte, und er stolz zu lächeln begann. „Geht gleich los!"

Dann meldete sie sich knapp und fügte hinzu: „Ich bin gerade unpässlich", um dann zu verstummen. Er nahm die Hand vor den Mund, schaute mit entsetzt geweiteten Augen zu Mandy.

„Okay. Natürlich. Verstehe", stammelte er und spürte, wie ihm die Farbe aus dem Gesicht zu weichen begann.

„Was ist?", wollte sein Vater wissen.

„Ich muss los", sagte er hastig, ohne seine Mutter zu begrüßen oder drauf zu achten, dass Mandy genervt die Handy in die Hüfte stemmte und ein bissig klingendes: „Wieso?", ausstieß. Er sagte nur „Ich muss ins Krankenhaus."

„Wer ist krank?", fragte seine Mutter, die die kreisrunden Augen zusammenkniff, und unter den sorgsam gezupften Augenbrauen hin zu ihren in schierer Aufregung gefangenen Sohn starrte.

„Bis später", sagte er, winkte seinen Eltern zu und ignorierte Mandy, um sich dann hin zum Wagen zu bewegen. Die Knie weich, im Magen ein flaues, ein unangenehmes Gefühl, das er meinte, gleich stürzen zu müssen.

***

„Reister hier", meldete sich der Bankkaufmann mit einem aufgesetzt fröhlich klingenden Singsang in der Stimme, den Michelle nicht ertragen konnte. Ihr: „Jetzt nicht", war ebenso herb gewesen, wie ihr Griff an den Unterarm des sie verwirrt anschauenden Arztes, als sie ihn fragte: „Was ist mit meinem Bruder?"

Die bestialische Angst davor, noch ein Familienmitglied zu Grabe tragen zu müssen, war in ihr im wahrsten Sinne des Wortes explodiert.

Sie hatte nur noch verschwommen und wie aus weiter Ferne mitbekommen, dass Rafael zu ihr sagte, dass sie den Krankenwagen hatten rufen müssen.

„Krankenwagen?", hatte sie gefragt und einen ersten, wie auf einer Welle reitenden Schock bekommen, der nur darauf wartete, an den Strand ihrer Befürchtungen gespült zu werden.

„Benny ist ...", in dem Augenblick hatte sie gemerkt wie ihr die Knie weich wurden.

Jetzt, wo sie vor dem junge Arzt stand, der noch nicht lange in den ermüdenden Mühlen des Krankenhausalltags arbeiten konnte – dafür war er noch zu nett – hatte sie angestarrt und gefragt: „Von wem reden Sie?"

„Benny. Benny Franke!"

Ein düsterer Ausdruck hatte sich auf das Gesicht des Arztes gelegt. Ein Ausdruck, wie Michelle ihn nur zu gut kannte.

Ein Ausdruck, der sich ihr unauslöschbar in ihr Gedächtnis gebrannt hatte und sie glauben ließ, sich übergeben zu müssen.

„Sagen Sie nicht, dass er tot ist", hatte sie sagen wollen und war doch nur zu einem: „Sagen Sie nicht", gekommen, um dann augenblicklich in Tränen auszubrechen.

„Es sind schwere Verletzungen", sagte der Arzt. „Die Ihr Bruder da erlitten hat. Kommen Sie, wollen Sie sich nicht erst einmal setzten und etwas zur Ruhe kommen?"

„Ich will zu meinem Bruder."

„Da können Sie noch nicht hin", gab der Arzt zurück. „Meine Kollegen arbeiten noch ..."

„Ich will ihn sehen!"

„Das geht nicht."

In dem Moment war bei Michelle die Schranke gefallen. Sie wusste nicht mehr wo sie war, warum sie sein musste und wieso sie das alles ertragen sollte.

Ihre Knie gaben nach.

Sie merkte noch, dass sie nach vorne fiel.

Das aber, was ihr am deutlichsten im Gedächtnis geblieben war, an dass sie sich bewusst erinnern konnte war der Gedanke, der ihr kam: *Der graue Nebel ist nur ein Vorbote. Er ist nichts weiter, als ein geistiger Vorhang, der mit einem tosenden Tätätätä aufgezogen wurde, um die schwarzen Wogen einer Ohnmacht zu präsentieren. Der Nebel verbirgt den Schock und der Schock lässt einen zusammenbrechen ...*

Kapitel 12

Einmal die Wahrheit, bitte

„Und?", fragte plötzlich jemand hinter ihr. „Geht es ihm besser?"

Michelle, noch immer fassungslos, noch immer nicht dazu in der Lage, alles das zu verarbeiten, was da auf sie eingeprasselt war, wand den Kopf, und schaute zu dem langsam, zögerlich auf sie zukommenden Philipp.

Er war die letzten zwei Tage immer bei ihr gewesen. Er hatte sich neben Benny ans Bett gesetzt, dessen nach dem Zusammenprall mit dem Wagen geprelltes Gesicht betrachtet und versucht Michelle ein Freund zu sein.

Sie schluchzte, zuckte mit den Schultern und meinte mit erstickt klingender Stimme: „Er tut immer so, als würde er schlafen, wenn ich bei ihm bin."

„Also erholt er sich", sagte Philipp. Er lächelte verkrampft, und nahm sie, wie vorgestern, als er eiligst hierher ins Krankenhaus gekommen war, um sie zu trösten, in den Arm.

Sie hatte sich nach der ganzen Aufregung zurückziehen müssen.

Alles war ihr über den Kopf gewachsen.

Nicht nur, dass sie gestern ein Anruf vom Finanzamt erhalten hatte, und sie zugeben musste, mit leiernder, schwerer Stimme: „Ich kann die aufgerufene Strafsumme nicht begleichen", in ihr hatte auch etwas anderes zu ticken begonnen.

Philipp, der neben ihr im Wartebereich der Notaufnahme gesessen hatte, ihre Hand in der seinen. Das schwere Atmen, die starren Blicke, das unruhige Hin- und Hergerutsche auf seinem Stuhl. Seine halb angefangenen Sätze, seine halbherzig gestellten Fragen. Dazu der unentwegte Eindruck bei ihr, dass er über etwas mit ihr reden wollte, das ihm zusetzte.

Sie löste sich aus seiner festen Umarmung, drehte sich wieder dem regennassen Fenster zu, und fragte ihn geradewegs: „Was hast du?"

Er schwieg, um dann leise zu fragen: „Was für eine Prognose hat Benny?"

„Er wird überleben", sagte sie, lehnte den Kopf gegen die kühle Scheibe und versuchte das in ihr aufkeimende, schlechte Gewissen niederzuringen. Sie wollte nicht wieder hören, dass sie Schuld war, an seinem Unfall, dass sie es war, die Benny dazu trieb, klamm heimlich seine Sachen zu packen und sein Heil in der Flucht zu suchen.

Philipp murmelte fragend. „Und jetzt?"

Michelle zuckte mit den Schultern, schüttelte den Kopf und seufzte: „Danke, dass du hier bist."

„Ich bin ein Idiot", sagte er unverblümt, alle Farbe aus seinem Gesicht verlierend. Philipp wischte sich mit der Hand über die plötzlich trocknen gewordenen Lippen und versuchte es mit einem verkrampften Lächeln.

In Michelle breiteten sich drückende Magenschmerzen aus.

„Wieso das?", wollte sie leise zweifelnd wissen.

„Weil ... weil ... ich dich verletzt habe."

„Verletzt?" Sie schenkte ihm noch ein freundliches Lächeln, um dann zu merken, dass sich etwas über ihrem Kopf zusammenbraute, dem sie nichts entgegenzusetzen hatte. Er schluckte, lächelte und fragte mit stumpf klingender Stimme: „Vitali hat dich besucht?"

„Äh. Ja", sagte sie zögerlich, die Augen kritisch zusammengekniffen, um dann wissen zu wollen. „Warum fragst du? Und ... woher weißt du von ihm?"

„Weil ich ihn kenne. Habe ihm, wenn du so willst, einen Termin bei dir verschafft. Er ist ... nun ... ja ... also."

„Du kennst ihn?"

„Ja." Er hatte mit den Fingern gespielt, den Blick abgewandt, und ihr: „Woher?", mit einem gequälten Lächeln beantwortet und gemeint. „Er vertritt meine Familie."

„Äh ... Aha."

„Ich habe einen Fehler gemacht", gab er zu, wischte sich mit der seinen durchs Gesicht und schaute den langen, kahlen Gang herunter, auf dem ein silbern glänzender, noch geschlossener Essenswagen, wie auch ein Getränkefach stand. Aus einen der zahlreichen offenen stehenden Versorgungsräumen drang das rotierende Geräusch einer Spülmaschine, deren Inhalt Urinflaschen und Nachttöpfe waren.

Durch die Glasscheibe, die das Dienstzimmer vom Patientenflur trennte, konnte Michelle eine der Schwestern erkennen, die seit mehr als zehn Minuten geschäftig irgendetwas in den Computer eingab.

„Es ... es ... tut mir leid“, stammelte er, während er sich mit den Fingern durch die Haare fuhr. „Wirklich. Ich wollte das nicht.“

„Ihn auf mich ansetzten?“, fragte sie ätzend. Eine dunkle Ahnung war in ihr aufgestiegen, einer dunklen Gewitterwolke gleich, in der die ersten grell zuckende Blitze zu sehen waren und die Luft sich elektrisch aufzuladen begann.

„Dir Probleme machen.“

„Probleme?“

Michelle presste die Lippen aufeinander.

Jetzt, hier auf dem Flur, hinter sich das Fenster, aus dem sie eben noch geschaut hatte, um den gegen die Scheiben prasselnden Regen zu beobachten, fiel ihr die liebe Email von Helmut wieder ein. Und der er ihr das Angebot machte, dass sie die Hütte kostenfrei nutzen konnte. Dass er sich freuen würde, wenn sie sich bei ihm meldete und sie sich mal wiedersehen würden.

Es war zu verlockend.

Einfach die Sachen packen und Philipp und das Finanzamt zu vergessen.

Und was hatte sie gemacht?

Helmut nicht geantwortet!

Natürlich nicht.

„Das Thermostat! Die Art mit den Kunden umzugehen, oder der absichtliche Fehler beim Servieren der Cola“, hauchte Philipp, die Hände in der Tasche seiner eng sitzenden Jeans. Er wippte, nachdem er nicht mehr auf seinem Stuhl hatte sitzen können, von den Zehenspitzen auf die Fersen und machte ein gequältes Gesicht. „Und ... und .. nun, alles andere auch.“

„Andere?“ Sie starrte ihn fassungslos an.

„Ich habe den Teig versalzen oder Kaffee nicht richtig aufgebrüht."

„Was?"

Er nickte: „Kassenstände berechnet und die Einnahmebeträge weitergeleitet."

„An wen?"

„Vitali. Meinen Dad."

Ihr schnürte sich der Hals zu. Ein Krampf breitete sich in ihrem Magen aus.

„Sie wissen von mir, wie deine Angestellten ticken." Michelle schluckte bitter.

Sie hatte mehr als einmal geglaubt, in den letzten Tagen, einen Schlag mit der bloßen Faust gegen den Kopf gehämmert bekommen zu haben. Jetzt aber, aus seinem Mund zu hören, dass er es war, der das „HerzCafé" sabotierte, der einen heiden Spaß daran hatte, ihr ins Schwanken geratene Baby endgültig zum Fallen zu bringen, war mehr als nur eine Ohrfeige.

„Ich ... ich ...", setzte er an, während er nach den richtigen Worten suchte.

Michelle starrte ihn nur an.

Sie schaffte es nicht, den Mund zu öffnen, geschweige denn etwas zu erwidern.

Fang jetzt bloß nicht an zu heulen, dachte sie jetzt und verbat sich und alle ihre für die Tränenproduktion üblichen Drüsen, ihre Arbeit aufzunehmen. *Mach dich jetzt nicht lächerlich vor ihm.*

Schau ihn nicht einmal an.

Sag einfach nur „Okay", und schiebe ein: „Arschloch", oder „Wixer" hinterher. Verlange von ihm, dass er niemals wieder einen Fuß ins Café setzten soll.

Es war ihr, als hemmte sie etwas. Als hielt sie eine ungeheure, eine ihre völlig fremde Macht zurück.

Erst später, sehr viel später, kam sie dahinter, was es gewesen war, was sie hemmte.

Scham.

Ein unangenehmer, ein ihr in die Glieder fahrender Scham, der sie glauben ließ, der dümmste Mensch zu sein, der jemals auf Erden wandelte.

Sie hätte es sehen müssen.

Alles, was Philipp getan, geschweige denn von sich gegeben hatte, war immer darauf aus gewesen, sie fertig zu machen.

„Bevor du etwas sagst", hob er die Hand, das Gesicht verzogen, die Augen niedergeschlagen. „lass mich bitte kurz erklären. Ich ...“

„Geh", sagte sie kalt.

„Aber ...“

„Verschwinde einfach nur.“

„Du verstehst nicht", meinte er, seufzte und schob verzweifelt klingend hinterher. „Lass mich bitte erklären, warum ich getan habe, was ich tat.“

„Geh. Bitte.“

„Ich mag dich. Wirklich", sagte er hastig und schüttelte den Kopf, als er stotternd sagte. „Ich wusste gleich, als du mit deinem Hemd in den Zuckerguss geraten bist, dass du mir gefällst. Und dann das Treffen in der Stadt. Anfangs war ich echt nervös. Echt. Wie vor den Kopf geschlagen. Als ich dich lachen hörte, dachte ich; Scheiße, sie gefällt dir richtig. Sie ist die, die dir noch nie auf diese Art gefallen hat.

Und dann der Kuss.“

„Hör auf.“

Michelle schwoll der Hals zu. Tränen waren ihr in die Augen gestiegen. Immer wieder musste sie sich beherrschen, um nicht zu brüllen oder lauthals loszulachen ...

... *oder zu heulen.*

„Geh. Bitte.“

„Aber ...“

„Warum tust du mir so weh?“, wollte sie wissen, und verfluchte sich dafür, dass ihr die Tränen in die Augen stiegen und sie spürte, wie ihr Kinn zu zittern und ihre Lippen zu vibrieren begangen.

„Ich weiß es nicht... Ich wollte nicht...“

„Geh.“

„Ich will das alles nicht mehr. Wenn ich könnte, würde ich es rückgängig machen. Ehrlich. Ich würde alles wieder ungeschehen machen. Nur um dir nicht wehtun zu müssen.

Keine Lügen mehr.

Das verspreche ich dir.“

In dem Moment, wo sie ihm sagen wollte, dass er der größte Idiot war, den sie jemals in ihrem Leben begegnete, vibrierte das Handy in ihrer Hosentasche.

„Es ist wichtig“, sagte sie mit tränenerstickter Stimme und griff demonstrativ in ihre Hosentasche, und holte ihr Handy hervor.

Sie sah auf dem Display, dass Jenny ihr geschrieben hatte.

Hi, Zuckerarsch

las sie durch einen Tränenschleier, den sie mit einem kurzen Wischen über die Augen zu vertreiben versuchte.

Wie geht es Benny? Hoffe die Ärzte können ihm helfen und die Schwestern versorgen ihn ordentlich mit Naschis und Schokopudding.
Du, ich wollte dir etwas dabei helfen, den Kopf freizubekommen.
Wenn du Bock hast, am Wochenende trete ich im „Wicken" auf.
Schreibe dich mal auf die Gästeliste. Wäre toll, wenn du kommen würdest. Muss ja auch nicht lange sein. Nur so ne Stunde oder so. Einfach mal was anderes sehen. Hören uns. Können ja mal einen zusammen kippen. Ciao, Goldlöckchen.

Als sie aufschaute, die Nase hochzog, sah sie, dass Philipp noch immer vor ihr stand, sie anschaute und verlegen mit seinen Händen spielte.

„Was?", fragte sie scharf und fühlte das erste Mal in ihrem Leben, eine ungezügelte Wut in sich aufsteigen, die sich ungezwungen Bahnen in ihr brach. „Willst du da jetzt Wurzeln schlagen, oder was? Was erwartest du von mir, Philipp? Dass ich dir verzeihe? Dass ich dir um den Hals falle? Dass ich sage, okay, nicht noch einmal so ein Ding? Hau einfach nur ab, du Arsch."

***

Michelle wusste nicht, wie ihr geschah.

Sie fühlte sich müde, ausgelaugt – von allen Menschen verlassen.

In dem Moment, als sie ihre Handtasche mit einem leisen „klick" schloss, nahm sie die langsame, müde und erschöpfte Handbewegung ihres Bruders wahr.

„Benny", murmelte sie, drehte sich ihrem Bruder zu, der blinzelnd die Augen öffnete, und sich eine lange, eine viel zu lange Zeit, wie Michelle fand, zu orientieren versuchte.

Sie trat gleich neben ihn, fasste nach dessen Hand, in der ein Zugang steckte, an dem wiederum eine 9% Kochsalzlösung hing und in einem rhythmischen Takt Tropfen für Tropfen in Bennys geschwächten Organismus tröpfelte.

Den Zusatz, den eine der fleißigen Schwester in die Flasche gegeben hatte und mit einem roten Edding draufgeschrieben hatte, konnte Michelle nicht entziffern.

„Benny", sagte sie noch einmal, diesmal neben ihm in die Knie gehend, ihm ein gestandenes, aufgesetztes Lächeln zu schenken, das er nicht erwiderte.

Er schloss die Augen.

„Spiel das Spiel bitte nicht mit mir", bat sie ihn schwach. „Nicht jetzt."

Benny ließ die Augen geschlossen.

„Benny", flüsterte sie, streichelte sein Haar, und betrachtete sie faustgroße, rot schimmernde Beule auf seiner Stirn. „Du bist doch ein Pirat. Piraten verzeihen doch, wenn man seine Beute mit ihm teilt, oder?"

Benny blinzelte, betrachtete sie kurz, um dann wieder die Augen zu schließen.

„Ich habe dir nicht zugehört, dass weiß ich", redete sie weiter. „Ich will nicht, dass du weggehst. Du sollst bei mir bleiben."

Sie schob ihre Hand unter die seine. Sanft drückten seine Fingerspitzen in ihre Hand.

„Michelle", antwortete er müde, öffnete die Augen und schloss sie gleich wieder.

„Ich hoffe dir geht es gut."

„Ich habe dich lieb" sagte er, und ließ Michelles Hand, die in seiner lag, nicht los. „Und ich liebe dich nicht."

„Ich weiß."

Michelle schlug die Augen nieder, und versuchte ihre noch immer in Aufregung gefangenen Gefühle nicht wieder durcheinanderzuwerfen.

„Ich liebe dich", sagte er wieder.

„Ich dich auch."

„Ich bin ein Pirat."

„Der schrecklichste und gefährlichste Pirat, den ich kenne."

„Ich habe einen Schatz."

„Ich weiß."

„Er ist gut versteckt."

Michelle lächelte.

„Du ... Michelle?"

„Ja?"

„Ich hab dich doch voll lieb!"

***

Jana klopfte an Michelles Tür.

Niemand reagierte.

Als sie sich herumdrehte, sich in dem Café suchend nach ihr umsah, erkannte sie nur Jenny an der Kuchentheke stehen, einer älteren Kundin erzählend, was alles in der Erdbeertorte noch für köstliche Naschereien versteckt waren.

Als sie noch einmal klopfte, und durch den angenehmen Lärm des Cafés auf Geräusche aus der Küche lauschte, vernahm sie nichts, außer die laute, durch die Café klingende Stimme Ingrids.

„Natürlich ist die Rechnung beglichen worden. Ich habe das selbst veranlasst. Was soll das heißen, dass das jeder sagen kann und dass Zahlungen immer veranlasst werden können. Na hören Sie mal, was fällt Ihnen ein?

Die Rechnung ist beglichen, wenn ich das sage."

Jana musste schmunzeln, obwohl sie wusste, was für ein schweres und was für ein unangenehmes Gespräch Ingrid da gerade führte.

Aber zu hören, wie Ingrid sich ins Zeug legte, ihre Stimme vor Zorn zu beben begann und sie ernsthaft so tat, als habe sie die noch ausstehende Rechnung beglichen, tat gut. Besonders deshalb, weil Jana wusste, wie schlecht es Michelle zurzeit ging.

Allein die Tatsache, dass Benny noch immer im Krankenhaus lag und das Philipp ihr böse mitgespielt hatte, wären für Jana Grund genug, Mitleid mit Michelle zu haben.

Sie wäre, dass wusste sie, unter all dem Druck längst zusammengebrochen.

Sie hätte das nicht geschafft, noch aufrecht zu gehen.

Sie hätte sich nachhause zurückgezogen, in einen Jogginganzug geschmissen, vor den Fernseher gehockt und ein Glas Nutella in sich hineingeschaufelt, um sich anschließend noch deprimierter zu fühlen.

„Michelle?", fragte sie, als sie die Tür öffnete, ins Büro ihrer Chefin spähte und versuchte ihre Gedanken beiseite zu wischen. „Bist du da?"

Das Licht brannte, der PC summte leise und der Aktenschrank, indem Michelle ihre Steuerunterlagen aufbewahrte und auch Personalakten verstaut hielt, war aufgerissen worden.

„Ich habe hier zwei neue Rezepte für dich, die ich dir gerne einmal zeigen würde. Die Idee zu beiden ist mir gestern gekommen, als ich ‚Nailed it' gesehen habe. Michelle?"

Jana trat ins Büro.

Sie ging auf den Schreibtisch zu und wollte Michelle die beiden Rezepte hinlegen, als sie ihre Blicke über die offen daliegenden Akten schweifen ließ. Etwas, das ganz und gar nicht ihre Art war, ließ sie kurz zögern und dann die Hand nach einem Dokument greifen, dass sie hier niemals vermutet hatte.

Erst meinte sie sich geirrt zu haben, als sie die Überschrift las und das Embleme von Lords Konditorei und Management auf dem Briefkopf entdeckte. Als sie darunter las „im weiteren Arbeitgeber genannt", begann ihr Herz wie wild zu klopfen. Als sie Michelles Adresse zu lesen bekam, und auch unter ihren Daten ein in Anführungsstrichen gesetztes „im weiteren Arbeitnehmerin genannt", meinte Jana sich übergeben zu müssen.

Kapitel 13

Geht das Leben weiter?

„Was machst du denn hier?"

Michelle wollte nicht so abwertend klingen; wollte nicht mit der verbalen Faust voranstürmen und sie Rafael geradewegs ins Gesicht schlagen. Aber während sie draußen stand, sich in ihrem Top und der einfachen, blau schimmernden, kurzen Jeans plötzlich fehl am Platz fühlend, war Rafael der letzte, den sie hier sehen wollte.

„Mir ein Konzert angucken", meinte er schulterzuckend, ein gewinnendes Lächeln auf den Lippen. „So wie du auch, wie ich vermute."

Der lockerleichte Plauderton, mit dem Rafael sprach, tat Michelle auf eine sonderbare Art und Weise gut. Obwohl sie es gar nicht wollte und sich alles in ihr dagegen sträubte, Rafael ein Lächeln zu schenken, tat sie es doch.

Das von ihr auf den Weg gebrachte Friedensangebot nahm Rafael dankend an. Er kam einen Schritt näher, und schaute in den seit gestern aufklarenden Himmel, über den die den Horizont in ein malerisches Rot tauchenden Sonnenstrahlen sich fächerartig ausbreiteten.

Dann, als die Wärme auf der Haut genießend, fragte sie: „Bist du öfter hier?“

„Ab und zu. Bin lieber in Burg oder auf dem Festland. Aber ein Kumpel von mir wollte sich die Band angucken, die heute hier spielt. Du kennst jemanden von den Jungs und Mädels?“

„Ja.“

„Und wen?“

Michelle winkte ab: „Eine Mitarbeiterin von mir singt.“

„Cool.“

„Finde ich auch.“

Als die Unterhaltung gerade begann einzuschlafen und Michelle sich krampfhaft darum zu bemühen versuchte, ein weiteres Gesprächsthema auf den Tisch zu kriegen, war es Jenny, die plötzlich neben ihr stand und ihr freundschaftlich gegen den Oberarm boxte.

„Du bist da, das ist ja geil“, sagte sie und schaute zu Rafael. „Wer ist denn das?“

„Rafael, hi.“

„Ein loser Bekannter.“

„Ich pflege ihren Bruder.“

„Im Krankenhaus?“, wollte Jenny wissen.

„Im Heim.“

„Oh, dann bist du Schuld dran, dass Benny weggelaufen ist und von einem Auto angefahren worden ist?“

„Öhm“, entfuhr es Rafael. „Ich war gar nicht im Dienst, als es passiert ist“, erwiderte Rafael schwach und zog sich im gleichen Augenblick zurück, nachdem Jenny ihn zu ignorieren begann.

„Voll cool, dass du hier bist. Jana will auch noch kommen. Ich hoffe, wir rocken euch heute die Titten aus dem BH.“

„Du schon wieder“, lachte Michelle.

„Ingrid würde das gefallen“, lachte Jenny.

„Sie kommt nicht?“

„Leider. Sie hat gemeint, dass das nichts für sie ist. Aber ich glaube, dass sie sich heute wieder mit Dave trifft. Der Küsser. Oh man, was muss das für ein Küsser sein.“

Michelle lachte.

„So ist genug Platz da, um den Jungs von der Musikzeitschrift eine richtige Show zu bieten“, plapperte Jenny weiter, die in ihrem grellen, glitzernden Outfit ebenso befremdlich wirkte, wie in der von Haarspray aufgetürmten Frisur. Der Nasenring, den sie sonst immer trug, war durch eine Kreole ersetzt worden.

„Ich hoffe wirklich, dass zwei Journalisten kommen, um unseren Auftritt zu sehen.“

„Woher hast du die Information, dass zwei Kritiker hier sein sollen?“, wollte Michelle wissen, die froh darüber war, als Jenny sie mitzog und aus der Kälte hinein in das geräumige und doch beschaulich wirkende „Wicken“ führte.

„Mark, unser Drummer, hat einen Kumpel bei einer Musikzeitschrift und der hat ihm gesteckt, dass wir heute beobachtet werden.“

„Ich würde mich so für euch freue. Für dich!“, schob Michelle nach, die irritiert feststellte, dass Jenny sie nicht nach hinten zur Band führte, sondern geradewegs auf die Theke zu, hinter der eine junge Frau stand, die noch damit beschäftigt war, die Gläser zu sortieren.

„Was darf es sein?", wollte sie wissen.

„Zwei Tequila Gold, bitte", bestellte Jenny und wollte dann wissen. „Du trinkst doch mit, oder?"

„Ähm … ich muss eigentlich fahren."

„Du pennst bei mir, wenn du abstürzen solltest", lachte Jenny und schob Michelle das ihr gereichte Glas entgegen, um die Orangenscheibe anzuheben und nach dem Zimtstreuer zu greifen. „Prost!"

„Und ich muss Reister ne Mail schreiben, dass ich sein Kreditangebot annehme, wenn wir noch was an den Raten machen können."

„Du kannst die Mail auch übermorgen schreiben."

Jenny hob ihr Glas.

„Und …"

„Du pennst bei miiiirrrrr!"

„Bei dir pennen?"

„Prooost", rief Jenny und forderte Michelle auf ebenfalls zu trinken.

Sie leckte den Zimt von ihrem Handrücken, kippte den Tequila herunter, verzog den Mund und biss in die Orange. Mit einem angewiderten Laut schüttelte sie sich und musste lachen, als sie Jenny rufen hörte: „Noch einen", und wunderte sich darüber, dass sie sich gegen die erneute Bestellung nicht wehrte …

***

„Aua", entfuhr es Michelle am nächsten Morgen als sie merkte, wie sie langsam aufzuwachen begann. Die bleiern schwere Dunkelheit, die bis eben auf ihr gelastet hatte, war für sie kaum noch auszuhalten gewesen. Das unterbewusste, ständig an sie appellierende Gefühl der Übelkeit, drang nun so sehr in den Vordergrund, dass sie ernsthaft glaubte, sich übergeben zu müssen.

Der stechende Kopfschmerz, der pelzige Geschmack auf der Zunge und die erheblichen Gedächtnislücken, denen sie unterlegen war, ließen Böses ahnen.

Michelle wusste, während sie sich nicht traute, die Augen zu öffnen, dass sei abgestürzt war. Dass sie Jennys Angebot, mit ihr zu trinken, ebenso wenig abschlagen konnte, wie den Drang sich allein einen Tequila nachdem anderen hinter die Binde zu kippen.

Außerdem, meinte sie sich an ihren Gedanken von gestern Abend zu erinnern, *sind Jana und die anderen ja auch gleich hier. Und wenn die hier sind, dann kann ich mit denen trinken.*

Und dann?

Was war dann passiert?

Das ungute Gefühl, dass auf den Wogen des noch immer durch ihren Körper kreisenden Alkohol zu ihr drang, als sie an Jana dachte, ließ Michelle bitter aufstoßen. Das ungute Gefühl, eine hässliche Diskussion geführt zu haben, beschlich sie ebenso, wie das zögerliche, lückenhafte Wissen, dass Jana und sie wütend aneinandergeraten waren.

Jana und ich? War da nicht auch Richard gewesen, der meinte, ich sollte mich endlich um meine Probleme kümmern, anstatt immer wegzulaufen?

Nein. Rafael und ich haben uns gestritten.

Oder ...?

Philipp?

Ihre Gedanken schafften es nicht, sich zu beruhigen. Immer wieder musste Michelle stöhnen, und den Drang unterdrücken, sich auf die Seite zu drehen.

Tue ich das, übergebe ich mich.

Was ich auch gleich tue, wenn ich mir noch einmal unter die Nase atme, dachte sie, und legte mit einer schwerfällig anzusehenden Bewegung sich die Hand auf den Mund.

Auch wenn sie am liebsten für immer ihre Hand auf ihrem Mund behalten hätte, sie musste den unangenehmen, den stechenden Schmerz an den Schläfen ebenso bearbeiten, wie sie versuchte die immer größer in ihr werdende Übelkeit zu bekämpfen.

Wenn ich jetzt auch noch auf die Toilette muss, bin ich hoffnungslos verloren, dachte sie sarkastisch und ließ ihren Kopf watteweich in das wolkig wirkende Kissen sinken. Dabei versuchte sie sich zu erinnern, wo sie überhaupt sein konnte. Ein fremder, ein ihr unbekannter Geruch stieg ihr ebenso in die Nase, wie der immer weiter in ihren aufsteigenden Verdacht, bei jemanden völlig fremden zu sein.

Eine Geschichte wie die, in der sie gerade steckte, hatte sie noch nie erlebt. In Filmen oder Büchern, liebte sie solche Situationen, wenn die Protagonisten langsam erwachten, nur durch halb geöffnete Augenschlitze versuchten ihre Umgebung zu erkennen.

Und die daraus folgenden Schlussfolgerungen, die unangenehmen Begegnungen mit möglichen Sexualpartnern waren immer so herrlich verworren, dass sie sich darüber totlachen konnte.

Jetzt aber, selbst in einer Situation zu stecken, in der sie nicht abschätzen konnte, wo sie stecke und in welchem Bett sie gelandet war, fand sie alles andere als amüsant.

Meine Unterhose und ein Top habe ich an, bemerkte sie und stutzte. *Top? Ich hatte gestern kein weißes Top an. Nur meinen rotes, mit den lockeren Bändchen. Darunter hatte ich nichts weiter, als bloße Haut und einen BH.*

BH?

Ist ...

Mit einem kurzen Schrecken stellte sie fest, dass sie ihren BH nicht trug.

Er war weg.

Michelle schluckte.

Das war der Moment, wo sie sich das erste Mal zu trauen versuchte, die Augen zu öffnen. Was sie gleich wieder bereute.

Ein unangenehmer, stechender Schmerz fuhr ihr durch die Pupille mitten ins Hirn, und ließen sie scharf die Luft zwischen den Lippen einsaugen. Ihre eben noch die Schläfen massierenden Finger fuhren zu den Liddeckeln, und pressten sich auf sie.

Die Angst, ihr BH könnte irgendwo als Trophäe an einem Ast eines Baumes, über der Lehne eines Stuhls, oder auf der von einem Wind sich sanft bewegenden Wasseroberfläche eines Pools treiben, ließ sie innerlich erfrieren.

Das nächste, was ihr in die Nase stieg, als sie pumpend atmend darum bemüht war, sich nicht zu übergeben, war der weiche Geruch von Minze und Zitrone. Einen Hauch gleich, ähnlich eines sommerlichen Windstoßes, war ihr entgegengeweht und hatte unterbewusst in ihr den Gedanken freigegeben, dass sich in der Nähe ein Badezimmer befinden musste.

In einem Hotel?

Hatte sie jemand mitgenommen, um sie …

Nein, das hat keiner, wehrte sie ab und meinte dann, als sie sich eine Mikrobewegung vollführte, *Ich war zwar voll, aber an eine Taxifahrt, an einen mir fremden Flur und mir völlig fremden Leuten, würde ich mich doch erinnern, oder?*

ODER?

So unsicher sie war und so viel Angst auch in ihr emporstieg, meinte sie sich plötzlich an Philipp zu erinnern.

Wie eben schon, als sie für einen kurzen Augenblick dachte, sich mit Vera gestritten hatte, so war es auch hier, mit einem herrlichen Gefühl der Verwirrung verbunden, als Philipp plötzlich in ihre Gedanken Einzug hielt.

War er da gewesen?

Oder baute sie ihn in ihre betrunkenen Fantasien gerade ein, weil sie der fersten Überzeugung war, mit ihn reden zu müssen?

Michelle seufzte.

So sehr sie es auch versuchte und sie weg wollte, von der Vorstellung, Philipp war ebenfalls im „Wicken", so sehr drängte sich ein Bild in ihr auf, dass sie lallend und kreischend zeigte, während sie versuchte Rafael und …

Rafael!

Mist!

In einem Anflug absoluter Panik versteifte sich alles in ihr. Angst breitete sich in ihr ebenso aus, wie ein mulmiges, ein sie in Schrecken versetzendes Gefühl der Hilflosigkeit, als sie an Bennys Betreuer dachte.

Was, wenn ich seinen Avancen doch nachgegeben habe, in meinem betrunkenen Kopf?

Ihre Gedanken begangen Kapriolen zu schlagen. Sie schauderte und bebte und betete zum lieben Gott, dass sie bei jedem Mann aus dem „Wicken" aufwachte, nur nicht bei Rafael. Allein der Gedanke, dass sie ihm nachgegeben haben könnte, drehte ihr den Magen herum, dass sie meinte, sich hier und jetzt, auf die weißen Laken ihres Bettes übergeben zu müssen.

Sie wusste nicht genau was es war, wusste nicht, warum Rafael ihr solche Magenschmerzen bereitete, aber der Gedanke an ihn ließ ihr eine Gänsehaut über den Rücken laufen.

Du willst nie wieder so leiden, wie bei Eddy.
Eddy?

Michelle öffnete die Augen. Obwohl es noch immer zwickte und die Sonne unangenehm stach, schaffe sie es diesmal, nicht das Gefühl zu haben, sich übergeben zu müssen. Sie schauderte, während sie wieder an ihre damals zerflossene Liebe dachte. Daran, wie er lächelte, wie er die Haare immer zurückgekämmt und sie angeschaut hatte.

Sie merkte, als sie ihren Fuß nur einige wenigen Zentimeter unter der Decke hervorstreckte, dass ihre Übelkeit zu ihr zurückkehrte; gepaart mit einem Gedanken, der sie erst verwunderte, dann überraschte und dann dazu brachte zu lächeln.

Es war ein verschrecktes, ein verunsichertes Lächeln. Das Lächeln einer Frau, die zu merken begann, dass Erinnerungen in ihr aufstiegen, die ihr peinlich waren; gefolgt von ein wenig Stolz.

Worauf bin ich stolz?, wollte sie von sich wissen und meinte wieder Philipp vor ihrem geistigen Auge auftauchen zu sehen. Wie er nach ihrem Arm griff, sie herumzog und ihr irgendetwas sagte, dass sie nicht verstand.

Oder?

Hatte sie doch gehört, was er von ihr wollte?

Tat ihm was leid?

Oder sollte ihr was leidtun?

Sie fühlte sich von dem von der Bühne auf das tanzende und johlende Publikum niedergehende Blitzlichtgewitter ebenso irritiert, wie davon, dass Philipp überhaupt vor ihr stand. Dass er etwas brüllte, was sie nicht verstand. Das, an was sie sich zu erinnern glaubte war, dass sie ihn wegschubste. In einem Anflug ehrlich empfundenen Zorns, hatte sie ihm mit der Faust gegen die Brust geschlagen und ihm zugerufen, dass er abhauen sollte.

„Ich hasse dich", war sie der Meinung wieder zu hören, während aus den Boxen Jennys Stimme hallte, die irgendetwas davon sang, dass die Welt ein Ort war, den man lieben musste, wäre er nicht voller Menschen. „Ich hasse dich so sehr!"

Und dann?

Was war dann passiert?

War Rafael dazu gekommen?

Hatte er gemeint sich vor ihr aufspielen zu müssen?

Als habe sich ihm eine Chance geboten, die er ergreifen und niemals im Leben verstreichen lassen wollte?

Philipp, zu ihrer Überraschung, hatte Rafael zurückgeschubst und ihn irgendetwas gefragt, was Benny Betreuer dazu brachte, die Faust zu ballen und zu fragen, ob sie nicht gleich vor die Tür gehen wollten.

Und Michelle?

„Hört auf damit“, hörte sie sich noch selbst sagen und schuldbewusst hinüber zu Jana schauen; die den ganzen Abend schon allein am Tresen stand und sich weder von Jennys Stimme noch von der um sie herumherrschenden Musik mitreißen ließ.

Jana?

Was hatte die jetzt in ihren Erinnerungen zu suchen?

Was sollte das alles?

Michelle stöhnte und legte sich den Arm über die noch immer brennenden Augen. Sie wünschte sich das ganze Chaos endlich unter Kontrolle zu bekommen, dass in ihrem Kopf herrschte. Nur einmal klarsehen. Nicht auf das Hörensagen ihrer Erinnerungen zurückgreifen zu müssen.

Einmal einen scharfumrissenen Blick auf das werfen, was gestern Abend vorgefallen war.

Und dann?

Was ist dann, Schnecke? Meinst du, dass es dir dann besser geht? Das du dich dadurch vor deinen schrecklichen Kater in Sicherheit bringen kannst?

Mäuschen, du wirst leiden, den ganzen Tag, wenn nicht sogar zwei.

Du hast dir gestern so sehr den Schädel zu gesoffen, dass es ein Wunder ist, dass du nicht mit einer Alkoholvergiftung im Krankenhaus gelandet bist.

Wo bin ich?, wollte sie schließlich wissen, als sie wieder an Jana und ihre merkwürdige Art denken musste. *Bei wem, bin ich?*

Jana?

So albern der Gedanke auch klang und sie sich es nicht vorstellen konnte, schien es ihr, nachdem sie alle

Eventualitäten gegeneinander abgewogen hatte, die einzig logische Erklärung.

Nachdem der Streit zwischen Philipp und Rafael ausgebrochen war, musste Jana über ihren Schatten gesprungen und der hilflos auf der Tanzfläche stehenden Michelle zur Hilfe geeilt sein.

So wie sie es immer tut.

Sie hilft mir immer.

Und in dem Moment, wo sie es getan hat, hat der Filmriss eingesetzt. Mein in Wallung geratenes Blut hat den Alkohol so schnell in meinem Kopf gepumpt, dass dieser völlig überfordert war. Er hat einfach ausgemacht.

Hat sich und mich geschützt.

Das ist es.

Anders kann es nicht gewesen sein.

Aber, fragte sie sich dann, als sie sich schwerfällig, von einer neuen Welle der Übelkeit heimgesucht auf die Seite drehte und sich in dem Zimmer umzugucken versuchte, in dem sie aufgewacht war. *Hat Jana überhaupt die Möglichkeit, solch ein Zimmer einzurichten?*

Hat sie nicht von einer kleinen Zweizimmerwohnung gesprochen, in der sie hauste?

Und dass es ihr Traum war, irgendwann einmal eine Eigentumswohnung zu besitzen?

Hat sie doch, oder?

Hat sie!, bestätigte Michelle sich selbst, als sie ihre trägen Erinnerungen abgerufen und analysiert hatte. Sie konnte sich an das Gespräch ebenso gut erinnern, wie an die Sehnsucht in Jana, ihre jetzige Wohnung endlich den Rücken kehren zu dürfen.

Also nicht Janas Wohnung.

So sehr der Gedanke sie auch abgelenkt hatte und sie sich ein wenig Sicherheit geholt hatte, besonders in dem Moment, als sie das an der Wand hängende Bild betrachtete, dass eine skurril anmutende Landschaft zeigte. Ein Bild, wie sie feststellte, dass ihr selbst im nüchternen Zustand eher Verwirrung als Klarheit geschenkt hatte. Sie konnte weder etwas mit dem auf dem Mond ankernden Schiff etwas anfangen noch mit dem Schornsteinschloten, aus denen rosaroter Rauch in Form von Herzen aufstieg. Dazu die Menschen, die in einem Ringelreigen dastanden, einen abgeholzten Wald umtanzten, und einem gigantisch großen Kreuz, an dem Jesus Christus hing, den Rücken kehrten.

Es war von solch einer Skurrilität, dass Michelle froh darüber war, dass sie den Ort erkannt hatte, aus dem der Zitrus-Minze Geruch strömte und auf sie so verlockend und so herrlich erleichtern wirkte, dass sie ernsthaft den Kampf mit ihrer Übelkeit aufnehmen wollte, um die Toilette aufsuchen zu können.

Nur um Pipi zu machen. Nichts anderes. Nur Pipi. Bloß nicht übergeben. Bloß nicht übergeben. Bloß nicht übergeben.

Wie ein Mantra betete sie diese drei Worte herunter und zog sich auf die Bettkante zu, um auch die unheimliche Stille in sich zu besiegen, in der sich, leuchtend und blinkend, einer schrillen ostasiatischen Werbung gleich, mit einem Bild zu füllen versuchte, dass sie gar nicht erst in sich aufstiegen lassen wollte. Ein Bild, dass ihr einen mit blutender Unterlippe, auf einem regenassen Kantstein sitzenden Philipp zeigte. Der sich, wütend und sauer, mit dem Handrücken gegen die Wunde

tupfte und sich das rot schimmernde, vom Wasser verschwommene Blut anzuschauen, das auf seiner Haut
rosarot schimmerte.

Sie wollte sich nicht daran erinnern, wie sie auf ihn
zu getaumelt war, schimpfte und motzte, und ihn einen
Arsch nannte. Ebenso wenig wollte sie die Bilder in sich
aufsteigen lassen, die ihr zeigten, wie er den Kopf hob,
sie böse anfunkelte und etwas sagte, das sie nicht genau
verstand. Es war, als zogen seine Worte sich in einem
monotonen, leiernden Klang in die Länge; dem Band einer Hörspielkassette gleich, die sich in der Spule des
Kassettenrekorders verfangen hatte.

„Ich weiß, was ich falsch gemacht habe, verdammte
Kacke noch mal", meinte sie ihn sagen zu hören, um
dann wieder im Dunkel ihres Suffes zu ertrinken.

Bin ich ...

Sie konnte den Gedanken nicht zu Ende denken. Zu
groß war ihre Angst, zu gewaltig die Furcht, eine
Dummheit begangen zu haben, für sie die sie sich immer schämen würde.

So setzte sie sich dann, stöhnend und aufstoßend, an
die Bettkannte.

Als sie sich erhob, musste sie sich mit der Hand an der
Wand abstützen. Den Schwindel musste sie ebenso ertragen, wie den bitteren Geschmack langsam in ihrem
Hals aufsteigenden Erbrochenen.

Erst als sie vier Mal tief eingeatmet hatte, pumpend
Luft holte und betete, dass sie nicht spucken musste,
lichtete sich der Nebel in ihrem Kopf und ließ den
Schwindel unendlich langsam abziehen.

Als sie endlich die Toilette erreichte und die Kälte der
Fliesen an den Füßen unangenehm empfand, atmete

sie erleichtert aus. Dass sie ihre Unterhose hatte herunterziehen konnte erleichterte sie. Ebenso die langsam in ihrem Körper zurückkehrenden Gefühle und Möglichkeiten, Regionen allein durch die Kraft ihrer Gedanken zu erkunden und zu merken, ob diese genutzt oder unberührt geblieben waren.

Ich hatte keinen Sex, dachte sie das erste Mal seit Monaten erleichtert. *Es fühlt sich alles gewohnt – ungenutzt – an.*

„Hey, Puppe, schon wach?", hallte ihr plötzlich eine Stimme entgegen.

Michelle hätte vor Freude schreien können.

Das da war nicht Rafael, nicht Jana und auch nicht Philipp.

Es war ...

Jenny.

***

„Jenny!", schrie Michelle, die Hand an den Kopf nehmend, die andere von sich streckend, weil sie die ungenierte junge Frau daran hindern wollte, einen weiteren Schritt ins Badezimmer hineinzumachen. „Raus."

„Du pinkelst doch nur", dann wedelte sie mit der Hand durch die Luft. „hast du gestern Spargel gessen?"

„Jenny!"

„Musst dich doch nicht schämen. Ich rieche morgens auch nicht besser."

„Jenny!"

Die junge Frau lachte und ließ Michelle einerseits vor Scham im Erdboden versinken, andererseits erleichtert ausatmen.

„Und?", wollte Jenny wissen, während sie sich auf den Rand der spiegelblank geputzten Badewanne setzte, ihre nackten Beine übereinanderschlug und Michelle belustigt anschaute. „Wieder unter den Lebenden?"

„Raus hier."

„Hätte nie gedacht, dass du so tanken kannst", ignorierte Jenny sie. „Hast du angezogen. War total schön zu sehen, dass du dich gehen lassen kannst."

„Lass mich allein. Bitte."

„Ich bin dir so dankbar", redete Jenny weiter. „Mensch, hättest du mich nicht machen lassen, was ich wollte, wäre der Abend nie so geil geworden. Ich könnte dich küssen."

„Nein. Nicht küssen. Nicht jetzt. Überhaupt nicht."

„Dann dir wenigstens auf den knackigen Arsch hauen."

„Ich sitze auf Klo", kreischte Michelle, als sie sah, wie Jenny sich erhob, die Hand hob, und so aussah, als wollte sie an der Toilettenbrille vorbei an Michelles Hintern gehen. „Verdammt noch mal. Ich sitze auf Klo und versuche zu pinkeln."

„Hast du doch schon."

„Raus hier!"

„Was bist du knatschig", spottete Jenny und betrachtete die wie ein Häufchen Elend auf der Toilette sitzenden Michelle. Um dann zu meinen. „Hätte nie gedacht, dass du solch einen Mops hast. Voll schön."

„Lass mich bitte. Ich flehe dich an."

Jenny lachte wieder. „So hast du gestern schon geklungen."

„Erzähl es mir nicht."

„Was denn? Jeder ist schon mal abgestürzt und musste gerettet werden."

Michelle, die noch immer fassungslos zu der vor ihr stehenden Jenny schaute, die in nichts weiter bekleidet war, als einer enganliegenden Hotpant, und einem mehr als durchsichtigen, weißen T-Shirt, meinte vor Scham endgültig im Boden versinken zu müssen.

„Ich hab es gern getan. Das kannst du mir glauben."

„Hast du Philipp eine verpasst?"

„Das hätte ich auch gerne getan."

„Also wurde er geschlagen?"

Jenny nickte und machte ein anerkennendes Gesicht: „Aber so richtig."

„War ... war ... ich es ... etwa?"

Jenny winkte ab. „Ich bin dir danach zur Hilfe geeilt. Hab dich aus den Fängen des siegreichen Kämpfers befreit, der dir echt unangenehm an die Wäsche gehen wollte. Zum Glück war ich draußen."

Michelle schwirrte der Kopf.

Zu viele Eindrücke, zu viele Worte und vor allem zu viele Nichterinnerungen hagelten ihr in den Schädel und ließen sie glauben, endgültig den Verstand zu verlieren. Erst als sie merkte, dass sie sich erleichtert hatte, und nach dem Toilettenpapier griff, kehrte ihr Mut zu ihr zurück und ließ sie sagen: „Ich bin so froh, nicht bei Rafael zu sein. So unendlich froh ..."

***

Der Vorhang der Erinnerungen zerriss. Auch wenn das Bild noch defus war, nicht klar umrissen und von einem wabernden, grauen Rand umgeben, so meinte

Michelle doch, sich wieder draußen vor dem „Wicken“
stehen zu sehen.

Mit Rafael zusammen; ihre in seiner Hand?

Hä?

Was sollte das?

Zog er sie mit?

Sie wollte erst sagen: „Lass mich los“, um dann zu
merken, dass ihre Forderung ins Leere laufen würde.
Nicht nur, dass sein Gesicht sich verfinstert hatte, auch
seine Bewegungen waren ruckartiger geworden; ag-
gressiver.

„Was für ein Arschloch“, hörte sie Rafael sagen, während er den Kopf schüttelte, und den sich in seinen
Haaren verfangenen Regen beiseitezuwischen.

Die um ihn herumstehenden Leute, die rauchten,
klönten und tranken, und dabei schwärmerisch über
den bisher geilen Abend redeten, waren nur ein grauer
Dunst in Michelles vom Alkohol schwer gewordenen
Kopf. Sie erinnerte sich nur schemenhaft daran, dass
eine Frau meinte, dass die Sängerin mal richtig geil
war, während ihr Begleiter meinte, dass ihm der Sound
völlig ins Hirn schoss.

Und dann?

Dann hatte Rafael sie etwas gefragt, das sie mit
schwerer Zunge beantwortete, ohne zu wissen, was es
war. Sie wusste nur, dass er plötzlich meinte: „Kommt
der Arsch mir noch einmal unter die Augen, haue ich
ihm die Fresse ein.“

„Albern“, lallte sie. „Nicht schlagen.“

„Der kriegt die Fresse voll, das verspreche ich dir.“

„Lass sie los, du Idiot“, klang plötzlich die Stimme Philipps hinter ihnen auf.

Rafael, unter Spannung und darauf aus, jemanden seine Faust ins Gesicht zu schlagen, wirbelte herum und giftete: „Hast du noch immer nicht genug, du Arsch?"

„Lass los", forderte Philipp wieder

„Und was, wenn ich es nicht tue?"

„Das wünscht du dir nicht!"

In dem Augenblick war es Michelle klar geworden, dass ihre Vorstellungen von einst mit aller Macht in die Wirklichkeit zu dringen begangen. Dass es wirklich so war, dass Rafael und Philipp sich ihretwegen den Schädel einschlagen wollten.

In ihrem Alkoholrausch begriff sie nur langsam und reagierte nicht schnell genug.

Sie hörte sich noch sagen: „Lass. Das", um dann zu merken, dass sie schwankend allein auf dem Gehweg stand, und in eine Richtung schaute, in der sie weder Philipp noch Rafael sehen konnte.

Nur die dunstige, schwarze Dunkelheit, einer verregneten Nacht, die durchbrochen wurde, von dem flackernden Schein einer defekten Straßenlaterne.

Sie drehte langsam um.

Als ihre verschwommenen Blicke sich klärten, sie noch immer, lehrerhaft, den Finger erhoben hatte, sah sie, dass Rafael Nasenspitze an Nasenspitze mit Philipp dastand, und sie sich am Kragen ihrer Hemden gepackt hatte. Sie zerrten aneinander, um sich dann gegenseitig wegzustoßen.

„Sie will nichts von dir", hörte sie Philipp sagen.

„Du hast sie angelogen, du Penner", pöbelte Rafael. „Sie hat mir alles erzählt."

„Ich habe mich entschuldigt."

„Du Arsch!"

Damit knallte ein Schwinger auf Philipps Unterlippe, dass Michelle kreischend zusammenzuckte. Sie sah es mit aller Deutlichkeit, wie die Faust Rafaels sich auf den Mund von Philipp presste. Wie die Lippen aufplatzten und einzelne Blutspritzer sich fächerartig um den Kopf Philipps ausbreiteten und sein Hemd, das Gesicht und den Fußboden sprenkelten.

Sie taumelte auf die beiden zu.

Rafael, der noch immer, breitbeinig, von dem zurücktaumelnden Philipp stand, schien geahnt zu haben, was sie vorhatte. Er fuhr die Hand aus, hielt sie zurück, und meinte: „Lass es."

Es sagte es auf eine so unangenehme, auf so eine schrecklich befehlsgewohnte Art, dass sich ihr Magen zusammenzog.

„Alter", hörte sie Philipp wie aus weiter Ferne sagen, während er sich die aufgeplatzte Stelle mit den Fingern betupfte und nicht zu glauben schien, dass er gerade einen Schlag mitten in die Fresse kassiert hatte.

„Komm nur her und du bekommst noch einen", drohte Rafael.

„Alter", murmelte Philipp noch einmal und begann plötzlich zu taumeln.

Die um seine Nase herum ausgebreitete Blässe war Michelle ebenso in Erinnerung geblieben, wie sein plötzlich taumelnder, rückwärtsgewandter Gang. Er blinzelte, schüttelte benommen den Kopf und war dann aus ihrem Blickfeld verschwunden.

Rafael, überheblich und arrogant, im Rausch seines Sieges gefangen, drehte sich zu ihr herum und schob sie unsanft dem Eingang des „Wicken" entgegen. Erst als sie meinte gleich fallen zu müssen, blieben sie stehen und Rafael meinte: „Hauen wir ab hier.“

„Aber. Philipp.“

„Wir gehen.“

„Philipp.“

Sie sah, wie sich das Gesicht Rafaels verfinsterte. Wie seine Lippen sich zu Strichen wurden und sein Kinn so sehr zuckte, dass sie meinte, gleich angeschrien zu werden.

„Was willst du mit dem Penner noch?“, fragte er sie bissig. „Er hat dich fertig gemacht. Belogen. Der hat eine Alte, die er noch knallt.“

„Schluss gemacht. Er. Gesagt.“

Sie schluckte bitter.

„Und das ist gut, oder was?“

Sie zuckte verwirrt mit den Schultern, nicht mehr dazu in der Lage, ihren eigenen Gedanken zu folgen.

„Du kommst mit mir. Los. Lass uns bumsen!“

„Nein“, hörte sie sich noch sagen und merkte, dass sie sich gegen seine Kraft nicht durchsetzen konnte. Dass es ihr nicht möglich war, sich dem Ziehen und Zerren zu widersetzten.

Panik wallte in ihr auf. Sie wollte nicht mit ihm gehen. Wollte nicht in seiner Nähe sein, geschweige denn irgendetwas mit ihn teilen, dass intim war.

Sie versuchte sich aus seinem Griff zu lösen.

Vergebens.

Wie Stahlklammern hatte sich seine Hand um die ihre geschlossen. Mit einer für Michelle unerwarteten Kraft zog Rafael sie mit sich. Als sie stolperte, fluchte er und warf ihr irgendeine Beleidigung an den Kopf, an die sie sich später nicht mehr erinnern konnte. Das, was ihr im Gedächtnis hängen geblieben war, war das unangenehme, das drückende und sie schütteln lassende Gefühl von Demut.

Aus kreisrunden, wie betäubt wirkenden Augen starrte sie zu Rafael und zog mit all ihrer ihr zur Verfügung stehenden Kraft an seiner Hand. Sie merkte, während sie noch am Boden saß, die Beine in einem unnatürlichen, ihre Knie schmerzen lassenden Winkel abstehend, wie sie frei kam.

Unkontrolliert und unbeweglich, zu keinerlei Koordination imstande, versuchte sie wieder auf die Beine zu kommen.

Als sie halbwegs stand, irgendetwas zwischen Hocken und Stehen, war Rafael wieder an sie heran und packte sie am Handgelenk.

„Aua", sagte sie, obwohl es gar nicht wehtat.

„Stell dich nicht so an", blaffte er sie an. „Und komm jetzt endlich mit."

Im nächsten Moment war Rafael aus ihrem Blickfeld verschwunden.

Michelle, die verdutzt dastand, blinzelte und nicht wusste, was sie von der sich plötzlich neu ergebenden Situation halten sollte, schaute sich suchend um. Erst als ihre Blicke den Himmel – warum auch immer – abgesucht hatten, sie dann nach links, und schließlich nach rechts geguckt hatte, erkannte sie den auf dem Boden liegenden Rafael; oder das, was sie noch von ihm erkennen konnte.

Über ihn gebeugt, die Hand zum dritten oder vierten Mal zum Schlag ausgeholt, hockte ein in einem knappen Outfit steckende Jenny, die rief: „Du! Sollst! Sie! Los! Lassen! Hast! Du! Es! Mit! Den! Ohren?"

Bei jedem Wort klatschte eine ihrer Hände auf Rafael nieder, der zum Schutz die Hände vors Gesicht genommen hatte und dabei lauthals fluchte …

***

„Oh man" stöhnte Michelle, während sie ihre Hände unter das fließende Wasser hielt, das aus dem Hahn strömte. Wie Balsam fühlte sich der warme Strahl an, der ihre Haut benetzt und sie genießerisch die Augen schließen ließ. Hinter ihr kicherte Jenny und meinte: „Nach der kleinen Prügelei ging es erst richtig ab."

„Wie meinst du das?"

„Der Laden war rappelvoll. Ich war völlig aufgekratzt und die Band so gut drauf, wie noch nie im Leben. Es gab ein Feuerwerk. Ich hatte das erste Mal das Gefühl, mein Leben selbst in der Hand zu haben."

„Wow."

„War voll geil."

Michelle lächelte.

Als sie sich von dem Waschbecken löste und schwankenden Schrittes an Jenny vorbei ging, Richtung Bett, meinte sie, dass sich wieder alles um sie herum zu drehen begann.

Der vorhin besiegte Schwindel kehrte ebenso zu ihr zurück, wie das bohrende Gefühl der Übelkeit. Sie ließ sich schwer auf die Bettkante fallen und seufzte ein: „Ich will sterben", und hoffte darauf, dass Jenny den Wink mit dem Zaunpfahl verstand und das Zimmer verlassen würde.

Die aber, ganz in ihrer Euphorie gefangen, warf sich neben Michelle ins Bett, glitt unter die Bettdecke, und breitete diese über sie beide aus. Sie kuschelte sich an

374

Michelle heran, und meinte: „Ich hätte nie gedacht, dass es solch eine Energie geben kann. Davon gehört habe ich immer. Klar. Aber dass sie wirklich da ist. Irre.“

Michelle stieg ein angenehmer Geruch von Pfirsichshampoo in die Nase, während Jenny noch ein wenig näher rückte und ihr eine angenehme, unbekannte Wärme schenkte, die sie – verwirrenderweise – annahm. Gerne sogar.

Sie merkte, wie Jennys Hand sich unter ihren Nacken schob und Michelle dann schließlich auf ihrem Arm zum Ruhen kam. Sie schloss die Augen; begleitet von einem Gefühl der stillen Hoffnung, wieder einzuschlummern. Nur kurz wegzuhören, um genügend Kraft zu bekommen, um über das Nachdenken zu können, was noch alles im „Wicken“ passiert war.

Was hatte Philipp zu ihr gesagt, dass Rafael so sauer wurde?

Was war das mit Mandy gewesen?

Und Jana. Vergiss Jana nicht. Sie hat sich von dir ferngehalten, nachdem ihr miteinander gesprochen habt. Du erinnerst dich?

„Nein“, murmelte sie und ignorierter Jennys: „Was?“ und versuchte sich selbst wieder auf die Sprünge zu helfen, damit sie dahinterkam, was mit Jana und ihr passiert war.

Hatten sie sich nicht erst umarmt, als sie von einen der Türsteher hereingeführt worden war?

Oder hatte Jana gleich distanziert auf sie gewirkt?

Michelle versuchte sich ernsthaft daran zu erinnern. Sie wollte hinter das Geheimnis ihrer Gedächtnislücken kommen und herausfinden, was zwischen ihnen beiden vorgefallen war.

Ich bin auf sie zu, als ich sie sah, das weiß ich noch. Und auch, dass ich dachte, dass die Tequila und der Rum angefangen hatten angenehm in mir zu wirken. Habe ich sie nicht zu einen Drink eingeladen, weil mein Glas gerade leer war?
Doch, das habe ich ...
Ich habe noch gerufen:

***

„Deren beiden geht auch auf mich!"

Die junge Bardame, mit dem symphytischen Lächeln, und dem auffällig großen Katzentattoo auf dem Oberarm, nickte nur und meinte dann, als Michelle Jana musternd anschaute und fragte: „Was hast du denn?", dass die Drinks fertig seien.

„Danke."

Mit einer für Michelle untypischen, routinierten Handbewegung, griff sie nach den drei Gläsern und reichte das eine Jana und das anderen, auf den distanziert wirkenden Richard.

Jana, ganz verkniffen und in sich gekehrt, Michelle mit einem bösen Blick bedenkend, griff nur wiederwillig nach dem Glas. Richard schüttelte den Kopf und meinte: „Das musst du nicht, Jana."

Michelle erinnerte sich, dass sie nur angedeutet an dem Rum nippte und wissen wollte: „Schmeckt es dir?"

„Geht so."

„Geht so? Ich finde es voll lecker."

„Du findest wohl in letzter Zeit einige Dinge gut, die anderen nicht so schmecken."

Michelle hob misstrauisch den Blick, musterte ihre Mitarbeiterin und wollte dann wissen: „Was meinst du?"

„Das weißt du doch genau."

„Äh, nein, weiß ich nicht."

Jana hatte die Augen verdreht und gemeint: „Ich finde das richtig fies von dir. Richtig."

Richard nahm Jana bei der Hand, stellte sich neben sie, als wollte er sie schützen. Die aber, ihre Hand in der seinen liegend, schüttelte den Kopf und baute sich vor Michelle auf.

Die fragte, einem inneren Gefühl der Unsicherheit folgend: „Was denn?"

„Dass du den Vertrag von Frank Lord annimmst!"

Michelle hatte, dank des durch ihren Kopf kreisenden Alkohols, den Schock besser verdaut, als sie es jemals im nüchternen Zustand hätte lösen können. Der plötzlich in ihrer Hand liegende Tequila, schüttete sie ebenso herunter, wie sie ein lautes „Prooost" ausstieß. Sie wünschte sich mit der Hand über die Lippen und begann dann zu lachen, als ihr einfiel, dass sie ja noch immer mit Jana diskutierte.

Sie schüttelte ihren Lockenkopf, lachte und stieß Jana spaßeshalber gegen die Schulter und meinte: „Würde ich niemals machen."

„Und der Vertrag auf deinem Schreibtisch?"

„Bullshit. Lächerlich."

„Deine Unterschrift steht auf dem Vertrag."

Michelles Heiterkeit verlor sich.

Zorn, gepaart mit Scham breitete sich in ihr aus und ließ sie schärfer fragen, als beabsichtigt: „Was hast du in meinem Büro zu suchen?"

„Ich wollte dir zwei Rezepte reinlegen. Da hab ich es gesehen."

„Du hast gar nichts an meinem Schreibtisch verloren."

„Ich dachte ..."

„Du denkst in der letzten Zeit aber viel und oft darüber nach, wie du alles besser machen kannst als ich."

„Ich hab ihn aus Zufall gesehen."

„Der Vertrag geht dich gar nichts an."

Michelle spürte, dass sie Oberwasser gewann. Die zurückhaltende, und die immer auf Loyalität bedachte Jana wich verbal einen Schritt nach dem anderen zurück.

Was Michelle dazu nutzte, ihr schlechtes Gewissen niederzukämpfen. Sie wollte nicht mehr daran denken, wie sie in einem hilflosen Moment, nachdem sie auf ihr Konto gesehen hatte, ernsthaft mit dem Gedanken gespielt hatte, den Vertrag zu unterschreiben. Dass sie die Zahlen auf dem Papier so verlockend und verheißungsvoll empfunden hatte, dass sie glaubte, mit einer Unterschrift all ihre Sorgen los zu sein.

Es war ein solch verlockender und solch ein sie treibender Gedanke, dass sie selbst in ihrem vom Alkohol geschwängerten Kopf merkte, wie eine Last von ihr abzufallen begann, wenn sie nur daran dachte.

Und dann, dieser Moment, wo Ingrid zu ihr gekommen war, ihr sagte, dass die Rechnung vom Finanzamt erneut zugestellt worden war, diesmal mit einer weiteren Forderung, wegen des Versäumnisses, der Nichtüberweisung, hatte das innere Fass zum Überlaufen gebracht.

Sie hatte den vor sich liegenden Vertrag gesehen, hatte ihn betrachtet, die Zahlen studiert und von Ingrid gehört: „Warum hast du denn nichts gesagt, mein Schatz? Ich hätte mich um die Sache doch gekümmert."

„Wie?", hatte sie noch fragen wollen, um gar kein Wort herauszubekommen.

Tränen waren ihr in die Augen geschossen.

Tränen, die ihr heiß und zehrend über die Wangen gelaufen waren.

Tränen, die ihr solch eine Qual bereiteten und ihr zusetzten, dass sie am liebsten alles, was sie zwischen die Finger bekommen würde, an die Wand feuern wollte.

Und jetzt wollte Jana mit ihr streiten?

Wollte sie zur Rechenschaft ziehen, warum sie es ernsthaft in Betracht zog, einen ihr unterschriftsreifen Vertrag zu signieren, der ihr zusicherte, zwei Jahre völlig problemlos leben zu können?

Nach all den Jahren der Entbehrungen?

Immer darauf hoffend, das doch noch ein Wunder geschah und sie ohne Magenschmerzen die Gehälter der Angestellten bezahlen konnte?

Darüber wollte Jana ernsthaft mit ihr diskutieren?

In Michelle war ein Schalter umgefallen.

Wut und Zorn bahnten sich einen Weg durch sie hindurch, der einen einzigen Katalysator gebraucht hatte.

Vorwürfe!

In dem Moment, wo sie sagte: „Du solltest dir Sorgen machen, ob du jemals wieder einen Job bekommst, bei deiner andauernden Angst, etwas falsch zu machen“, wusste sie, dass sie auf das falsche Pferd gesetzt hatte.

Dass es die falsche Person war, die ihre Wut zu spüren bekam.

Bevor sie sagen konnte: „Tut mir leid. Das wollte ich nicht“, war in Janas Gesicht ein Ausdruck ehrlicher Verletztheit getreten, der sich jetzt wieder in Michelles Verstand bohrte. Richard hatte ihre Worte gehört und seine hohe Stirn in Falten gelegt. Sein: „Was?“, war Michelle wie eine Woge kaltes Wasser entgegengeschwappt. „Hörst du dich eigentlich selbst reden?“

„Ich spreche mit Jana“, hatte sie gesagt, um dann zu merken, dass Richard es nicht zuließ, dass sie seine gerade hochgezogene Schutzwand überklettern konnte, um sich auf die kummervoll dastehende Jana stürzen zu können. „Wenn du dich um deine Probleme kümmern würdest, anstatt sie nur zu verschleppen, hätten wir das Problem hier doch gar nicht. Hörst du eigentlich, wie du mit Jana sprichst?“

„Richard. Nicht. Lass es.“

„Wieso denn? Guck doch, wie sie sich benimmt.“

Jedes von Richard abgefeuerten Worten hämmerte in Michelle nach und ließ sie sich wünschte, aus ihrem Alkoholkoma nicht erwacht zu sein.

Der sichtlich zur Schau getragene Schmerz, die in Jana immer im Hintergrund ihres Wesens lauernde Befürchtung, niemanden zu reichen, war so deutlich zu sehen, dass Michelle sich hätte ohrfeigen können, dass sie solch einen Scheiß von sich gegeben hatte.

„Jana“, hatte sie noch entschuldigend gesagt.

Die schüttelte den Kopf.

Als Michelle die Hand nach Jana ausstreckte, einen Schritt auf die zu machte, presste diese die Lippen aufeinander und machte den Schritt aus Richards Schatten heraus. Sie wischte sich mit dem Handrücken unter den Augen entlang und flüsterte: „Lass mich bloß in Ruhe!“

Gebrochen und zitternd waren die sechs Worte über Janas Lippen gekommen und hatten Michelle auf eine unangenehme Art und Weise einen Bruch vor Augen geführt, den sie niemals wieder im Leben kitten konnte.

„Jana“, sagte sie noch, um dann, vom Alkohol getrieben, zu sagen: „Sei doch nicht beleidigt. Das ist mir doch nur so rausgerutscht. Lass uns einen trinken. Komm schon. Proooost!“

***

„Ah, Michelle, guten Morgen“, begrüßte Robert sie, während sie wackeligen Schritts in die weiträumige, weiß gehaltene, penibel aufgeräumte Küche trat. Sie wischte sich, mit einer unterbewussten Geste, die ungemachten Haarsträhnen aus der Stirn und fand, dass sie in dem von Jenny geliehenen Shirt – mit Snoopy-Aufdruck – reichlich bescheuert aussah. Der auf seinem Küchenstuhl sitzende, ebenfalls komplett in Weiß gekleidete, graumelierte Mann, lächelte Michelle freundlich an.

„H ... hi ... äh ... guten Morgen“, stammelte sie, noch immer krampfhaft darum bemüht, ihre nackten Beine ein wenig mit dem ihr plötzlich unendlich kurz vorkommenden T-Shirt zu bedecken.

Er reichte ihr die Hand, sagte, dass er sich freue, sie einmal persönlich kennenzulernen und ließ Michelle dadurch keine Chance, sich weiter vor seinen Blicken zu schützen. Es waren keine schlechten Blicke. Keine bösen. Keine lüsternen oder gar anzüglichen. Nein, er musterte sie auf eine geschäftsmännische, ehrliche Art und Weise, die ihr missfiel.

Es wirkte, als würde sie wieder in der Bank sitzen. Als würde sie wieder mit Reister telefonieren, der von ihr wissen wollte, wie sie sich entschieden hatte. Ob sie die Krediterhöhung annahm, oder ihren Laden endgültig vor die Wand fahren wollte.

Du tust ihm unrecht, dachte sie, während sie auf ihn zuging, ihm die Hand entgegenstreckte und überrascht war, was für weiche, sanfte Hände er besaß, nachdem er beinahe liebevoll die ihre ergriffen hatte. *Er sieht dich keineswegs professionell an. Er mustert dich auf eine angenehme, männliche Art. Auf die Art, die einen vermuten lässt, dass er Interesse haben könnte.*

Komm schon, schlecht sieht er nicht aus.

Er ist nur, na, was meinst du, fünfzehn, zwanzig Jahre älter als du? Dabei sieht er doch noch gut aus. Ich meine, hey, das Grau ist nur an seinen Schläfen zu sehen und das weiße Hemd, das er trägt, zeigt weder einen sich vorwölbenden Bauch noch nach allen Seiten wegsprießende Haare.

Dazu diese klaren, blauen Augen, hinter den kleinen Brillengläsern. Der angedeutete Dreitagebart. Welliges, dunkles Haar, das er nur von ein wenig Schaumfestiger in Form bringt.

Michelle, er mustert dich auf eine angenehme, männliche Art.

Ob es noch immer der Alkohol war, der da aus ihr sprach, oder ein ehrlicher, bewundernder Gedanke, wusste Michelle nicht zu sagen. Sie begriff nur, während sie beide dastanden, sich die Hand reichten und gegenseitig anschauten, dass Robert ihr ausgesprochen gut gefiel.

Dass er etwas besaß, das sie ansprach und sie denken ließ, es hier mit einem ehrlichen, freundlichen Mann zu tun zu haben.

Was du auch von Philipp gedacht hast.

Vergiss Philipp nicht.

Wie konnte sie?

Während ihrer Tortur auf der Toilette und dem kurzen Erinnerungsblitz, der ihr durch den Kopf geschossen war, als sie an ihren behämmerten Streit mir Jana dachte, hatte sie auch wieder Philipp vor sich stehen sehen. Nachdem er sie an der Schulter gepackt und herumgerissen hatte; so brutal und wirsch, dass sie die Orientierung verlor und das erste Mal an dem Abend merkte, wie betrunken sie wirklich war.

Sie sah sich plötzlich wieder vor Philipp stehen wie sie ihn anstupste und ein protestierendes: „Hey", ausstieß.

Und dann?

Was war dann geschehen?

Sie meinte sich zu erinnern, dass er ihr etwas ins Ohr brüllte, was klang wie: „Es tut mir leid. Ich weiß nicht wie ich es jemals wieder gut machen soll", und sie ihm entgegenfeuerte: „Sterben wäre eine Möglichkeit."

Zu ihr gesellte sich ein Gefühl des Stolzes. Sie wusste nicht warum, aber plötzlich zeichnete sich ein Lächeln auf ihren Lippen ab und das Wissen, etwas ungeheuerlich Gutes getan zu haben, breitete sich in ihr aus.

Zufriedenheit!

Sie hatte Philipp die Stirn geboten und ihm gesagt, was sie von ihm, seinen Intrigen und der bescheuert blöden Mandy Che hielt. Sie war zum ersten Mal in ihrem Leben schonungslos ehrlich gewesen und hatte ihre Meinung einfach so und ungeschönt rausgepfeffert.

„Willst du was essen? Toast oder ne Reiswaffel?"

„Bloß nicht", winkte sie ab, und versuchte sich nicht zu übergeben.

Robert, verständnisvoll wie er war – um nicht routiniert sagen zu müssen – nickte und bat ihr einen Platz an.

„Danke."

Nachdem sie erleichtert feststellte, dass ihre nackten Beine und das zu kurze T-Shirt endlich unter der Kante des Tisches verschwunden waren, und sie nicht mehr das Gefühl haben musste, auf dem Präsentierteller männlicher Lust zu liegen, gestattete sie sich ein schüchternes Lächeln.

„Einen Tee?"

„Nein. Auch nicht. Gar nichts."

„Der Magen ist schon ein eigenwilliges Ding", lächelte Robert und meinte dann plötzlich. „Ein interessanter Vertrag, den du da vorgelegt bekommen hast."

„Bitte?"

Michelle, unhöflich, wie sie ganz und gar nicht war, hatte ihren Kopf zwischen die Hände genommen, um ihn abzustützen.

„Dein Vertrag. Den du mir gestern in die Hand gedrückt hast.“

„Mein ... Vertrag?“

„Von Frank Lord.“

„Warum habe ich das getan?“, fragte sie sich.

Robert zuckte mit den Schultern: „Du meintest, ich soll ihn lesen. Ob es nicht unhöflich wäre, dir solch ein Angebot zu unterbreiten.“

„Ich hab dich auf die Idee gebracht“, meinte Jenny, die eine Schüssel Erdbeeren aus dem Kühlschrank gefischt hatte, und sich einen Schwung Milch über diese goss. Michelle drehte sich der Magen um.

„Ich finde, der Vertrag ist alles, nur nicht unfair.“

„Aber ...“

„Es gibt so ein oder zwei Stellen, nun, die etwas heikel formuliert sind und Lord bei einer richterlichen Auseinandersetzung eher in die Karten spielen, als ihn ins Aus stellen könnten. Aber im Großen und Ganzen, ein nettes Werk, das du davorgelegt bekommen hast.“

„Ich verstehe nicht.“ Michelle räusperte sich, bevor sie ihre Augen von dem vor Robert liegenden Papier nahm. „Wo habe ich den Vertrag her? Im „Wicken“ hatte ich ihn nicht dabei. Hatte ich doch nicht, oder?“

„Iwo“, winkte Jenny, ab die genussvoll auf einer Erdbeere kaute. „Du hast drauf bestanden, dass Dad sich dein Café anguckt. Damit er sieht, wo seine Tochter arbeitet. Wo ihr Arbeitsplatz und so ist.

Hast ihm immer wieder gesagt, was für eine tolle Tochter ich bin.

Wüsste ich es nicht besser, hätte ich gedacht, du willst ihn noch fragen, ob du mich heiraten willst.“

„Mir ist das alles so schrecklich peinlich.“

Robert lachte leise: „Schon gut. Ich bin durch Jenny einiges gewohnt."

„Aber dich so anzusabbeln und vollzudröhnen? Das ist nicht meine Art. Ganz und gar nicht!"

„Es war ein netter Abend", versicherte Robert ihr und fasste Michelle dann scharf ins Auge. „Sie wollen den Vertrag annehmen?"

Michelle zuckte mit den Schultern.

„Es geht deinem Geschäft nicht gut."

Michelle schüttelte, obwohl es ihr Schmerzen bereitete, den Kopf. „Nein."

„Hilfe ist keine in Sicht", bemerkte Robert.

„Nur die von Lord."

„Ne Bank will deinen Kredit erhöhen."

„Genau."

„Nicht gut. Nie eine Option."

„Ich werde auch nicht annehmen.

„Übernahme der Mitarbeiter durch Lord?"

„Keine Chance."

„Arschloch", kommentierte Robert. Die eben noch freundlich und zugewandte Fassade des liebevoll wirkenden Mannes bracht für einen kurzen Augenblick in sich zusammen. Ein abgrundtiefer, ein für Michelle völlig fremder Gesichtsausdruck breitete sich auf dessen Zügen aus und ließ sie glauben, in das Antlitz eines verwundeten Raubtieres zu gucken. Da war der plötzliche Wille zu kämpfen zu sehen; egal was es kostete und egal wie es ausgehen würde.

Dann, als er meinte: „Sieht ihm ähnlich", meinte Michelle zu sehen, wie Robert sich wieder unter Kontrolle bekam. Er lächelte freundlich, schob ihr den Vertrag herüber und meinte. „Die Punkte, 6, 9 und 14 solltest du dir noch einmal genau anschauen. Ebenso die 11, wobei da nur die beiden Unterpunkte 3 und 6. Ach ja, und lasse den Passus streichen, indem nach zwei Jahren über deinen weiteren Werdegang intern, ohne dein Zutun beraten wird. Das heißt, dass sie dich nach zwei Jahren kündigen würden."

„O ... okay."

„Sag, Michelle, warum hast du Jenny noch eingestellt, wenn du das ‚HerzCafé' verkaufen willst?"

„Ich will es nicht verkaufen."

„Die Unterschrift auf ...'"

„Mir wächst alles über den Kopf", gestand sie. „Ich weiß nicht, wie ich noch atmen soll. Finanziell."

„. Wie kann ich dir helfen?"

„Gerate ich durch den Vertrag in Schwierigkeiten?"

„Das ist doch eine Basis. So kann ich arbeiten Lass das Schriftstück noch einmal hier. Dein Café ist das wert, was in den Übernahmekosten steht?"

„Laut betriebswirtschaftlicher Auswertung ein wenig mehr. Aber meine Schulden wären bezahlt."

„Okay."

Mehr sagte Robert nicht.

Michelle lächelte und zuckte dann zusammen, als Robert sagte: „Es ist schön dich nüchtern kennenzulernen. Ganz ehrlich.

***

Philipp wünschte sich ganz weit weg.

Überall wollte er sein, nur nicht hier. Nicht in diesem sterilen, ungelebten Zimmer, in dem die weißen Wände von lieblos hingehangenen Bildern dominiert wurden, auf denen leblos wirkende Menschen zu sehen waren. Menschen, die sich einander die Hände schüttelten, breit in die Kamera grinsten und so taten, als wären sie glücklich, beieinander zu sein.

Philipp wollte überall sein, nur nicht hier.

Nicht an dem glattpolierten Tisch, auf dem, in einem angemessenen Abstand Schüssel, Teller, Gabeln und Messer aufgedeckt waren und schon gar nicht mit den Menschen, die er in den letzten Tagen und Wochen, ach was, Jahren, gelernt hatte zu verabscheuen.

Er musste nur herüber zu seiner Mutter schauen, wie sie da saß, in ihrem grau abgesetzten Kostüm, während um ihren schlank gesaugten Hals eine schwere Perlenkette hing und sie sich stilvoll – sie würde es würdevoll nennen – den Löffeln zum Mund schob und anfing gewissenhaft auf den Weintrauben und Bananen zu kauen. Ihre Haare, selbst am frühen Morgen, waren gemacht. Ihre Nägel poliert und lackiert, während um ihr schmales Handgelenk ein silbernes Armband baumelte, dass den Wert des Menschen bemessen sollte.

Der Eindruck ist es, was zählt, dachte Philipp bei sich, weder den Löffel in der Hand, noch Appetit auf den Fruchtjoghurt vor ihm. *Alles andere ist Nebensache. Hauptsache alle haben eine gute Meinung von dir. Nichts anderes. Nur das, was andere Menschen denken ist wichtig.*

Alles andere ...

... scheißegal.

Scheiße man, sie würde lieber explodieren, als einmal vor mir zu furzen, kam ihn ein weiterer, bitterer Gedanke, der seine sowieso schon unter dem Nullpunkt liegende Laune noch weiter absenkte.

„Iss, Schatz", verlangte seine Mutter. „Du musst was essen, bevor du das Haus verlässt."

„Ich habe keinen Hunger."

„Du bist schon so schrecklich dünn."

Er sah sich wieder auf dem Fußballplatz stehen. In feinster Montur gekleidet, mit Hose, Jackett und Hemd; sein Vater, mit irgendeinem Geschäftspartner am Reden, während seine Mutter aufgeregt mit den Armen fuchtelnd am Rand des Fußballplatzes stand, und ihm ununterbrochen zurief: „Liebling, komm zu Mama, komm schon her. Wir wollen nicht, dass du dich verletzt. Das wollen wir ganz und gar nicht."

Sie war keinen Schritt auf ihn zugekommen.

Nicht einen Millimeter hatten ihre polierten Schuhe den Grand des Fußballplatzes berührt. Sie hatte nur dagestanden, als hielte sie ein unsichtbares Schild zurück und unbeholfen mit der Hand gewunken. Sie hatte ihm wieder und wieder zu verstehen gegeben, dass er doch bitte von der „Aschebahn" herunterkommen sollte. Nur um dann zu sagen, als er sich nicht bewegte und frech zu ihr grinste: „Nicht, dass deine Kleidung dreckig wird. Flecken gehen so schlecht aus dem Stoff heraus."

Dabei hatte sie ihn leer angelächelt und versucht, die aufkeimende Panik in sich zu unterdrücken.

Panik, die so lächerlich war, wie ihr jetziges Gehabe, stocksteif am Frühstückstisch zu sitzen und so zu tun, als müsste sie ihm beweisen, wie vornehmen, gut erzogen und wohlhabend sie war.

Er wusste das alles.

So wie er damals gewusst hatte, dass er ihr einen Herzinfarkt bescheren würde, als er rief: „Gib mir einen Ball, Ma. Ich will ein Tor schießen."

Ihre Augen waren aus den Höhlen getreten, die Hand zum Mund gefahren und das kreischende Entsetzen hatte sich unter dem Makeup und der feinsäuberlich geföhnten Tolle ebenso abgezeichnet, wie die unsagbare Angst um ihren Sohn, ihm könnte ernsthaft was passieren.

Er aber hatte nur dagestanden, die Hand nach ihr ausgestreckt und noch einmal gefordert: „Einen Ball."

Erst hatte er flehentlich hinterher schieben wollen: „Bitte", nur um dann zu wissen, als er sie anschaute, dass sie weder das eine noch das andere zulassen würde.

In ihm war an diesem Nachmittag etwas gestorben.

Seine Schultern hatten ihre Kraft verloren, seine Auflehnung gegen alles, was seine Eltern ausmachten, war in sich zusammengebrochen, wie ein Kartenhaus, durch das ein Windhauch gefahren war.

Und ebenso wie damals, als er begriff, dass er seine Mutter niemals dazu bringen würde, den Grandplatz zu betreten, geschweige denn ihm einen Ball zu geben, damit er ein Tor schießen konnte, sickerte es ihm auch jetzt in den Verstand, dass seine Mutter an innerer Blähung zugrunde gehen würde.

Sie hatte selbst um sich ein Korsett der Sicherheit gelegt, aus dem sie sich aus eigener Kraft nicht mehr befreien konnte. Was ihn dazu trieb zusagen: „Ich habe keinen Hunger, Ma", blieb ihm ebenso ein Rätsel, wie die Tatsache, das ihm plötzlich wieder die Wange brannte. Die geschwollene Lippe und das unangenehme, andauernde Pochen seines Unterkiefers waren ihm bis jetzt kaum mehr aufgefallen.

Nur da, wo Michelles Hand seine Wange klatschend getroffen hatte, war ein unangenehmes, ein ihm zusetzendes Prickeln entstanden, dass er dadurch zu beruhigen versuchte, indem er sie mit seinen Fingerspitzen betastete.

Als wollte ich Michelle in Erinnerung behalten, dachte er und schaute auf, als er begriff, dass seine Mutter etwas zu ihm gesagt hatte.

„Was meinst du?"

„Dass du frech bist", wiederholte sie, den Löffel in ihren Joghurt tauchend. „In letzter Zeit gibt du viele Wiederworte. Viel zu viele, um ehrlich zu sein."

„Ma?"

„Philipp?"

„Reiche ich dir?"

Sie schaute ihn verständnislos an. Ein quälend langer Moment, der alte Gefühle und uralte Ängste in ihm empor schleuderten, sagte sie nichts. Einmal, ganz kurz, so schien es, zuckte ihre Lippen in einem Anflug von hilfloser Unklarheit, nur um dann wieder fest zu werden; unnahbar.

„Wenn du dich schlägst, dann schäme ich mich für dich. Und nicht nur ich", meinte sie, und aß weiter.

Philipp wünschte sich ganz weit weg.

***

„Was willst du und wie planst du dahin zu kommen?", wollte Robert gut zwei Stunden später von Michelle wissen, die sich noch immer fühlte, als wäre sie durch den Wolf gedreht. Obwohl sie sich noch einmal für gut eineinhalb Stunden zurückgezogen hatte und ein wenig Schlaf bekam, war es ihr nicht, als habe sich irgendetwas in ihr beruhigt, geschweige denn erholt.

Noch immer tat ihr der Kopf weh, und ihr Magen fühlte sich an, als wollte er jeden Augenblick in sich zusammenfallen.

Selbst der immer wieder durch ihren Kopf wehende Schwindel war nicht abgeebbt und gar nichts verschaffte ihr ein wenig Linderung.

Michelle war nur deshalb aufgestanden, weil sich in ihr ein Gefühl von Unwohlsein ausgebreitet hatte, dass sie die erzwungene Gastfreundschaft von Robert und Jenny überzustrapazieren begann.

Wie sie auf den Gedanken kam?

Sie wusste es nicht.

Es war ihr, als manifestierte sich ein unausgesprochener, ein sie vor die Tür setzender Wunsch Jennys sich in ihr. Warum auch immer. Als sie zum zweiten Mal erwachte und sich wünschte, die Augen nicht geöffnet zu haben, hatte sie plötzlich gemeint, in Jennys Gehabe in der Küche etwas gelesen zu haben. Eine Art Abneigung ihr gegenüber, die dazu führte, dass Michelle sich unterbewusst dazu genötigt fühlte zu sagen, dass sie sich noch einmal zurückziehen und hinlegen wollte.

Und jetzt, wo sie Robert gegenübersaß, Jenny vor dem Fernseher Workoutübungen nachahmte, meinte sie zu wissen, warum sie glaubte, lästig zu sein.

Als sie heruntergekommen war, in ihrem nach Rauch und Schweiß riechenden Klamotten, hatte Jenny ihr nicht einmal richtig Hallo gesagt. Sie hatte ihr nur zugenickt und gemeint, sie wolle noch etwas Sport machen.

„Fühl dich als wärst du zuhause“, hatte sie zwar noch hinterher geschoben, dabei aber geklungen, als wollte sie sagen. „Wäre cool, wenn du meinen Dad nicht sagen würdest, dass du mich am Ende des Monates feuerst. Er ist so stolz auf mich. Mach das nicht kaputt, ja? Ich weiß ja, wie gut du darin bist, Menschen einen Stock zwischen die Beine zu werfen. Bei mir wäre es cool, wenn du es lassen würdest. Wirklich. Ich würde mich echt darüber freuen, wenn ich noch ein oder zwei Wochen den Stolz meines Vaters genießen dürfte. Das wäre super. Danke dir. Schönen Tag noch.“

„Und?“, riss Robert sie aus ihren Gedanken. Sie setzte sich in einer unbeholfenen Geste auf das ebenfalls weiße, lederne Sofa, das in einem rechten Winkel zu dem Fernseher stand. Der ebenso weiße Tisch sah unbenutzt aus, und wies nicht einen Gegenstand auf, der nicht hierhergehörte. Michelle, die nur an ihren Wohnzimmertisch denken musste, auf dem Gläser, Chipstüten und Papiere und irgendein anderer Krimskrams zu finden war, mochte ihn nicht berühren.

„Ich weiß nicht“, gestand sie, und wünschte sich, anstatt geschlafen, ein wenig nachgedacht zu haben.

„Ein „ich weiß nicht“ ist immer eine schlechte Verhandlungsbasis“, lächelte Robert. „Wohin wollen Sie mit dem „HerzCafé?“

Michelle zuckte mit den Schultern. Natürlich wusste sie, was sie wollte und wovon sie träumte. Nicht zum ersten Mal malte sie sich aus, wie es sein würde, wenn ihr Café wuchs und gedieh. Dass sie sich erweitern und expandieren konnten. Das ihre Kuchen und Kekse so gut schmeckten, dass ihre Kunden es ihr ermöglichten mühelos offene Rechnungen zu begleichen.

Ja, sie hatte sich sogar einmal ausgemalt, wie es war, genügend Geld zu verdienen, um in ein wenig Kultur zu investieren. In kleine, wunderbar organisierte Lese- oder Musikabende. Kleine Ausstellungen, in denen ortsansässige Künstler ausstellen konnten; Künstler, ihrem Vater gleich, die ganz unten angefangen und sich hochgearbeitet hatten.

Irgendetwas, das Menschen einen unvergessenen, einen schönen Abend bescherten und selig lächelnd zufrieden nachhause gehen ließen.

„Es soll so bleiben wie es ist?", fragte Robert ungläubig. „Mich würde das stressen, wenn ich ehrlich bin."

„Ich habe schon Pläne", gab sie kleinlaut zu.

„Weißt du, wie ich mich sehe?"

Michelle schüttelte den Kopf. „Nein."

„Ich bin der beste Investor, den es gibt. Ohne scheiß. Niemand ist besser als ich. Ich habe eine Nase für Dinge und die hat mich noch nie enttäuscht. So sehe ich mich. Ganz einfach. Ich bin der Beste. Und du? Wer bist du?"

„Die beste Konditorin der Welt?", fragte sie zögerlich, völlig überfahren von dem nach außen zur Schau getragenen Selbsteinschätzung von Robert.

„Klingt mir nicht so", gestand er ihr. „Du hörst dich eher an, wie: Ich wäre gerne mehr, als ich in Wirklichkeit bin."

Michelle presste getroffen die Lippen aufeinander.

„Sei mir nicht böse", meinte Robert, der gesehen haben musste, wie der letzte Funke Selbstachtung in Michelle zu verglimmen begann. „Aber du musst mehr aus dir herausgehen. Mehr zeigen, wer du bist.

Denke weniger nach. Nur in diesen einen Augenblick. Denke nach und sag mir, wer du bist."

„Ich kann nicht. Ich habe ..."

„Probleme lösen sich nicht durch Jammern", sagte Robert. „Probleme müssen angegangen werden."

„Was halten Sie von Jenny?", drehte Michelle den Spieß herum und sah nun zu ihrer inneren Zufriedenheit, wie Robert zusammenzuckte, sie verständnislos anschaute und nicht zu verstehen schien, was sie mit ihrer Frage bezweckte. Erst als Michelle ihre Frage wiederholte und aus dem Augenwinkel sah, wie die schnell, zackigen und zielgerichteten Bewegungen Jennys erlahmten, räusperte Robert sich und meinte: „Nun ... also ... das Beste. Ja, das Beste. Und ich bin stolz auf sie. Sehr sogar."

„Auch auf ihr Gesangstalent?"

„Bitte?"

„Ihr Gesangstalent?"

Robert schluckte, bevor er einen Blick zu seiner nun wie steif auf ihrer Übungsmatratze sitzenden Tochter schaute. Ein unsicheres Lächeln huschte über das ansonsten erfolgsverwöhnte Gesicht Roberts, bevor er sagte: „Darüber haben wir schon gesprochen. Es ist da, ja. Aber zu mehr, als einem Talent reicht es nicht."

„Das sehe ich anders."

„So?"

Michelle nickte: „Ich glaube, Jenny ist eine bessere Sängerin als Konditorin. Sie kann Menschen begeistern. Sie motivieren. Sie dazu bringen, in völlige Ekstase zu verfallen. Auf der Bühne, nicht im Café."

Robert schaute verdutzt zu Michelle und schien noch immer nicht zu begreifen, dass ihm gerade das Zepter völlig aus der Hand genommen worden war. Er öffnete und schloss den Mund, ohne was zu sagen, während

Michelle meinte: „So schätze ich Jenny ein. Sie ist spitze."

„Und ... und ... du siehst dich ... wie?"

Robert überging die letzte Bemerkung über seine Tochter und versuchte zurück auf das Terrain zu kommen, auf dem er sich wohlfühlte; auf dem er sich präsentieren und zeigen konnte. Wo er die Hosen anhatte und bestimmen konnte, wie sich ein Gespräch entwickelte.

„Ich glaube das ist meine Stärke", sagte Michelle. „Menschen sehen und ihnen das Gefühl geben, gut zu sein, wie sie sind. Ihre Geschichte zu akzeptieren. Sie verwöhnen zu können, mit meiner Begeisterung für Süßes.

Darin bin ich die Beste!"

***

„Wenn Sie unser Angebot nicht annehmen, Frau Franke, dann werden sie in vier Wochen das Insolvenzverfahren eröffnen müssen", hallte Michelle noch die Stimme Reisters im Ohr, nachdem sie sich vor ihrer Belegschaft aufgebaut und krampfhaft darum bemüht gewesen war, die richtigen Worte zu finden.

„Es sieht nicht gut aus", hatte sie angefangen zu sagen, die Hand gehoben und sich gewünscht, mit besseren Nachrichten vor ihre Mädels zu treten. „Ganz und gar nicht gut. Die nächsten sechs Wochen bekomme ich den Laden hier noch gestemmt. Was danach kommt...", sie versuchte, ihrer Stimme einen festen, einen autoritären Klang zu verleihen, ohne dass es ihr gelang. „... kann ich beim besten Willen nicht sagen. Stabilisieren oder verbessert sich die Besucherzahlen nicht, dann,

dann, nun, dann werde ich den Laden wohl schließen müssen."

„Das kannst du nicht", schüttelte Ingrid den Kopf und machte einen Schritt hinter der Theke hervor. „Ich meine, du hättest vorher mit mir sprechen müssen."

Michelle winkte innerlich ab. Äußerlich lächelte sie und versuchte ihre Stimme so neutral wie möglich klingen zu lassen, als sie sagte: „Das hätte an der Sache doch auch nichts geändert. Ingrid, ich weiß sehr zu schätzen, was du alles für mich getan hast. Wirklich. Aber das hier, ist nicht so einfach für mich."

„Ich kann es dir ja leicht machen", meldete sich Jana plötzlich, die die letzten beiden Tage weder auf Michelles WhatsApp-Nachrichten, noch auf die beiden zögerlich begonnene Anrufe reagiert hatte. Während Michelle gesehen hatte, dass die Nachrichten gelesen worden waren, hatte sie nicht gewusst, ob Jana ihre Anrufe ignorierte oder einfach nicht hörte.

Was sie wusste war, dass Jana ihr am Montag ebenso die kalte Schulter gezeigt hatte, wie sie es heute Morgen tat.

Jetzt ihre plötzlich schneidende Stimme zu hören, den nicht ausgesprochenen Vorwurf, Michelle sei eine Verräterin, ließ Eiswasser ihren Rücken herunterlaufen.

„Und wie?", wollte Michelle zögerlich wissen; die Knie weich wie Pudding und im Kopf das Gefühl einer plötzlichen Leere.

„Streich mich von deiner Gehaltsliste. Ein Klotz weniger am Bein, würde ich sagen. Komme ich dir einer Kündigung zuvor und du musst nicht einmal eine Abfindung für mich zahlen. Ist doch freundlich von mir, oder?"

Damit schnappte sie sich ihre Handtasche, drehte sich herum, und ließ Michelle einen letzten, einen endgültigen Blick auf ihr Gesicht werfen, dass vor Aufregung und Zorn ganz rot geworden war. Tränen schimmerten in ihren Augen und ihr Gang war alles andere als sicher. Das einzige, was sie sich bewahrte, während sie zum Ausgang ging, war ihr Stolz. Sie hob nur die Hand, als Michelle ihr hinterherrief: „Jana, warte doch", und drehte sich nicht mehr herum.

Ingrid sagte daraufhin nur, nachdem sich die unangenehme, die brüllende Ruhe sich über das Café legte: „Du hättest eher zu mir kommen müssen, mein Schatz. So viel eher."

***

Michelle wischte sich eine Träne aus dem Augenwinkel.

Ihre Unterhaltung mit Ingrid und der eingesprungenen Aushilfe war stockend und lahm gewesen. Sie hatte es kaum geschafft, noch einen zusammenhängenden Satz über die Lippen zu bekommen. Immer wieder musste sie an die aus dem Café stürmenden Jana denken, während sie die mit vor den Mund gehobenen Hand dastehende Ingrid betrachtete, die unentwegt sagte: „Kindchen, hättest du mir doch vorher was gesagt."

Schließlich, als sie davon erzählt hatte, dass es ein Übernahmeangebot gab und das dieses beinhaltete, dass alle hier arbeitenden Mitarbeiter entlassen werden würde, hatte Michelle die Schockstarre ihrer Mitarbeiter spüren können.

Dass sie als einzige übernommen werden sollte, verschwieg sie nicht.

„Himmel", war es da Ingrid entwichen.

Ein einzelnes, ein viel zu oft beschworenes Wort, wie Michelle wusste, und in dem Augenblick doch etwas völlig Eigenständiges, etwas völlig Eigenes hatte, dass ihre Mitarbeiter auf sonderbare Art und Weise aufmunterte. Ein erstes, zögerliches Kichern entwich einer Aushilfe, woraufhin Jenny meinte: „Himmel, was für eine Scheiße."

Michelle, von der sich plötzlich drehenden Wendung völlig überrascht, hatte nur genickt und meint: „Ich hasse es euch, sowas zu sagen. Wirklich. Ich will das hier nicht aufgeben. Echt nicht. Ihr seid mir doch alle ans Herz gewachsen."

Dass ihre Worte nicht sang- und klanglos verhallten, zeigte ihr, wie Ingrid auf sie zukam, sie fest an ihre alte Brust drückte, und ihr flüsternd ins Ohr raunte: „Hättest du mir doch nur vorher etwas gesagt, mein Schatz. Nur ein Wort und das alles wäre niemals so weit gekommen. Niemals."

Noch immer wusste Michelle nicht, was das bedeutete.

Und in dem Moment, als Ingrid zu ihr hinaus auf den Steilhang getreten kam, während Michelle vor Rührung und Scham noch immer heulte wie ein Schlosshund, flog ihr erneut eine Mail von Vitali ins Postfach mit der Bitte, sich bei ihm zu melden, weil er den Vertrag mit ihr noch einmal besprechen wollten.

„Oh, mein Schatz", sagte Ingrid, die eine heiße Tasse Tee mit sich trug und ihn vorsichtig an Michelle überreichte. „da hast du uns allen aber einen gehörigen Schrecken eingejagt."

„Den spüre ich selbst noch am stärksten", meinte sie leise und steckte das Handy in die Hosentasche und nahm dankend den Tee „Heiße Liebe" entgegen. Den über der Tasse kräuselnden Dampf blies sie bei Seite und ließ ihre Blicke wieder über die Weiten der Ostsee schweifen.

„Hättest du doch nur früher etwas gesagt", klagte Ingrid wieder, die in ihrer Leopardenleggings, den blondierten, aufgetürmten Haaren und der viel zu dick und grell aufgetragenen Schminke aussah, wie eine Karikatur einer vornehmen, alternden Dame. „ich hätte doch alles in Bewegung gesetzt, um dir zu helfen, mein Engel. Das weißt du doch. Warum hast du mir denn nichts gesagt?"

„Es gab zu viel zu tun."

„Du läufst immer nur weg", tadelte Ingrid sie. „Mensch, wenn ich das gewusst hätte, hätten Dave und ich doch längst versucht dir helfend unter die Arme zu greifen. Aber jetzt, das sage ich dir ganz ehrlich, mein Schatz, wird es schwierig das Ruder noch herumzureißen."

Michelle holte tief Luft, sagte nichts zu den Vorwürfen, die Ingrid ihr machte. Selbst der immer in ihr aufflackernde, der sie stützende und vorwärtstreibende Zorn, brach nicht aus ihr hervor. Sie konnte nur dasitzen, an ihrem Tee nippen und sich wünschen, ganz weit weg zu sein.

„Du siehst müde aus, Süße", meinte Ingrid, die sich neben Michelle setzte, und ihr eine Haarsträhne hinter dem Ohr hervorzuppelte und diese ihren Wangenknochen herunterhängen ließ. „Erschöpft. Du musst Urlaub machen. Dringend."

„Jetzt?"

„Wann denn sonst?"

„Es geht nicht", hörte Michelle sich wie aus weiter Ferne sagen, während alles in ihr danach schrie, endlich den Kopf ausmachen zu dürfen. Nur einmal nicht denken. Einfach in den Tag hineinleben und die Seele baumeln lassen.

Aufstehen, wann sie es wollte.

Anziehen, wonach ihr war.

Aufbrechen, sobald sie startklar war.

Ein verlockender Ruf in ihr erschall, der schrie: *Mach das. Los, buche die Hütte auf Amrum. Los, los, los, noch einmal hinunterfahren und aus dem Fenster schauen, während der Wind die See schäumend auftürmt. Nur noch einmal den Geruch nach Salz und Tang in der Nase.*

Erinnerst du dich, wie gut es immer am Strand gerochen hat?

Oh ja, er ja so gut gerochen. So frisch und rein. So lebendig und ...

... frei.

Michelle hob den Kopf, während sie in das treu sie anschauende Gesicht Ingrids schaute und sich ernsthaft fragte, was die alte Dame noch immer hier hielt. Was sie davon hatte, einer Versagerin wie Michelle eine war, die Treue zu halten.

„Ich möchte, dass es dir gut geht, mein Kind, mehr brauche ich nicht", antwortete Ingrid ihr, als habe sie ihre Gedanken gelesen. „Und weißt du was, Süße, manchmal tut eine Auszeit gut. Weißt du, der Welt den Rücken kehren, ist gar nicht so schlecht. Es hilft ungemein."

„Benny ist …", begann sie.

„… gut versorgt. Er liegt noch im Krankenhaus. Die Woche noch. Lass es doch nur drei Tage sein, die du weg bist. Von Mittwoch bis Freitag", lächelte Ingrid. „Heute und morgen führst du die Gespräche, die geführt werden müssen. Sag der Bank ab, und sag ihr, dass du deren teuer angebotenes Geld nicht brauchst. Rufe noch einmal bei der Justiz an und bitte sie um Ratenzahlung …"

„Ingrid …"

„… ist scheiße, weiß ich", lächelte Ingrid sanft. „Kenne ich doch alles. Aber wenn du deine Probleme nicht aktiv angehst, löst du sie nicht. Was bringt dir Freude am Beruf, wenn du ihn nicht ausführen kannst? Diese ganzen bürokratischen Kleinigkeiten sind Mist, ja, aber sie sind leider notwendig.

Also, gehe sie an und danach bist du frei."

„Bittsteller?"

„Besser als Angeklagte!"

Michelle lächelte.

„Komm, ich helfe dir bei dem ganzen Kram. Dafür sind Freunde doch da. Komm schon, lass dich drauf ein. Ich besuche Benny auch jeden Tag, versprochen. Und wenn du am Freitag wiederkommst, bist du die Erste, die ihn besucht. Also? Bekommst du deinen Kopf frei?"

„Und das Café?"

„Das mache ich auch gerne, mein Engel. Was ist jetzt? Eine Auszeit, die dir guttut?“

„Bist du einfach vor deinen Problemen weggelaufen?“, wollte Michelle wissen, die sah, wie einige der über dem Wasser schwebenden Möwen hinabstießen, und jagten.

„Oh ja. Was denkst du denn?“

„Dass du mir jetzt irgendetwas erzählen willst, wie du verführt und flachgelegt worden bist“, seufzte Michelle, in der ein bitterer, ein missmutiger Gedanke aufstieg, der ihr zuraunte, dass sie solch ein Glück niemals im Leben mehr haben würde. Das jeder Mann, den sie kannte, sie höchstens mit der Kneifzange anfassen wollte, anstatt sie zu packen, aufs Bett zu werfen und so zu lieben, dass sie mit ihren Gefühlen nicht mehr ein noch aus wusste.

„Du weißt nicht wie, mein Schatz, du kannst es dir beim besten Willen nicht vorstellen.“

„Bei dir? Immer.“

„Werde nicht frech“, sagte Ingrid im ernsten Ton und stupste Michelle an, dass diese verstummte. „Auch ich hatte Phasen, in denen es nicht gut lief. Sogar sehr schlecht. So schlecht, dass ich mir nichts sehnlicher wünschte, als dem ganzen Scheiß hier den Rücken zu kehren.“

„Was du getan hast?“

„Das unterscheidet uns voneinander, mein Schatz.“

„Reib es mir noch unter die Nase“, seufzte Michelle.

„Ich reibe dir nur unter die Nase, dass du dir zu wenig Hilfe holst. Alles willst du allein machen, jedes Problem bewältigen, obwohl du es nicht bewältigt bekommst.

Ich will dir doch nur sagen, dass ein kurzer Urlaub doch so viel bewegen kann."

„Was hat er bei dir bewegt?"

Michelle wollte alles andere als teilnahmslos klingen. Aber die Tatsache, dass ihr Leben ihr völlig entglitten war, traf sie jetzt gerade mit der Wucht eines Hammerschlages, den sie nicht hatte kommen sehen.

Ihre plötzliche Angst, ihre innere Anspannung, einfach alles, was sie innerlich in Bewegung setzte, schwang in einem solch unausgelassenen und unkontrollierbaren in ihr hin und her, dass es ihr den Hals zuschnürte. Es war ihr, als sah sie durch ein grauen, sich über ihre Augen gelegtes Tuch. Alles um sie herum verschwamm. Ingrid, die noch immer neben ihr saß, mit Michelles Haar spielte und ihr Nähe gab, die Michelle kaum ertragen konnte, lächelte sanft und überhörte den Angriff. Sie geriet wieder in ein nostalgisches Schwärmen und erzählte: „Es war nach Danny. Ich musste raus aus der Stadt, weißt du. Den Kopf frei bekommen. Mir überlegen, was aus mir werden soll.

Ob es immer so weitergeht, wie bisher. Eine Liebelei, eine Romanze, zwei Wochen auf Händen getragen."

Michelle nickte. Ihr ging wieder der Hals zu. Das alles, was Ingrid in wenigen Wochen, vielleicht Monaten erlebt hatte, war ihr in ihrem ganzen Leben noch nicht passiert. Und während Ingrid erzählte, wie sie sich dazu entschlossen hatte, Deutschland zu verlassen, um die Welt zu erkunden, schoss ihr ein Gedanke durch den Kopf, der Michelle wahnsinnig zu machen begann.

Ungelebt, Mäuschen. Du bist völlig ungelebt. Nichts, rein gar nichts hast du in deinem Leben erreicht. Du sitzt tagein und tagaus hier im Café. Du kämpfst ununterbrochen gegen Windmühlen und merkst nicht, wie dir das Leben zwischen den Fingern zerrinnt.

Verliebst du dich, dann in den Falschen.

Betrachte die Menschen, anstatt sie zu sehen. Betrachte sie, um sie verstehen zu können.

„Weißt du, ich war ganze sieben Monate weg. Habe mich freigemacht und alte Zöpfe abgeschnitten."

„Wenn ich das nur könnte."

„Jeder kann das. Und wenn ich es geschafft habe, Engelchen, dann sollte es dir doch ein leichtes sein. Sieh, ich war in Australien gestrandet." Ingrid lachte. „Frag mich nicht wie, aber plötzlich lag dieser majestätische, imposante, mich bis heute nicht mehr loslassende Kontinent vor mir und zeigte mir eine Welt, wie ich sie noch nie gesehen hatte", Ingrid hob mahnend den Zeigefinger, als sie sah, wie Michelle zum Sprechen ansetzen wollte. „Nein, nicht nur große Spinnen und giftige Schlangen. Eine Welt, die sich ebenso schnell dreht wie unsere und doch einen Vorteil gegen uns hat."

„Und der wäre?"

„Gelassenheit."

„Gelassenheit?"

Ingrid nickte: „Man ist entspannter, mein Schatz. Ja, es gibt Probleme und auch schwerwiegende. Aber man begegnet ihnen mit einer Portion Ruhe und völliger Abgeklärtheit. Das habe ich mir zu eigen gemacht. Sieh, als ich in Sydney an Land ging, dachte ich mir, ich bin verloren.

Eine gewaltige, eine explosive Stadt, in der es pulsiert und an jeder Ecke vor Leben scheppert und klingelt. Aber dennoch, waren die Leute entspannt. Nicht wie hier, wo es einen Termin nach dem nächsten gibt. Wo der Tag getaktet und strukturiert war. „It is a problem", hat mir damals ein junger Mann gesagt, den ich am Strand kennengelernt habe." Ingrid geriet ins Träumen und Schwärmen, als sie an ihn dachte und Michelle musste lächeln, dass ihre Freundin noch heute das Leben so leidenschaftlich verteidigte. „Oh, was für ein süßer Junge. Mäuschen, seine blonden Locken kräuselten sich in seinem Nacken. Und die Wasserperlen des Salzwassers liefen ihm über die Brust. Er glitzerte und schimmerte und wenn er lächelte, dachte ich, nur für mich geht die Sonne auf. Verstehe mich nicht falsch, aber ich sah ihn und bekam weiche Knie.

Oh, ja, ich hatte einen solch feuchten Schlüppi vor Aufregung, als ich sah, dass er auf mich zu kam, dass ich nicht wusste, wohin mit mir.

Ich war regelrecht in Panik."

„Was ist mit dem Problem, das die Australier so locker angehen?", riss Michelle Ingrid aus ihren Gedanken und Überlegungen.

„Wie?"

„It is a problem", hast du gesagt, und mir die Antwort auf die Feststellung nicht gegeben."

„Darauf komme ich doch noch. Sei doch nicht so ungeduldig."

Michelle nickte und machte ein spaßiges, betretenes Gesicht und wartete darauf, dass Ingrid mit ihrer Geschichte fortfuhr, während ihr Handy ihr mitteilte, dass noch eine E-Mail eingegangen war und die Möwen kreischten und tobten weiter über das Wasser, während ein Familienvater seinem Sohn tobend hinterherlief und irgendetwas davon rief, das er dem Lütten in den Popo kneifen wollte.

„Ich war nicht auf ein Abenteuer aus, dass musst du mir glauben", meinte Ingrid mit erhobenem Zeigefinger. „Ich wollte das alles hinter mir lassen. Ich wollte wissen, wer ich war und warum ich war wie ich es war.

Und so habe ich deinen eben erwähnten Satz kennen und schätzen gelernt. So wie ich Andrew kennen und schätzen lernte."

„Also doch eine Romanze."

„Das ist doch keine Romanze", schüttelte Ingrid den Kopf. „Es war viel mehr. Ein langsames sich kennenlernen. Schüchtern lächeln und sich mit schlechten Englisch unterhalten. Mäuschen, ich habe meine Wohlfühlzone verlassen, weil ich mich nicht mehr ertragen habe. Ich musste raus, um meinen eigenen Wert bestimmen."

„Und Andrew hat dir gezeigt, was du wert bist?"

„Sei doch nicht so skeptisch. Ja, er zeigte mir, was ich wert bin. Hach, Mäuschen, es war so niedlich, wie wir uns kennenlernten. Ich da am Strand, einsam und blass, völlig verunsichert, wie ich das alles jetzt angehen soll. Und dann kam er da aus dem Wasser gestiegen, sich seiner ganzen Erscheinung bewusst. Mädchen, wie er die nassen Haare zurückwarf, wie er sich sein Surfbrett unter den Arm klemmte. Seine selbstsicheren, seine unbekümmerten Schritte ans Land.

Ich schmolz ihm wahrsten Sinne des Wortes dahin."

„Das höre ich", lächelte Michelle. „Und wie seid ihr dann ins Gespräch gekommen?"

„Erst gar nicht. Ich saß ja nur da, auf meinem kleinen Handtuch, den Mund vor Staunen offen. Und er nahm mich gar nicht wahr.

Warum auch?

Am Strand gab es so viele schöne Frauen. So viele Ladys und Damen, Biester und Monster.“

„Aber er nahm dich ja wahr.“

„Tat er.“

Wieder begann Ingrid zu träumen. Sie verdrehte die Augen, seufzte leise und schwelgte für einen kurzen Augenblick so erinnerungsverloren in der Vergangenheit, dass Michelle einen kurzen, heißen Stich der Eifersucht in sich spürte.

Auch wenn sie den Stich niederzukämpfen versuchte und auch das Gefühl, etwas versäumt zu haben, nicht zu stark in sich aufsteigen lassen wollte, so war es ihr dennoch nicht möglich, das Nachebben in sich abzustellen. Es war ihr, als war eine Membrane in ihr in Schwingung geraten, die nicht mehr aufhören konnte zu vibrieren.

Das aber, was ihr am meisten zusetze war, dass sie Ingrid da am Strand sitzen sehen konnte. Wie sie den aus dem Wasser steigenden Andrew anstarrte und nicht wusste, wohin mit ihrer Begeisterung,

So wie bei mir, als ich Philipp das erste Mal gesehen habe.

Als ich dachte, mir würde der Atem stocken und mein Herz mir aus der Brust springen.

Ich war gleich …

… verliebt.

Obwohl sie das letzte Wort nicht zulassen wollte, sie es ihren Gedanken verbat, sich an dessen Klang zu gewöhnen, schaffte sie es nicht, es zurückzudrängen. Und so saß sie dann da; ihren Kopf an Ingrids Schulter, kuschelnd, ein wenig Nähe spürend, die raue, säuselnde Stimme im Ohr, die ihr erzählte: „Es war noch am Abend. Die Wellen waren seicht, dennoch stark. Ich hatte mich kaum woanders hinbewegt. Immer zu hatte ich auf das Wasser gestarrt und mich gefragt, wer er ist, was er macht und wie ich mein Leben gestalten will. Wohin die Reise geht. Und so in Gedanken versunken, saß ich noch immer da und hörte ihn fragen, was für ein Problem ich hätte. Verwundert schaute ich auf, und glaubte mich trifft der Schlag, als ich Andrew da stehen sah. Er lächelte mich an, ging vor mir in die Knie, um auf Augenhöhe mit mir zu sein.

Engelchen, er nahm mich als das wahr, was ich war. Auf Augenhöhe. Stell dir das nur einmal vor.“

„Klingt bezaubernd.“

„War es. Und ich sagte ich, dass ich mehrere Probleme habe und er sagte darauf hin. It is a Problem. Not more.“

„Klingt so einfach“, meinte Michelle.

„Ist es. Ist es wirklich. Ich habe das gelernt damals. Ja, Probleme sind Mist und sie tun einem nicht gut. Aber es sind nur Probleme. Mehr nicht. Sie lassen sich lösen. Wie alles auf der Welt.“

„Und du hast Andrew vernascht?“, lenkte Michelle Ingrid zurück auf ein anderes Thema. Eines, das ihr mehr behagte, als sich mit den Dingen auseinanderzusetzen, die ihr unter den Nägeln brannten.

„Besser.“

„Wie das?“

„Ich habe mein Problem bewältigt.“

„Und wie?“

„Ich habe mich gefunden.“

Michelle schaute zu Ingrid und wusste nicht, was sie von der Antwort halten sollte. Es war ihn unmöglich in dem plötzlich bewegungslosen Gesicht, geschweige denn in den in weite Fernen gerichteten Blicken etwas zu lesen. Es war ein unbestimmter Drang in ihr, der unaufhörlich an ihren Nervenenden zupfte und zerrte und sie dazu anfordern wollte, etwas Abfälliges, etwas Gemeines zu sagen. Eine kurze, eine unter die Haut gehende Anspielung auf Ingrids leidenschaftlichen und oft zügellosen Leben.

Dann aber, als sie ansetzen wollte, etwas zu sagen, hielt sie etwas zurück. Ingrid setzte plötzlich, in leiser, in kaum verständlicher Manier an zu sprechen und lächelte milde, als sie sagte: „Andrew hat mich neu erfunden. Frag mich nicht wie. Aber er war es, der sich neben mich setzte, meine Hand nahm und mit mir hinaus aufs Meer schaute. Er fragte mich, was ich da sehen würde“, sie lächelte sanft, als sie an die damalige Zeit am australischen Strand zurückdachte. „Ich sagte ihm, naiv wie ich war, das ich da den Horizont sehen. Daraufhin lachte er und meinte, dass sei aber wenig. Er sehe da eine Zukunft.“

„Ach komm“, meinte Michelle.

„Er hatte recht.“

„So?“

Ingrid nickte: „Ja, die hatte er. Er sagte mir, dass man Probleme ignorieren oder angehen kann. Er meinte aber auch, dass Probleme nur Probleme sind. Und das man zwischen all dem Kummer nicht vergessen darf, geliebt zu werden und selbst zu lieben."

„Was du bestimmt hast", sagte Michelle, um gleich abwehrend die Hand zu heben, um ihre Entschuldigung hervorzubringen, weil sie nicht so abfällig klingen wollte, wie sie es tat. „Aus guten Grund."

„Wir haben uns Zeit gelassen", schmunzelte Ingrid. „Wir haben uns kennengelernt, haben uns das gegeben, was der andere brauchte. Wir waren lieb zueinander. So lieb, wie ich es noch nie zu einem Mann gewesen war."

„Oh."

„Ging ganz leicht."

„Wie?"

„Ich bin über meinen Schatten gesprungen. Habe eine neue Tür in mir aufgemacht."

„Und dann?"

„Habe ich ihn geheiratet."

Kapitel 14

Die Wendung

Michelle saß auf der Fensterbank der kleinen, mitten am Deich stehenden Hütte, und wusste nicht, wie sie ihre kreisenden und rotierenden Gedanken unter Kontrolle bringen konnte. Immer wieder erwischte sie sich dabei, wie sie versuchte vor sich selbst davonzulaufen und sich zuzureden, dass alles ein gutes Ende nehmen würde. Dass es nicht schlimm war, wenn sie den Vertrag von Lord annahm und ihr „HerzCafé" verkaufen würde.

Was macht das schon?, versuchte sie sich selbst zu belügen, indem sie sich die Antwort gab, die in ihren Ohren schal und nach Betrug klang. *Ich meine, hey, die anderen werden schon einen neuen Job finden.*

Gerade auf Fehmarn. Da ist alles auf Tourismus aufgebaut.

Da ist alles im Umbruch. Jeder verdient jetzt mit innovativen Ideen sein Geld. Du weißt, was das heißt. Jede hat die Chance groß und reich zu werden.

Unterschreib einfach.

Tue es.

Du hast dann endlich die Ahnung, wohin deine Reise geht.

Was sind da schon die zwei, drei juristischen Feinheiten, die Lord dir in den Vertrag geschrieben hat? Die, die er nach zwei Jahren anwenden kann, ohne dir eine Erklärung geben zu müssen.

Hey, dann kannst du ja gucken, wohin deine Reise geht. Ein neues Café, oder innovative Backkunst. Wäre doch auch was.

Aber zwei Jahre bist du sicher.

Save, Baby, save.

Was die nächsten zwei Jahre aus den Mädels aus dem Café wird? Nun, du kannst nicht jeden beschützen.

Fressen und gefressen werden, würde ich sagen. Eine ganz einfache Rechnung. Du hattest den Mut dazu, ein Café aufzubauen. Du hast das Glück im Unglück, dass es jemanden gibt, der deinen Standort übernehmen will.

Also?

Was zierst du dich?

Vitali hat dir doch gesagt, wie schnell das Geld auf deinem Konto ist, wenn du zustimmst.

Und vergiss nicht ...

... es ist ein befristetes Angebot.

Du hast noch zehn Tage.

Zehn Tage!

Nimmst du dann nicht an, steht du komplett vor dem aus.

Und mit dir Benny. Vergiss das nicht. Benny ebenso. So wie jetzt. Er ist ganz allein. Er hat niemanden. Du hast dich ja verpisst. Tolle Schwester bist du. Ganz toll.

Ingrid hat gesagt, dass sie sich um ihn kümmert, wehrte sie sich gegen den durch ihren Kopf rasenden

Gedanken und wünschte sich, dass nur für eine Sekunde ihre Gedankenwelt eine Pause einlegen würde. Nur einmal Ruhe haben.

Ruhe, die es ihr ermöglichte, sich fallen zu lassen. Dass sie das Buch, dass sie in ihr in die Woche verlegten freien Tage mitgenommen hatte, lesen konnte.

Obwohl sie schon zwei Tage in der Hütte war, war sie nicht dazu gekommen, auch nur eine Seite zu genießen. Immer wieder, wenn sie das Buch in die Hand nahm, die Füße hochlegte, und sich an dem wohlig warmen knisternden Feuer im Kamin erfreuen wollte, schaffte sie es nicht, sich zu konzentrieren. Egal wie sie es versuchte, ob mit Tee, langen Spaziergängen, oder der Hoffnung, einfach nur auf der Couch zu liegen und nicht zu tun, wirbelten ihre Gedanken immer wieder durcheinander.

Selbst jetzt, wo sie nur auf der Fensterbank saß, das Kinn auf der Handinnenfläche abgestützt, den Blick hinaus auf das vor ihr sich ausbreitende Meer gerichtet, raste es in ihrem Kopf, wie auf einer zur Rush Hour befahrenen Autobahn.

Und jedes Mal, wenn sie sich der naiven Hoffnung hingegeben hatte, doch in Ruhe denken zu können, kam ihr etwas anderes in den Sinn, dass ihr Herzschlag beschleunigte und ihre Handinnenflächen feucht vor Schweiß werden ließ.

Sie schluckte bitter, als sie an Benny denken musste. Daran, wie sie ihm sagte, dass sie einige Tage wegfahren würde, weil sie den auf einen Donnerstag fallenden Feiertag ausnutzen wollte.

Verständnislos hatte er sie angeschaut, geblinzelt und gefragt: „Sind Mama und Papa da?"

Eine Frage, die Michelle mitten ins Herz getroffen hatte.

Sie hatte gewusst, dass die Frage irgendwann einmal aufklingen würde. Dass in Bennys langsam tickenden Verstand der Kummer ebenso schlummerte, wie in ihrem. Und dass er sich genötigt sah, nach seinen Eltern zu fragen, die er so sehr vermisste.

„Nein, sind sie nicht."

„Oh", hatte er nur gesagt und dann wissen wollen. „Wer passt auf mich auf?"

„Ingrid."

„Die mag ich."

„Das freut mich."

„Die ist nett. Hat sie auch einen Schatz für mich versteckt?"

„Einen riesengroßen!"

„Ich mag Ingrid!"

Obwohl Benny sich sichtlich wohl bei Ingrid fühlte und beide ihren Spaß miteinander hatten, beschlich Michelle weiterhin das bohrende und nagende Gefühl, etwas falsch gemacht zu haben. Dass sie Benny nicht die Schwester war, die sie ihm hätte sein wollen.

Du bist ihm die Schwester, wie du die Chefin deiner Angestellten bist.

Verpisserin!

Michelle kämpfte den Gedanken herunter und wäre beinahe glücklich darüber gewesen, wenn sie sich wieder selbst ins Fäustchen log und sich weismachen wollte, dass es gut war, den Vertrag bei Lord zu unterschreiben.

Nur um dann laut zu seufzen und sich einzugestehen, dass sie nicht dafür geschaffen war, an mehreren Fronten gleichzeitig zu kämpfen.

Was ihr, zu ihrer eigenen Verblüffung gelungen war.

Sie hatte ernsthaft mit Reister gesprochen und ihm abgesagt.

„Aber ihr Grundstück, ist eine optimale Sicherheit", hatte er noch versucht das Gespräch in die für ihn gewünschte Richtung zu lenken.

„Wenn sie das erst haben, bin ich völlig verloren", lächelte Michelle. „Deshalb. Danke für Ihre Mühen. Ich versuche so aus den Schlamassel herauszukommen."

„Was Ihnen schwer fallen wird."

„Wenn ich es nicht versuche, werde ich es nie erfahren!"

Und dann die E-Mail an das Finanzamt. Mit schweißnassen Händen hatte sie mehr als einmal angefangen zu schreiben, um ihre Worte dann wieder zu löschen. Nur um dann irgendwann Ingrid zu sich zu rufen und zu fragen, ob sie ihre Mail so formulieren konnte, wie sie es gerade tat.

Ingrid, wieder ganz sie selbst, verbesserte die Anrede, wurde nicht so flehend in der Bitte um die Möglichkeit einer Ratenzahlung.

„So klingt es besser", sagte sie und war wieder verschwunden.

Und zu Michelles Überraschung hatte es eine Antwort gegeben. Freundlich und nett, dass sie bitte schriftlich die Bitte um Ratenzahlung einreichen sollte, und sie dann die Ratengliederung zugeschickt bekommen würde.

Das war es.

Mehr nicht.

Und davor hatte sie sich die ganze Zeit über gefürchtet?

Michelle, die sich gerade von ihrem Platz erheben wollte, um den lästigen Gedanken an Vitali und deren letztes Telefonat zu verscheuchen, stutzte. Mitten in der Bewegung hielt sie inne, blinzelte und schaute auf die mit Kies und größeren Steinen ausgelegte Einfahrt zur Hütte.

Hatte sie anfangs gedacht, sich geirrt zu haben, dass in dem langsam anbrechenden Abend ihr das durch die Äste und Sträucher fallende Sonnenlicht einen Streich gespielt hatte, so musste sie sich eingestehen, dass sie ganz und gar nicht einer optischen Täuschung erlegen war.

Da auf dem dicht bewachsenen Schotterweg, waren zwei Scheinwerfer aufgeblitzt, deren heller Lichtschein durch das Buschwerk gebrochen war und sich unangenehm grell auf dem Glas der Scheibe reflektierte.

Verwundert darüber, dass sich um diese Zeit noch jemand hier heraus verirrte, wo es hier nichts gab, außer weite Strände, mit sich kilometerweit erstreckende, mit Gräsern bewachsene Deiche und eine gerade vor drei Jahren installierte Toilettenspülung, erhob Michelle sich nun ganz von ihrem Platz und raffte die lose an ihr herunterbaumelnde Strickjacke zusammen.

Sie hatte gerade die Tür aufgezogen, als sie das Knirschen des Kieses unter den Reifen des Wagens hörte.

Als den angewärmten Lufthauch der letzten, sonnigen Tage um sich herumstreichen spürte, als sie öffnete, meinte sie im nächsten Moment, man habe ihr mit einer Schaufel mitten auf die Stirn geschlagen.

Hinter den leicht abgedunkelten Scheiben des auf der Auffahrt zum Stehen gekommen BWM, konnte sie das Konterfein eines Menschen ausmachen, dessen Besuch sie am wenigsten erwartet hatte.

Heiße Wogen des Schmerzes und der Wut wallten in ihr ebenso in die Höhe, wie der des Ekels.

Sie schüttelte den Kopf, hörte sie sagen: „Nein, nein, nein", und warf die Tür wieder ins Schloss.

Schwer atmend, die Luft pumpend über die Lippen pressend, schüttelte sie den Kopf und wünschte sich, an einen anderen, einen sicheren, einen für nicmanden zugänglichen Ort.

Irgendwo hin, wo sie sicher war.

Wo ihre Vergangenheit sich nicht in solch einen rasenden Tempo einholen und verhöhnen konnte.

Was wollte er hier?

Was hatte er vor?

Warum ausgerechnet heute?

Michelle wollte die albern klingenden Fragen gar nicht erst in sich aufsteigen lassen, wollte sich ihrer Bedeutung nicht stellen. Dennoch war es ihr, als würden die Fragen in ihrem Kopf knallend explodieren und sie vor eine unlösbare Aufgabe stellen, der sie nicht gewachsen war.

So presste sie sich weiter gegen die Tür, schüttelte den Kopf, als ihr anfingen Tränen die Wangen herunterzulaufen, während sie hörte, wie jemand unsicheren Schrittes über Kies lief.

Als es klopfte, rief sie nur: „Hau ab!", und rutschte an der Tür herab, um dann, die Knie angezogen, vor dieser sitzen zu bleiben.

„Verschwinde", sagte sie wieder, als es erneut klopfte und die dumpf durchs Holz dringende Stimme sie darum bat, eingelassen zu werden.

„Ich muss mit dir reden."

„Ich nicht mit dir."

„Bitte", flehte er. „Gibt mir eine Chance. Nur eine."

Sie erhob sich langsam von ihrem Platz. Sie schluckte, schloss die Augen und lehnte ihre heiße Stirn gegen das kalte Holz der Tür und fragte mit zitternd weinerlich klingender Stimme: „Was gibt es denn noch zu reden, Philipp?"

***

Die aufkommende, Michelle guttuende Pause, hatte etwas Angenehmes an sich. Sie füllte sich mit solch einer die Seele beruhigenden Leere, dass Michelle für einen klitzekleinen Moment ernsthaft glaubte, hier und jetzt den Punkt erreicht zu haben, die sie immer hatte erreichen wollen.

Die absolute, die ihr nicht mehr nervig daherkommende Stille, um ihren Gedanken eine Pause verschaffen zu können.

Was nicht lange hielt.

Wie auch?

Plötzlich, als sie noch immer mit der Stirn an der Tür lehnte, klang Philipps Stimme wieder auf. Leise, zart, von einer solchen Gebrechlichkeit begleitet, dass sie meinte, es mit einem bei einem albernen Streich erwischten Schüler zu tun zu haben.

„Ich wollte, nein, ich will mich bei dir entschuldigen", hörte sie ihm sagen. „Ehrlich. Wirklich. Du musst mir

419

glauben. Michelle, ich bitte dich nicht um mehr. Nur darum, dass du mir zuhörst.

Ich bitte dich."

„Was bringt es dir?"

„Die Hoffnung auf Ruhe."

Sie lachte bitter auf.

„Ich kann an nichts anderes mehr denken, Michelle. Nachts wache ich auf und quäle mich, weil ich dir so übel mitgespielt habe. Immer wieder frage ich mich, ob ich meinem Weg nicht anders hätte folgen können.

Nur einmal nicht Papas Söhnchen sein.

Nur einmal ...

... ich sein!"

Sie presste die Lippen aufeinander. Obwohl sie nicht wollte, dass sie auf die schnellen, die hastigen ausgestoßenen Worte Philipps reagierte, merkte sie, dass er einen Punkt in ihr berührte, den sie nur allzu gut kannte. Eine Tür, wenn man so wollte, die sorgsam in einem geschlossen war, und plötzlich leicht aufgestoßen wurde.

„Du warst du genug", antwortete sie. „Hau ab."

„Lass mich bitte rein. Es fängt an regnen und ich ..."

„Was?", wollte sie wissen, mit einem bitteren Ton des Ekels und der Abscheu auf der Zunge. „Möchte der Herr nicht, dass seine Frisur nass wird. Bekommt er dann Ärger mit Frau Mama?

Oder hat er etwa Angst einen Schnupfen zu bekommen?

Den kann Mama doch bestimmt auskurieren. Die macht doch alles für ihren kleinen Prinzen!"

„Du bist ein Arsch", sagte er ihr.

„Dito!"

„Ich weiß es wenigstens, dass ich einer bin", hielt er ihr entgegen, und lehnte sich, wie Michelle vermutete, mit dem Rücken gegen die Tür. Plötzlich war seine Stimme weiter entfernt, noch leiser zu hören, als er sagte. „Und weil ich weiß, dass ich ein Arsch bin, hin ich hier. Michelle, ich weiß, was ich dir angetan habe und dass das nicht zu entschuldigen ist. Trotzdem aber, ich bitte dich, lass mich rein und mit dir reden.

Ich muss dir etwas sagen."

Sie schwieg.

Michelle war sich sicher, dass sie seinen Anblick nicht ertragen konnte. Dass sie, öffnete sie die Tür, ihm nicht mitten ins Gesicht sagen konnte, dass er sich in sein Wagen setzen und verschwinden sollte. Dass sie sich wünschte, dass er sich in der nächsten Kurve um einen Baum schlängelte und für immer aus ihrem Leben verschwand.

Öffne ich, dachte sie, *wird er gleich in der Küche bei mir sitzen und mir erzählen, was für eine schlimme Kindheit er hatte. Wie schwer es für ihn war, dem dominanten Vater die Stirn zu bieten und einer überfürsorglichen Mutter zu entkommen.*

Und ich werde nur da sitzen und mir denken: Ach bist du süß. Du armer, armer, kleiner Kerl. Du tust mir leid.

Komm. Ich verzeihe dir. Du hast dich entschuldigt, dann ist alles wieder gut. Ehrlich. Ich will kein Arsch mehr sein.

Während sie das dachte, und sie zu weiteren Beleidigungen ausholte, drangen ihr Worte an die Ohren, mit denen sie niemals im Leben gerechnet hatte. Die ihr so sehr zusetzten, dass sie zusammenzuckte und ernsthaft annahm, sich verhört zu haben.

Dann aber sickerten sie durch ihren aufgewühlten Verstand und ließen sie keuchend Luft holen.

„Ich liebe dich, Michelle ...“

***

„Du Arsch!“

Wütend riss Michelle die Tür auf. Die Tränen, die ihr den Augen standen, ignorierte sie ebenso, wie den von ihren Lippen fliegenden Speichel. Das Philipp, von der ruckartigen Öffnen der Tür überrascht war und ihr rücklings in die Arme zu fallen drohte, veranlasste sie dazu, einen Schritt zurück zu machen und ihn auf den Boden fallen zu lassen.

Ein kurzes, ein intensives Gefühl der Befriedigung fuhr durch sie hindurch, als sie sein gequält klingendes. „Aua“, hörte und sich ein Gedanke durch ihren Kopf schossen, der ihr geifernd zuschrie: *Jetzt ist er da, wo du seit Tagen, ach was, seit Wochen bist.*

Auf dem Boden.

Da wo er hingehört.

Wärst du nicht besser erzogen, würdest du jetzt nach ihm treten und gehörig einen verpassen.

Du bist doch gut erzogen, oder?

Oder bist du ein unerzogenes, kleines Mädchen?

Sie wusste, würde sie dem sie verführerisch angrinsenden Gedanken nachgeben, würde sie den Fuß heben und Philipp in den Rücken stoßen. Dann aber, als sie einen Schritt rückwärts in den schmalen, getäfelten Flur machte, und sich flüchtig in dem an der Wand hängenden Spiegel betrachtete, erschrak sie.

Nicht, weil sie tiefe Augenringe hatte und ihr das Haar zerzaust und wild am Kopf herumhing, nein, es war der Ausdruck blanken Hasses, den sie zur Schau trug. Da war ein funkelndes, einem alle Grenzen sprengendes Schimmern in den Tiefen ihrer Pupillen zu sehen, dass sie von sich nicht kannte. Ein Schimmern, wie sie später dachte, dass seit Jahren in ihr schlummerte. Das nur darauf wartet ausbrechen zu dürfen, um der ungerechten Welt der draußen zu zeigen, dass man Michelle Franke nicht kommentar- und rücksichtslos schubsen durfte, wie es ihr gefiel.

Ihr dazu zu einem schmalen Strich verkommener Mund und die in Falten gelegte Stirn, unterstrichen den Ausdruck blanken Hasses, zu dem sie niemals gedacht hatte im Stande zu sein.

Es war nur ein flüchtiger, ein an ihrem Verstand vorbeihuschender Eindruck gewesen. Der dennoch so tief drang, sie schüttelte und rüttelte, dass sie erschrocken die Hand vor den Mund nahm und hoffte, niemals wieder in das Antlitz der bösen, der verkommenen, der auf alles und jeden scheißenden Michelle blicken zu müssen.

Es war ihr, als habe sie einen Blick in die tiefsten, seelischen Abgründe getan, deren Emotionen sie nicht Herr werden konnte. Und so machte sie einen weiteren Schritt von dem Spiegel zurück und starrte noch immer zu dem wie eine auf dem Rücken liegenden Schildkröte auf dem Boden herumwälzenden Philipp.

Der keuchte und schnappte, fragte sie, was das sollte und musste dann, einen Schwall Flüche über sich ergehen lassen, die ihn augenblicklich zum Verstummen brachten.

Sie schrie ihn an und spürte, wie ihre Stimme sich zu überschlagen begann. Das jedes Wort, das sie Philipp an den Kopf schleuderte, nur noch ein heiser klingendes Pfeifen war, dass sie selbst kaum noch verstand; dass ihr in den Kopf schoss, da explodiere und sie nach wenigen Sekunden Kopfschmerzen bekommen ließ.

Aber jetzt ihn da liegen zu sehen, und ihm anzuschreien, wie sehr sie ihn verabscheute und das sie es nicht verstehen konnte, dass er ihr ungeniert sagen konnte, dass er sie liebte, obwohl er sie an den Rand der Pleite gebracht hatte, schmetterte sie ihm wie einen aus der Hand gefeuerten Pflasterstein zu.

Alles, was sie sagte unterstrich sie mit einem umschweifenden Wirrwarr aus Gesten.

Erst als sie Luft holte, sich an der Wand abstützte, und keuchend versuchte wieder klar bei Verstand zu werden, wagte Philipp es, den die ganze Zeit über gesenkten Kopf, ein wenig anzuheben.

„Du hast Recht“, stimmte er ihr zu und zuckte gleich wieder zusammen.

„Sag nicht das ich Recht habe“, brüllte sie und nahm den aufkommenden Kopfschmerz mit Genugtuung entgegen. „Du solltest den Mund halten. Immer. Halt ihn einfach.“

„Aber …“

„Mund! Zu!“, kreischte sie und stampfte wie ein kleines, verwöhntes Mädchen auf, der man gesagt hatte, kein Pferd geschenkt zu bekommen. „Du solltest aufhören Verständnis voll zu sein. Hör auf damit, mich an zugucken, als wäre das alles hier gleich vorbei, wenn ich mich ausgetobt habe.

Du hast verschissen.

Oh ja, mein Freund, du hast so sehr verschissen, das glaubst du gar nicht. Oh, vom Nordpol bis hier, hast du verschissen!"

„Ist der Weg zum Südpol also noch frei", bemerkte er.

„Arschloch!"

Er seufzte, schüttelte den Kopf, und versuchte sich in die Höhe zu stemmen.

„Natürlich ist der Weg nicht frei. Das war eine Metapher. Ein anschaulicher Vergleich, um dir zu sagen, dass ich dich niemals wieder in meinem Leben sehen will. Du sollst dich in dein schickes Auto da werfen und so schnell wie möglich den Weg herunterfahren und die nächste Autobahn Richtung Hamburg nehmen.

Und wenn du dabei über eine Brücke fährst, solltest du ganz kurz drüber nachdenken, ob es nicht besser wäre, das Lenkrad kurz nach recht zu reißen."

Philipp schaute sie betreten an.

Sie schaute erschrocken zurück.

Wild wedelte Michelle mit der Hand durch die Luft, gluckste und quietschte und brachte ein erstickt klingendes: „Nein, das sollst du natürlich nicht. Du ... du ... sollst nicht von der Brücke springen. Das wäre ja verrückt. Dann wären Menschen deinetwegen ja schon wieder traurig."

„Wärst du es?", wollte er wissen.

„Was?" Sie starrte ihn an.

„Ob du traurig wärst, wenn es mich nicht mehr geben würde?"

„Was ist das denn für eine selten dämliche Frage? Ich will dich niemals wieder in meinem Leben sehen."

„Okay."

„Aber sterben sollst du nicht“, meinte sie und ärgerte sich darüber, dass sie einen Schritt auf ihn zumachte, ihm die Hand reichte und sie fand, als er nach ihr griff, dass sie sich weich und schön anfühlte. Und noch mehr verzweifelte sie darüber, dass sie lächelte und meinte: „Nur in meiner Fantasie. Ab und zu. So richtig brutal.“

„Kopf ab und so?“, fragte er sich an den Hals fassend.

„Kopfmatsch und so.“

„Oh.“

Sie holte tief Luft und schüttelte sich, nachdem er vor ihr stand, den Blick wieder gesenkt hielt und meinte: „Können wir reden?“

„Nein.“

„Wieso nicht?“

Sie machte eine hilflose Geste und verfluchte es, dass ihr die Tränen in die Augen stiegen: „Weil es nicht geht. Ich kann es nicht. Es … es … es ist mit zu viel. Ich kann dir nicht vertrauen. Nie wieder.“

„Okay.“

Zu sehen, wie die eben in ihm aufflammende Hoffnung erbarmungslos erstickt wurde, tat Michelle leid. Sie merkte, dass sie in ihr altes Verhaltensmuster zurückfallen wollte, um mit jedem gut auskommen zu können. Dass sie nicht dafür verantwortlich war, dass jemand in ihrer unmittelbaren Umgebung traurig und verletzt war.

Andererseits, und da war sie sich sicher, konnte sie nicht so weiter machen. Es war ihr unmöglich, der Ruhepol des Lebens zu sein. Sie selbst hatte eine starke Schulter ebenso nötig wie jeder andere Mensch auch.

Und jetzt hier zu stehen, in das verkniffen, traurige Gesicht von Philipp zu schauen, war ihr, als würde sich eine Klinge tief in ihre Haut schneiden.

„Geh bitte."

Philipp nickte und während er sich herumdrehte, einen Schritt auf die Tür zumachte, die Hand nach der Klinke ausstreckte, drehte er noch einmal den Kopf. Er schaute sie an, lächelte und sagte: „Ich gebe nicht auf. Ich beweise dir, dass ich anders bin, als ich mich gezeigt habe. Wirklich. Du wirst es sehen."

„Wie willst du mir *das* beweisen?"

Er zwang sich zu einem Lächeln, dass den kummervollen Zug um seinen Mundwinkel herum zu überdecken versuchte. Dann sagte er ihr, schwach, beinahe so, als würde es ihn unendlich viel Kraft kosten: „Ich habe mich deinetwegen von Mandy getrennt", er hob die Hand, um Michelle daran zu hindern, etwas zu sagen. „Deinetwegen, ja. Ich ... ich habe es in ihrer Nähe nicht mehr ausgehalten.

Sie hat Dinge gesagt und getan, scheiße Mann, die nicht gut waren. Sie hat sich benommen, als wäre sie der König der Welt.

Jeder und alles um sie herum sollte ihr dienen.

Das ertrage ich nicht mehr.

Das geht nicht.

Verstehe bitte, dass ich mein ganzes Leben lang nicht wusste, wo ich zu stehen habe und was meine eigenen Interessen sind.

Nein, nein", er hob schnell die Hand, schüttelte den Kopf. „Das soll keine dumme, daher geredete Entschuldigung sein. Überhaupt nicht. Nur der Anfang, damit du verstehst, warum ich bin wie ich bin.

Ich habe mich immer leiten lassen, verstehst du. Immer. Selbst wenn ich mal die Chance hatte, zu rebellieren, habe ich diese Gefühle in mir ersticken lassen. Aus Angst, ich könnte nicht mehr geliebt werden."

Michelle schaute ihn nur an. Sie sah, dass das Reden ihn anstrengte. Er schluckte wieder, als er seine Gedanken zu sortieren schien: „Selbst als ich den verdammten Ball schießen wollte, habe ich es nicht getan, weil ich glaubte, meine Mutter dadurch zu verletzen. Ich habe gar nichts mehr getan. Nichts. Nur Erwartungen erfüllt.

Mandy wurde meine Freundin, weil mein Vater meinte, wir würden gut zusammenpassen. Mehr nicht. Scheiße, ich dachte wirklich, dass wir ein cooles Pärchen waren. Bis ..."

„Bis?"

Michelle schaute auf. Betrachtete Philipp, der ihr geradewegs in die Augen schaute und zugab: „Bis ich dich kennengelernt habe."

***

„Das ... das ist gemein von dir", sagte Michelle stammelnd, nachdem sie Philipp unentwegt angestarrt hatte, kaum dazu in der Lage einen klaren Gedanken zu fassen.

„Wieso?"

„Weil das ist. Was soll ich dazu sagen? Mich freuen, dass du, oh weh, eine Wandlung durchgemacht hast?"

„Deinetwegen!"

„Philipp", sagte sie klagend. „Ich kann doch nicht einfach über Dinge hinwegsehen, nur weil du plötzlich meinst, ein neuer Mensch zu sein. Wie soll ich dir jemals trauen können? Wie? Sag es mir?

Du hast mich frech angelogen. Du hast mich ausgenutzt, um … um … um … mein Café vor die Wand zu fahren.

Bei der goldenen Hochzeit habe ich wirklich geglaubt, dass zwischen und etwas wäre. Ebenso bei unseren Treffen in der Stadt oder dem toben am Strand. Auch im Café, als du mich …“, sie verstummte wieder, wollte die in ihr aufgewühlten Gefühle nicht zulassen; wollte nicht anfangen zu heulen, während sie sich daran erinnerte, wie sie gefühlt und gedacht hatte, als sie zusammen im Café standen. Als sie sich küssten und streichelten, und sie ernsthaft glaubte, dass sie endlich einen Mann gefunden hatte, in den sie sich bedingungslos verlieben konnte.

„Das war echt“, sagte schnell.

„Klar“, sie winkte erstickt lachend, ab, während sie sich mit dem Ärmel ihre Überjacke unter den Augen langwischte.

„Es stimmt.“

„Warum hast du nicht weitergemacht? Warum hast du es plötzlich unterbrochen? Ich kann es dir sagen.“

„Du siehst das falsch!“

„Ich sehe ganz klar.“

Er schüttelte den Kopf. „Das tust du nicht. Natürlich, ich war ein Arsch …“

„… ein mega Arsch …“

„… mega Arsch“, nickte er zustimmend.

„So groß!“ Sie hielt die Hände mehrere Zentimeter auseinander.

„So groß!" Er zog die Hände noch weiter voneinander fort, um dann weiter zu reden, stockend und leise, um jedes Wort ringend. „und da merkte ich, wie dumm ich bin. Was für ein Idiot. Ich meine, hey, schau dich an. Ich hatte endlich eine Frau vor mir, die mich genommen hat wie ich war. Die nicht nach meinem Geld suchte, oder sich über meinen Vater neue Chancen erarbeiten wollte.

Du hast mich angeschaut, als wäre ich genug für dich."

„Warst du."

„Und als ich dich da liegen sah, ich deinen Kuss noch auf meinen Lippen hatte, deinen Geruch in der Nase, verdammt noch mal, über mir ist ein ganzes Hochhaus an Emotionen zusammengebrochen. Ich musste nur noch weg. Konnte nicht in den Spiegel schauen, weil ich dir so übel mitgespielt habe und mitspielen wollte.

Ich hatte so sehr gehofft, dass du mich entlässt."

„Habe ich. Und jetzt? Was ist besser daran? Vitali war deinetwegen bei mir. Was ist besser für dich geworden?"

„Vergessen ..."

„Bitte?"

„Ich konnte meinem Vater sagen, es ist vorbei. Ich komme nicht mehr rein. Aus. Schluss. Alles erledigt. Und ich habe mich meinen Gefühlen nicht verstellen müssen", sagte er in einem für Michelle verwirrenden Ton. „Du aber hast weiter an mir festgehalten. Hast mit mir reden und mich verstehen wollen. Hast mir eine Chance gegeben. Und ich begriff, wie toll du bist.

Dass du ein Mensch bist, der keinem Menschen weh-tun will, nicht wie mein Vater"

„... natürlich will ich keinem wehtun...", schluchzte
sie.

„Selbst einem Spacken wir mir, hast du versucht eine
zweite Chance zu geben, obwohl ich sie nicht verdient
habe. Ganz und gar nicht verdient.

Scheiße, ich habe durch dich begriffen, dass man
morgens einfach an seinem Auto stehen und den Vö-
geln beim Zwitschern zuhören kann. Dass es nicht
langweilig ist, mit einem behinderten Jungen Pirat und
Koch zu spielen. Das behinderte Jungen wunderbar
sind. Michelle, ich habe gelernt, dass man um die Menschen kämpfen muss, die man liebt. Und ja, dass man
auch deshalb von irgendwelchen Partygästen einen auf
die Fresse bekommen kann. Und dass man sich wunderbar dabei fühlen kann. Denn ich habe das im Arm
gehalten, was er halten wollte. Auch wenn es nur eine
Täuschung war. Eine kurze, eine intensive. Aber eine
schöne Täuschung. Dich da in Händen zu halten, sich
vorzustellen, dass ich es bin, der an deiner Seite steht
war wunderschön."

„Geh", sagte sie wieder, zeigte auf die Tür und drehte
sich von ihm weg. „Geh einfach nur."
Philipp sagte nichts.
Er drehte sich herum ...
... und schloss die Tür hinter sich.

***

Was hatte er auch erwartet?
Dass Michelle die Tür vor Begeisterung aufreißen
und ihm in die Arme fallen würde?

Dass sie jedes seiner Worte nickend zur Kenntnis nahm und sich dann, nachdem er sein Geständnis abgegeben hatte, ebenso liebevoll äußerte? Dass sie ihn ebenso liebte wie er sie?

Natürlich nicht!

Er merkte, in was für ein seltsames, naives und kindliches Denkmuster er sich verfangen hatte während er hierher fuhr, und sich ausmalte, wie es sein würde, wenn sie sich gegenüberstanden.

Er hatte Blockbuster aus Hollywood im Kopf gehabt.

Geschichten und Bilder, in denen die Liebe immer gewann, egal was man tat und wie man sich benahm.

Philipp war der ernsten Auffassung gewesen, dass er durch seine Ehrlichkeit alle verschobenen Stühle wieder gerade rücken konnte.

Und dann?

Dann hatte sie ihn herausgeworfen.

Mit Tränen in den Augen, ja, und der Miene einer zutiefst verunsicherten und verletzten Frau, aber dennoch, sie hatte ihn vor die Tür gesetzt.

Philipp schüttelte den Kopf während der leichte Nieselregen zu einem Schwall wurde und dabei war, sich in ein Gewitter zu verwandeln.

Alles verlor seine Bedeutung.

Gestern noch, in einem völlig anderen Leben, hätte er sich daran gemacht, zu seinen Wagen zu laufen, die Jacke über den Kopf gestülpt, in der irrwitzigen Annahme, seine Haare dürften nicht nass werden, weil er dann bescheuert aussah.

Oder der Gedanke daran, eine schöne Frau an seiner Seite haben zu müssen, um sich selbst lebendig zu fühlen.

Es war alles so albern gewesen, von dem er angenommen hatte, dass er es brauchte.

Was waren schon Autos und Motorräder?

Was waren Häuser und Grundstücke?

Es waren einfache, billige Statussymbole, die nichts, aber auch rein gar nichts über ihn als Menschen aussagten. Sie generierten ein seltsames, ein nicht realisierbares Bild, das andere zum Staunen, aber nicht zum lieben brachten.

Das war es, was ihm unaufhörlich durch den Kopf feuerte und schoss.

Immer wieder musste er daran denken, wie er sie durch das Café gehen sah. Ein herrliches, ehrliches Lachen auf den Lippen, oft eine Hand auf der Schulter ihrer Mitarbeiterinnen. Ein freundliches Wort aussprechend, obwohl sie unendlich viele Probleme hatte.

Oder die Momente mit Benny, dachte er jetzt, während er die Hände hob, sie sich an das Gesicht legte, und von sich selbst überrascht war, dass sich eine solch unangenehme Schwere in ihm ausbreitete, die ihn zum Weinen brachte. *Wie sie ihn angeschaut hat.*

Oder mich ...

Himmel, sie hat mich gemustert und gescannt, als ich anfing erst tölpelhaft naiv mit Benny zu spielen. Nur um dann nach und nach ihn richtig kennenzulernen.

Sie hat versonnen dagesessen, auf der von Sonnenlicht gefluteten Bank, und gelächelt, wie ich es noch nie zuvor gesehen habe.

Sie sah ...

... zufrieden aus.

Ein Ausdruck, wie er jetzt bestürzt feststellte, den er bei Mandy nie zu Gesicht bekommen hatte. Auf den ebenmäßigen, glatten Zügen seiner Ex-Freundin hatte immer ein Schatten der Unzufriedenheit gelegen. Immer ein Hauch Genervtheit, weil ihr die Welt nicht so zu Füßen lag, wie sie es wollte.

Michelle war da anders.

Ganz anders.

Sie hatte …

Er drehte sich um, klopfte noch einmal zaghaft an die Tür, ohne wirkliche Hoffnung, dass Michelle sie noch einmal aufziehen würde.

Mit der Stirn an das Holz der Tür gelehnt, die Augen geschlossen, den prasselnden Regen im bloß daliegenden Nacken spürend, flüsterte er: „Ich würde dir noch viel mehr sagen, wenn ich es nur könnte.

Nur einmal zugeben, wie gerne ich mit dir zusammen gewesen bin. Und dir beweisen, dass ich es ehrlich mit dir meine.

Scheiße Mann, ich würde alles dafür geben, dich noch einmal Lachen zu hören. Nur noch einmal. Mehr will ich nicht", dann schmunzelte er. „Oder im BH sehen. So wie damals, als ich das erste Mal ehrlich zu dir sein wollte. Als ich in dein Büro gestürmt kam und dich dastehen sah, weil du dich für das Treffen mit Dave umgezogen hast.

Oh ja, ich würde dir so gerne sagen, wie sehr sich dieser Anblick in meinen Kopf gefressen hat.

Ich war wie erschlagen. Ich meine, ich habe dich gesehen. So wie du bist. Ein wenig verplant, ein wenig unorganisiert, immer alles auf heiße Naht gestrickt.

Aber das warst du.

Du, wie du leibst und lebst.

Blasse Haut, wirre Haare, einen immerwährenden erschrockenen Ausdruck in deinem Gesicht, der die Grübchen an deinen Wangen hervorhebt. Der dein Kinn so niedlich krausziehen lässt.

Oder deine Augen, wie sie größer und größer werden. Egal ob vor Begeisterung oder Schrecken. Man kann in die lesen wie in einem Buch, weil du nie gelernt hast, deinem Gesicht zu sagen, es soll deine Gefühle nicht nach außen tragen. Und alles, was ich denke, wenn ich dich sehe ist nur: Wow, diese Frau würde dir alles geben.

Alles.

Und was habe ich gemacht?

Ich habe feige den Schwanz eingezogen und habe weiter Informationen an meinen Dad rausgegeben.

Ich bin ein Trottel."

Er hielt inne, schaute auf, wieder Hollywood Bilder in seinem Kopf. Philipp hatte ernsthaft damit gerechnet, nachdem seine Worte verklungen waren, dass die Tür sich öffnen würde. Das Michelle, mit noch immer vor der Brust verschränkten Armen, die lange Strickjacke um ihren Körper, sich vor ihn stellen und verzeihen würde.

Warum sollte sie das tun?, fragte er sich jetzt, während er den Kopf hob, und die Regentropfen auf der Haut spürte. *Warum sollte sie auch nur einen Augenblick mit dem Gedanken spielen, freundlich zu dir zu sein?*

Kollege, du warst der größte Arsch, den es jemals gegeben hat.

Da helfen doch keine einfachen, liebevollen Worte.

Du hast nicht nur mit der Hand in die Toilette gegriffen, du hast richtig schön alles, was du in der Kloake finden konntest, herumgerührt und gehoben. Oh ja, du hast damit um dich geworfen und jeden, der in deiner Nähe war, mit Scheiße beworfen.

Kollege, du hast dir ein richtiges Ding geleistet.

Du hast ihre Gefühle verletzt.

Ich weiß, das ist dir fremd und du checkst es nicht, dass auch andere welche haben.

Aber hey, du hast es getan.

Du hast ihr das Herz gebrochen.

Super Typ bist du.

Herzlichen Glückwunsch.

So wie du bist, wollen alle sein, oder?

Fresse, dachte er bei sich und schämte sich für jeden einzelnen Gedanken, der eben durch seinen Kopf hämmerte. Ja, er war ein Egoist und Traumtänzer gewesen. Ein Junge, der dachte, weil Papi reich war, sich alles erlauben zu dürfen. Ein Nichtstuer und Erbe, der es sich leisten konnte, ein Arsch zu sein, weil ihm die Welt so oder so verzieh.

„Ich bitte dich um keine zweite Chance, die habe ich nicht verdient", sagt er jetzt, während er sich von der Tür wegdrehte, und einen unendlich schweren, langsamen Schritt auf seinen in der Einfahrt stehenden BMW zumachte. „Aber ich würde dich ehrlich drum bitten, dir noch einmal ins Gesicht sagen zu dürfen: Ich liebe dich ..."

***

Im Haus rührte sich nichts.

Auch dann nicht, als er den Wagen erreichte, die Tür aufzog und sich schwer seufzend in den nachgebenden, weich gepolsterten Fahrersitz fallen ließ, und innerlich betete, dass Michelle ihm diese eine, diese ihm nicht zustehende Chance bot, um sich noch einmal erklären zu können.

Auch als er den Wagen startete, passierte nichts.

Nur der prasselnde Regen schlug mit einem unverwechselbaren „tock", „tock", „tock" auf das Dach und die Windschutzscheibe.

Philipp startete den Motor.

Er kuppelte den Rückwärtsgang ein und setzte den Wagen ganz langsam zurück ...

***

Was Philipp nicht sah, war, als der Wagen um die Biegung bog und er auf ein leicht erhöhtes Schritttempo beschleunigte, wie sich der Vorhang beiseiteschob, der das kleine Eckfenster verdeckte. Er sah nicht, wie Michelle dastand, schluckte, ihm hinterher schaute, das Handy in die Hand nahm und Ingrid anschrieb, mit der verzweifelt dämlich klingenden Frage: „Was soll ich tun?"

***

Vitali lächelte kalt.

Er reichte Michelle den Kugelschreiber mit den Worten: „Unterschreiben Sie auf den markierten Stellen und ich kann Sie endlich im Lager der Lord Gruppe begrüßen und Ihnen sagen, dass wir uns auf eine gemeinsame Zusammenabreite mehr als freuen."

Michelle schluckte.

Sie saß in ihrem eigenen Büro, auf ihrem eigenen Stuhl, an ihrem eigenen Schreibtisch und hatte doch das Gefühl, das aller erste Mal hier zu sein.

Allein der erste Schritt ins Café hinein war für sie ein Schritt in eine völlig andere Welt gewesen. Nicht nur, dass ihr zum ersten Mal, seitdem sie ihr Café betrieb, die Stille drückend und belastend empfand, sie war auch der Meinung gewesen, einen dumpfen, abgestandenen Mief einzuatmen, der sie husten lassen wollte.

Und dann, als sie in ihr Büro trat, versuchte oberflächlich Ordnung zu schaffen, um ihre in zwei Stunden eintreffenden Gäste begrüßen zu können, war es ihr gewesen, als würde eine unergründliche Last auf ihren Schultern liegen.

Sie hatte kurz keuchend dagestanden, die Hand auf den Lichtschalter liegend, die Augen geschlossen, kaum dazu in der Lage, das Licht einzuschalten.

Was habe ich erwartet zu sehen?, dachte sie jetzt, während sie mit einer langsamen, einer ihr ungewöhnlich zaghaften Handbewegung nachdem ihr gereichten Kugelschreiber griff. *Die lachenden Vitali, Frank Lord und Philipp? Wie sie hinter meinem Schreibtisch hervorsprangen und kreischend schrien: „Überraschung! Machen wir das Ding jetzt dingfest. Lasst uns feiern. Hopsen und im Kreise drehen! Komm schon. Verkaufe deinen Laden. Zögere es nicht noch weiter raus."*

Ja, dachte sie jetzt, während ihre Blicke über den Schreibtisch von Vitali hin zu dem ihr gegenübersitzenden, die Lippen fest aufeinander gepressten Philipp schaute. *So in etwa habe ich es mir vorgestellt.*

Dem Hohn und Spott derer ausgesetzt, die mich fallen sehen wollten.

Die, die mich jetzt fallen sehen werden.

„Ein teurer Stift", meinte Vitali, der sich seine Krawatte zurecht schob und sich auf den Stuhl zurückfallen ließ. „So einen werden Sie niemals wieder in Händen halten, nehme ich an."

Michelle nickte nur und fühlte sich, als habe sie einen Schlag in den Bauch bekommen.

„War ein Geschenk", meinte Vitali noch immer anzüglich grinsend. „Von einem Klienten. Habe ihm bei der Abwicklung einer Tochterfirma geholfen. Mit hohen Gewinnen und noch höheren steuerlichen Abschreibungen. Mit dem Kugelschreiber könnten sie vermutlich zwei Monate die Miete ihrer kleinen Wohnung bezahlen."

Michelle schwieg.

Sie schaffte es nicht, die stillen, die unangenehmen Angriffe zu parieren und zurückzuschießen. Zitternd nahm sie den Stift in die Hand, und musste den nächsten, lächelnden, herablassenden Kommentar über sich ergehen lassen, der ihr einen weiteren, ärgerlichen Gedanken durch den Kopf jagen ließ, den sie nur zu gerne über die Lippen gebracht hätte: „Sie müssen nicht aufgeregt sein. Es ist nur ein Kugelschreiber. Sie machen ihn nicht kaputt."

Dir ist nicht in den Sinn gekommen, du Arsch, dass ich deshalb zittere, weil ich gerade dabei bin, mein Café zu verkaufen, oder? Dir ist nicht einmal in den Sinn gekommen, dass ich gerade vor den Trümmern meiner Träume stehe. Das Wissen, es nicht geschafft zu haben, nagt nicht an dir, weil du ja alles hast.

Deine Kunden beschenken dich reich.

Du wickelst ihre Tochterfirmen mit Gewinn ab, während du ihnen auch noch Steuergelder in den Rachen feuerst.

Oh nein, du hast keine Sorgen.

Dir fällt alles zu.

Glückspilz.

„Das musst du nicht", sagte Philipp plötzlich, der sie mit einem durchdringenden Blick bedachte. Er lächelte sanft, hob die Hand, als wollte er sie über den Tisch hinweg strecken, um die ihre zu berühren.

Was Michelle Magenschmerzen bereitete.

Sie starrte ihn für einen kurzen Augenblick erschrocken an und verfluchte ihren Magen dafür, dass er sich zusammenkrampfte und ihr Herz, dass es so schnell zu schlagen begann.

Es war ihr, als stand sie wieder allein im Café, nervös von einem Bein auf das andere tretend. Sie hatte hunderte und aberhunderte von Gedanken im Kopf gehabt, als sie das Klingeln an der Tür gehört hatte. Gedanken, die ihr Angst und Hoffnung zugleich machen wollten.

Angst, weil sie sich fragte, ob es das richtige war, was sie tat.

Hoffnung, weil sie sich immer besser ausmalen konnte, wie es war zwei Jahre ein festes, monatlich auf ihr Konto eingehendes Gehalt zu beziehen.

Und während sie sich ihr Kostüm glattstrich und sie versuchte ein Lächeln auf die Lippen zu zaubern, dass Vitali herzlich und begrüßend in Empfang nehmen sollte, war alles in ihr zerbrochen, als sie Philipp aus seinen Wagen steigen sah.

„Ein Zeuge", meinte Vitali, der ihr die schweißnasse Hand entgegenhielt, und sie zu festdrückte, als Michelle sie ihm mit offen stehenden Mund entgegen hielt. „Er wollte sehen, ob hier auch alles mit rechten Dingen zugeht.

Was es wird. Deshalb habe ich auch Herrn Geier mitgebracht. Ein Notar. Er wird alle im Vertrag aufgenommenen Details verlesen und für uns beurkunden."

Michelle wären beinahe die Augen aus dem Kopf gefallen.

„Hi", hatte er gesagt, den Blick gesenkt, und nicht gewagt, ihr ins Gesicht zu schauen.

„H ... h ... hi", war es ihr über die Lippen gekommen. Um dann, als Vitali sich in den Räumlichkeiten des „HerzCafé" bewegte, als wären es sein, und er meinte: „Den Weg zu Ihrem Büro kenne ich ja. Ein Kaffee wäre nett", hatte sie Philipp angezischt und keifend gefragt: „Was willst du denn hier?"

„Du musst das nicht tun", hatte er wispernd gesagt, nach ihrer Hand gegriffen – die sie zurückzog – und flehend angeschaut. „Überleg es dir noch einmal."

„Du bist hier nicht willkommen", keifte sie lautlos, und wischte sich eine Haarsträhne hinters Ohr.

„Überleg es dir."

„Wollen wir?", hatte Vitali wissen wollen, und hinterher geschoben. „Schwarz bitte."

„Natürlich", um dann ein kurzes Hochgefühl zu genießen, dass sie durchflutete, als sie Philipp zuraunte. „Du kennst dich in der Küche ja aus, nicht wahr?"

Dann war sie, eiligen Schrittes, in der Hoffnung nicht zu stolpern oder irgendeine andere Peinlichkeit zu begehen, stöckelnden Schrittes auf den schon in seinem

Sessel sitzenden Vitali zugegangen, um ihn zu fragen, ob es ihm gut ginge und ob sie ihm noch etwas anderes Gutes tun konnte, außer einen heißen Kaffee servieren zu können.

„Sie können den Vertrag unterschreiben."

Michelle hatte nur genickt, und dann einen langen Monolog zuhören müssen, der ihr jeden einzelnen Punkt des Vertrages erklärte.

Nach dem sechsten oder siebten Punkt war sie dazu übergangen, gar nicht mehr zuzuhören. Sie hatte nur dagesessen, auf die schmalen Lippen Geiers geschaut und innerlich gebetet, dass der Tag ein schnelles und schmerzloses Ende nehmen würde.

Jetzt aber, wo Philipp sie anschaute, er noch immer ein leichtes Zucken im Arm hatte, um sie zu berühren und sich nur deshalb zurückhielt, weil ihre Blicke unmissverständlich sagen: *Unterstehe dich!*

„Was redest du denn da?", wollte Vitali mit einer in Falten gelegten Stirn wissen. „Sie muss unterschreiben."

„Vielleicht möchte sie ja noch einmal über das Angebot nachdenken."

„Und warum sollte sie das tun?"

Vitalis Unterton in der Stimme klang lauernd. Philipp, der nur teilnahmslos mit den Schultern zuckte, redete, als würde er sich über Fußball unterhalten: „Manchmal gibt es ja doch noch die eine oder andere Unklarheit, die einem erst im Nachhinein einfällt und sie dann nicht mehr besprechen kann, weil die Tinte unter dem Vertrag schon trocken ist."

„Wir haben alles ausführlich besprochen und Änderungen vorgenommen. Nicht wahr?"

Vitali schaute Michelle durchdringend an.

Die nickte vorsichtig, den sündhaft teuren und ihr am Arsch vorbeigehenden Kugelschreiber in der Hand, ihre Blicke auf Philipp gerichtet.

Der deutete, ansatzweise, hin zur Tür.

Was sollte das?

Wollte er sie in dem schrecklichsten Moment ihres Lebens auf den Arm nehmen?

Wollte er ihr unter die Nase reiben, dass sie dabei war zu verlieren?

„Was?", fragte sie lautlos und sah wieder, wie Philipp ein leichtes Kopfnicken Richtung Bürotür tätigte; die Hand dabei vor den Mund gelegt, den linken Ellenbogen auf der Lehne des Stuhl abgelegt. Er lümmelte sich jetzt, als wäre er ein selten cooler Achtklässler in den Stuhl, und tat dann so, als würde er husten: „Überleg es dir gut."

„Unterschreiben Sie doch bitte jetzt, Frau Franke", bat Vitali sie, einen ärgerlichen Blick auf Philipp werfend. „Dann können wir unser Treffen beenden und ich kann zurück in die Kanzlei fahren, um alle weiteren Details der Übernahme des „HerzCafé" in die Wege zu leiten."

Michelle nickte.

Sie hatte sich vorgenommen, Philipp weiterhin zu ignorieren.

Sie setzte den Kugelschreiber auf die vorgedruckte Linie, setzte an, um das M schwungvoll, mit einer weibischen Schleife verzierend, wie ihr Vater gesagt hatte, aufs Papier zu schreiben.

„Äh", machte Philipp. „Da ist jemand an der Tür!"

„An der Tür?"

„Da kommt jemand“, rief Philipp, sprang auf und deutete an der Theke vorbei, hin zu der nur angelehnten Tür.

„Äh“, machte nun auch Michelle, die sich nicht erklären konnte, was das sollte.

Auch dann nicht, als sie mit weit aufgerissenen Augen hin zu der auf sie zueilenden Ingrid, und Dave schaute.

„Was soll das denn?“, wollte Vitali erbost wissen.

„Wir machen ein Gegenangebot, nicht wahr, Dave?“, wollte Ingrid mit einem breiten Grinsen wissen, während sie lautlos ein „Hallo, Schätzchen“, mit den Lippen formte, nachdem David ansetzte zu sagen: „Das stimmt.

Ich bin von der Kapitalgesellschaft Grunner angewiesen worden, der Inhaberin des „HerzCafé“, Michelle Franke, ein Angebot zum reibungslosen, weiteren Ablauf der Caféstätigkeit zu unterbreiten …“

***

„Das … das ist doch absurd“, rief Vitali, als David hereinkam, ihm eine unterschriftreichen Vertrag auf den Schoß warf und von ihm wissen wollte, ob er solch ein Angebot überbieten wollte. „Das ist lächerlich und unprofessionell.“

„Unprofessionell ist es, ein Café zu unterwandern, und sie mit Absicht vor die Wand fahren zu wollen, damit man nur einen Teilbetrag des eigentlichen Wertes zahlen muss“, hielt Dave ihm entgegen.

Michelle, die von dem ganzen Schlagabtausch wie überfahren war, stand nur mit offen stehenden Mund da und starrte zu den beiden Anwälten, dann zu Ingrid und schließlich zu dem zufrieden lächelnden, erleichtert wirkenden Philipp.

„Was … was ist hier los?", wollte Michelle schließlich wissen, während Vitali unwirsch in dem Vertrag blätterte, der ihm eben zugeworfen worden war.

„Erklären wir dir gleich, wenn die Schmeißfliege da dein Café verlassen hat", grinste Ingrid und stemmte die Hände in die Hüfte und fragte in die Runde. „Wie lange müssen wir seinen Anblick da noch ertragen?"

„Das ist … das ist … so nicht zulässig. Frau Franke wollte unseren Vertrag annehmen!"

„Hat sie unterschrieben?", wollte Dave wissen, der keinerlei Mine verzog.

Das ansonsten von tiefen Falten überzogene Gesicht, war ruhig, beinahe stoisch, während seine eiskalten, blauen Augen den sichtlich überraschten Vitali musterten.

Der stammelte etwas, dass Michelle nicht verstand. Dann erhob er sich plötzlich von seinem Platz, und schrie: „Das ist unlauterer Wettbewerb."

„Das ist gesunder Wettbewerb", verbesserte Dave. „Denn mit dem Vertrag da, den sie auf dem Schoß liegen haben, ist Frau Frank nach zwei Jahren nicht kündbar. Sie wird nicht in die Abhängigkeit betrieben und sie muss keinen ihrer Mitarbeiter entlassen.

Es soll in die genau andere Richtung gehen. Sie soll weiteren Menschen die Möglichkeit geben, hier zu arbeiten und zu lernen, wie man Kunden glücklich macht."

Michelle, die noch immer nicht dazu in der Lage war, auch nur einen klaren Gedanken zu verfassen, schaute abwechselnd zu Vitali und Dave.

„Sie werden von mir hören!“

„Ich freue mich drauf“, lächelte Dave und wand sich an Michelle. „Sie haben gleich Zeit für mich, damit ich Sie mit dem neuen Vertragswerk auf den neusten Stand bringen kann?“

„Ich ... äh ... Keine Ahnung!“, stammelte Michelle.

„Natürlich hat sie Zeit“, schoss Ingrid dazwischen, um Vitali keine Chance zu geben, erneut das Wort zu erheben. Das tat er erst, als er eiligen Schritten das Büro verlassen hatte und auf den Weg hinaus war.

Er drehte sich plötzlich auf dem Absatz der Schuhe herum, wedelte mit dem von ihm ausgearbeiteten Vertrag und rief: „Ich bin bemächtigt, Ihr Gehalt auf 55tausend Euro netto im Jahr zu erhöhen!“

Michelle schluckte. Sie blinzelte und spürte einen kurzen, einen gierigen Gedanken in sich aufsteigen, der ihr zurief, sie sollte das Angebot annehmen. Dann aber, als sie die Hand zum Mund hob, meinte Dave: „Sie haben gelesen, was mein Klient ihr bietet. Das sind noch immer fast dreißigtausend mehr als ihr lächerliches Angebot.“

„Drei ...“

Michelle glaubte ohnmächtig zu werden.

„Sie werden von mir hören“, rief Vitali, als er sich nun endgültig auf den Fahrstuhl zu ging.

Michelle, blinzelnd, noch immer wie überfahren, starrte auf den in ihrer Hand liegenden Kugelschreiber und flüsterte: „Verrückt. Alle wie sie da sind. Verrückt.“

***

„Entschuldigung, dass ich jetzt erst komme“, hörte Michelle plötzlich Robert hinter sich sagen, während sie wie betäubt noch immer auf dem kleinen Sofa in ihrem Büro saß, und versuchte den auf sie einprasselnden Worten irgendeinen Sinn zu entlocken.

Sie schaffte es kaum.

Immer wieder blinzelte sie verwirrt, schaute verwundert zu Ingrid, dann wieder zu Dave – der ihr ununterbrochen sagte, was in dem Vertrag stand -, um dann wieder Philipp auffallend unbeholfen zu mustern.

Der saß noch immer zufrieden auf seinem Platz; die Beine übereinandergeschlagen, ein dauerhaftes, breites Grinsen auf den Lippen, dass noch breiter wurde, als Robert eiligen Schrittes auf das Büro zugeeilt kam.

„Aber ich hatte noch ein Meeting, dass ich nicht aufschieben konnte. Manchmal ist Blut eben doch dicker als Geld. Hallo Michelle.“

„Hi.“

„Du hast den Vertrag schon unterschrieben?“, wollte Robert wissen, dessen weißes Hemd bis zur Brust aufgeknöpft war, und der in seinem schneeweißen Anzug aussah, wie aus einer Zaubershow geflohen. „Oder gibt es etwas, dass dich an ihm stört?“

„Ich bin in den letzten Zügen ihr alle wichtigen Punkte zu erläutern“, erklärte Dave, der sein Jackett ausgezogen und über die Lehne eines Stuhls gehängt hatte. „Ich erkläre ihr gerade, dass die Räumlichkeiten erhalten bleiben und die Kreditraten in den ersten zwölf Monaten von der Gunner Kapitalgesellschaft getragen werden.“

„Zwölf Monate?“

„Steht hier so im Vertrag“, nickte Dave.

„Ist es zu wenig, um dich zu konsolidieren? Wir können auch 18 draus machen, oder 24“, zuckte Robert mit den Schultern. „Sag was du brauchst und ich stimme zu.“

„Ich verstehe nicht“, stammelte Michelle, der noch immer die Ohren sausten und die noch immer nicht verstand, was hier gerade passierte.

„Das ich alles für dich tun will, was du brauchst?“

„Auch.“

„Ich würde dir raten, unterschreibe den Vertrag und wir beide werden einer goldenen Zukunft entgegenblicken“, sagte Robert, der sich neben sie setzte, ihr die Hand aufs Knie legte, und kurz, freundschaftlich drückte, bevor er sich die Ärmel hochkrempelte und sich zurück ins Polster lehnte. „Wie gesagt, ich möchte dir unter die Arme greifen und dir helfen, das „HerzCafé“ auf stabile Beine zu stellen. Die Gründung der GmbH ist dazu die einzige Bedingung, die ich stelle. Ich möchte mein Kapital schützen, sollte es, widererwartend doch nach hinten los gehen.“

„Aber … ich habe keine zwölftausendfünfhundert Euro.“

„Hast du“, meinte Ingrid.

„Ich kann dein Geld nicht annehmen“, schüttelte Michelle den Kopf, die sich zu erinnern glaubte, dass Ingrid es ihr vor wenigen Minuten schon einmal erklärt hatte, dass sie ihr das Geld gerne leihen würde, damit sie die GmbH gründen und als Geschäftsführerin eingesetzt werden konnte.

„Kannst du. Hast du bisher ja auch.“

„Habe ich nicht.“

„Ohne es zu wissen, mein Engel“, lächelte Ingrid. „Ich habe die letzten Lieferrechnungen beglichen und die eine oder andere offene Rechnung, die ich dir gar nicht erst gezeigt habe."

„Aber …"

„Habe ich gerne gemacht. Mein Schatz, wir alle hier, wollen doch nur, dass du glücklich bist."

„Alle?", fragte sie und schaute zu Philipp.

„Besonders er", nickte Ingrid.

„Ohne Philipp wäre ich nicht hier", nickte Robert, lächelte und erklärte. „Er hat nicht an mein Gewissen als Kaufmann appelliert. Nein, er hat mir gesagt, was du alles für Jenny getan hast.

Dass du in ihm etwas in Bewegung gesetzt hast, das er niemals glaubte fühlen zu können.

Das gleiche sagt Jenny.

Und das gleiche hörst du von mir."

Michelle schaute wieder ungläubig zu Robert: „Hättest du mir nicht gesagt, was alles in meiner Tochter steckt, wer sie ist und dass sie das machen sollte, was sie am besten kann, singen, und Videos schneiden, würde ich noch immer versuchen sie zu bevormunden." Er lachte. „Was ich wohl immer noch tue. Aber nun so, dass ich ihr vermitteln kann, dass ich will, das es ihr gutgeht.

Michelle, ich habe dir damals am Telefon gesagt, dass du mich um jeden Gefallen bitten kannst, der dir einfällt. Und Philipp hat mich in deinem Namen darum gebeten, in das „HerzCafé" zu investieren.

Was ich gerne tue.

Stell dir nur vor, welchen jungen Menschen du noch dabei helfen kannst, ihren Weg zu finden. Allein das wäre ein Gewinn für uns alle!"

„Philipp?"

Alle nickten.

Philipp selbst, der die ganze Zeit über geschwiegen hatte und zu dem ganzen Sachverhalt nichts beigetragen, geschweige denn etwas gesagt hatte, lächelte angedeutet. Er schluckte nicht einmal, als er sich in seinem Sitz aufrichtete und meinte: „Ich hatte was gut zu machen."

„Das hatte er", meinte Ingrid, die sich hinter ihn gestellt und an den Hinterkopf gehauen hatte. „Und er hat es getan, in meinen Augen. Mäuschen, er hat bei uns allen vorgesprochen; hat uns darum gebeten, für dich einzutreten, um seinen Vater, warte, wie hast du es gesagt?"

„In die Eier zu treten", sagte Philipp.

„So war es", strahlte Ingrid. „um seinem Vater einmal gehörig die hässlich behaarten Eier aus dem Sack in den Hals zu jagen. Und weißt du was, mein Schatz? Für dich würden wir alles tun."

„Auf jeden Fall", nickte Dave, der mit einem verliebten Seufzer in Ingrids Richtung schaute, und den auf seinen Knien liegenden Vertrag keinerlei Beachtung mehr schenkte.

„Ich will meinen Anteil ebenso dazu beitragen", versicherte Robert, und schenkte ein. „Wenn du willst."

„Philipp?"

Michelle schaute zu Philipp.

„Ja?", fragte er heiser.

„Hast du ... nun ... also ..."

„Hab ich."

Sie lächelte ihn dankend zu, erhob sich von ihrem Platz und versuchte den noch immer in ihrem Kopf vorherrschenden Schwindel Herr zu werden und wankte dann, als sie stand, Richtung Tür.

„Danke", hauchte sie, die Hand an der Stirn, als sie aus dem Büro getreten war, in die leere, unerträglich stille Café hinein.

„Lass mich erklären", begann er und ließ sich von Michelle unterbrechen, die nur die Hand hob und den Kopf schüttelte.

„Wieso?", wollte sie wissen.

Er zuckte mit den Schultern, schwieg und ließ die in Michelle miteinander ringende Wut und Nervosität in solche Höhen steigen, dass sie meinte innerlich zerrissen zu werden. Erst als sie ihn durchdringend anschaute, er sich mit der Hand durchs Gesicht wischte, und ein schüchternes, jungenhaftes Lächeln auf den Lippen trug sagte er: „Ich liebe dich. Mehr habe ich nicht dazu zu sagen."

***

Ein Café lebte.

Sie erwachte nach und nach. Immer dann, wenn die ersten Kollegen durch die Tür getreten kamen, sich ein freundliches „Guten Morgen" wünschte, war es Michelle, als würde die hinter hier noch hinter dichten Wolken liegende Sonne aufgehen. Es war ein Gefühl, dass sich ihrer bemächtigte, dass sie nicht beschreiben konnte.

Sie versuchte es immer wieder und fand, dass jeder ihrer Versuche so kläglich albern waren, dass sie es schließlich mit einem zufriedenen Lächeln lassen ließ. Sie stand nicht mehr hinter der Theke, wenn der Tag begann und sie dabei zusehen musste, wie alle ins Café geströmt kamen. Sie wollte nicht mehr die Erste sein, die alles beobachtete und kontrollierte, die sich daran sattsehen musste, was sie mit der eigenen Hände Arbeit errichtete.

Das, was ihr in dem Augenblick wichtig war, dass, was sie spüren, was sie fühlen wollte war, das Wissen, dass es den Menschen, für die sie verantwortlich war, gut ging.

Sie sind zufrieden und gerne hier.

Sie sehen es nicht als Qual für das „HerzCafé" zu arbeiten.

Sie mögen es hier.

Es war ihr, als sie diesen Gedanken dachte, als ob eine unendlich schwere Last von ihren Schultern viel.

Und auch der Wunsch, den sie sonst immer gehabt hatte, der sie heimsuchte, der an ihr nagte und das Gefühl gab, das Leben würde ihr durch die Finger gleiten, während sie dabei zusah, wie ihr Café erwachte, hatte ebenso abgenommen, wie die Angst ungelebt zu sein.

Michelle begriff, je länger sie dabei zusah, wie eine ihrer neuen Praktikanten zum Kühlschrank ging, um Zutaten zu holen, dass sie ihr eigener Glückes Schmied war. Sie hatte es in der Hand. Wenn nicht sie, wer dann?

Sie flüsterte: „Guten Morgen", als sie leichten Schrittes auf die Küche zu ging.

„Hi!", grüßte der Praktikant.

„Moin", sagte einer der an seinem Kaffee schlürfende Gast.

„Kommt ihr gleich zu mir ins Büro?", fragte Michelle, während sie weiterschlenderte und hin zu Philipp schaute, der ihr lächelnd grüßend warme Blicke zuwarf. „Ich wollte über die neuen Rezepte mit euch sprechen. Da gibt es noch, ein zwei kleine Änderungen, die ich gerne eingearbeitet hätte."

„Klar."

„Gerne."

„Dann bis gleich", meinte sie und blieb vor der Küchentür stehen und schaute zu der sich dem Getränkeschrank entgegenbückenden Jana geradewegs auf den Hintern. Die rief, als sie den Kopf hob: „Der Joghurt im Kühlfach ist meiner. Wenn den einer von euch isst, werde ich echt sauer mit euch. Richtig sauer!"

„Er wird uns schmecken", antwortete Philipp und erntete den ersten, gemeinsamem Lacher des Tages.

„Idiot", konterte Jana und drehte sich zu Michelle herum und schaute für einen kurzen Augenblick durchdringend an. Einen Blick, der Michelle – der alten Michelle – vor gut zwei Wochen noch einen kalten Schauer des Entsetzens über den Rücken gejagt hätte. Jetzt, wo sie sich mit Jana ausgesprochen hatte, sie zusammen redeten und weinten, sich gegenseitig „Ziege", „Blöde Kuh", und „Freundin" genannt hatten, wusste Michelle in den Blicken zu lesen.

Da lag eine Wärme, eine Zuneigung, eine Hoffnung drin, die Michelle nur zu gerne erfüllen wollte.

„Moin", flüsterte Michelle. „Alles gut bei dir?"

„Klar."

„Erfolg gehabt gestern?"

Jana zuckte mit den Schultern, lächelte und nickte. „Er ist so lieb und niedlich zu mir. Hat mich bekocht, und dann genommen, um eine kleine Rundfahrt zu machen. Eine Lehrstunde, was es so für Leben in der Ostsee gibt."

„Klingt doch gut."

„Es war so süß, wie er mich in den Arm genommen hat und auf die Küste zeigte und mir ins Ohr flüsterte, dass er mit diesen Anblick immer ermöglichen will!"

„Was meint er damit?"

Janas Augen leuchteten kurz auf, als sie strahlte: „Vielleicht ist er der Richtige."

Michelle nahm die Hand vor den Mund, stellte sich auf die Zehenspitzen, drückte ihre Freundin und flüsterte ihr ins Ohr: „Das würde ich dir so gönnen, vom ganzen Herzen."

Jana schmunzelte und strich ihre runden Kurven in einer übertriebenen, sie liebenswürdig machenden Geste nach und meinte Keck: „Wer kann diesen Hüften schon widerstehen?"

„Niemand", lachte Michelle und küsste Jana auf die Wange.

„Dann wollen wir mal", unterbrach Jana den kurzen, den innigen Moment und löste sich aus der Umarmung. „Der Tag wartet und will neue Kuchen zur Welt bringen."

„Und los", sagte Michelle, die sich auf der Theke abstützte und dabei zusah, wie Jana den aus dem Kühlfach hervorgeholten Apfelsaft öffnete und gluckernd in ein Glas fließen ließ.

„Ich bin ein Pirat", klang der Ruf Bennys plötzlich auf und ließ die tief in Gedanken versunkene Michelle aufschauen und lächeln.

Als sie aus der Küche trat, eine Tasse mit Tee in der Hand, sah sie Benny, mit seiner albernen Propellermütze auf dem Kopf, durch die Café stampfen.

„Was machst du denn hier?", wollte sie wissen, und nahm Benny in den Arm. „Ich dachte du bist heute auf einen Ausflug."

„Er wollte unbedingt noch einmal Hallo sagen", meinte Ingrid, die an der Wand gelehnt stand, leicht und locker eine Handtasche über die Schulter gehängt, ihre blondgefärbten Haare zu einem Turm hochgesteckt. „bevor der Bus abfährt und ihn in den Wildpark bringt. Ich dachte mir, wäre ein schöner Start in den Tag für dich, Mäuschen."

„Ist es."

„Ich bin der größte Pirat aller Zeiten", rief Benny und schaute den hinter seinen Schreibtisch hervortretenden Philipp an.

„Und ich der beste Steuermann."

„Du die Köchin", rief Benny und schob ein. „Har", hinterher, während er seinen Zeigefinger zu einem Piratenharken krümmte.

„Bin ich", schmunzelte Michelle.

Dann beugte Benny sich vor, flüsterte Michelle fragend ins Ohr: „Du hast meinen Schatz versteckt?"

„Unauffindbar für Nicht-Piraten."

„Ich finde ihn?"

Ein kurzer Hauch von Zweifel legte sich auf sein rundes Gesicht. Er strich sich mit Iron Maidons Edd bedrucktes T-Shirt glatt und sah aus, wie ein kleiner, eingeschüchterter Junge aus, der eine Mutprobe zu bestehen hatte, die er niemals im Leben bewältigen konnte.

„Mit deiner Piratennase die alles findet? Natürlich!"

In Bennys Gesicht ging die Sonne auf. Er grinste, rief noch einmal „Har", und drehte sich Philipp zu, der nun so dicht an Michelle herangetreten war und ihr liebevoll mit der Hand über den Po strich, um dann auf ihrer Hüfte zur Ruhe kam.

„Ich bin der größte Pirat!"

„Du bist cool", nickte Philipp, und zog, Michelle eine Gänsehaut über den Rücken jagend, den Duft ihrer Haare tief ein. „Wir treffen uns morgen, um die Karibik unsicher zu machen. Oder hast du etwas anderes vor, mit einer Piratenlady?"

Bennys Augen weiteten sich. Dann zog ein Ausdruck grenzenlosen Entsetzten über seine Züge, und sein Mund verzog sich zu einer angeekelten Grimasse der Abscheu. Er streckte die Zunge heraus, und rief: „Bäh. Mädchen sind doof", um dann Michelle anzuschauen. „Schwestern nicht."

„Gut reagiert", lachte Michelle und gab Benny einen Kuss. „Viel Spaß im Wildpark."

„Auf, auf zum entern", rief Benny und stürmte aus dem Café.

„Du siehst gut aus, mein Schatz", sagte Ingrid, die Michelle mit schiefgelegtem Kopf musterte, die Hand nach ihr ausstreckte, und über die Wange streichelte. „Du strahlst endlich. So wie du es immer solltest! Ich liebe dich auch. Wie meine eigene Tochter."

„Ich dich auch. Wie eine Mama!"

Michelle lächelte zufrieden.

Ein Café lebte, ja.

Sie wurde aber erst zu einem Café durch ihre Geschichten.

Und den hier erlebten Gefühlen, dachte sie, während sie sich in den Arm von Philipp kuschelte und Ingrid dabei zusah, wie sie sich langsam herumdrehte, und Benny folgte.

Ein Café lebte, ja …

… durch die Menschen, die hier ihr Leben lebten.

Ende